안녕, 테레사

gninrom txen gnidnif
drah saw dloc saw   otni etib

We openend our mouths onebyone
snowflakes

awake was no one

—Theresa Hak Kyung Cha

테레사 차
Theresa Hak Kyung Cha

32세의 나이에 요절한 비운의 천재 예술가 테레사 차(차학경).
그녀의 생애는 너무 짧지만 그의 예술 작품은 진보적이고
실험적이었으며, 그녀는 인식과 지식, 논리적 이해의 구조를 뛰어넘는
탁월한 언어와 행위예술의 순례자였다.
최근의 후기식민주의 사회에서 대중들이 주도적으로 의식하고 있는
이산과 망명 등은 이미 그녀의 작품을 통해서 소수민족의 역사와
불행한 기억을 밝히는 것뿐만 아니라 세계의 디아스포라,
존재의 디아스포라에 대한 상실과 꿈을 밝혀냈다.
허무한 가정이겠지만 차학경이 살아 있다면 그는 시인,
탁월한 비디오 아티스트, 영화 감독 등 세계적인 예술가로
우뚝 솟아 있을 것이다.

안녕, 테레사

Dear, Theresa

존 차 장편소설
문형렬 옮김

gninrom txen gnidnif

drah saw dloc saw   otni etib

We openend our mouths onebyone

snowflakes

awake

was

no one

문학세계사

—Theresa Hak Kyung Cha

3월이다. 봄인가. 지난날의 봄 향기는 희미한 흔적뿐, 찾아볼 수 없다. 언제부터 내 감각이 이렇게 무뎌졌는지…….

돌이켜보면 1982년 11월, 뉴욕에서 누이동생 테레사를 살인 사건으로 잃었을 때부터 그런 것 같다. 그 후로 나는 10년이라는 길고 먼 공백 시기를 겪었다. 그동안 내가 뭘 먹었는지, 뭘 했는지 아무것도 생각 나지 않는다. 오로지 가슴 깊숙한 한쪽에서는 테레사의 생각에 잠겨 있었다. 너무나 보고 싶었다.

생전에 우리는 자주 편지를 주고받았다. 나는 테레사가 평소처럼 뉴욕에서 내 편지를 읽는 걸 상상하면서 편지를 쓰곤 했다.

나는 『안녕, 테레사』를 쓰면서 할 이야기가 많았다. 살인 사건의 소식을 듣는 첫 순간부터 시작해서 수사 과정, 범인 추적과 체포, 형사 재판 등등. 그것은 테레사 자신도 궁금해할 일들이었다. 테레사도 역시 할 말이 많았다. 뉴욕 경찰이 범죄 사건의 현장을 못 찾고 헤매는 동안 5,000킬로미터나 떨어진 캘리포니아에서 살고 계신 어머니의 꿈에 나타나서 그 장소가 어디인지 알려 줬다. 그 암시 덕분에 나는 남동생 제임스, 테레사의 남편 리처드와 함께 그 현장을 찾을 수 있었다. 어떻게 우리가 범죄 현장을 찾게 되었는지 기이한 일이었다. 뉴욕 경찰의 수사 팀도 당황해서 어쩔 줄 몰랐다. 설명할 수 없는 일이었다.

나는 수년 동안 테레사와 '편지'를 주고받은 기억을 떠올리면서 그 이유를 깨닫게 되었다.

우리가 사건 현장을 찾게 된 이유는 어쩌면 테레사가 경찰을 못 믿었기 때문이었다. 만약 경찰이 먼저 현장을 찾았다면 그들이 먼저 테레사의 장갑을 봤을 것이다. 그들에게는 그 장갑이 범죄에 관련된 증거물일 뿐, 예술적 의미에는 어떤 관심도 없었을 테니까.

현장이 발견된 뒤, 경찰 수사 팀이 찍은 사진을 보면 알 수 있다. 수사 팀이 찍은 테레사의 장갑은 원래 상태를 보여 주지 않는다. 그들 대신 우리가 장갑을 찾게 된 것은 다행한 일이다. 원래 상태란 테레사가 마지막 순간에 자신의 장갑을 예술 작품으로 창출한 형태다.

나는 수십 년 동안 테레사가 남긴 마지막 이미지를 내 머릿속에 간직하면서 테레사의 마지막 작품을 감상해 왔다. 어떤 언어로도 표현할 수 없는 참으로 추상적인 작품이었다.

테레사는 서른한 살에 세상을 떠났지만 개념 예술가Conceptual Artist로서 『딕테Dictee』라는 책과 더불어 중요한 작품들을 남겼다. 그녀의 예술 작품 컬렉션은 미국 버클리 대학교 미술관에서 간직하고 있다.

테레사의 컬렉션은 1990년 버클리 아트 미술관Berkeley Art Museum에서 시작해서 뉴욕 휘트니 아트 미술관Whitney Museum of American Arts, 브롱스 아트 미술관Bronx Art Museum, 비엔나의 오스트리아 국립예술박물관Austria National Art Museum, 바르셀로나의 안토니 타피에스 미술관Antoni

Tapies Museum, 서울 쌈지 미술관, 일리노이 대학교 아트 센터, 워싱턴 대학교 아트 뮤지엄, 어바인 대학교 아트 센터 등에서 전시회가 열렸다. 나는 이 전시회를 열심히 따라다니면서 테레사의 작품들을 보고 또 보았다.

이 가운데 2013년 10월, 한국의 국립 현대 미술관에서 열린 퐁피두 미디어 특별전 〈비디오 빈티지 1963~1983〉는 전 세계 52명의 주요 비디오 아트 작가 작품 72점이 소개되는 특별한 전시회였다. 테레사의 비디오 작품들이 사무엘 베케트, 장-뤽 고다르, 티에리 쿤첼, 백남준, 로버트 윌슨 등 세계적인 예술가들의 영상 작품들과 함께 같은 공간에서 전시된다는 건 감동적이었다. '인생은 짧고 예술은 길다'라는 문구가 계속 떠오르는, 그런 날이었다.

그날 전시를 보면서 작품 〈테레사의 손〉을 그녀의 컬렉션에 추가하고 싶다는 생각이 들었다. 『안녕, 테레사』를 쓰면서 30여 년 동안 내 머릿속에 간직된 장갑의 이미지를 풀어 놓고 싶었다. 부족하지만 그 이미지가 독자들에게 제대로 전달되기를 바란다.

『안녕, 테레사』를 집필하면서 많은 도움을 받았다. 형제들과 가족은 물론 나를 끊임없이 격려해 준 마이클 스티븐스Michael Stephens 작가, 일레인 김Elaine Kim 교수, 랍 윌슨Rob Wilson 교수, 원문 교정을 정성껏 봐 준 크리스틴 홍Christine Hong 교수, 테레사의 친구들인 수잔 울프Susan Wolf, 노엘 킹 오커너Noelle King O'Connor 교수, 민용순Yongsoon Min 교수, 샌디 플리터먼Sandy Flitterman 교수, 그리고 제프리 슈랭어Jeffrey Schlanger 검사와 고故 마티 대빈Marty Davin 형사, 폴 페이스Paul Pace 형사를 비롯한 뉴욕 경찰 요원들에게 감사 드린다. 그리고 영문 원고를 한글로 번역한 문형렬 소설가와 법률 관련 연구를 도와준 한양대 로스쿨의 신수 양에게 고마움을 전한다. 무엇보다 이 책의 출간을 제안한 문학세계사의 김요일 시인과 편집자 분들에게 감사드린다.

그리고 국내에서 『딕테』를 소개한 최연홍 교수, 한글로 번역한 김경년 교수, 이어서 『딕테』 한글판을 출간한 토마토 출판사와 어문각, 『딕테』에 대해서 논문을 발표한 김승희 교수, 민은경 교수, 정재형 교수, 장호진 교수, 『차학경의 예술론』의 발간에 힘써 준 김지하 씨, 『딕테』를 각본해서 그리스와 서울 무대에 올린 오경숙 교수와 뮈토스 극단원들, 쌈지 갤러리에서 테레사의 작품 전시회를 개최한 김홍희 관장, 테레사의 도록 「관객의 꿈」을 번역한 김현주 작가와 눈빛 출판사 편집 팀, 오프앤프리 영화제 집행위원장 김학순 교수, 〈차학경의 오마주 Dictee〉 비디오 작품을 발표한 이미영 감독, 『딕테』를 일어로 번역한 이께우찌 야수코 교수, 일어로 각본해서 일본의 연극 무대에 올린 미우라 모토이 연출과 극단원들, 그리고 이수진, 장혜령, 허나영, 차성덕 예술인들을 비롯해서 테레사를 아껴 주는 모든 지인들에게 감사드린다.

2016년 3월
샌프란시스코에서 존 차

차 례

3

4

gninrom txen gnidnif

drah saw dloc saw   otni etib

We openend our mouths onebyone

snowflakes

awake was no one

—Theresa Hak Kyung Cha

환했던 얼굴, 보이지 않는

새겨진 기억들······.

그 기억들은 어떤 형식이든, 직접적이든 간접적이든, 추상적인 상태에서 구체적인 상태로, 그리고 보이지 않는 물질에서 만질 수 있는 물질로 변화된 현실을 포함하고 있다는 것, 이 두 가지를 남김없이 드러낸다.

그것은 보이지 않는 물질이 맞을까. 네가 죽었다는 소식은 소리로 들려왔다. 네 남편 리처드의 목소리로. 머나먼 맨해튼에서 오렌지 카운티로 3천 마일이나 되는 전화선을 통해서.

그날 새벽, 아래층 어둠속에서 나는 전화를 받았다. '왜 리처드가 전화하지? 테레사가 직접 전화하지 않고? 리처드가 나한테 전화할 일이 뭐지?' 하는 생각을 하면서 나는 어둠 속에 있었다. 전화기에서 나는 잡음. 그 다음 리처드의 목소리.

"테레사가 죽었어요."

나는 그 말을 들었다. '테레사 바꿔 줘'라고 하려다가 나는 '뭐······라고······'라는 말만 했다.

리처드는 다시 '테레사가 죽었어요'라고 말했다.

나는 더 묻지 않았다.

아무 소리도 들리지 않았다. 침묵뿐. 누군가가, 아니면 무엇인 가가 소리를 끊어 버렸다. 소리가 사라지고 그 다음에 이상한 현 상이 일어났다. 갑자기 희미한 새벽 어둠이 밝은 회색으로 바뀌 었다. 그 빛이 공중에 잠깐 멈추었다가 곧 사라졌다. 동이 트는 것 같다고 느꼈는데 그게 아니었다. 다시 주변이 어두워졌다. 나는 어둠 속에 서 있었고 전화기 속에서는 잡음이 새어나왔다. 나는 리처드에게 물었다.

"거긴 몇 시지?"

내가 왜 그런 질문을 했는지 알 수 없었다. 아마도 주위가 갑자 기 밝아졌다가 다시 어두워져서 그랬을까.

그가 대답했다.

"여긴 아침 아홉시예요."

그렇지. 맨해튼의 리틀이탈리아 거리는 이미 동이 텄으니까 어 둠 속의 빛은 있을 수 없지. 나는 "여긴 새벽 여섯시."라고 말한 다. 리처드는 아무 대답이 없다. 그는 캘리포니아에서 잠깐 비친 빛에 대해서는 관심이 없는 모양이다. 세상이 무너지는 소식을 알려 주려고 전화한 리처드에게 미국 동부와 서부 간, 세 시간의 차이를 따질 때가 아니다. 그리고 우리 대화는 침묵으로 흘렀다.

나는 침묵을 깨고 물었다.

"어떻게 된 거지?"

바로 그때 나는 모든 사태를 알아야 했다. 모든 것을. 그러나 그에겐 황당한 질문이었다. 그가 테레사의 죽음에 대해 모든 것을 알지 못하고 알 수도 없는 일이었다. 그렇지만 나는 내가 모든 것을 당장 알아야 된다는 생각밖에 못했다. 어리석게도 30여 년이 지난 후 지금에서야 나는 1982년 11월 6일 새벽의 순간이 어떤 순간이었는지 비로소 알 수 있었다. 그 뒤에 따르는 순간들도.

리처드는 경찰서와 주차장에 대해서 더듬거리며 뭔가 이야기했다. 갑자기 내가 서 있는 방 안에서 플래시가 터진다. 낮은 스타카토 리듬으로 너의 웃는 얼굴 모습이 환하게 드러났다가 사라진다. 일본에 갔다가 돌아왔을 때 공항에서 본 피곤한 얼굴과 복스왜건 운전대를 잡은 밝은 얼굴. 틸던 공원에서 야구공을 처음 때리고 깜짝 놀라는 얼굴. 버클리에 살았던 그때, 너는 머리가 길었다. 공항에서는 짧은 머리였지. 네 이미지들이 눈앞에 아무 소리 없이 지나갔다. 네가 알루미늄 야구 방망이로 공을 때렸을 때도 아무 소리가 들리지 않았다.

싸하고 새어 나오는 장거리 전화의 잡음 소리 속에서 리처드의 숨소리가 들렸다. 나는 리처드의 얼굴을 떠올리려 했지만 전혀 생각이 나지 않았다. 나는 "어디서?"라고 물었다. 그리고 리처드의 대답에 귀를 기울였다.

리처드는 "엘리자베스 가…… 주차장에서……."라고 힘없이 말했다.

테레사, 너의 이미지들이 또 한 장씩 떠오른다. 뉴욕의 스프링
가와 엘리자베스 가에서 너는 바이바이 하면서 손을 흔든다. 오
렌지 색깔 가로등 아래서. 나는 택시 창문 너머로 멀어지는 너의
모습을 쳐다본다. 내가 기억하기로 너와 리처드는 내가 묵고 있
는 렉싱턴 호텔로 찾아왔고, 리처드와 나는 맥주를 마셨다. 너는
입에도 대지 않았지. 그날 저녁, 빌리지에서 저녁을 먹고 커피를
마신 뒤 돌아오는 길에 너희 둘을 엘리자베스 가에 내려준 뒤 나
는 호텔로 돌아왔다.

"경찰이 뭐랬지?"

"강도가 강간하고…… 목을 졸라…… 죽였어요."

그 말을 듣는 순간 온갖 이미지와 모든 소리가 사라졌다.

빨간 외투, 갈색 베레모

발레리 스미스······.

그녀는 1982년 11월 그 사건이 일어나던 날, 네가 마지막으로 만난 사람이었다. 젊고 우아한 그녀는 허드슨 가에 있는 '아티스트 스페이스'의 큐레이터였다. 나는 그녀를 1984년 센터 가와 레너드 가 코너에 있는 형사 법정 건물에서 처음 보았다. 리처드와 통화한 후 2년 동안 많은 일들이 있었다.

그러나 나는 그날의 사건에 집중하고 싶다. 너의 시각에서, 그리고 나의 시각에서. 무엇보다 그날 매순간 순간을 재구성하고 정리해서 그날 생긴 일들이 이해가 되는지 나는 알고 싶었다.

그러려면 발레리 씨와 너의 만남부터 시작하는 게 좋을 거 같다. 그녀는 예술가였고 너와 비슷한 감각과 관심을 가지고 있었으니까.

나는 예술을 한다, 그것이 진실이기 때문에.(『딕테DICTEE』, 테레사 차, 1982)

형사 재판 법정은 또 다른 종류의 진실을 다루는 곳이다. 이곳은 정상적인 사람에게는 그리 좋은 곳이 아니다. 법정 건물은 발레리가 일하는 갤러리처럼 인간의 영혼을 위해 지어진 공간이 아니라 사람들에게 위협을 주기 위해 만들어진 곳이다. 아침 9시, 거대한 법정 로비에 들어서면 최소한 200데시벨 이상의 쿵쾅거리는 소음에 귀가 먹먹해진다. 출퇴근 시간에 나오는 맨해튼 거리의 소음은 법정의 소음과는 비교도 되지 않는다. 붉은 섬광이 비치는 희뿌연 법정 건물의 천장은 단테의 신곡에 나오는 지옥 infemo과 같은 장면이다. 분노와 증오에 가득 찬 사람들이 비명 속에서 정신을 잃고 만다. 거기는 아침 9시에 들어갈 장소가 아니다. 거기는 모두가 범죄와 연관되어 있다. 그들은 범죄자, 또는 공모자이거나, 아니면 그들의 친구와 친척, 목격자, 희생자, 그리고 변호인들뿐이다. 만약 범죄가 없다면 이 홀은 텅 비어 있겠지. 아름다운 그곳의 흰 대리석 바닥은 높은 아치형 창문을 통해 비치는 아침 햇살에 반짝반짝 빛나겠지. 단지 수십 년 동안 마모된 바닥을 씻어 내기 위해 스쳐 가는 햇살의 속삭임만이 있겠지.

발레리는 이 지옥의 장면을 무릅쓰고 뉴욕 주 대법원 67부 형사 법정에 나왔다. 거기서 그녀는 너와의 마지막 만남에 관한 기억을 떠올리고 있었다. 나는 그녀가 증인석에 천천히 올라서는 모습을 보면서 그녀가 겁에 질려 있는 걸 알 수 있었다. 그녀는 진이 빠진 듯 보였고, 어깨 너머 흘러내리는 까만 머리는 야윈 얼굴을 한층 더 창백하게 만들었다. 그녀는 증인석 앞에 멈춰 서서는 잰걸음으로 마주 보이는 방청석 쪽으로 돌아섰다. 그녀는 그녀 앞에 성경을 들고 있는 법정 서기를 보고 흠칫 놀랐다.

"오른손을 들고 왼손을 성경에 올려놓으십시오."

그녀는 오른손을 들고 서기가 들고 있는 성경 위에 왼손을 올렸다. 서기는 "발레리 스미스 씨는 오직 진실 외에는 다른 어떤 말도 하지 않을 것을 맹세합니까?" 하고 물었다. 그녀는 "네." 하고 간신히 들릴 듯한 음성으로 대답했다. 판사가 크게 말하라고 했다. 그녀는 멋쩍게 웃으며 다시 "네." 라고 소리 냈지만 처음보다 그리 큰 목소리는 아니었다.

판사가 말했다.

"자리에 앉으세요."

그녀는 조심스레 증언석 자리에 앉아 두 손을 포개어 무릎에 얹고 1982년 11월에 있었던 너와의 마지막 만남을 떠올렸다.

"테레사 차는 그날 금요일 오후 4시쯤 갤러리에 왔어요. 그날은 매우 추웠고, 그녀는 빨간 가죽 코트와 갈색 베레모와 스카프를 둘렀어요. 그녀는 부드러운 목소리로 '안녕' 하고 인사했고, 나 역시 '안녕' 하고 인사했어요. 바깥 날씨가 얼마나 추운지 이야기할 필요는 없었어요. 그녀가 꽁꽁 얼어 있는 얼굴로 웃었기 때문에 바깥 추위를 짐작할 수 있었거든요. 그녀는 빨간색 가방과 지갑을 의자에 내려놓고 한동안 장갑을 낀 채 두 손을 비볐어요.

그리고는 장갑을 벗고, 벨트를 풀어 코트를 벗고 스카프를 풀었어요. 확실치는 않지만, 그러는 동안 나는 그녀에게 차 한 잔을 따라 주었던 것 같아요. 나는 테레사가 세 명의 다른 아티스트인 빅토르 알자모라, 제니퍼 볼란데, 그리고 스티브 폴락과 함께 하는 전시회의 홍보물 때문에 테레사의 서명이 필요하다고 이야기했어요. 테레사는 그러겠다고 말하고서는 지갑에서 펜을 꺼내 '테레사 학경 차'라는 서명을 세 번 했어요. 서명을 하면서 그녀는 웃으며 길게 숨을 내쉬었고, 나도 따라 웃었지요. 나는 그중 하나를 골라 12월 11일에 있을 전시회 안내장에 쓰겠다고 그녀에게 말했어요. 그녀는 여러 가지 모양의 손이 찍힌 사진이 들어 있는 파일을 내게 주었어요. 그녀는 고대 중국에서부터 근대 프랑스 회화까지 손에 관한 다양한 이미지를 사진으로 찍어 왔어요. 나는 그 사진들을 훑어보았어요. 기도하는 손, 필사하는 손, 평화를 갈구하는 손. 나는 사진들이 매우 좋다고 말했고, 그녀는 고맙다고 대답했어요. 나는 그녀의 예술에 대해 자세히 알지는 못해요. 내가 아는 것이라고는 그녀가 샌프란시스코에서 뉴욕에 갓 왔다는 것과 버클리에서 공부했다는 것 정도였지요. 누군가가 그녀를 재능 있는 멀티미디어 예술가, 행위예술가이자 작가이며 필름 메이커라고 추천해 주었어요. 그녀는 손 사진에 대한 글을 쓰고 있다고 말했어요. 그녀는 피곤해 보였고, 새 책이 곧 나온다고 말했던 걸로 기억합니다. 그녀는 다른 약속이 있어 곧 자리를 떠야 하는 사람처럼 다소 바쁜 듯 보였고, 대략 15분 가량 머물다 자리를 떠났어요."

그녀가 법정에서 한 증언이 위의 문장과는 완전히 일치하지는 않는다. 법정에서의 심문은 너와 함께 있던 15분 동안 그녀가 보고, 듣고, 말했던 것들만 다루고 있으니까. 나는 법적인 차원의 심문과 진술은 전체의 의미를 파악할 수 없다고 느꼈다. 그래서 나는 임의적인 판단으로 네가 그녀와 함께 마주했던 모든 것을 구성해서 비어 있는 부분을 채워 보기로 했던 것이다. 발레리는 진술이 끝나자 한숨을 내쉬었다. 그녀가 증인의 자리에서 이야기했던 다른 어떤 것들보다도, 긴 한숨이 그녀가 겪었던 시련을 말해 주었다. 나는 그녀가 가여워졌다. 그녀는 잰걸음으로 아무 말 없이 땅바닥만 응시하며 법정 밖으로 걸어 나갔다. 나는 그녀의 손을 잡아 보고 싶었다. 하지만 법정에서는 그런 행동이 적절하지 않다.

나는 그로부터 2년쯤 지나서 그녀의 손을 잡아 볼 수 있었다. 나는 그녀의 손을 잡고 그녀와 눈을 맞추었다. 내 이름을 대지 않았지만 발레리는 내가 너의 오빠라는 걸 알았다. 그제야 나는 그녀의 손을 놓고 소리 없이 '땡큐'라고 입술만을 움직이고, 그녀는 말없이 고개를 살짝 끄덕였다.

사건이 일어났던 그날 일을 구성해 본다. 아티스트 스페이스에서 발레리와 미팅하고 난 뒤, 너는 갈색 베레모를 쓰고 빨간색 가방과 지갑을 들고 나무 계단을 걸어 내려갔다. 계단을 내려와서 너는 문을 밀고 밖으로 나왔다. 찬바람이 네 얼굴을 스치고 지나갔다. 너는 하우스턴과 라파예트 가의 모퉁이에 있는 펵Puck 빌딩에서 남편 리처드와 만나기로 한 약속을 떠올렸다. 너는 예전에 그곳에 가 본 적이 있다. 멀베리 가 쪽으로 후문이 있고, 라파예트 가 방향으로는 정문이 있는, 한 블록을 통째로 차지하는 낡은 9층 건물이다. 19세기 후반 풍자극의 최고 잡지, 《펵》 매거진 출판으로 유명한 펵 빌딩은 전체적으로 리노베이션 중이었다. 건물 투자자들이 오래된 건물을 세련된 디자인 센터로 바꾸고 있었다. 그 프로젝트와 관련하여 배우 우디 앨런의 이름이 두어 차례 언급되었던 것 같다. 그렇지만 나는 우디 앨런이 실제 투자했는지 안 했는지는 관심 없다. 하지만 그 사람이 왜 펵 프로젝트에 관심을 가졌는지 알 수 있었다. 풍자 잡지인 《펵》은 한창 시기에 아웃사이더의 위치에 있었고, 우디 앨런도 그랬으니까.

네 남편 리처드 반스가 실크 스크린 작업을 하는 스튜디오는 그곳 지하에 있었다. 거기에서 리처드는 그가 찍었던 건물 사진들을 가지고 실크 스크린 이미지를 만들었다. 그는 리노베이션을 기록하기 위해 고용된 건축 전문 사진작가였고, 너는 이전에 그의 작업실에 여러 번 들른 적이 있다. 네가 허드슨 7번 가 서쪽, 카날 가 남쪽의 작은 블록에 위치한 '아티스트 스페이스'를 떠났을 때는 아무도 너를 보지 못했다. 아무도 네가 어느 길로 걸어갔는지 알지 못했다. 허드슨 가와 무어 가의 모퉁이에서 양 갈래 길이 나오면, 너는 홀랜드 터널 쪽 허드슨 가를 따라 걷거나, 허드슨 가를 가로질러 동쪽으로 가야 하는데, 나는 네가 허드슨 가를 가로질러 브로드웨이 방향으로 접어들어 브로드웨이 북쪽을 지나갔으리라고 생각한다. 왜냐하면 그 길이 라파예트 가와 평행을 이루는 길이니까. 내가 말하고자 하는 건 너는 발레리를 만난 뒤 동쪽으로 가려고 했다는 거다. 너는 전에 출판일로 편지를 써 보냈던 태넘 출판사, 처치 가와 브로드웨이 사이의 화이트 가 동쪽으로 두 블록 떨어진 출판사에서 많은 시간을 보냈기 때문에 그 주변 도로에 익숙하니까. 너는 태넘 출판사와 너의 집 사이 길을 수도 없이 걸어 다녔다. 네가 예전에 내게 보내 준 편지 때문에 나는 이 사실을 잘 알고 있다.

1982년 6월 25일
오빠, 존에게,

여름이 왔어. 비가 내리고 간간이 햇살이 비쳐. 요즘은 기분이 찜찜했지만 그래도 몇 가지 좋은 일들이 있었어. 나는 방금 원고를 막 끝내서 출판사에 넘겼어. 무보수의 노동이었지만…… 원고를 넘기면서 느낀 건, 벌거벗은 기분이었다는 것과 해방됐다는 것 외에는 뭐라고 표현하기 힘들어. 그 원고는 작업중이나 아니거나 내 몸에서 결코 떨어지지 않았어. 나는 어디에 가든지 항상 그 원고를 들고 다녔고, 자면서도 원고 생각만 했지, 그리고 결국 완성했어. 그래도 완전하게 구성된 책이라고 여기기는 힘들어. 이제까지 조각조각으로 인식했거든. 나는 이제껏 해왔던 작업들이 완성된 것을 볼 때마다 놀라곤 해. 일과 휴식 사이, 꿈속에서, 그리고 직장에 대한 불만, 무직에 대한 불만, 가난함, 리처드와 언쟁을 벌이는 사이사이에 조각조각 만든 작품을 한 권의 책으로 만들었거든. 나는 지금 내 스스로를 칭찬하는 게 아니야. 그저 좋고 놀라울 뿐이야. 나는 오늘 존경하는 친구에게 원고를 읽어 달라고 부탁했어. 그녀는 나에게 책의 이미지나 책에 대해 최초로 진정한 평가를 해줄 거야. 리처드는 바빠서 책을 못 읽었어, 내가 필요할 때 도와주긴 했지만. 그는 나중에 읽겠지.

여기는 유동성이 없는 도시라고 느껴져. 나는 정말로 이 도시가 거짓되고 조작되고 과장된 어떤 초자연적인 힘으로 번창하고 있다고 생각해. 그 때문에 성공할 기회가 드물어. 가끔 성공할 수 있는 기회가 더러 있다고 해도 그 밑에는 비도덕적 쓰레기, 돈, 기생충 같은 존재가 전체를 지배하는 상황이야. 진짜 구역질나. 그 기회는 과장이나 허황되지 않고 정직하게 일하고자 하는 사람들의 기준에 따르는 것이 아니야. 지금 이 시대에 톨스토이나, 혹은 그보다 나은 누군가가 정말 존재할 수 있을지 난 모르겠어.

내가 또 횡설수설하고 있네. 내 안팎의 생각들을 가지고 말이야. 오빠한테서 소식 없는 거 보니까 오빠는 잘 지내고 평소대로 바쁜 줄 알고 있을게. 막내 버나데트가 유럽에서 돌아오면 오빠 좋겠지. 우리 가족 모두 모일 때가 좋았어. 그리워. 난 지금 망명자의 상태인 거 같아. 내가 선택했고, 내년에 어디에 있을지 알기 어렵지만, 나는, 아니 리처드와 나는, 뉴욕, 미국, 그리고 가능하다면 현재에서 벗어나고 싶은 마음이 간절해. 우리는 이것을 천천히 생각해 볼 거야.

우리는 재미있는 유럽 사람들을 몇몇 만났어. 그들의 교육, 활력, 진지함은 여기처럼 돈에 구애받지 않는 거 같아. 나는 너무 많은 환상을 갖지 않으려고 해. 리처드와 나는 비교적 잘 지내. 평소와 다름없이 우리는 계속해서 생활고와 과로에 시달리고 있고, 정신적인 고양은 부족해. 나는 규칙적으로 태극권 수련을 하고 있긴 하지만 내가 도장 바깥으로 나가는 순간 태극권 수련은 곧 증발하고 말아, 밖에 나서자마자 방어태세를 갖춰야 하거든. 우리는 뉴저지의 케이프 메이Cape May와 애틀랜틱 시티Atlantic City에 갔어. 바다는 상쾌했어. 서부만큼은 못하지만. 그곳에서의 경험은 신기했어. 거기서 본 삐딱한 문명, 우울함, 교육 수준은 모두 리처드 같은 저널리스트나 나 같은 아웃사이더에게는 악몽이었어. 억압이 심해지면 깨어나길 바라는 그런 꿈이야.

시간 되면 편지해 줘. 나도 종종 시간이 날 때 편지 쓸게, 내 의사소통 능력은 점점 나빠지고 있지만. 10월이나 11월 중에 내가 쓴 책을 받으면 오빠는 내가 뭘 하고 지냈는지 알게 될 거야. 그 다음에 나는 에이전트들을 통해서, 힘이 없지만, 애를 써서 더 많은 프로젝트들을 구해야지. 이번 작업보다는 더 나은 재정 지원을 받을 수 있겠지, 아마도 식사 대접, 원고 복사 등등 포함해서. 몇 가지 불평도 들어주겠지. 언젠가는, 보람이 있을 거야.

사랑하는 테레사가

3년. 너는 3년 동안 책을 쓰는 작업을 했고, 화이트 가에 있는 작은 출판사 태넘에서 많은 시간을 보냈다. 그리고 너는 늘 그곳으로 가는 익숙한 길을 걸었지. 나는 그 책을 받았다. 소포 꾸러미에는 11월 3일, 네가 죽기 이틀 전 소인이 찍혀 있었지. 그리고 나는 10일, 네 장례식 날에 그 소포를 찾았다. 너의 책 『딕테』에 관해서는 언젠가 더 자세히 이야기하기로 하고, 지금은 11월 5일 그날, 퍽 빌딩으로 가는 너의 발걸음을 따라가려고 한다.

나는 지금 너를 볼 수 있다. 바람이 불고, 나뭇잎이 굴러다닌다. 너는 빨간색 가방을 팔에 끼고, 바람을 맞으며 빨리 걷고 있다. 아직 날이 어둑해지지는 않았다. 사진작가 켄지 후지타도 그렇게 말했다. 그는 발레리 다음으로 목격자 증언을 했고, 자신을 '아티스트 스페이스'의 사진작가라고 소개했다. 그리고 피고인 측 변호인이 "후지타 씨, 당신은 테레사의 도착, 출발 시간을 확실히 기억하지 못합니다, 그렇지요?"라고 심문했을 때, 후지타 씨는 "내가 기억하는 한, 우리의 회의는 어두워지기 전 늦은 오후에 있었습니다. 그녀는 어두워지기 전에 도착해서 어두워지기 전에 떠났습니다."라고 분명히 대답했다. 나는 후지타 씨를 믿는다. 왜냐하면 사진작가는 빛과 어둠 속에서 살기 때문에, 그가 빛이라고 말했다면 그건 빛을 의미하는 거니까. 너는 브로드웨이의 카날 가를 대낮에 가로질러 프린스 가까지, 북쪽으로 네 블록을 계속 지나갔다. 15분이 지나 오후 4시 30분이 되었고, 땅거미가 늦은 가을 하늘을 드리우고 있었다. (당시 시간표에 의하면, 일몰은 오후 4시 48분에 시작되었다.) 나는 네가 프린스 가에서 오른쪽으로 가는 것을 본다. 여기서 방향을 바꾸는 것이 하우스턴 쪽으로 한 블록 더 올라가는 것보다 훨씬 자연스러우니까. 동쪽으로 두 개의 짧은 블록을 지나 너는 이제 멀베리 가에 있다. 그러고 나서 왼쪽으로 돌아 저지 가로 한 블록을 더 가서 너는 퍽 빌딩의 동남쪽 모퉁이에 서 있다. 나는 본다, 저물녘, 악마의 불빛이 드리운 붉은 벽돌로 지은 거대한 빌딩을. 나는 너에게 "가지 마, 그쪽으로 가지 마."라고 말한다. 테레사! 멈춰, 테레사! 멈추고 여길 봐. 멈추고 내 말을 들어봐. 그러나 너는 멈추지 않는다. 너는 별다른 의심 없이 건물 안으로 들어간다. 위험이 다가오고 있다. 너는 그런 것들에 대해 예리하고 능숙한데도, 네가 감지한 걸 무시하고 문을 열고 들어간다.

살인자에 대한 재판

조이 산자Joey Sanza.

테레사는 그를 퍽 빌딩의 후문을 지키는 경비원으로 알았을 것이다. 테레사는 아마도 빌딩 지하에 있는 리처드의 실크 스크린 작업실에 드나들면서 후문을 이용했고, 산자를 몇 번 봤겠지. 보통의 키에다가 단단한 체격, 늘어진 콧수염을 가진 30대 남자. 플로리다에서 그에게 강간당했던 여인 3명이 뉴욕으로 와 법정에서 용감하게 증언했다. 그들은 자신의 끔찍한 경험을 되살리는 데 몹시 힘들어했다. 그것도 공개된 법정에서니까. 그들 가운데 파멜라 쉘이라는 여자는 산자를 이렇게 기억했다.

1982년 3월 21일 오후 1시경, 나는 집에서 친구를 기다리고 있었습니다. 나는 쓰레기를 바깥에 버리고 아파트로 돌아오는 길이었어요. 아파트 앞을 지나가던 산자가 "수영복이 잘 어울리네요."라고 말을 건넸습니다. 나는 "고마워요!" 하면서 문으로 들어가려 하는데 산자가 "잠깐만요, 난 이 동네에 새로 이사 왔는데

혹시 대마초 피워 본 적 있나요?"라고 물어서 난 "그런데요." 하
고 대답했습니다.

그는 한 발짝 다가오면서 "난 최근에 이사 와서 아무도 아는
사람이 없어요. 나랑 같이 대마초 한 대 피울래요? 난 2층에 살
아요." 하고 말했어요.

"30분 후에 내 친구들이 오기 때문에 곤란해요."라고 답하자
그는, "난 아는 사람이 아무도 없어요. 사람들을 사귀고 싶어
요."라고 했습니다. 그래서 "글쎄 그렇다면 잠깐만 들어와요.
하지만 친구들이 30분 후에 오니까 그전에 나가야 해요."라고
했어요.

난, 먼저 아파트로 들어갔습니다. 5분쯤 지나, 노크하는 소리가
나서 문을 열고 산자를 들어오라고 했습니다. 나는 부엌에서 차
를 끓여 거실로 왔어요. 나는 그에게 '이름이 뭐냐?'고 물었지요.
그는 '조지'라고 대답하고 내게 어디서 일하는지를 물었습니다.
나는 패션 스퀘어에서 일한다며 오른쪽으로 돌아서 찻잔을 들고
그에게 다시 얼굴을 돌리는 순간 산자는 나의 왼팔을 잡고 내 머
리에 권총을 대며 "찍 소리 말어!"라고 위협했습니다.

"제발, 이러지 말아요, 당신은 잘생겼는데 이런 식으로 여자를
대하지 않아도 되잖아요."

"아니, 난 이렇게 널 갖고 싶어."

"오, 제발, 내 친구들이 곧 와요."

"똑똑히 들어. 내가 너하고 일이 끝나기 전에 네 친구들이 오면 너네들을 다 쏴 죽일 거야, 침실로 들어가!"

"제발 죽이지는 말아요, 하느님 맙소사, 제발 죽이지 말아요."

그는 침실로 나를 끌고 들어갔어요. 그가 내게 권총을 대고 '옷 벗어'라고 해서 나는 옷을 벗었습니다. 옷을 벗는 중에 20달러짜리와 10달러짜리 지폐가 침실 바닥에 떨어졌어요. 그는 나보고 침대로 올라가라고 해서 난 올라갔습니다. 그는 권총을 스탠드에 놓고 자신의 옷을 벗었습니다. 그리고 나를 강간했어요. 내가 수건을 가지러 일어서니까 그는 '너 지금 뭐하는 거야?' 하고 소리를 질렀습니다. 나는 몸을 닦아야 된다고 했어요.

파멜라는 말을 더듬었다. 그녀는 증언을 계속하기 위해 입술을 움직였지만 목소리가 나오지 않았다. 결국 그녀는 손수건으로 얼굴을 가리고 울었다. 한참 동안. 법정 안은 조용했고 사람들은 그녀의 우는 소리를 듣고 있었다. 그녀는 울음을 진정한 뒤 다시 증언했다.

산자는 내가 옷을 못 입도록 했어요. 나는 사별한 남편의 반지를 끼고 있었습니다. 산자는 내 결혼 반지를 빼려고 했지만 내가 저항하는 바람에 손가락에 상처가 났습니다. "안 돼요. 반지는 절대 가져갈 수 없어요."라고 하니 그는 "조용히 해. 시끄럽게 굴면

이 총으로 네 머리를 부수고 말 거야!"하고 소리쳤어요.

나는 죽이지 말라고 계속 애원했습니다. 그는 집안에 있는 돈과 마약류, 보석들을 다 내놓으라고 요구했습니다. 침대 바닥에 떨어진 돈은 주워서 이미 주머니에 집어넣은 뒤였어요. 나는 사정했습니다.

"제발, 내 친구들이 바로 도착할 거예요. 당신은 원하는 것을 다 이루었잖아요. 난 돈이나 마약, 보석, 그런 거 없어요. 아무한테도 말 안 할 테니까 죽이진 말아요.."

"그럼 이 침실에 10분 동안 가만히 앉아 있어. 내가 나간 다음에도 10분 동안 꼼짝하지 말고!"

"약속할게요."

그가 나갔고, 나는 현관문이 닫히는 소리가 날 때까지 기다렸다가 얼른 옷을 주워 입고 창밖으로 내다봤습니다. 산자는 아파트 건물 옆길로 뛰어가고 있었어요. 난 밖으로 정신없이 달려 나왔습니다. 건물 관리실 직원이 날 보고 무슨 일이냐고 물어서 나는 방금 권총 가진 강도한테 강간을 당했다고 말했고, 그 직원이 경찰에 전화했습니다.

파멜라는 증언을 마치고 물을 마셨다. 물컵을 쥔 그녀의 손이 덜덜 떨렸다. 산자는 이미 8개월 전에 파멜라와 다른 두 여인들을 권총으로 협박하고 강간했다. 테레사에게도 권총으로 협박했겠지. 이 장면들이 내 머릿속에서 수천 번 굴러다녔다. 아티스트 스페이스에서 퍽 빌딩 지하로 바뀌는 그 장면들 말이다. 그러나 아무리 이런 장면들을 상상하면서 고민해도 아무 소용이 없다는 걸한참 후에야 깨달았다. 다만 제프리 슈랭어라는 현명한 검사 덕분에 그날의 모든 사태가 드러났다. 법정에서 슈랭어 검사는 이렇게 말했다.

"존경하는 판사님, 배심원장님, 배심원님 여러분. 오늘 우리가이 자리에 모인 계기는 살인과 강간……, 잔인하고 몰상식한, 비인간적 살인과 강간 사건입니다. 31세의 젊은 예술가 테레사 차, 그녀를 강간하고 살해한 죄인은 바로 저기 회색 양복을 입고 앉아 있는 조이 산자입니다. 우리는 그의 범죄를 증명할 것입니다."

슈랭어 검사는 '바로 저 사람' 하며 손가락으로 산자를 가리킨다. 이때 산자의 눈꺼풀이 파르르 떨렸고, 네모난 이마와 불그스레한 얼굴은 진땀으로 번들거렸다. 배심원들은 산자와 슈랭어 검사를 번갈아 본다. 난 숨을 죽이고 있다. 곁에 앉아 있는 어머니도역시 숨을 안 쉬고 있다.

"그날 퍽 빌딩에는 테레사 차의 남편 리처드가 일하고 있었고, 다른 여러 사람들이 있었습니다. '조이 산자'는 '토니 지아넬리'라는 이름으로 그 건물의 경비원으로 근무하고 있었습니다."

그는 배심원들 앞에 서서 말한다.

"조이 산자는 경비원으로서 테레사 차가 퍽 빌딩에 오후 4시 30

분쯤에 도착하는 걸 봤습니다. 바로 해질 무렵입니다. 산자는 테레사를 퍽 빌딩의 한적한 지하층으로 끌고 갔습니다. 아무도 없는, 그곳은 한 달 넘게 경찰이나 수색견이 못 찾을 정도로 구석진 곳이었습니다. 그는 테레사 차를 강간하고 그녀가 자신을 범인으로 지목할 수 있다는 생각에 둔기로 그녀의 머리를 잔혹하게 내리쳤습니다. 그 다음 그는 그녀가 둘렀던 목도리로 그녀의 목을 졸랐습니다. 그녀가 숨질 때까지."

슈랭어 검사는 자신의 두 손으로 목도리를 잡아당기는 시늉을 한다. 산자의 눈꺼풀이 또 파르르 떨린다. 나는 방청석 옆자리에 앉은 어머니 손을 잡는다. 어머니 손은 차가운 상아 같다. 어머니는 이제 알게 된 것이다, 딸의 마지막 순간을. 어머니의 손이 조금씩 떨다가 점점 심하게 흔들린다. 나는 어머니 손을 꽉 잡아 진정시키려 한다. 그런데 어머니를 진정시키기는커녕 내 손이 부들부들 떨린다. 내 몸 안에 어떤 진동 버튼이 작동된 것 같다. 손이 너무나 떨려서 어머니의 손을 잡은 내 손을 놓으려 하는데 어머니는 손에 더 힘을 주어 잡는다. 난 손을 빼지 못하고 가만히 있는다. 나는 통로 건너편에 앉아 있는 산자에게 달려가서 놈의 목을 조르고 싶다. 어머니는 내 심정을 알고 있는지 내 손을 두 손으로 꽉 잡고 있다. 난 숨을 길게 내쉬며 솟구치는 감정을 가라앉히고는 산자 곁에 앉아 있는 법정 집행관들을 보고 있다. 슈랭어 검사의 목소리가 다시 들린다.

"피고인은 자신의 범죄를 감추기 위해 테레사의 시체를 회사 밴에 실었습니다. 날은 어두워졌고, 그는 밴을 몰고 몇 블록 떨어진 엘리자베스 가 주차장에 테레사를 내던지고 퍽 빌딩으로 돌아왔습니다."

슈랭어 검사는 두 시간 동안 계속 산자의 범죄에 대해 말했다. 어머니는 미동도 없이 검사의 말을 듣고 있다. 어머니는 숨 쉴 필요도 없었을 것이다.

피난 시절, 탄생의 기억

테레사⋯⋯.

어머니는 너와 처음 만났던 때가 한국전쟁 중이었다고 했다. 전쟁은 1950년 6월 25일에 일어났고, 그 무렵 너는 어머니 뱃속으로 들어왔으니까. 어머니는 대가족을 원했다. 그래서 어머니는 셋째아이를 갖게 되어 매우 행복했다. 동시에 매우 슬프기도 했다. 전쟁 중이라 산모와 아이, 모두에게 먹을 것이 부족했으니까. 전쟁 중에 대부분의 곡물들은 군량미로 보내졌고, 사람들은 얼마 안 되는 나머지를 가지고 서로 다투었다. 물과 먹을 것을 두고 이웃들과 매일같이 다투는 것, 그것이야말로 진짜 전쟁이었다. 전쟁이 끝난 한참 뒤에까지 어머니는 자신과 아이를 위해 영양분을 충분히 섭취하지 못했던 것을 자주 안타까워했다. 어머니가 선택할 수 있었던 문제도 아닌데 말이다. 한 번은 내가 어머니께 이렇게 말했던 게 생각이 난다.

"그렇지만 어머니, 그때는 전쟁 중이었어요. 어머니는 일부러 끼니를 거른 게 아니잖아요."

어머니는 입술을 지그시 물고 쓴웃음을 지으며 대답했다.

"넌 이해 못할 거다. 전쟁이든 아니든, 나는 더 애써야 했단다. 그때 나는 충분히 애쓰질 못했어. 끼니를 걸렀을 때, 무엇보다도 뱃속 아이를 잃을까 봐 죄책감이 들었단다. 식욕은 있었지. 그러나 이상하게도 나를 위해 먹고 싶었던 건 아니었어. 나는 신선한 생선과 과일이 먹고 싶어서 싱싱한 고등어, 사과, 복숭아를 상상하면서 먹고 싶은 걸 꾹 참았단다."

글쎄, 그때는 싱싱한 고등어, 사과, 그리고 복숭아가 꿈에 그리던 음식들이었나 보다. 인민군이 몰고 지나가는 소련제 탱크의 우르릉거리는 소리와 함께 사람들의 정상적인 삶도 멈춰 버렸던 때였다. 그때는 하루에 한 끼 준비하는 것도 힘들었다. 어머니는 거의 매일 뜨거운 시리얼과 비슷한 죽을 끓였다. 어머니가 화덕에 구부리고 앉아 까만 솥 안을 휘젓는 동안 연기가 자욱하게 번져 나가던 그 이미지는 내게 흐릿하게나마 남아 있지만, 그 맛이라든지 앉아서 먹던 모습은 사실 기억이 잘 나지 않는다. 어머니는 그런 음식은 전혀 기억할 만한 게 못 된다고 했다. 어머니가 뱃속에 든 너의 끼니를 걱정할 때, 나는 고작 네 살 반이었고, 그땐 정신이 딴 데 팔려 있었다. 나는 집 밖에서 또래 아이들과 놀고 싶어 했다. 어머니는 내가 동네 조무래기들과 놀다가 '우리의 위대한 김일성 장군……' 하고 노래를 부르면서 인민군 행렬을 흉내 내며 집에 돌아온 이후부터 나를 집에 붙들어 두려고 했다. 우리

가족은 학교 교사들이 머무는 관사 같은 집에 숨어 살았다. 거기서 가운데에 손잡이가 달린 솥뚜껑을 팽이 돌리듯 돌리고 또 돌리면서 놀았다.

아무도 우리가 그곳에 있는 걸 몰랐기 때문에, 그곳에서 나는 아주 얌전하게 지내야 했다. 어머니는 오랜 시간이 지나서야 그 이유를 설명했다. 아버지가 인민군을 피해 달아났기 때문에 인민군들이 아버지 행방을 캐러 올지도 몰라서 그랬다는 거다. 그들은 결국 우리가 있는 곳을 찾아내서 아버지의 행방을 물었고, 어머니는 모른다고 했다. (그런데 이건 정확한 사실은 아니다. 아버지는 가끔 밤에 몰래 집에 들러서 음식을 놓고 갔으니까.) 인민군에게 발각되자마자, 어머니는 다른 이웃집 아낙네들과 함께 건물 앞에 매일 소집되어 세뇌 교육을 받아야 했다. 그 때문에 저녁 식사가 늦어지고 취침 시간이 줄어들었다. 그들은 어머니를 시청 앞 광장 근처로 데려가서 밤늦게까지 중앙 우체국 앞 벙커를 짓는 데 필요한 모래 주머니를 채우도록 했다. 그 무렵 어머니는 그들에게 임신했다는 사실을 알렸고, 다행히 그들은 집에 일찍 가도록 허락해 주었다.

전쟁이 일어난 지 석 달이 지난 9월 중순경에 다시 거리에 폭탄이 떨어지기 시작했고, 주위에서는 인민군을 볼 수 없었다.

밤에는 창문 밖으로 별빛 가득한 밤하늘을 보았다. 나는 수많은 별들이 맑은 하늘을 가득 수놓은 광경에 눈을 뗄 수가 없었다.

붉은 예광탄들이 사방에 터지면서 하늘을 검붉은 불꽃으로 뒤덮었다. 나는 그게 별들이 떨어지면서 폭발하는 거라고 생각했다.

나는 하늘에 펼쳐진 불꽃놀이에 푹 빠져 버렸다. 어머니가 허락하는 한, 폭탄이 가까이 날아올 때까지 오랫동안 보고 또 보았다. 인민군이 철수하자 아버지는 우리와 함께 있으면서 우리를 이웃집 지하실로 데리고 갔다.

폭탄은 처음에는 휘파람 소리와 함께 날아들었다. 그 소리가 나면 나는 숨을 죽였다. 모두가 잠자코 그 소리를 들었다. 그 소리로 폭탄이 멀리 가는지 가까이 날아드는지 짐작할 수 있었다. 잠시 후에 폭발음이 뒤따랐고, 그 후에는 긴 침묵이 이어졌다. 그리고 누군가가 한숨을 쉬거나, 아니면 비명을 질렀다. 휘파람 소리, 침묵, 폭발, 고요……, 그리고 비명 소리, 혹은 한숨 쉬는 소리가 폭탄과 함께 순서대로 날아들었다. 한숨 소리를 들으면 다행이었다. 아무도 안 다쳤다는 말이다. 비명 소리는 누군가가 다쳤다는 것이다. 그리고 나서 적막이 흘렀다. 어느 날 거짓말처럼 폭격이 멈췄다. 나는 어디선가 갑자기 나타난 듯한 동네 아이들과 바깥에서 마냥 놀 수 있었다. 낮에는 탱크나 트럭에서 떨어진 쇠구슬처럼 반짝거리는 볼 베어링이나 탄피 같은 것을 찾아다니면서 보물찾기 놀이를 했다. 볼 베어링으로 구슬치기를 하고 탄피로 휘파람을 불었다. 아이들 중 누군가 주먹만 한 볼 베어링을 발견하면, 그 아이는 그날의 영웅이 되었다. 모든 아이들이 그 볼 베어링을 만져 보고 싶어서 그 아이 주위를 따라다녔다. 탄피는 사방에 널려 있었기 때문에 덜 귀한 물건이었다. 우리는 가장 크고 높은 휘파람 소리를 낼 수 있는 작은 탄피를 찾아다녔다. 그런데, 어머니는 그 소리를 별로 좋아하지 않았다. 그래서 나는 깨진 벽돌 아래 그것들을 숨겨 두곤 했다.

그 무렵 가장 인상적인 순간은 눈 내리는 밤, 남쪽으로 피난을 가던 날이었다. 1951년 1월 어느 날, 인민군이 다시 서울로 밀려온다는 소식에 우리는 피난길에 올랐다. 어머니는 너를 임신한 지 여덟 달이 지나 배가 무척 불러 있었다. 큰아버지와 아버지는 부산행 기차표를 준비했다. 어머니는 내 손을 꼭 잡고, 다른 한쪽에는 짐 꾸러미를 들고 있었다. 아버지는 등에 엘리자베스를 업고 양손에 짐 보따리를 들었다.

어머니는 피난을 가던 그날 밤이 일생에서 가장 평온한 밤이었다고 했다. 서울역으로 가는 길에 목화송이처럼 커다란 눈송이가 우리 가족을 전쟁이라는 참상에서 보호해 주듯 펑펑 내렸다. 그제야, 어머니는 뱃속 아기의 모든 게 잘될 거라고 생각했단다. 눈 속에서 말없이 걷다 보니 서울역 광장이 나왔다. 돌이켜 보면 회현동에서 서울역까지는 별로 멀지 않는데 그때는 왜 그렇게 멀다고 느꼈는지 모르겠다. 역 광장엔 아무도 없고 눈송이만 보였다. 어둠 속에 쌓이는 하얀 눈. 왠지 나도 기분이 참 좋았다.

서울역 대합실로 들어가니 완전히 다른 세상이었다. 내가 언젠가 말했지, 이 시점에서부터 시간 순서대로 기억나기 시작한다고. 대합실은 아수라장이었다. 줄달음질치는 사람들, 멈춰 서서 아이들 이름을 외치는 흥분한 어른들, 그리고 부모를 찾아 울면서 정처 없이 헤매는 아이들. 아이를 잃어버린 한 여자가 뒤돌아 선 아이의 등 뒤로 뛰어가서 껴안으려고 돌려본다. 그 아이는 자기 아이가 아니고 겁에 질린 다른 아이다. 그 여자는 그때 세 번 울었다. "아가!" 하고 외치며 소년의 뒷모습을 향해 달려갔을 때 이미 한 번 울었다. 다음엔 "내 아이가 아니야." 하고 실망하며 울었고, "얘, 네 엄마는 어디 있니?" 물으며 다시 한 번 울었다. 아이는 말없이 고개를 저었다. 그리고는 여자는 눈물을 닦고 일어서서 사람들을 밀치며 인파 속으로 빠르게 달려갔다.

난 그때 '여기는 부모를 잃어버리는 곳이구나'라는 생각이 들었다. 그곳에는 부모를 잃은 내 또래 아이들 천지였다. 전등불도 별로 없는 서울역은 어머니, 아버지, 아이들이 외치는 목소리로 가득 차 울렸다.

"영남아!"

"어머니!"

외침 속의 외침.

그때 나는 만약 내가 부모를 잃어버리면 절대 울지 말아야지 하고 다짐했던 것 같다. 내가 울고 있으면, 저 바보 같은 아이처럼 부모가 내 이름을 부르는 소리를 못 듣게 되겠지. 그 아이는 큰 소리를 내어 울고 있었기 때문에, 어머니 아버지가 찾는 소리를 들을 수 없었거든. 나는 스스로에게 타일렀다. 어머니 아버지가 일러준 대로 여기 짐 꾸러미 위에 꼭 앉아 있자. 움직이지 말고. 나는 네 언니 엘리자베스를 데리고 짐 꾸러미 위에 앉아 있었다. 때문은 기저귀를 차고 훌쩍거리며 돌아다니는 꼬마 애들을 보면서 말이다. 엘리자베스의 손을 꼭 잡고 나는 어머니 아버지가 되돌아올 때까지 꼼짝없이 기다렸다. 그때, 어떤 아주머니가 들깨를 뿌린 주먹밥을 우리에게 주었다. 어둠 속에 번들거리는 흰색 주먹밥은 내 주먹보다도 훨씬 더 컸다. 그 주먹밥은 정말 맛있었다. 그 맛의 기억은 아직도 생생해. 내 일생 그렇게 맛있는 건 못 먹어봤다. 아마 세상에 존재하지 않겠지. 다음으로 기억나는 것은, 기차 지붕 위에 앉아 있던 사람들이다. 그 사람들은 얼굴이 그을음 투성이였다. 나는 지붕에 앉아 있는 게 화물차 안이나 봇짐 위에 앉아 있는 것보다 더 재미있을 거라고 생각했다. 시골길을 바라보면서 기차 지붕 꼭대기에서 그을음을 뒤집어쓴 모습을 상상해 보았다. 나는 엄동설한의 매서운 추위나 지붕에서 미끄러져 떨어지는 건 미처 생각 못했다.

부산으로 가는 나흘 동안 어머니의 가장 큰 걱정은 뱃속의 너와 자신의 끼니 문제였다. 다행히도 같이 피난 가던 전 씨 아주머니가 주먹밥, 김밥, 떡을 넉넉히 준비한 덕분에 어머니는 굶주리지 않을 수 있었다. 기차가 전쟁 지역에서 벗어나자, 장사꾼들이 기차역에서 음식을 팔러 다녔고, 어머니는 더 이상 끼니 걱정을 하지 않아도 되었다.

1951년 3월 4일, 드디어 테레사, 네가 세상에 나왔다. 너는 부산 부민동의 작은 집에서 태어났다. 우리는 거기서 다른 피난민 가족과 함께 창문도 없는 단칸방에서 살았다. 네가 우리 가족이 되었을 때 어머니는 어두컴컴한 방 안에서 눈부신 빛을 보았다고 했다. 그 하얀 광채가 신기하다고 했다. 아마 산통에서 비롯된 기이한 경험이었을 것이다. 어머니는 다른 네 아이를 가졌을 땐 일어나지 않았던 일이었다고 했다.

어머니는 너를 출산하면서 담요로 만든 칸막이 맞은편에 있던 이웃들에게 방해가 될까 봐 되도록이면 비명을 지르지 않으려 애썼다. 무엇보다 어머니는 전쟁 한가운데서 새롭게 태어난 광채를 선물 받아 행복했으니까.

전쟁 중이라 비록 잘 먹지는 못했지만, 너는 보통의 크기와 몸무게를 가진 건강한 아이였다. 다행히 부산은 항구 도시라 미역이 많이 났고, 어머니는 미역국을 많이 만들어 먹었다. 그래서인지 갓 난 너에게 먹일 모유도 많이 났다.

네가 태어난 날, 아버지는 탯줄과 태반을 묻으러 해변으로 가는 길에 축하 선물처럼 펼쳐지는 장대한 일몰을 보았다고 했다. 아버지는 짐승들이 없고 누구도 알 수 없는 곳을 찾아서 탯줄을 땅 깊숙이 묻었다. 그 당시에는 아기 몸의 일부가 다시 흙으로 돌아가게끔 하는 게 남자들의 의무였다. 해변에 다다랐을 때, 아버지는 하늘 너머 일몰을 보고 그 광경에 경탄했다. 아버지는 그곳에서 네 이름을 학문을 뜻하는 '학' 자에 아름다울 '미' 자를 써서 학미라고 부르기로 결정했다. 아버지는 아기가 아주 아름다운 학자가 될 거라 생각하며 흐뭇하게 웃었다. 노을이 지고, 아버지는 집으로 돌아와서 아름다운 저녁노을에 관한 이야기를 여러 번 되풀이했다. 어머니는 아버지 말을 믿었다. 비록 직접 일몰을 보지는 못했지만, 아기 얼굴에 비친 붉은 노을빛을 보았던 것이다.

아버지는 "학미, 학미야." 하고 이름을 계속 불러봤는데, 아이랑 잘 안 어울리는 것 같고, 발음도 어색하고, 뜻도 잘 전달이 안 되는 것 같아서 아름다움이란 뜻을 가진 다른 단어를 찾았다. 그래서 '경'이란 소리가 더 잔잔했기 때문에 새 이름으로 "학경아, 학경아." 하고 불렀더니 그제야 네가 웃었다. 그래서 네 이름이 학경이 된 거다.

네가 태어났을 즈음을 나는 확실하게 기억하지는 못한다. 어머니는 늘 너를 포대기에 싸서 등에 업고 있었다. 나는 겨우 다섯 살이었다. 내 기억으로는, 밖에서 놀다가 방 하나의 절반으로 나눈 셋방에 들어와서는 얌전히 있어야 했다. 나는 어두컴컴한 방 안에서 가만히 앉아 있고 싶지는 않았다. 그래서 집주인이 살고 있는 전등불 쪽으로 살금살금 기어갔다. 나는 주인집 식구들이 껍질을 깎은 과일을 아삭아삭 베어 먹는 모습을 구경하는 걸 좋아했다. 주인집 식구들은 크게 떠들었다. 그들은 조용히 지낼 필요가 없었다. 주인집 식구들은 많이 시끄러웠다. 이제와 생각해 보면, 아이들은 좀 상스러웠던 것 같다. 가장 큰 아이가 여대생이었고 나머지 둘은 고등학교에 다니는 남자아이들이었다. 그 여대생은 나를 피난민 꼬마라고 불렀다. 나는 그게 무슨 뜻인지 몰랐다. 그녀는 남동생들한테는 물론이고 자기 어머니한테도 항상 고래고래 소리를 질렀기 때문에, 별로 친해지고 싶지 않았다. 그들 두 남동생들은 서로 많이 다퉜다. 동생이 더 크고 힘이 세서 형을 마구 두들겨 팼고, 형은 하루가 멀다 하고 코피를 흘렸다. 주인집 아저씨가 저녁에 집에 돌아오면 그 형제들은 마루에 무릎을 꿇고 앉아 내내 꾸중을 들으며 고개를 떨구고 있었다. 그러면 여대생 누나는 남동생들이 언제 어떻게 무엇 때문에 싸움이 일어났는지를 아버지에게 시시콜콜 일러바쳤다. 형제들은 한패가 되어 누나에게 소리치며 대들었고, 주인집 아주머니는 그 여대생 누나한테 나가 있으라고 말했다. 그리고는 금방 다시 고성이 오갔다.

이렇게 주인집에서는 항상 시끄럽고 재미있는 일들이 있었다. 그땐 자연스레 내 관심도 주인집을 향하게 되었고, 그런 탓에 테레사, 네가 태어났을 때의 기억이 분명하지 않은 거 같다. 내가 갖고 있는 분명한 네 이미지는 부산 기차역 근처 집에서부터다. 거기서 우리 식구는 우리만의 방을 갖게 되었다. 부민동에서 담요로 칸막이를 치고 방을 나눠 쓰던 것에 비하면 천국이었다. 더 이상 쥐 죽은 듯 조용히 지낼 필요가 없어서 정말 좋았다. 무엇보다 광채 나는 온돌마루에서 미끄럼놀이를 할 수 있을 만큼 방이 넓었다. 나는 학교에서 돌아오면 책가방을 마루에 던져 놓고는 허기진 채로 문가에 앉아서 함석 지붕 아래 좁은 부엌에서 일하고 있는 어머니를 보았다. 그러면 어머니는 고구마나 떡을 가져다주었다. 나는 얼른 허기진 배를 채우고 나서 방 안으로 고개를 돌려 너를 보곤 했다.

얼마 지나지 않아서 아기였던 너는 방을 엉금엉금 기어가다 다시 앉는다. 너는 뭔지는 모르겠지만 무언가를 찾는 것마냥 방 네 귀퉁이를 따라 기어 다닌다. 절대로 방 한가운데로 기어 다니지는 않았다. 그러다 붉은색 진흙이 삐져나온 헤진 한쪽 귀퉁이에서 멈춘다. 너는 엄지손가락으로 그 진흙을 문지른다. 진흙 덩어리가 부서지면, 너는 진흙을 묻은 손가락을 입에 넣는다. 어머니가 부엌에서 우연히 올려다보는데, 네가 방 귀퉁이에서 흙을 먹는 모습을 본다. 어머니는 소리를 지르며 서둘러 네게로 간다. 그리고 마루에서 너를 번쩍 들어 올린다. "안 돼, 안 돼." 하며. 너는 뭐든지 항상 입에 넣으려고 한다. 그리고 어머니는 너를 등에 업고 포대기를 둘러맨다.

그 뒤로 우리는 다시 송도로 이사를 갔다. 거기서 나는 네가 처음 말하는 소리를 들었다. 그때 네가 세 살이었는데, 실은 그보다 훨씬 전부터 말은 했을 거다. 단지 네가 말하는 걸 내가 듣지 못했을 뿐이다. 거듭 말하지만, 그때 나는 동네 아이들과 집 앞으로 길게 이어진 해변가에서 정신없이 뛰어 놀았으니까. 게다가 네가 워낙 말이 없었기 때문에 나는 네가 새침해서 말수가 적은 아이였다고 생각했다. 너는 가끔 대문 없는 낮은 돌 울타리 위에 혼자 앉아서 시간을 보내곤 했다. 나는 울타리 옆을 걸으면서 네가 말하는 걸 들었다.

발가벗은 애기야, 어디로 가느냐?

발가벗은 애기야, 어디로 가느냐?

너는 동네 아이들이 놀고 있는 모습을 지켜보곤 했다. 그들 중 몇몇은 옷을 입지 않은, 이제 갓 걸음마를 뗀 아이들이었다. 나는 멈춰 서서 네가 그렇게 계속 말하는 걸 들었다. 그때 내가 받은 느낌은 네가 참 이상한 아이였다는 생각이 들었다. 네가 처음 창작한 시를 읊는 것일 수도 있다고는 생각하지 못했다. 지금에서야 나는 그때 네가 했던 말이 시였고, 4-3-4-3의 운율을 가진 산토끼 동요에서 운율을 뽑아 낸 것이었다는 확신이 든다.

"산토끼 토끼야, 어디로 가느냐?"

너는 산토끼 동요의 리듬을 살리면서 산토끼 대신에 벌거숭이 아기를 집어넣었던 거야. 너는 하루하루를 그렇게 보냈다. 송도는 곱사등이 소나무들이 흐드러진 해변의 끝자락에서부터 끝없는 수평선이 활짝 펼쳐진 정말 평화로운 곳이었다. 그곳에는 멀리, 큰 거북처럼 고요한 바다 위를 떠다니는 바위섬이 있었다. 그곳에는 채소들이 자라고, 솔잎 냄새, 미역 냄새와 뒤섞인 햇빛 아래 썩은 두엄 냄새가 물씬 풍기는 두 개의 언덕 사이에 전원 마을이 있었다. 옆집 누런 황소의 음메 소리가 내가 들었던 가장 큰 소리였다. 더 이상 우르릉거리는 탱크 소리도, 폭탄 소리도 들리지 않았다.

어른들은 종종 마루에 모여 앉아 두런두런 이야기하고 참외도 깎아 먹었다. 아무도 전쟁에 대해 이야기하지 않았다. 부산 한복판의 피난민촌에서는 어른들이 늘 누가 살았고, 누가 죽었는지 하는 말 외에는 다른 얘기는 하지 않았다. 어른들은 그렇게 이야기를 하면서 어떤 때는 좋아서 소리를 지르고, 어떤 때는 바로 눈물을 흘리곤 했다. 나는 무엇이 그 사람들로 하여금 혀를 끌끌 차고 눈물을 흘리게 만들었는지를 몰랐다. 그들이 "참 좋은 사람들이었는데."라고 말하는 이유를 알지 못했다.

송도에는 전쟁의 기운이 느껴지지 않았다. 아버지는 저녁 무렵 집에 와서 식사 후에 내 손을 잡고 해변을 거닐곤 했다. 송도 바닷가에는 불꽃도, 휘파람 소리도, 비명도, 그리고 고함치는 집주인도 없었다. 아참, 그리고 학교도 없었다는 얘길 했나? 거기에서 제일 좋았던 게 바로 학교가 없었다는 거였다. 모든 동네 아이들은 아침 일찍 갯바위에 모여서 바위 사이의 보라성게나 게를 잡았다. 그러다 지루해지면 납작한 돌멩이로 물수제비를 뜨고, 조개나 고동을 잡고 헤엄도 쳤다. 점심때가 되면 흩어져서 각자의 집으로 돌아가 점심을 먹었다.

점심을 먹고 나면, 어머니는 읽을 책들을 가져다주었다. 나는 책 읽기를 좋아해서 방이나 마루에서 책을 읽었다. 인쇄된 글자들은 마술 같았다. 나는 책에 관한 모든 것이 좋았다. 냄새, 종이의 질감, 그리고 그 안의 이야기들까지. 테레사도 나와 비슷하게 책을 느끼고 존중하는 마음으로 책을 대했을 거다. 어머니가 우리에게 가르쳤던 것처럼.

"다정하고 조심스럽게 책장을 넘겨라. 책은 네 영원한 친구다. 힘주어 넘기려고 하지 말고, 손가락으로 너무 문지르지도 마. 구김 자국도 남기지 말고. 절대로 책에 낙서나 흔적을 남기면 안 된다. 그것은 신성한 것을 더럽히는 짓이어서 해서는 안 되는 일이다. 이제부터, 네게 책을 간수하는 법을 보여 줄게. 두꺼운 방습지나 보통의 포장지를 가져다가 책 주위를 쌀 수 있을 정도의 크기로 잘라. 그러고 나서 커버 앞면과 뒷면의 끝 부분을 이렇게 잘라. 그리고 테이프를 붙이는 거야. 그렇게 커버를 만들어 책에 입히는 거다. 장갑처럼. 이제 너는 책을 깨끗하고 깔끔하게 보관할 수 있을 거야."

어머니는 우리에게 책을 보물처럼 소중히 다루라고 가르쳤다. 책은 너희들의 영원한 친구라고. 어머니의 사촌형제 중에 강소천이라는 분이 있었다. 그는 유명한 동화작가였다. 나는 초등학교 2학년 때 부산에서 그가 쓴 책으로 공부를 했다. 그는 자기 책의 주요 등장인물 이름으로 내 이름 학성을 썼고, 같은 반 친구들은 계속 그걸로 놀려 댔다. 학교에서 애들한테 받은 놀림이 속상하기는 했지만, 그 책은 나에게 매우 소중한 것이었다. 돌이켜보면, 너도 내가 읽는 책들을 좋아했다. 그때만 해도 너는 내가 가진 것만큼 책이 많지 않았으니까.

그런데, 이상하게도 너에 관한 내 기억은 여기서부터 몇 년 간 멈춰 버린다. 그건 아마도 내 관심이 그때 태어난 제임스한테 쏠렸기 때문일 거다. 어머니는 내가 산부인과 병원에서 제임스를 잠깐 본 이후부터 눈을 떼지 못하고 그 아기한테 마음을 빼앗겼다고 했다. 나는 수많은 침대들이 놓인 병원 천막 바깥에 서서 너무 신이 났던 것 같다. 천막이 열리고 기둥 사이 어머니 옆에 누워 있는 갓 난 제임스를 보고 웃었다. 나는 어머니에게 왜 아기 옆에 가지 못하게 하느냐고 소리쳤고, 아기 얼굴을 보기 위해 펄쩍펄쩍 뛰었다. 무척 길게 느껴졌던 일주일 가량이 지나자, 아버지가 어머니와 아기를 데리고 택시를 타고 집에 왔다. 나는 택시로 달려가 아기를 안고 집에 데리고 들어오고 싶었지만 아버지가 그렇게 못하게 했다. 어머니는 아기를 안고 집 안에 들어와 방에 뉘였다. 나는 아기의 웃는 얼굴에 내 얼굴을 가까이 가져다 댔다. 어머니는 나를 억지로 떼어 내 저녁밥을 먹게 했다. 나는 게 눈 감추듯 저녁을 해치우고는, 곧장 아기 옆으로 달려갔다. 만약 아기가 꿈지락대거나 칭얼댔다면, 아기한테로 훨씬 더 빨리 달려갔을지 모른다.

네게 관심을 덜 기울이게 되었던 게 그때부터였다. 나는 맏이어서 새 옷을 입었고, 엘리자베스는 장녀였기 때문에 새 옷을 입었다. 너는 엘리자베스로부터 물려받은 헌옷을 입었지. 제임스는 너무 작아서 내 옷을 물려받을 수 없었기 때문에 새 옷을 입었고, 버나데트는 네 옷을 물려받기에 너무 작아서 새 옷을 입을 수 있었다. 우리 5남매 중에 테레사, 너만 헌옷을 물려받은 거다. 그러나 어머니는 아니라고 했어. 어머니는 네가 다른 형제들과 똑같은 관심을 받고 자랐다는 걸 확실히 하려고 했다. 왜냐하면, 어머니가 어릴 적 만주에서 살 때, 어머니의 언니가 그런 걸로 힘들어했던 걸 보면서 자랐기 때문이었다. 차남 증후군이 어떤 건지 알고 있었거든.

나는 어머니의 말을 믿는다. 그리고 어머니의 기억이 나처럼 불분명하지는 않을 거라고 확신한다. 어머니는 네가 태어난 이후로 매 시간 네 일거수일투족을 다 설명할 수 있을 거야. 어머니들은 원래 그런 거 같다.

그렇지만, 잔인한 운명의 장난으로 어머니는 뉴욕으로 가게 되었다. 거기서 어머니는 이제 막 서른한 살이 된 딸의 마지막 순간을 전해 들었다. 나는 어머니가 무슨 생각을 하는지, 어떻게 이 극단적인 상황을 받아들이는지 나는 헤아릴 수조차 없었다.

나는 어머니가 너무 걱정되었다. 왜, 어머니가 딸의 살인자와 같은 공간에 있어야 하는지도 알 수 없었다. 나는 어머니에게 샌프란시스코 집에 가 있으라고 얘기했다. 재판 과정과 고통스러운 사건 내막을 알게 되는 것은 어머니가 감당하기에는 너무 힘든 일이었다. 아버지는 심장 수술을 하고 집에 머무르고 있었다. 어머니도 건강이 안 좋았다. "아버지와 함께 집에 머무르시는 게 어때요?" 하고 나는 거듭 이야기했지만, 어머니는 듣지 않았다.

"내가 뉴욕에 가야 한다. 내가 테레사 옆에 있어야 한다."

그것으로 논쟁이 끝났다. 어머니는 뉴욕으로 왔다. 제프리 슈랭어 검사가 재판 당일 아침에 어머니 손을 잡고 말했다.

"당신이 옆에 있으니까 힘이 납니다."

어머니는 재판이 끝날 때까지 뉴욕에 남아 있기로 작정했다. 막상 재판이 시작이 된 뒤에 내 걱정은 모두 기우라는 걸 알았다. 나는 어머니가 그만 무너져 내릴 거라 예상했지만, 어머니는 바위처럼 단단하게 견디었다.

장례식과 결혼식

리처드와 통화한 그날 새벽, 나는 전화를 끊고 난 뒤 동이 트기를 한참 기다렸다. 텅 빈 회색 하늘이 창문에 다가왔고 눈물과 테레사에 대한 추억은 다 말라 버렸다. 어머니, 아버지에게는 어떻게 알려 드리지?

해가 뒷마당 나무를 넘었을 때에야 난 전화기를 다시 들었다. 엘리자베스의 전화번호를 눌렀다. 어머니는 그 당시 엘리자베스 집에 있었다. 다행히 엘리자베스가 전화를 받았다. 어머니가 전화를 받았으면 난 아무 말도 못했을 것이다. 난 엘리자베스에게 "할 말이 있으니까 흥분하지 말고 차근차근 들어봐."라고 했다, 엘리자베스는 "무슨 일인데!" 하면서 소리쳤다. 내가 몇 번 진정하라고 일러도 계속 흥분해서 소리를 질렀다. 다음 순간 어머니 목소리가 들렸다. "무슨 일이지?" 어머니 목소리는 이미 긴급 상태를 알아챈 어투였다. 일생 동안 온갖 험한 시나리오를 다 돌려본 그런 모습, 무슨 말인지 알겠지. 어머니는 나쁜 뉴스를 빨리 알려 달라는 듯 목청을 높였다.

난 "마……."라는 소리밖에 못 냈다.

"웬일이니!"

"마……."

"얼른 말해, 무슨 일이야?"

어두운 어떤 주차장의 이미지가 떠 올랐다.

"사고가 났어요……."

"누구? 누가 다쳤니? 너네 애들? 와이프?"

또 다른 이미지가 올라온다. 테레사가 타이프 치는 장면, 난 꽃에 물주는 장면.

"아니에요."

"말해 봐. 그러면 누구?"

"학경이……."

"학경이가?"

"다쳤어요. 사고로……."

"사고? 다쳤어? 많이?"

"마……."

"말해라!"

"정확힌 모르겠는데……."

"빨리 말해라!"

"학경이가 죽었대요……."

"얘야!"

어머니는 전화기를 떨어트리고 방에 주저앉았다. 난 전화기로 어머니가 아이고, 아이고 하며 울음을 터뜨리는 소리를 듣고 있었다. 어머니의 손이 거실 바닥을 치는 소리도 함께. 그 토요일 아침은 그렇게 보냈다. 난 참 멍청이다. 어머니한테 왜 이런 식으로 테레사 소식을 전달했지? 어머니를 만나서 직접 말해야 했다. 그런데 나는 오렌지 카운티에서 어머니가 있는 로스앤젤레스까지 먼 거리를 운전해서 갈 자신이 없었다.

장례식 날 샌프란시스코에는 비바람이 불었다.

"그녀는 작가이며 예술가였습니다. 그리고 그녀는 서른한 살에 우리 곁을 떠났습니다."

장례 미사를 집전하는 신부가 떨리는 목소리로 너를 추억했다.

"우리는 6개월 전에 같이 모였습니다. 그녀의 결혼식을 축하하기 위해서였지요. 그때엔 우리가 다시 이렇게 그녀의 떠남을 위해 모일 생각은 꿈에도 상상하지 못했습니다."

구름 낀 태평양을 내려다보는 산에 위치한 '하늘 잔디Skylawn' 묘지에서 장례식을 치르고 우리는 그 자리에서 떠날 줄 몰랐다. 그냥 묘지 곁에 둘러서서 침묵을 지켰다. 한 무리의 새 떼가 날개를 치면서 회색 하늘로 올라갔다. 우리는 새들이 사라지는 걸 지켜보고 묘지에서 떠나기 시작했다. 집으로 돌아가는 길에 비가 엄청나게 많이 왔다. 윈도 와이퍼는 재빠르게 움직였다.

"무지개 봤니?"

누군가가 물었다. 모두들 고개를 끄덕이다 다시 침묵 상태로 돌아갔고 이윽고 어머니가 말했다.

"난 지난주 월요일 학경이랑 통화했다. 집에 오고 싶다고 말하는 거야. 난 안 돼, 남편하고 뉴욕에 있어야지, 라고 나무랐지. 다 내 탓이다. 학경이 보고 집으로 오라고 했어야지. 다 내 탓이다."

난 바로 그 시기에 일 때문에 뉴욕에 갈 기회가 있었는데, 대신 다른 사람을 보냈다. 내가 잘못한 거야. 내 탓이지, 어머니 탓은 아니다. 비가 멈춘 줄도 모르고 켜놓은 윈도 와이퍼가 찍찍 소리 낸다. 난 와이퍼를 껐다. 우린 다시 침묵으로 들어갔다. 이제 차 유리창은 완전히 말라서 지나가는 시내 풍경과 함께 끊임없는 추억을 흑백과 컬러로 비춘다. 자동차는 집 근처 언덕 위로 올라간다. 오른쪽엔 안개가 금문교를 자욱하게 덮었다. 박물관으로 올라가는 길가의 몬테레이 소나무 나뭇잎은 맥없이 시들었다. 집 뒷문 골목으로 들어서서 난 자동차 시동을 끄고 내렸다. 바로 그때 난 차고 문에 달린 우체통에 들어 있는 노란 봉투를 보았다. 난 급히 그 봉투를 뺐다. 봉투에는 테레사의 글씨가 적혀 있었다. 검은 매직펜으로 적혀진 이름과 주소. 나는 깜짝 놀랐다. 테레사, 언제 왔지? 난 고개를 좌우로 돌리면서 널 찾았다. 넌 없고 안개만 보였다. 테레사, 네가 와서 책을 꽂아 놓고 갔다. 난 네 편지가 생각났다. 네가 10월이나 11월이 되면 책이 나온다 했지. 이제 11월 초순이니까 그 책이 도착한 것이다. 난 봉투를 조심스레

뜯었다. 그 안에 너의 책『딕테』가 들어 있었다. 난 봉투에 우체국 소인이 찍힌 날짜를 봤다. 11월 3일. 네가 그 사건이 일어나기 바로 이틀 전에 책을 부친 것이다. 뉴욕에서 그 책이 오는 데 9일 걸렸다. 책을 펴니까 표지 안쪽 속지에 실린 흑백 사진은 정말 충격적이었다. 한글로 쓴 낙서 같은 문장, '어머니 보고 싶어요', '배가 고파요', '고향에 가고 싶다'. 난 숨이 막혔다. 네 목소리가 어디선가 울려 나왔다. 컴컴한 굴 속에서부터. 일제 강점기 시절에 탄광으로 끌려 간 광부들의 글씨가 책 속에서 되살아나서 네 목소리로 울렸다. 어머니가 이걸 보면 안 돼. 이걸 보면 기절하실 거다. 그래서 나는『딕테』를 숨겼다. 돌이켜보니까 이건 내가 잘못 생각했다. 미안하다. 난 어머니가 또 다른 충격을 받을까 봐 그 걱정만 했는데 사실은 어머니에게는 진실만이 약이었다. 더욱 그날 너의 장례식 날에는『딕테』속의 네 작품이 위로가 됐을 텐데 말이다.

책을 숨긴 다음 난 집에 온 조문객들과 만났다. 친척들, 너의 버클리 대학 친구들, 뉴욕 친구들. 다들 네 결혼식에 참석한 사람들이었다. 손님들은 장례에 대해서 이야기를 나누면서 새로운 추억을 구성하고 있었다. 각자의 추억을 떠올리면서. '내가 테레사를 마지막으로 봤을 때', 아니면 '내가 테레사하고 마지막으로 통화했을 때' 하면서 보는 사람마다 네 이야기를 되풀이했다. 자신만이 가지고 있는 추억의 벽에 네 이미지를 새기기 위해서. 버나데트와 엘리자베스는 부엌에서 너와 같이 야채를 썰고 두부 부침개를 하면서 노래하던 장면을 그리고 있었다. 그 즐거운 날들. 버나데트와 엘리자베스가 소프라노로 노래 몇 소절을 해봤지만 계속 부르지 못하고 껴안고 엉엉 울었다. 너와 같이 부르던 즐거운 노래는 자취를 감추었고 쓸모도 없었다. 음정을 서로 맞추고 노래하던 그 시절은 사라졌다.

난 그날 네 친구 수잔을 처음 만났다. 그녀의 까만 눈은 눈물로 가득 차 있었다. 그녀는 뉴욕에서 왔다. 수잔은 자기 어머니 이야기를 했다.

"우리 어머니가 돌아가셨을 때 테레사가 날 위로하러 우리 집으로 왔어요. 그날은 눈이 엄청나게 왔어요. 테레사가 어떻게 뉴욕의 다운타운에서 업타운까지 왔는지 모르겠어요. 그날은 폭설 때문에 버스나 택시가 못 다녔고 지하철도 엉망이었어요. 테레사는 진정한 친구였어요."

수잔은 말하면서 웃으려고 노력했지만 그녀의 뺨에는 굵은 눈물이 흘러내렸다. 그녀는 티슈를 꽉 잡고 있었지만 눈물을 닦을 생각이 전혀 없었다. 수잔은 네가 준 원고에 대해서 말했다. 난 바로 수잔이 네 편지에 나오는 친구, 네가 존경하는 그 친구라는 걸 알아챘다. 나는 "아, 당신이 바로 테레사가 말한 수잔이구나!" 하면서 보물을 발견한 듯 환하게 소리쳤다. 수잔은 내가 왜 그러는지 모르는 듯 어리둥절한 미소를 지었다. 날 이상하게 본 거야. 아니, 조문객으로 가득 찬 이 상가에서 어떻게 그런 밝은 목소리로 소리치는지, 하는 표정이었다. 난 설명하려고 우물쭈물하는데 수잔이 "그 원고를 돌려줄게요." 한다. 난 "아니, 아니, 난 그 말이 아니고, 테레사가 편지에 자신이 존경하고 좋아하는 친구 얘기를 하던데 그 친구가 바로 당신이군요. 참 반가워요."라고 설명했다. 그래서야 수잔은 미소를 띄운다. 난 그녀가 너에 대해 알고 있는 모든 걸 알고 싶었다. 너와 수잔의 뉴욕 생활. 어디에 사는지, 얼마나 자주 만났는지, 어디서 만났는지, 어느 찻집에서 어떤 차를 마셨는지, 대화 내용은 무엇이었고, 너와 마지막 만났던 장소는 어디였는지 등등. 난 왜 수잔에게 그런 식으로 성급하게 재촉했을까. 수잔은 내가 알고 싶은 걸 조용히 얘기해 주었다. 거실에서는 네 친구들이 모여서 낮은 목소리로 얘기하고 있었다. 결혼식 날엔 여기 아래층 거실에서 음악을 틀어 놓고 춤을 추고 샴페인을 마시고 킥킥거리며 떠들었다. 하지만 그날은 한숨만 흘러나온 날이었다. 아버지와 어머니는 TV룸에서 어른들과 이야기를 하고 있었다. 난 여기저기 자리를 옮겨 가며 문상 와 준 이들에게 인사하면서 그들이 말하는 너에 대한 추억 조각들을 주워 모았다. 인생의 모자이크라고 할까? 조문객들의 문상은 그런 게 아닐까, 인생을 재구성하는 것 말이다.

그제야 네 결혼식을 집에서 하는 게 아니었다는 생각이 들었다. 결혼식 때의 즐거웠던 순간들이 또 다른 아픔을 초래하는 계기가 되었다. 그날 네가 이층에서 꽃다발을 들고 거실로 내려올 때는 숨이 막히는 듯했다. 모든 사람들이 탄성을 지르며 둥근 계단을 걸어 내려오는 너를 쳐다봤다. 네가 그런 '부르주아' 같은 쇼는 안 한다고 고집 부리던 모습이 생각나는구나. 난 널 설득했지. 결혼은 네가 하지만 결혼식은 널 위한 게 아니고 남들을 위해 출연하는 퍼포먼스로 생각하라고. 아버지, 어머니, 가족, 친구들, 이웃들을 위해서. 퍼포먼스 아티스트인 넌 그런 거는 아무것도 아니라고 했지. 그때 넌 웃었다. 그리고 계단에서 내려온 후 넌 너무 좋아했다. 부르주아는 아니라고. 그 계단 아래서 우리는 장례식 이야기를 하고 있었다. 비가 엄청나게 내리다가 묘지에 나갈 때는 비가 그쳐서 신기했다는 이야기. 비가 멈춘 동안 무지개를 봤냐고 또 묻는 사람. 무지개 봤다고 대답하는 사람. 그리고 관 속에 넣은 카드 이야기……. 이런저런 이야기를 주고받으면서 손님들은 회색 냅킨을 만지작거렸다. 그 냅킨은 결혼식 때 쓰다가 남은 것이었다.

난 우리 애들을 오렌지 카운티 집에 두고 왔다. 어린 아이들이 자기를 업어 주고 그림과 시를 보내 주던 고모의 갑작스런 죽음을 감당할 수 있을지 염려가 되었기 때문이다. 아내 캐시는 아이들도 다른 사람들의 슬픔을 극복할 수 있는 기회를 줘야 한다는 데는 반대하지 않았지만, 여섯 달 전에 와서 떠들고 춤췄던 이 공간에서 이제는 고모를 다시 볼 수 없다는 사실을 어떻게 아이들에게 납득시켜야 할지, 난 자신이 없었다. 사실은 내가 이 사건을 애들에게 어떻게 설명해 주어야 할지 몰랐다. 내 자신조차 왜 이런 일이 생기는지 이해가 안 가는데 아이들에게 제대로 설명할 수 있을까 하는 두려움이 더 컸다.

난 우선 뉴욕의 분위기를 알고 싶었다. 네가 어떤 사람들을 만났는지, 왜 그런 일이 생겼는지 파악해야겠다는 생각이었다. 난 뉴욕에서 온 수잔과 태넘 출판사의 리스하고 시간을 보냈다. 그러면서 나도 뉴욕에 가서 상황을 알아봐야겠다는 생각이 들었다. 장례식을 마치고 2주 후에 리처드는 뉴욕으로 돌아갔다. 난 직장에 휴가를 내고 뉴욕에 갈 준비를 하러 오렌지 카운티에 있는 집으로 돌아갔다. 그동안 리처드가 뉴욕 경찰에서 수사 소식이 나오는 대로 전해 주었다. 침묵 속에서 2주가 흘렀다. 어머니는 매일 밤 악몽에 시달렸다.

"난 어젯밤 테레사 꿈을 꿨다. 테레사는 하얀 옷을 입고 갈색 자동차 뒷좌석에 탔어. 두 남자들 하고. 난 길 코너에 서 있고. 그 차가 코너를 도는데 테레사는 날 아무 말 없이 쳐다보는 거야. 건너편 코너엔 어떤 뚱뚱한 아줌마가 두 남자한테 소리 질렀어. 야, 너네들 뭐하는 거냐고."

어머니는 또 다른 꿈도 이야기했다.

"어젯밤 테레사를 봤다. 이번엔 애기로 나타나서 말하더라고. 무슨 벽에 710 같은 숫자를 손가락으로 가리키면서 '여기! 거기 아니고 여기야!'라고 자꾸 그러더라. 그 숫자 위에 전구 같은 게 보였어."

난 원래 꿈을 잘 안 꾸는 편이다. 꾸더라도 별 의미가 없었다. 그런데 어머니는 달랐다. 어머니의 꿈은 무시하지 못했다. 그래서 난 뉴욕에 무슨 일이 있다는 느낌이 들었다. 무슨 일인지는 모르지만. 난 될 수 있으면 어머니한테는 뉴욕에서 나오는 험한 사건 정보를 말하고 싶지 않았다. 경찰에서 나온 부검 리포트는 아예 숨기고 아무한테도 얘기하지 않았다. 버나데트는 부검에 대해서 알고 있었다. 버나데트는 나랑 통화하면서 "난 어젯밤 꿈에서 오빠 주변에서 인체 장기들이 붕붕 떠서 돌았어. 이상했어."라고 말했다. 난 버나데트가 무슨 말을 하는지 알았다. 부상, 타박상, 중상, 두뇌 상태, 질식 같은 단어로 가득 찬 그런 리포트. 난 버나데트한테 부검 리포트에 대해 말하지 않고 우물쭈물 넘겼다. 하지만 버나데트는 내가 말 안 해도 뭘 숨기고 있다는 걸 알아챘다. 버나데트는 엄청나게 예민했다. 버나데트는 네 장례식 날 난데없이 7자 3개가 눈에 새겨지더라고 했다. 그리고 그게 눈앞에서 떠나지 않는다고 했다. 난 별거 아닐 것이라고 웃어 넘겼다. 버나데트는 그 이미지가 너무 강해서 무슨 중요한 뜻이 있을 것이라고 우겼다.

"그건 꿈이 아니었어. 아주 강한 이미지였어."

난 그때 뉴욕에 가야겠다고 결심했다. 경찰의 수사가 어느 정도 진행되고 있는지 궁금했다. 내가 아는 친구들은 맨해튼에서 일 년에 살인 사건이 3천 건이나 된다면서 경찰이 테레사 사건을 수사할 시간이 없을 거라고 말했다. 사건 대부분은 해결이 안 되고, 애타게 신경을 써 봤자 소용없다며, 빨리 잊어버리고 일상생활로 돌아가는 게 현명하다고 했다. 그들이 날 위로하고자 하는 말이 고맙긴 한데 이 사건을 잊어버리고 일상으로 돌아가라는 건 말이 되지 않았다. 도대체 일상이 뭔데? 나는 직장엔 관심이 전혀 없어지고 음식도 맛이 없어졌다. 난 그런 친구들하고 사이가 멀어졌다. 그들은 내가 이런 고비를 넘기는 의지가 부족한 사람이라고 느꼈고, 난 그들이 너무 냉정하다는 느낌이 들었다. 다만, 그들이 말하는 미흡한 경찰 수사 과정에 귀를 기울였을 뿐이었다. 다음날 밤 나는 뉴욕행 밤 비행기를 탔다. 밤하늘에서 인식할 수 있는 대목은 비행기의 엔진 소음뿐이었다. 난 긴장할 대로 긴장한 채 어둠 속에서 오고 가는 이미지들, 흉악한 폭력의 소음들과 싸웠다. 엔진 소리와 함께 테레사는 고통을 느꼈을까, 하는 그런 질문……을 수없이 되풀이했다.

뉴욕 날씨는 좋아 봐야 음울할 정도였다. 특히 12월 달에는 더욱 그렇다. 리처드가 라과디아 공항에 마중 나왔다. 그는 나만큼 여위어 있었다. 경찰에서 새로운 소식은 없었다. 리처드는 담당 형사하고 금요일 밤에 만나기로 약속했다고 했다. 금요일이면 나흘이나 기다려야 했다. 우리는 복스왜건을 타고 너희들이 살던 아파트에 도착했다. 난 리처드를 따라 4층으로 올라갔다. 계단에 네 발자국이 생생하게 느껴졌다. 아파트 문을 열고 난 "하이 테레사, 나 왔어." 하고 속으로 말한다. 그런데 너 대신 남동생 제임스가 내 인사를 맞아 준다. 이틀 전에 도착한 제임스는 힘없이 웃었다. 우리는 서로 안고 등을 쳤다. 우리는 너의 책상을 보았다. 타이프라이터, 책장, 작은 거실, 침대. 그리고 베개 옆에는 검은 래커 통이 보인다. 창 앞에는 붉은 아마릴리스 꽃이 확 피어 있다.

"참 작은 아파트구나. 사진보다 더 작아 보이네."

나는 조용하게 말한다. 제임스가 한숨을 푹 쉬며 대답했다.

"아주 지저분했어. 처음에 테레사와 함께 정리하는 데 한참 걸렸어. 마루, 벽, 천장, 다 다시 했어."

제임스는 샌프란시스코에서 뉴욕으로 와서 너의 집 정리를 도와준 기억을 더듬었다. 우리는 탁자에 앉아서 차를 마셨다. 제임스는 모든 문서, 편지들, 노트 등을 검토하면서 마지막 1, 2주 동안 일어난 일에 해당되는 자료들을 찾았다. 제임스는 그전에 내가 너에게 보낸 편지를 건네주었다.

테레사에게.

새해가 왔네. 작년에 내가 소비한 것들. 1,050잔의 커피······, 1,500통의 맥주······ 7,300개비의 담배, 150kg의 고기, 그리고 많은 TV 시간들. 이 통계는 내가 존재한다는 증거물이다……

오빠 존

난 이 편지를 보고 웃었다. 네가 이 신년 연하장을 읽으면서 킥킥 웃는 모습을 떠올린 거야. 이 편지 정말 우스꽝스러웠지? 너는 곧바로 답장을 보냈다.

오빠, 존에게

이걸 뭐라고 표현해야 할까, 통찰력이라 할까, 숨겨진 (아니면 알려진) 진실의 고백일까. 동시에 숙명적, 열정적, 냉소적, 결정론적 요소들이 담겨 있는 이 편지를 꼼꼼히 리뷰하면서 오빠가 만든 리스트를 살펴봤어.

……나도 오빠처럼 소비하거든, 다만 완전히 다른 종류의 물질들이지. 난 커피 대신 차를 마셔. 담배 대신 차를 마셔. 술 대신 차를 마셔. 고기 대신 야채 먹어. (어느 정도의 정크푸드와 더불어). TV 대신 필름과 비디오 작품들을 보고 책을 읽으려고 노력해.

사랑하는 테레사가

테레사, 넌 차 씨야 그래서 넌 차를 많이 마시는 거다. 차라는 단어는 중국, 한국, 일본, 인도, 페르시아, 아라비아에서 통하는 단어지. 너의 부엌에는 녹차, 홍차, 생강차, 온갖 차가 있지만 맥주는 없었다. 그래서 지금은 차를 마시고 맥주는 나중에 사 올 생각이다.

차는 자동차도 돼. 그래서 노엘은 널 '미스 카'라고 부르더라. 맞아. 난 노엘과 로버트를 만났다. 첫 번째로 만난 네 친구들이다. 그들이 아파트를 돌아서면 바로 있는 스프링 가와 모트 가 사이에 사는지 미처 몰랐다. 노엘이 웃는 얼굴로 문을 열어 주었고, 영국 차를 끓였다. 노엘은 차에 크림을 타서 마셨고, 난 크림 없이 마셨다.

"내가 테레사를 마지막으로 본 건 그날 이틀 전 수요일이었어요. 우리는 단골집 카페에서 오후를 보냈지요. 우리는 항상 재미있게 지냈어요."

노엘은 그림 종이 한줌을 가지고 나왔다. 멋진 수채화 작품들이었다.

"이 그림 보세요. 오리와 코끼리 그림이에요. 우린 와인에 취해서 그림을 그리고 시를 쓰고 밤새 킥킥거렸어요. 이 그림은 테레사가 '미스 카'라고 사인한 거예요."

노엘은 이어서 '미스 카!' 하고 네 별명을 소리 내고는 한숨을 쉬며 그 다음날인 토요일 아침 형사들이 찾아온 이야기를 했다. 로버트가 말했다.

"난 그날 아침 부엌에서 커피를 만들고 있었습니다. 형사들이 찾아와서 문을 열어 주니까 테레사에 대한 질문만 하고 왜 그런 질문을 하는지에 대해서는 아무 말도 없었어요. 결국엔 그들이 살인 사건을 수사한다고 말을 하더라구요. 바로 그때 노엘이 침실에서 나오다가 그 자리에서 얼어붙어 버렸습니다."

"맞아요. 얼어붙었어요. 아무것도 믿어지지 않았어요. 로버트와 나는 바로 리처드를 만나러 갔어요."

노엘이 말했고 나는 "리처드가 토요일 새벽에 내게 전화했다."고 대답했다. 노엘이 "맞아요. 그때 우리가 옆에 있었어요."라고 말했다. 난 "그렇군요." 하고 더 이상 아무 말도 하지 않았다. 저녁 식사 후 난 아버지, 어머니와 전화 통화를 했다. 어머니는 사건 수사가 어떻게 되어 가는지 물었고 나는 형사하고 만나기를 기다리고 있으며 그동안 테레사 짐을 정리하고 있다고 전했다.

검은 숫자

　　드디어 금요일 밤 11시. 나는 리처드, 제임스와 함께 뉴욕 제5경찰국 근처 중국 식당에서 폴 페이스 형사를 만났다. 키가 크고 드럼통 같은 가슴을 가진 페이스 형사는 거친 브루클린 발음으로 "난 폴 페이스입니다. 당신 동생 일에 대해선 정말 유감스럽게 생각합니다. 너무도 끔찍한 사건입니다."라고 말하면서 손을 건넸다. 나는 덩치가 큰 형사를 올려다봤다. 그가 진심으로 유감을 표현하는 건지 아니면 경찰관의 틀에 박힌 발언인지 알고 싶었다. 난 증오에 찬 심정이었다. 뉴욕, 인간들, 세상이 모두 싫었다. 그의 눈을 마주 쳐다보고는 나는 그가 외모와 달리 부드러운 사람이라는 걸 느꼈다. 그는 진정한 동정심으로 위로의 말을 하고 있었다. 우리 셋은 그의 브리핑을 들었다.

　　폴 페이스 형사는 1982년 11월 5일 그날 밤 제5경찰서에서 야간 근무를 하고 있었다. 평소와 같이 밤 11시 30분에 경찰서로 들어왔다. 그는 바로 미확인의 동양계 여성 시체에 대한 자료를 받았다. 이름이나, 목격자는 없고 그저 익명으로 신고 된 리포트, 그리고 엘리자베스 주차장에서 찍은 폴라로이드 사진 몇 장이 전부였다. 경찰서에서 네 블록 위쪽인 주차장에서 제인 도우(Jane Doe, 신원 미상의 여성 시신을 이르는 수사 용어)가 발견되었다. 페이스 형사는 수많은 '제인 도우' 사진을 봤다. 그러나 이 '제인 도우'는 뭔가 특별하다는 느낌이 들었다. 그는 사진을 서랍에 넣었다.

새벽 1시 15분, 남자 한 사람이 들어와서 아내가 행방불명이라고 신고한다. 이 백인 남자 이름은 리처드 반스, 30세 안팎, 175센티미터, 갈색 눈, 갈색 머리, 홀쭉한 볼, 맨해튼 주민, 주소는 엘리자베스 가 247. 아내는 코리언이라고 했다.

코리언이라는 말을 듣고 페이스 형사는 긴장했다. 다만 그는 침착하게 부인이 어떻게 생겼는지 물어본다. 리처드는 키 162센티, 54킬로그램, 짧은 머리, 갈색 눈……이라고 말한다. 폴이 부인의 옷을 묘사하라고 하자 리처드는 검은 바지……흰색 스웨터……붉은 코트……라고 설명한다. 붉은 코트! 폴은 서랍을 열고 사진을 꺼냈다. 리처드는 그 사진을 보고 와이프라고 말했다. 그때부터 시간은 무척 느리게 갔다. 폴은 제인 도우의 이름을 '테레사 차'라는 실명으로 바꾸고 남편의 이름도 입력했다. 그는 테레사의 당일 일정을 대략 정리했다.

08:00 그녀는 메트로폴리탄 예술 박물관으로 출근했다.

14:00 그녀는 퍽 빌딩에 전화해 리처드를 찾는다. 리처드는 퍽 빌딩

에 없었다.

14:30 리처드는 그들 아파트에서 테레사에게 다시 전화했다. 여기서 테레사는 박물관에서 좀 일찍 떠난다고 말한다. 16시에 아티스트 스페이스에서 약속이 있다고 한다. 그 후에 펙 빌딩에서 리처드와 만나기로 한다.

17:15 리처드는 테레사를 기다리다 오지 않아서 친구와 함께 소호의 바에 들린다.

19:15 엘리자베스 가 주차장에 시체가 있다는 익명의 신고가 경찰서로 들어온다. 경찰관 브레넌과 피니가 주차장으로 출동한다.

폴 페이스 형사는 그날 사건에 대한 긴 설명을 마치고 차를 마셨다. 그가 말했다.

"이 사건은 특이한 경우지요. 남편이 행방불명이 된 부인을 신고하면서 제인 도우와 바로 일치되는 건 드문 일입니다. 맨해튼의 모든 경찰서들은 이 케이스 때문에 떠들썩했지요. 존, 당신의 누이동생은 분명히 엘리자베스 가에 있는 주차장에서 살해당하지 않았습니다. 우리는 그렇게 결론을 내렸습니다."

"왜요?"

"테레사의 가방, 부츠 한 개, 베레모, 결혼 반지, 귀고리, 장갑을 아직 못 찾았습니다. 테레사는 다른 장소에서 살해당해서 주차장에 옮겨져 버려진 겁니다."

"그럼 어디선가요?"

"픽 빌딩이라고 봅니다. 그러나 우린 아직도 없어진 그 물건들을 찾지 못했습니다."

폴은 차를 마시고 우리는 그를 쳐다보았다. 그 큰 덩치의 손에 든 찻잔은 구슬 정도의 크기로 작아 보였다. 그는 다시 수사 상황을 길게 설명했다. 수사관들은 그 물건들을 찾기 위해 수백 시간을 소비했다. 제5경찰서 형사들과 맨해튼 남부 사건 담당 수사관들은 픽 빌딩 9층 전체를 샅샅이 찾았으나 사라진 물건을 찾을 수 없었다. 그리고 뉴욕 경찰청에서 수색견을 픽 빌딩 지하층에 파견했다. 그 개 이름은 맨드레이크인데 지하층 펌프 룸 부근에서 요란스럽게 짖었다고 했다. 형사들은 흥분해서 펌프 룸 주위를 거듭 탐색했지만 사라진 너의 가방과 장갑, 베레모를 찾지 못했다.

"우리는 그 개를 발로 차고 싶었지요. 하지만 개가 펌프 룸에서 유별난 반응을 보여 줘서 바람직한 현상이라고 생각합니다. 테레사가 그 공간에 있었던 건 확실하다는 겁니다. 문제는, 그 물건들이 어디로 사라졌나, 하는 거지요."

"그래서요?"

"그래서 우리는 빌딩의 쓰레기통을 전부 찾아보기로 작정했습니다. 우리는 건축용 대형 쓰레기통들을 롱아일랜드 폐기물 처리장에 쏟아 놓고 몇 톤이나 되는 쓰레기를 하나씩 꼼꼼하게 살펴보았습니다."

폴은 폐기물 처리장 냄새를 맡는 듯 얼굴을 찡그렸다. 그는 차를 한 모금 마시고는 식당 안을 빙 둘러보았다. 나도 그의 시선을 따라 식당을 되돌아보았다. 놀랍게도 식당은 만원이었다. 난 우리만 식당에 있는 줄 알았다. 새벽 한 시인데 손님들은 여전히 웃고 떠들고 있었다. 이게 뉴욕이었다. 나는 폴에게 말했다.

"당신네들, 일은 많이 했군요."

"아직 멀었습니다. 우리는 아직 테레사의 물건과 범죄 현장을 못 찾고 있습니다. 분명히 픽 빌딩 안에 있을 텐데 말입니다!"

폴이 찻잔을 잡고 있다. 웨이터가 새 주전자를 들고 와서 찻잔을 채워 주었다.

나는 상체를 앞으로 숙이며 폴에게 우리가 지하층에 내려가 찾아봐도 좋겠느냐고 물었다. 주저하던 폴은 뜨거운 차를 너무 빨리 마신 탓에 얼굴을 찡그리고는 대답했다.

"좋습니다. 그런데 난 내일 다른 일이 있어서 같이 못 가는데……. 무언가 발견하면 아무것도 만지지 말고 경찰서에 바로 전화해야 합니다."

형사는 대뜸 우리의 제안을 거절할 수도 있었지만 다행히 허락했다. 테레사, 우리가 간다. 난 팔에 힘이 솟는 것을 느꼈다.

"거기서 뭘 찾아야 하나요?"

형사는 날 쳐다보고 천천히 말했다.

"핏자국을 찾아보세요. 거기 어딘가 부츠 한 짝, 모자, 장갑, 그리고 코트 단추가 있을 겁니다."

형사가 '핏자국'을 얘기할 때 우리는 고개를 숙였다. 내가 어떤 보물찾기를 기대했는가? 형사는 "질문 더 있나요?" 하고 물으며 발목에 찬 권총집을 조정했다. 폴은 힘들겠지만 마음을 진정시키라고 충고했다. 식당에서 나오니까 새벽 두시였다. 차가운 공기를 들이마시는데 눈물이 스쳐갔다. 난 눈을 껌뻑거리며 담배 한 대를 물었다. 폴은 공자Confucius 광장 쪽으로 재빨리 길을 건넜고 우리는 엘리자베스 가의 아파트 쪽으로 걷기 시작했다. 우리는 발걸음을 맞춰서 행진하는 듯 아무 말 없이 걸었다. 나는 폴이 마음을 진정시키라는 말을 되새겼다. 우리는 걷다가 갑자기 멈춰섰다. 바로 그 주차장이 나왔다. 우린 주머니에 양손을 집어넣고 어두운 주차장을 보았다. 두 발은 보도에 붙은 채 움직이지 않았다. 우린 고개를 숙이고 있었다. 어둠 속 차들이 우리가 그것들의 공간을 방해하는 것처럼 퉁명스럽게 서 있었다.

다음날 아침 우리는 오전 11시쯤 일어났다. 우리는 그 전날 폴 페이스 형사가 알려 준 수사 결과와 아파트에서 마신 스카치위스키 때문에 멍한 상태였다. 우리는 퍽 빌딩의 펌프 룸에 대해서 얘기했다. 그 물건들을 찾을 가능성은 별로 높지 않을 것이었다. 그러나 수많은 경찰관들이 그 물건들을 찾지 못했지만 우리가 찾을 수 있을 것이라고 기대하게 했던 건 무엇이었을까?

"폴 페이스 형사는 테레사가 그 빌딩에서 죽었다고 거의 확신한다고 했잖아. 그러니까 우리 가 보자."

우리는 엘리자베스 가를 걸어 내려왔다. 그리고 프린스 가 우측 방향으로 가서 모트 가를 건너 멀베리 가 쪽으로 내려갔다. 멀베리 가에서 다시 우측 방향으로 돌아가자 그곳에 펵 빌딩이 있었다. 빌딩 안팎에는 사람들이 많았다. 그들은 건물 한쪽을 헐고 다른 쪽에서는 수리를 하고 있었다. 우리는 저지 가를 마주하고 있는 빌딩 측면 앞쪽으로 들어갔다. 큰 녹색 쓰레기통과 트럭 사이를 비집고 쓰레기와 시멘트 수거 포대들을 밟고 지나가다가, 문 입구 쪽에 1분 정도 서 있었다.

"지하실 펌프 룸으로 가는 쪽이 어딘지 한 번 살펴볼까?"

내가 말했다. 리처드는 지하 계단이 있는 쪽을 알고 있었다. 우리는 그를 따라서 삐걱대는 나무 계단 쪽으로 갔다. 일하고 있던 사람들을 피해 쓰레기 더미를 밟으며 계단을 내려왔다. 나도 수년 간 건설 현장에서 일했기 때문에, 즉각적으로 리노베이션 프로젝트가 대규모라는 것을 감지할 수 있었다. 계단은 마모가 되어서 모서리가 면이 둥그렇게 닳아 있었다. 빌딩은 적어도 100년은 더 된 것 같았다. 그런 오래된 빌딩은 통풍 환기가 잘 되어 있지 않아 지하층에서는 퀴퀴한 냄새가 나는 법이다. 나는 이 속에서 무엇인가를 찾는 것이 불가능할 것이라는 생각이 들었다. 쓰레기 더미가 아무렇게나 널브러져 있었다. 빌딩 지하는 큰 동굴이나 지하 감옥이 있는 묘지 같았다.

"뭔가를 찾으려면 수개월이 걸리겠네. 뉴욕에 직장을 구해서 이곳으로 이사해야겠어. 그래서 매일 이 지하 감옥에 와서 테레사의 물건을 찾을 거야."

내가 말했다. 우리는 펌프 룸에 도착했다. 그곳은 라파예트 가 지하로 나 있는 크고 개방된 공간이었다. 기계 부속품들이 많이 있는 커다란 방이었는데 먼지와 기름으로 덮여 있는 증기기관차 같은 큰 기계가 있었다. 건물 밖에서 음울한 빛이 작은 틈새를 통하여 새어 들어왔다. 지하실에는 아무도 없었다. 이따금씩 웅웅거리는 소리가 지하 벽과 바닥을 통해서 들려와서 우리를 깜짝 놀라게 했지만 이어 죽은 듯한 고요함이 찾아왔다. 사냥꾼이 된 듯한 자세로, 나는 다음 번 웅웅거리는 소리를 기다렸다. 아주 먼 곳에서부터 들려왔는데 점점 가까워졌다. 그리고 어떤 진동 소리가 순식간에 들렸다가 사라졌다. 지하철이 가까워서 웅웅 하는 소리가 났던 것 같았다. 얼마 지나지 않아서 그 소리는 더 이상 들리지 않았다. 우리의 발자국 소리만 들렸다. 나는 속삭이듯이 말했다.

"이곳에서 수색견이 이상한 반응을 했단 말이지?"

"네, 맞아요. 이곳이 펌프 룸이라고 불리는 곳이거든요."

리처드가 대답했다.

"이런, 이런 곳에서는 아무도 찾지 못할 거야."

나는 손을 저었다.

"이제 우리가 테레사의 모자, 부츠 한 짝, 단추, 귀고리를 찾아보자. 맞지? 아, 그리고 핏자국도."

"맞아요. 그리고 장갑 한 켤레요."

제임스가 말했다.

"아, 그렇지. 장갑……."

"경찰들이 이미 한 번 이곳을 샅샅이 뒤졌어. 그럼, 우리는 저곳에서부터 시작해야겠다. 석영 같은 게 있는 곳, 그리고 벽 옆에 붙어 있는 곳. 오른쪽으로 한 번 계속 가 보자."

석영이 놓여 있는 인도 아래쪽에서 우리는 쓰레기와 먼지들을 발로 차며 살펴보았다. 위에서 비가 새는 것 같았지만 너무 어두웠다. 우린 밑에 있었기 때문이었다. 나는 위에서 새는 것이 물이라는 것을 확인했다. 지하실 바닥에 놓인 작은 돌멩이들은 단추처럼 보였다. 파이프가 미로처럼 놓인 곳 밑의 녹슨 자국을 살펴보고 나서 우리는 펌프 룸 북서쪽 모서리에 있는 작은 방으로 들어가게 되었다. 제임스와 리처드가 플래시를 가지고 그 작은 방에 들어가는 동안에 나는 증기기관차처럼 생긴 기계들을 쳐다보며 밖에 서 있었다. 둘은 방에서 나오더니 고개를 절레절레 흔들었다. 제임스가 엄청나게 많은 쓰레기들뿐이라고 했다. 빈 병, 탄산 음료 캔, 잡동사니 쓰레기…….

"이 방은?"

나는 그 방 옆에 있는 또 다른 방을 가리켰다.

"아직 안 봤어요."

나는 플래시를 들고 그 방으로 들어갔다. 그리고 또 엄청난 양의 쓰레기를 보았다. 벽돌 벽에는 구멍이 하나 나 있었다. 그 구멍은 사람 크기만 했는데 큰 망치로 두드려서 생긴 것 같았다. 나는 플래시를 비추며 그 구멍 안으로 들어갔다. 불빛으로 머리 위를 천천히 훑었다. 우리가 찾는 그 어떤 것도 없었다. 나는 휙 돌아서 빠르게 그 방에서 나왔다. 무엇인가 서늘한 기운 때문에 등골이 오싹했기 때문이었다. 어쩌면 막다른 곳에 있는 이곳까지 테레사는 쫓겨 왔을지도 모른다. 지하실에는 수많은 막다른 방들이 있었다. 내가 작은 벽돌 방에서 나왔을 때, 제임스와 리처드는 엄청난 크기의 기계실 쪽으로 움직이고 있었다. 나는 바닥을 내려다보면서 그들을 따라갔다. 그리고 바닥에서 알루미늄포일로 만들어진 작은 공 하나를 보았다. 내가 플래시를 들고 있었기 때문에 그 공은 반짝였고, 나는 그걸 줍기 위해서 몸을 숙였다. 알루미늄포일 주위에는 가지런히 정리된 작은 돌더미가 있었다. 원형이었는데 작은 접시 크기였다. 이건 무언가 테레사가 연출했을 법한 것이다! 나는 알루미늄포일을 열어 보았다. 그 안에는 닭 뼈가 있었다. 혹시라도 테레사 네가 이곳에 점심을 먹으려고 온 것은 아니었을까. 너는 커다란 기계 같은 것을 정말 좋아했으니까! 언젠가 너에게 내가 작업하고 있던 브리지 프로젝트의 사진을 보여 준 적이 있었는데, 너는 말했다.

"철강, 쇠, 용접…… 아 그것들은 너무 남성적이야. 나도 언젠가 그런 작업을 해보고 싶어."

테레사가 이곳에서 점심을 먹으면서, 기계들을 감탄하며 쳐다보지는 않았을까?

제임스가 내게 걸어왔다.

"형, 뭐 찾았어?"

나는 그를 쳐다보곤 흥분해서 말했다.

"이거 한 번 봐. 테레사가 이곳에 있었어. 알루미늄포일에 깔끔하게 싸여 있는 닭 뼈를 봐. 이곳에서 일하는 사람들은 이렇게 하지 않았을 거야. 그리고 동그란 모양의 돌들을 봐!"

제임스는 나만큼 흥분하지 않았다.

"잘 모르겠어. 어딘가로 내려갈 수 있는 계단이 있긴 한데, 플래시가 필요해."

"알았어. 그런데 우리는 이것을 폴에게 말해 주어야 해."

나는 내가 발견한 그 알루미늄포일 포장을 그대로 두고 제임스를 따라갔다. 계단은 한 사람이 겨우 지나갈 수 있을 정도로 좁았다. 나는 밑으로 먼저 내려갔다. 오른손으로는 플래시를 쥐고 어두운 아래쪽을 비추었다. 왼손으로는 어두운 벽을 짚었다. 손잡이가 미끈거렸다. 나는 그 손잡이를 꽉 잡았다. 계단이 미끄러웠기 때문에 한 걸음씩 게걸음으로 걸어갔다. 대여섯 계단을 내려가자 갑자기 바닥이 나타났다.

"바닥 조심해."

나는 앞쪽으로 플래시를 비추면서 조용히 말했다. 그곳에는 어둠만이 있었다. 그 어둠의 밀도란 상당한 것이어서 우리가 비춘 빛을 이내 삼켜 버렸다. 눅눅하고 곰팡이 냄새가 나는 그곳의 공기가 나를 움츠러들게 만들었다. 정말 그 공기의 무게란 엄청났다. 일상의 채광에 익숙해진 우리 같은 사람에겐 좋은 공간이 아니었다. 숨을 잠시 멈추고 살금살금 움직였다.

"기둥들……."

나는 어둠 속에서 벽돌로 만들어진 큰 정사각형 모양의 기둥을 비추며 중얼거렸다. 하얀 기둥에는 검은색 숫자들이 씌어 있었다. 710, 712, 713이었다. 그것은 플래시 불빛에 푸르게 보였다. 나는 너무 놀라서 소리쳤다.

"이거 좀 봐……. 숫자 7들! 우린 그곳에 왔어."

제임스와 리처드가 재빠르게 숫자들을 보았다. 긴장감이 감돌았다. 심장이 뛰는 소리. 플래시가 이곳저곳을 사납게 비추었다.

"전등 스위치가 있는지 찾아봐."

나는 상기된 목소리로 말했다. 내 목소리가 웅웅 울렸다. 우리는 벽을 따라가다 계단과 만나는 곳으로 갔다. 그곳에는 전등 스위치가 없었다. 우리는 오래되고 녹슨 수도 정비 도구로 가득 찬 방으로 들어갔다. 그리고 오래된 보일러 실에도 가 보았는데, 그곳에는 막다른 방이 또 많이 있었다. 얼마 지나지 않아, 우리는 벽돌 벽에 나 있는 사각 구멍을 다시 살펴보았다. 내가 그 구멍 사이로 빛을 비추어 보았더니, 그 안에는 어디로 향해 있는지 알 수 없는 계단이 또 나왔다. 우리가 내려왔던 바로 그 계단이었다. 우리는 지하실 어딘가를 한 바퀴 돌아 다시 원점으로 돌아온 것이다. 나는 흰색 기둥에 다시 플래시 빛을 비추었고 다시금 그 검은 7자들을 보았다. 그들의 이미지가 아까보다는 덜 또렷한 느낌이었다. 우리 스스로 쫓아온 것은 뫼비우스 띠였나. 그곳이 저기였는지 여기였는지도 알 수 없었다. 계단이 이곳에 있어서는 안 되는데 저기 또 있네. 우리가 뭔가를 착각한 것일까? 분명히 우리는 뭔가 착각했을 거야. 우리는 우리가 발견하지 못하였던 무엇인가를 빠뜨린 게 분명했다. 플래시 빛이 흔들렸다. 우리는 이곳에 오면서 남긴 발자국들을 찾아보았다. 시계 반대 방향으로 우리 발자국들을 쫓아가 보았다. 우리는 보일러 실에 다시 도착하였고 그곳에 있는 막다른 공간을 또 발견했다. 보일러 실에서 나오자, 또 다른 벽이 나타났다. 그 벽돌 벽은 이전에 보았던 것과 별다른 차이가 없는 것처럼 느껴졌다. 그런데 벽에 둥그런 형체가 어둠 속에서 튀어나와 있었다. 그것은 손잡이였다. 우리는 이전에 그 손잡이를 발견하지 못했다. 리처드가 제일 먼저 그것을 발견하였고 문을 열고 들어갔다. 문 안에는 옷장 크기의 방이 하나 있었고 오래된 기름때가 잔뜩 묻은 원형의 금속 용기로 채워져 있는 사물함 같은 것이 보였다. 아마도 기름 탱크인 것 같았다. 그 옷장 크기의 방에는 다른 것은 없었다. 나는 다시 밖으로 나가려던 참이었는데, 플래시 불빛에 60제곱센티미터 정도 크기의 금속판에 무언가 반짝이는 것이 보였다. 그 금속판은 벽에 기울여져 놓여 있었다. 리처드가 몸을 숙여 금속판을 들춰 보았다. 그 뒤에 무엇이 있나 살펴보려던 것이었는데 벽에는 사각 모양의 구멍이 또 나 있었다. 그 구멍은 상당히 큰 것이었고 사람이 기어서 안으로 들어갈 수 있는 정도였다.

"플래시 좀 주세요."

리처드가 말했다.

그는 쪼그리고 앉아서 그 구멍을 자세히 들여다보더니 말했다.

"이곳에 방이 또 있네요. 뭔가 있어요."

"뭐······ 뭐가 있어?"

나는 급하게 말했다.

"······모르겠어요."

리처드가 주저했다.

"모자로 보여요."

"뭐! 모자라고? 아무것도 만지지 마."

나는 큰 소리로 말했다.

"분명히 저 방으로 갈 수 있는 길이 또 있을 거예요."

리처드가 말했다. 우리는 벌떡 일어서서 문 쪽으로 급히 달려갔다.

　나는 플래시를 이곳저곳 마구 비추었다. 그러자 수직으로 되어 있는 모서리가 보였다. 바닥에서 꼭대기까지 이어진 긴 배수관처럼 생긴 것이었다. 문은 하나였고 문고리는 두 개였다. 리처드가 그것을 잡아당겨서 문을 열었다. 이중으로 된 문이 침묵을 깨고 천천히 열렸다. 나는 그 안을 플래시로 비추었다. 플래시 빛을 따라 내 눈에서 번갯불이 터져 나왔다.

　테레사! 베레모. 핏자국, 장갑, 부츠 한 짝. 오, 테레사.

　"애야!"

　다리가 휘청거렸다. 제임스가 날 잡아 주었다. 머릿속에는 사이렌 소리가 울렸고, 그 소리는 오랜 시간 동안 지속되었다. 시계가 또 한 번 멈춘 것 같았다.

　"경찰에 전화해야 해요."

　리처드가 침묵을 깨고 말했다.

　"리처드, 가서 전화해……. 우린 여기 있을 거야."

　내가 말했다.

　우리는 더 이상 조용하게 속삭이지 않았다.

　리처드가 플래시를 가지고 서둘러 나갔다. 지하실은 새로운 어두움으로 가득 찼다. 캄캄한 사원, 정적, 그 자체였다. 우리는 말 없이 그 사원을 지키고 있었다. 멀리 지하철 전동차가 지나가는 소리가 들렸다. 테레사가 왜 이곳에 있었는지 아무도 모른다. 나도 모르게 눈물이 흘렀고, 나는 어둠 속에서 눈을 감았다. 눈을 감으니까 이상하게도 눈앞이 환해졌다. 햇빛을 향해서 눈 감으면 눈앞이 환해지는 것처럼. 나는 눈을 깜빡였다. 그 빛은 사라졌다. 다시 눈을 감았더니 그 눈 속의 빛이 다시 비쳤다. 나는 눈을 다시 떴다. 어둠 속에 희미한 빛이 느껴졌다. 그리고 어둠 속으로 어떤 모습이 떠올랐다. 그것은 살아 있는 듯한, 장갑을 낀 손이었다. 가죽 장갑엔 당연히 손이 없지만, 장갑이 살아 있는 것처럼 움직이는 것 같았다. 아니 움직였다. 장갑의 움직임이 느껴졌을 때 나는 내 두 눈을 믿을 수 없었다. 사실 난 그것이 불가능하다는 것을 알고 있었다. 장갑 한 켤레는 차가운 바닥에 조심스럽게 나란히 놓여 있었다. 피아노로 레퀴엠을 연주하는 것 같은 섬세한 손가락들처럼.

그날 저녁 우리는 아파트 식탁에 앉아 차를 마셨다. 나는 별말을 하지 않았다. 찻주전자를 보니까, 장갑이 또 눈앞에 나타났다. 부엌엔 불빛이 잔잔했다. 담배 연기만 자욱했다. 장갑이 무슨 방향을 가리키는 것처럼 느껴졌고, 나는 이것이 뭔가를 암시하는 바가 있을 것이라 생각했다.

테레사, 무슨 말을 하고 싶은 거니? 내가 미쳐 버리기 전에 네가 가르쳐 줘. 장갑은 어떤 암시였겠지. 작은 실마리일지도 몰라.

"아티스트 스페이스에서 테레사 전시회가 있어요."

리처드가 허공에 대고 말했다.

"정말?"

"거기서 테레사 책에 대해 전시회를 한대요. 책 몇 페이지는 확대해서 사진으로 보여 준대요. 아직 완성하지 못한 '손' 작품은 아니구요."

"'손' 작품이 뭐지?"

"아, 테레사가 최근에 작업하던 거요. 테레사가 여러 그림에서 손들만 사진으로 찍은 것을 오늘 전시하려고 계획했어요. 고대 중국에서부터 근대 프랑스까지."

"손?"

"여러 손의 다양한 포즈를 찍는 거죠. 그리고 그에 대한 설명을 덧붙이고. 각각의 손 포즈에 대해서요. 그런데 결국 프로젝트를 끝내지 못했지요. 그래서 아티스트 스페이스에서 그 대신 그녀의 책을 보여 주는 겁니다."

"오늘 밤?"

"그래요, 오늘 밤……."

아. 테레사…….

장갑, 마지막 작품

경찰이 도착했고, 조명 장치가 지하실을 밝히자 펌프 룸으로 가는 계단은 겨우 오른쪽으로 몇 야드 떨어져 있었을 뿐이었다. 기둥들은 덜 불길해 보였고, 그 검은 7자들은 내가 생각했던 것보다 작은 크기였다. 그곳은 검은 지하 감옥이 아니고 멀베리 가 밑의 지하에 불과할 뿐이었다. 그리고 밖의 빛이 들어오기에 그다지 먼 곳도 아니었다.

숫자 710 밑에는 전구가 그려져 있었다.
(이 그림은 테레사 너도 이미 봤겠지.)

수사관들은 여기저기 뛰어다니면서 소리를 쳤다.
"바로 여기네. 우리도 이 부근에 있었습니다. 그리고 이곳에서 개가 여간 난리치는 게 아니었어요."
"불과 몇 야드 떨어져 있을 뿐이었는데……."
며칠이 지나 형사 폴을 다시 만났다. 그는 믿을 수 없다고 했다.

"나는 실제로 찾을 거란 생각은 하지 않았습니다. 사실 거의 불가능할 것이라고 생각했어요. 이 모든 것이 믿기지 않습니다."

우리는 아무 말 없이, 커피를 몇 모금 마셨다. 커피가 너무 써서 폴은 얼굴을 찡그렸다. 커피 찌꺼기가 씹혔다. 경찰서 커피는 맛이 없는 법인가 보다. 특히 주간 팀과 야간 팀이 바뀌는 그 사이의 커피는 독약 같다. 폴이 웃으며 말했다.

"존, 사건 현장을 발견해 준 이후로 맨해튼의 모든 형사들이 우리 수사 팀을 수시로 놀립니다."

난 이해한다. 범죄 현장이 경찰 수사가 아닌 피해자 가족에 의해 발견되었을 때, 맨해튼의 형사들은 폴에 대해 무자비하게 빈정거렸을 것이다.

"우리가 그 범죄 현장을 발견하기까지 폴이 수고해 주었던 점을 아무도 기억하지 않는다는 게 문제군요."

테레사, 너는 폴을 좋아했을 거다. 폴도 너의 모든 친구들이 갖고 있는 특징을 가지고 있더군. 수잔, 노엘, 밥, 가이, 용순, 빌, 레나, 거스가 갖는 특징 말이야. 그들은 가식이 없다. 그런 순수함을 요즘 사람들에게서는 발견하기 어렵다. 너의 주변에는 그런 순수한 사람들이 많았다. 나는 제5경찰서 구역이나 수사관들이 다니는 100센터 빌딩 근처에 있는 술집에 다니다 보니, 어느새 그들과 가까워졌다. 유대감이라 할까. 동지 간에 존재하는 유대감은 돈이나 명예, 사회적 성공을 구성하는 것들과는 상관없었다. 그 사람들은 만나면 서로 '잘 지냈니?' 하고 물었다. 형식적인 '안녕, 잘 지냈지?(How are you)'가 아니라 '잘, 지냈지?(How ARE you)' 였다. 그 말은 진지하게 '널 보니 반갑다'라는 말이다. 다시 말하면 '네가 살아 있는 걸 보니 반갑다'라는 의미였다. 그들은 목숨이 취약하다는 걸 잘 알고 있었다. 그들의 일상생활 속에 그런 수많은 사례가 있었으니까. 그래서 그들은 주점이나 길가에서 서로 만나 인사할 때, 몇 년 동안 못 본 사람들같이 행동했다. 분명 그들은 서로 본 지 1주나 2주 남짓 되었을 뿐일 텐데. 그리고 헤어질 땐 '또 보자' 하고 헤어진다. '굿 바이'라는 말은 하지 않는다. '굿 바이'라는 단어는 한 번도 못 들어봤다. 심지어 장례식에서도 항상 '또 보자(See ya)', '잘 가, 친구(So long, buddy)' 이런 식이었다. 그들은 쓰러진 동료를 '불쌍한 녀석'이라고 부른다. '나 지난 주에 우리 보스가 퇴임할 때 그때 걔 봤는데……제길!' 한다. 임무를 수행해야만 하는 덕에 쓰러져야만 했던 동료들은 이제 '불쌍한 녀석'이 된다. '불쌍한 녀석'은 현실의 비극을 보여 준다. 롱아일랜드에 부인과 3명의 아이들을 두고 세상을 떠난 그 현실의 비극 말이다. 그럼에도 불구하고 그들의 삶은 계속된다, 꽉 막힌 도로와 맛없는 커피에 짜증내면서. 그리고 그들은 다음에 어떤 '불쌍한 녀석'이 나타날지 기다린다. 나타날 건 분명하니까. 맛없는 커피처럼. 그동안, 그들은 언젠가 그들이 퇴임할 것이라 상상하고 손자들과 함께 매일 낚시를 할 수 있을 거란 꿈을 꾼다. 부업으로 경호 컨설팅을 하고, 빌리 조엘이나 크리스티 브링클리의 보디가드를 하고, 카리브 해에서 선탠을 할 생각을 한다. 그리고 동료 한 명이 사라진 세상에서 남은 동료들은 여전히 서로 '잘, 지냈지?' '또 보자' 하면서 삶을 이어간다. 나로서는 그들과 같이 시간을 보내는 게 특별했다.

폴이 커피를 한 모금 더 마시면서 또 속이 쓰리다는 듯 얼굴을 찡그렸다. 그가 찡그리는 것만 보아도 나는 위산이 분비되는 것 같았다. 폴은 의자에 기대었고 머리 뒤로 손을 깍지 끼었다. 그는 그의 두 발을 책상 위에 올렸다. 그가 방을 한 번 둘러보더니 말했다.

"당신 말이 맞아요. 내가 잘한 일은 아무도 기억하지 않아요. 사람들은 내가 마지막에 망쳤던 것에 대해서만 기억합니다. 당신 여동생 사건처럼. 사람들은 모두 그 사건을 '사건 현장을 놓친 케이스'라고 말합니다. 그리고 사람들은 당신한테 물어봐요. '사건 현장을 발견한 가족 맞나요?' 그들은 이야기의 절반밖에 모르면서 말이지요."

우리가 이렇게 대화하는 동안 마티 대빈 형사가 형사실에 들어왔다. 흰 머리카락, 원만한 성격, 밝은 미소가 인심 좋은 시골 삼촌 같은 느낌을 주었다. 그 사람을 길 가다가 만나면, 그가 32년 넘는 베테랑 형사라는 건 아무도 상상하지 못할 거다. 그는 살인

범을 취급하는 맨해튼 남부 사건 담당 팀의 원로 형사였다. 젊은 형사들은 아이리쉬 계인 마티 대빈을 '올드 타이머', 혹은 '여우'라고 불렀다. 왜냐하면 그가 범죄자보다 한 발 앞서 나가는 묘한 능력을 가지고 있었기 때문이다. 마티는 그가 테레사 사건을 처음 담당하게 된 순간을 이렇게 말했다.

"나는 폴에게 전화를 했고 폴은 나 역시 그 사건을 배당받았다는 사실에 좋아했소. 그리고 나더러 얼른 자기가 있는 곳에 오라고 했소. 폴은 퍽 빌딩의 배관공에 대해서 얘기했소. 그 배관공 이름은 필빈인데 그날 일찍 경찰서에 들러 우리 수사관들한테 흥미 있는 정보를 전달했소. 필빈은 조이 산자라는 빌딩 후문 경비원에 대해서 얘기했어요. 사실, 필빈이 산자의 일자리를 구해 준 것이라는 거요."

필빈과 산자는 룸메이트였다. 둘은 브루클린 아파트에서 테레사 산자와 캐시 필빈과 함께 살고 있었다. 그래서 폴은 필빈에게 산자에 대해 물어봤다. 그러자 필빈은 이렇게 말했다.

"그는 이제 이곳에 없어요. 난 토요일 오전 그를 마지막으로 봤습니다. 그날 내가 출근하려고 준비하는데 산자는 자고 있었어요. 그래서 내가 산자에게 출근 안 할 거냐고 물어봤지요. 산자가 일하러 가겠다고 해서 나는 알았다고 하고 나왔어요. 그게 내가 그를 본 마지막입니다. 일요일, 우리는 산자가 우리의 아파트 임차료로 낼 돈 1천 달러와 스테레오, 사파이어 반지 등 보석, 그리고 또 몇 가지 물건을 훔쳐 달아났다는 것을 알았습니다."

그 후 필빈이 월요일에 퍽 빌딩에 일을 갔는데도, 산자가 보이지 않았다고 했다. 건물에는 경찰이 진을 치고 있었다. 누군가가 필빈에게 살인 사건이 있었다고 말해 줬고, 이런저런 정황을 종합하여 보았을 때 그는 산자를 의심했고, 경찰에게 알리는 것이 좋겠다고 생각했다는 것이다.

마티가 말했다.

"필빈이 우리와 이야기하려고 생각한 것은 다행이었소. 사건의 실마리를 찾을 수 있었으니까. 우리는 우선 컴퓨터에 들어가서 산자에 대한 자료를 검색했소. 그런데 정말 많은 범죄 자료가 쭉 나오더군. 나는 최신 테크놀로지는 수사 과정에서 별로라고 생각했지요. 비록 나는 구형 모델이지만 스스로 자랑스러웠으니까. 나는 요즘 젊은 것들을 항상 놀려요. '얘들아, 요즘 경찰 대학에서 뭘 배우기는 하는 거냐' 하지요. 그런데 컴퓨터에 관해서는 완전 생각이 다릅니다. 나는 예전에는 컴퓨터 없이 우리가 어떻게 일했는지 신기하게 느껴져요. 하지만 나는 애들한테 이렇게 말하지요. '난 그딴 컴퓨터 따위 필요 없어. 우리보다 더 옛날 사람들은 모든 걸 머릿속에 간직했단 말이야'라고. 그런데 그날 산자의 이름을 처음 컴퓨터에 입력해 보았을 때, 난 컴퓨터의 위대함에 대해서 알 수 있었소. 컴퓨터란 대단히 훌륭한 물건이요. 산자에 대해서 컴퓨터는 네 가지의 다른 이름을 알려 줬어요. 산자,

샌즈, 지아넬리, 엘리안. 그리고 그는 세 가지의 다른 주민번호를 갖고 있었소. 산자가 수상하다는 걸 알게 된 거요. 그놈은 열일곱 살 때부터 여러 문제를 일으켜 왔소. 캘리포니아에서 플로리다로 이동하면서, 절도에서부터 마약 거래까지 나쁜 짓을 많이 했지. 그런데 컴퓨터상에는 1982년에 그가 한 짓이 나타나지 않더군. 그래도 나는 1982년에도 그가 온갖 짓을 했다는 것에 모든 것을 다 걸 수 있소. 아마 1982년에는 또 다른 가명을 사용했겠지. 어쨌거나, 우리는 그 자식과 어떤 말이라도 나누어 보는 것이 좋을 거라고 판단했소. 우리는 그에게 토요일에 왜 일하러 오지 않았느냐고 물어보고 싶었고, 왜 돈과 보석을 훔쳐서 달아났는지도 궁금했소. 다른 것도 있었소. 우리는 산자가 오후 6시까지는 후문에서 경비 자리를 지켰어야 한다는 것을 알아냈고, 그는 금요일 밤에도 출입문에 있었어야 했소. 당신의 여동생이 오후 5시쯤에 빌딩에 왔던 바로 그 금요일 말이오. 그는 경비로 있을 때에 당신의 여동생을 당연히 보았어야 했소. 우리가 그를 만나 질문을 하고 싶었는데 어디론가 그가 사라져 버렸소."

마티는 끝없이 말했다. 그의 파란 눈은 열정으로 가득 차 있었다. 그는 그의 직업에 대해 엄청난 자부심을 가지고 있었고 나는 그가 있어 마음이 놓였다. 점심시간이 되자 폴은 약속이 있어 먼저 나갔다. 나는 마티와 근처 포리니 식당에 갔다. 샌드위치와 맥주를 주문하고 우리는 대화를 계속 이어나갔다. 아니, 그가 말했고 나는 거의 듣기만 했다. 그는 이야기하면서 중간중간에는 너와 나, 우리 가족에 대해서 몇 가지 질문을 하고 동료 형사들에게 날 소개했다.

"여기 존이야. 피해자의 오빠, 그 범죄 현장을 찾은 사람이지."

난 맥주잔을 부딪치면서 나의 예외적인 상황을 이해해 주는 사람들하고 있어서 편하게 느꼈다. 한편으로는 그들은 마티처럼 내가 캘리포니아에서 무엇을 하고 사는지 궁금해했다. 그때까지 나는 캐시와 아이들 셋과 오렌지 카운티에 사는 것에 만족했었다. 1972년에 그곳으로 이사 갔을 때, 오렌지는 인구 5만 명의 조용한 도시였다. 오렌지 서클 생각나니? 그리고 서클 주변에 고풍스러운 골동품 가게들. 거기 울워스 가게가 있었다. 우린 그 가게 카운터 앞에 앉아서 감자튀김과 딸기 몰트를 먹었다. 테레사, 네가 우리 집에 왔을 때 뭐라고 했는지 나는 기억하고 있다. 넌 "오빠는 왜 이런 시골에 살아?"라고 물었다. 나는 웃으면서 말했다.

"네가 그런 걸 물어보니까 웃긴다. 내가 밀워키에 있을 때 다른 사람들이 꼭 너처럼 물어봤거든."

네가 우리를 마지막으로 찾아왔을 때가 1980년 여름인데, 뉴욕 가는 길에 왔던 것 같다. 너는 웃으면서 나에게 물었다.

"아직도 이 시골에 살아?"

난 네가 무슨 생각을 하는지 알 수 있었다. 너는 내가 문화적 황무지에서 썩어 가고 있다는 걸 말하고 싶었다. 디즈니랜드, 쇼핑

몰, 패스트푸드점들에 둘러싸여 있는 이곳은 아이들을 키우기에 좋은 환경은 아니다,라고. 나는 그게 아니라고 말했다.

"아니야, 테레사. 이곳에서 산다는 것은 그런 것이 아냐. 여기서도 볼 게 많아. 박물관, 전시회, 도서관. 지역 학군이 캘리포니아에서 제일 좋은 축에 속해. 매년 애들 성적이 얼마나 좋은지 모른다."

너는 설득당하지 않았다. 교외에서 사는 장밋빛 미래를 설명하려는 나의 노력에도 불구하고 말이다. 샌프란시스코 노스 비치의 카페에 가거나 시티라이트 서점에 가서 시를 읽기엔 너무 멀리 떨어져 있기 때문이겠지. 너는 나를 항상 졸랐다. 너와 함께 노스 비치에서 시간을 보내자고. 하지만, 나는 너하고 커피를 마시면서 네 비디오 작품이나 퍼포먼스들에 대해서 이야기할 기회들을 놓쳐 버렸다. 나는 그때의 너의 예술적 감각을 떠올리기 위해서 너의 편지를 읽어 볼 수밖에 없었다. 내가 정신적으로나 감정적으로 편안할 때 말이다. 너의 편지를 읽기 위해서는 내가 있었던 곳과는 정신적으로 동떨어진 어느 다른 곳에 있어야 할 것 같다는 느낌이 들었다. 난 사실 내가 있는 곳을 좋아했다. 나는 점차 내 삶에 적응했고 만족했다. 나는 청소년 축구 코치로 일하는 것도 좋았고, 내가 일하는 회사의 축구 선수로 뛰는 것도 좋았다. 일이 끝나고 나서 나는 축구 연습을 하러 갔고, 운전을 하면서 옷을 갈아입었다. 나는 토요일을 손꼽아 기다렸다. 토요일에는 코치를 하고 경기 관람을 하느라 하루 종일 바빴다. 야구 시합이기도 했고 축구 시합이기도 했지. 나는 소리를 지르는 아이들을 태우고 야구 용품, 축구공 들을 싣고 차를 몰고 달렸다. 경기가 끝나면 모든 사람들은 람포스트 피자 가게에 모였고, 사람들은 치즈 피자를 우걱우걱 먹어 치웠다. 애들은 피자를 먹고 나서는 팩맨, 트론, 갤럭시, 스페이스 인베이더와 같은 비디오 게임을 했다. 그때 누군가 내게 맥주를 사 줬고, 배가 나온 아버지들과 흰 다리를 가진 어머니들은 경기에 대해서 신나게 얘기했다. 나는 기계 앞에서 게임할 차례를 기다리면서 그 이야기들을 주고받았다. 난 애들과 함께 게임하려고 25센트 동전을 게임 머신에 집어넣었다. 나는 비디오 게임 팩맨에 빠져 있었고 동전 한 개만으로도 꽤 오랫동안 게임을 할 정도였다.

일요일은 한가한 날이었다. 캐시는 계란 프라이나 팬케이크를 만들었고, 난 커피를 마시고 오렌지 카운티 레지스터 신문에 나오는 책 리뷰 페이지를 읽으며 새로 나온 책들에 대해서 얘기했다. 그게 우리 일상이었다. 아침 식사 후엔 뒷마당 의자에 앉아서 책을 읽는 거야. 난 그 당시 로버트 러드럼이나 윌리엄 골드먼 같은 작가의 가벼운 책들을 읽었어. 네가 크리스마스 선물로 준, 인류학자이자 은둔 철학자인 카를로스 카스타네다Carlos Castaneda는 접근이 꺼려졌다. 그땐 그랬다. 왜 나한테 카스타네다를 줬는지. 잘 알겠지만 난 야구, 축구, 팩맨에 중독된 상태라 정신적 수련엔 관심이 없는 거야. 그즈음 신년 이브 날엔 슈퍼에서 사 온 값싼 샴페인을 마시면서 TV에 나오는 흘러간 롬바르도 밴드 음악을 듣는 게 전부였다. 졸면서 말이다.

그런데 지하실에서 발견한 네 장갑이 모든 걸 바꾸었다. 난 인생이 변한다는 걸 알았지만 어떻게 변할지는 몰랐다. 난 장갑의 이미지에 집착하고 다른 어떤 것도 생각할 여지가 없었다. 그 장갑이 차가운 콘크리트 바닥을 껴안는 이미지는 언제나, 아무 때나 아무런 예고 없이 날 소름끼치게 만들었다. 그 시끄러운 포리니 식당에서 마티와 그의 동료들과 이야기하는 과정에서도 장갑은 미스터리였다. 너는 우리가 장갑을 발견하도록 한 거야. 경찰이 아닌 우리가 그것을 발견했다. 그 이유가 뭘까? 넌 장갑으로 무슨 말을 하려고 했던 것인가? 하지만 난 몰랐다.

2

gninrom txen gnidnif

drah saw dloc saw   otni etib

We openend our mouths onebyone

snowflakes

awake

was

no one

—Theresa Hak Kyung Cha

황금 사슴

다음날 나는 집으로 돌아오는 비행기에서 내내 잠을 잤다. 닭고기 기내식도 마다 하고 옆자리 사람과 수다도 떨지 않았다. 그 어떤 때보다, 나는 잠을 자고 싶었다. 된장국과 밥이 먹고 싶었지만, 비행기에서 그것을 기대할 수는 없었다.

집에 도착해서 나는 전화기 옆에 놓인 부엌 식탁에 된장국과 밥을 놓았다. 갑자기 목이 메어 먹을 수가 없었다. 종종 그랬다. 레스토랑이 아니라 집이었으니 다행이었다. 나는 스스로에게 타일렀다. 마음을 편히 가지라고.

사건 담당 팀은 더 많은 시간을 수사에 쏟기 시작했다. 신체 증거, 지문, 혈액, 머리카락, 먼지 등에 관한 셀 수 없는 실험들이 있었지만 실험 결과는 거듭 실망스러웠다. 범죄 현장 수사단CSU이 지하실에 지문을 채취하러 갔는데 그곳에는 어떤 지문도 없다고 했다. 이런 일들은 흔하게 일어난다고 했다. 머리카락도 그랬다. 실험실에 가져다주려고 수사관들이 현장에서 머리카락을 수거했는데, 지금까지 어떤 결과도 나오지 않았다. 그 머리카락들은 누구와도 일치하지 않았다. 아, 너의 머리카락이 한 올 나왔다고 하더구나. 그리고 혈청 실험실에서 A형인 너의 혈액형을 'O' 형이라고 잘못 표시해서 지금까지 한 실험 결과는 무용지물이 되어 버렸다.

폴과 마티가 실험 결과에 문제가 있다고 생각해서 여러 번 항의했다. 그들은 수사관의 직감으로 뭔가 맞지 않는다는 것을 알아챘다. 그런데 사건 담당 검사는 생각이 달랐다. 증거가 부족하다는 이유로 더 조사를 할 수 없다고 해서 다른 검사가 배정되었다. 나는 뉴욕으로 가서 2월 16일에 그를 만나기로 했다. 새로 사건을 맡은 마일즈 말만 검사는 현재 수사가 힘든 상태에 빠져 있다고 했다. 수사관들이 플로리다 교도소에 수감된 산자에게 몇 가지를 질문하러 가야 하는데, 뉴욕 시에서 장거리 수사 비용을 지원해 주지 않는다는 것이다.

내가 마티를 만났을 때 나는 그에게 마일즈 말만 검사를 만났다고 말했다. 마티는 '뉴욕 시장 앞으로 가족 이름으로 된 편지를 보내요. 내가 편지 쓰라고 했다는 말은 절대로 하지 말구요.'라고 말해 주었다. 나는 너의 책상 위에 놓인 레밍턴 타자기 앞에 앉아서 시장 사무실에 있는 형사 사건 주무관 존 키넌에게 편지를 쓰기 시작했다. 그에게 수사관들이 플로리다에 갈 수 있는 방법을 찾을 수 있도록 협조해 달라는 청원서를 썼다. 리처드의 변호사 친구가 뉴욕 경찰국장 로버트 머과이어에게도 편지를 썼다. 나는 존 키넌의 답신을 받지 못한 채 2월 19일에 캘리포니아로 돌아갔고 새로 왔던 말만 검사가 연방 수사국에 자리를 구해 옮겨 갔다는 소식을 들었다. 연방 수사국은 뉴욕 주 검찰청보다 훨씬 큰 규모이었고 봉급도 많으니 그는 가 버렸던 것이다.

이건 낙담할 만한 소식들이다. 지금까지 두 명의 검사가 왔다 갔으니 이게 무엇을 의미할까? 과연 세 번째로 검사가 오기는 할까? 아니면 이제 수사는 중단되고 살인 사건은 풀리지 않은 채로 미궁에 빠지는 것일까? 뉴욕에서 벌어지는 수많은 살인 사건들이 해결은 되는 것일까? 다음달 내내 나는 밤낮으로 이런 궁금증을 갖게 되었다. 그래서 '일상생활'에는 집중할 수가 없었다. 그런데 뭐가 '일상생활'일까. 그건 누가 어떻게 정하는 걸까?

테레사 네가 서른두 살 되는 생일은 힘든 날이었다. 가족들끼리 모였을 때, 우리는 생일 축하 노래를 부르지 않았고 너에게 카드나 선물을 주지도 않았다. 어머니는 뒷마당에서 장미를 따서 네 묘지에 가지고 갔다. 어머니는 금속으로 된 꽃병에 줄기를 손수 정리한 장미꽃 다발을 꽂아 너의 묘지 앞에 두었다. 우리는 장미꽃 다발을 한 번씩 만져 보고 묘지에 빙 둘러 서 있었다. 예전, 바비큐 생일 파티와는 분위기가 정반대였다. 우리는 생일이나 휴일, 어떤 날이든지 간에 바비큐 파티를 했으니까. 우리가 호놀룰루에 살았을 적에는 와이키키에 있는 쿠이오 해변 가에 자주 갔다. 그곳에서 어머니는 불고기와 갈비를 만들었고 우리들은 김밥을 먹으면서 음료수를 마셨다. 그때 테레사, 너는 열두 살이었다. 볼 살이 통통했고 하얀 얼굴이었다. 머리카락은 곱슬거렸지. 해변에서 나는 오랫동안 너를 가만히 쳐다본 기억이 난다. 아마도 네가 한국에 있고, 난 하와이에, 서로 멀리 떨어져 있는 바람에 낯설어서 그랬는지 모른다. 우린 1년이 넘는 시간 동안 편지를 쓰지도 않았고 전화를 한 것도 아니었기 때문에 거의 모르는 사람 같았다. 남매지만 너무 서먹서먹했다. 너는 말을 잘 하지 않았고, 나는 무슨 말을 해야 할지 잘 몰랐으니까. 네가 우울한 것 같았지만 왜 그런지 내가 물어보지는 않았다. 이제는 네가 어떤 기분이었는지 안다. 그때 너는 한국에서 '추방당한 채로' 새로운 환경에 적응하는 중이었다.

어느 곳에서든지 외국인으로 산다는 것은 쉬운 게 아니다. 그러나 1960년대 초 하와이는 낙원과 같았다. 동에서 서로, 혹은 서에서 동으로 이민하는 사람들에겐 하와이보다 더 좋은 장소는 없었다. 어디에나 풍기는 플루메리아 꽃향기와 야자수도 좋았지만 그보다 하와이 사람들은 친절해서 너무 좋았다. 일흔 넘은, 백발이 무성한 한 씨 할머니는 천사 같았다. 할머니가 간식으로 주는 파인애플도 정말 맛있었다. 그녀는 젊었을 때 하와이에 왔고 오하우 섬 파인애플 농장에서 일하면서 가족을 돌보았다. 그녀의 아들 존은 항상 웃는 얼굴로 1960년식 포드 차로 나에게 운전을 가르쳐 주었다.

그리고 아름다운 고 씨 가족들. 세인트루이스 고등학교 수학 선생님이었던 존 고 선생은 제2차 세계대전 당시 100 하와이 부대 소속 미군 중위였다. 그리고 아름다운 부인 이묘희 선생. 그녀는 플레이메이트 유치원과 초등학교 교장 선생님이었다. 난 그들 집에서 살면서 영어를 배웠다. 두 사람은 내가 한국어뿐 아니라 영어를 불편 없이 구사하면서 학교 교육을 받을 수 있도록 도와주었다. 특히 이묘희 선생은 내가 영어 사전을 외울 수 있도록 도와주었다. 내가 영어로 진행되는 학교 수업을 빨리 따라 잡기 급한 마음을 이해했던 것이다. 하루는 내가 영어 실력이 학교 친구들보다 15년 정도 뒤떨어져 있다고 했더니 그녀는 계속해서 웃었다. 나는 그녀에게 평생 갚지 못할 빚을 졌다. 그 집에는 메리, 마가렛, 승기, 모니카, 모린, 찰리, 제임스가 있었다. 그 애들은 나를 친형제나 마찬가지로 대해 줬다. 학교가 끝나면 이묘희 선생 차인 1957년식 플리머스를 타고 케아 우모쿠 거리에 있는 데어리퀸에 가서 놀고, 토요일 저녁에는 로렌스 웰크 쇼도 보았다. 그리고 가수 레논 자매들에 대해서 이런저런 이야기를 하면서 누가 제일 예쁜지, 누가 노래를 제일 잘하는지 수다를 떨었다.

고 씨네 가족은 너와 우리 가족 모두가 온다는 것을 너무도 기뻐했다. 그 여름에, 우리 집 애들—너 테레사와 엘리자베스, 제임스, 버나데트 네 명이 더 왔고, 우리는 다같이 플레이메이트 학교

운동장에서 놀았다. 수영장에 가서 물장난을 하고 쉬는 시간에는 반바지를 입고 맨발로 돌아다녔다. 우리는 코코넛 열매를 따서 그 안의 수액을 먹었고 마카다미아 열매를 닦아서 단추를 만들었다. 정말 그곳은 새로운 세상이었다. 내가 2년 전에 서울에서 겪었던 폭풍과는 완전히 달랐다. 그 당시 서울에는 수많은 학생들이 이승만 정권의 부패를 반대하는 데모를 했고, 나도 세종로 거리를 뛰어다녔다. 나는 총소리 앞에서 눕기라도 할 작정이었고 실제로 그렇게 할 준비가 되어 있었다. 마음속에서 불타오르는 정의감, 그것을 순수하게 믿는 소년의 만용이었는지도 모르겠다. 그때 듣던 분노의 함성과 총소리는 트로픽 섬의 바람 속으로 점점 사라져 버렸다. 하와이에 온 너는 나를 계속 관찰하였다. 4월 19일 서울에서 학생들이 거리로 뛰쳐나오던 그날에도, 오아후 섬 해변에서 가족 바비큐를 하던 날에도. 할라 함 선생으로부터 장구를 배우면서 너는 웃기 시작했다. 함 선생은 무당춤을 잘 추었다. 아름답고 친절한 사람이었다. 네가 다른 곳도 아니고 하와이에 와서 샤머니즘 춤에 심취하다니, 그것은 신기한 일이었다. 그래도 네가 장구를 배우길 잘한 것 같다. 너는 네 자신에 대해서 더욱 편안하게 느끼는 것 같았고, 사교적인 성격이 되었으니까. 네가 한국에 있었다면, 춤이라는 것을 배울 수 있었을지는 정말 알 수 없는 일이었다. 그리고 나는 다시 하와이를 떠나, 미국 중부에서 대학을 다녔다. 그러다 보니 성탄절이나 여름방학이 아니면 집에 올 일이 없었다. 내가 대학 2학년 과정을 시작하자마자, 나는 어머니로부터 갑작스러운 소식을 들었다. 샌프란시스코로 이사한다고.

내가 받았을 충격을 한 번 상상해 보려무나. 나는 잘못 읽었나 해서 편지를 읽고 또 읽었다. 편지 봉투에는 어머니의 필체로 낯선 주소가 적혀 있었다. 샌프란시스코 26번 가. 1965년 크리스마스 방학 때 나는 3일 동안 운전해서 샌프란시스코로 갔다. '캘리포니아에 오신 것을 환영합니다'라는 표지판을 씽 지나치면서 나는 마음이 들떴다. 그리고 베이 브리지 입구로 들어가자 더 신이 났다. 나는 편지에 적힌 주소인 26번 가 어느 곳에 도착했고 현관문을 두드렸는데, 집에서 나온 사람은 완전히 내가 모르는 사람이었다. 나는 혼란스러워 미칠 것만 같았다.

나는 모퉁이에 있는 공중전화로 달려가, 어머니가 보내 준 연락처로 전화를 해서는 '어디예요?'라고 소리 질렀다. 심지어 안부도 전하지 않았고 내가 누군지 밝히지도 않았다. 어머니는 내 목소리를 금방 알아듣고는 대답했다. 지도를 보니 그 26번 가가 도시의 반대편인 리치몬드 지역에 있었다. 하나는 26 스트리트를 지칭하고 다른 하나는 26 애비뉴였다. 집을 다시 찾아가서 초인종을 누르고 누군가 나오기를 초조하게 기다렸다. 테레사, 네가 문 앞에 마중 나와서 정말 기뻤다. 밝고 친숙한 얼굴을 보게 되었으니까. 학교에서 집에 온 지 얼마 지나지 않은 듯 너는 교복을 입고 있었다. 세이크리드 하트 학교의 갈색 상하의였다. 샌프란시스코에서 다시 만났을 때 우리는 서로 친해졌다. 골든게이트 파크로 소풍 가서 우리가 가장 좋아하는 장소인 30번 가의 목초지에서 저녁 안개가 피어오를 때까지 놀았다. 어떤 때는 안개를 피해서 베이 브리지 건너 버클리 위에 있는 틸던 공원으로 소풍을 가기도 했다.

1983년 3월 4일, 네가 없는 첫 생일날, 우리는 스카이론 묘지 선셋 서클에 모였다. 소풍은 없었다. 웃음소리도 들리지 않았다. 꽃과 눈물만 있을 뿐. 우는 중간중간에 어머니는 2주 전 테레사, 네 친구 노엘로부터 받은 편지에 대해서 이야기 했다.

1983년 2월 14일
뉴욕 테레사의 어머니에게
……금요일, 이곳에는 폭설이 내렸어요. 소용돌이치는 눈송이들로 가득 찼고 온 세상은 순식간에 하얗게 변했어요. 모든 것들이 조용하고 부드럽게 변했어요. 그리고 반짝거리는 눈은 수천 개의 아름다운 작은 별들이 내리는 것 같았지요. 그날 밤, 나는 특별한 꿈을 꾸었어요. 꿈이라기보다는 다른 차원에 있는 현실 같았어요. 아마도 높게 쌓인 눈이 그 꿈을 전달해 주었나 봐요.
내 꿈은 다른 시간대에 있는 다른 곳에서 일어난 것이었어요. 상쾌

한 초록빛의 나라였어요. 나무가 많고 뜰이 펼쳐졌으며 아름다운 풍광이 있는 곳인데 모든 사람들이 옛날 풍의 옷을 입고 있었어요. 거기엔 마차도 있고 말도 있었고, 사람들은 깃털 펜으로 글을 적고 있었어요. 꿈에서 테레사를 봤어요. 눈이 한창 내리는 중이었고, 잠자는 중이었는데도 나는 그녀가 날 찾아온 것이 특별하다고 느꼈어요. 테레사가 내게 황금빛 사슴 덕에 상처는 다 나았고 아픈 것도 없다고 말했어요. 그 황금빛 사슴은 황금빛 뿔과 황금빛 눈을 가지고 있었어요. 그리고 황금빛 입김으로 그녀를 고쳐 준 것이에요.

나는 그 사슴들을 보았어요. 그들은 너무도 아름다웠고 천사처럼 밝았어요. 그들은 분명히 천사였을 거예요. 나는 테레사를 다시 보게 되어서 너무도 기뻤어요. 테레사가 그렇게 예쁜 곳에서 평온하게 살고 있다니 행복했어요. 꿈에서 테레사가 어머니한테 잘 지내고 있으니 걱정 말라고 말해 달라고 당부해서 이렇게 편지를 쓰고 있어요. 테레사는 가야만 했어요. 나는 그녀를 여러 번 안았던 기억이 나요. 그녀가 떠날 때 나는 그녀를 불렀어요. 그녀는 마차를 타고 떠났는데, 그녀를 따라가서 마지막으로 한 번 더 뺨에 입을 맞추었어요. 그리고 결국 그녀가 가 버리자 주저앉아 버렸어요. 왠지는 모르겠는데 이 모든 것이 사진과 같이 선명해요. 내가 입고 있던 옷은 초록색이었고 은색 잎사귀가 붙어 있었어요. 그리고 나는 잔디에 주저앉았어요. 마차가 지나가고 난 자리에 잔디가 돋아 있었어요. 나는 더 이상 슬프지만은 않았어요. 그리고 그 꿈으로 인해서 즐거움과 아름다움을 갖게 되었어요. 사슴이 테레사와 함께 간 것 같아요. 언젠가 우리도 모두 그곳으로 가게될 것이라고 생각해요. 꿈에서 그녀는 행복했고 어떤 슬픔이나 고통도 없는 것 같았어요. 천사처럼 그녀는 빛났어요. 내가 다음날 아침에 꿈에서 깨고 나자 내 마음은 새처럼 가볍고 자유로웠어요. 내 꿈이 엄청난 행복과 기쁨을 주었어요. 어머니는 그 사슴이 뭔 줄 아세요? 테레사는 어머니가 많은 것을 안다고 하던데……. 지금도 나는 마음이 참 편해요. 그 꿈은 너무나 아름다웠고 정말 사실인 것처럼 느껴졌어요. 그 느낌이 편지를 통해 전달되었으면 해요.

사랑을 담아, 노엘.

노엘의 꿈은 우리에게 훌륭한 선물이었다. 황금빛 뿔과 황금빛 숨결을 가진 황금빛 사슴은 때마침 우리에게 좋은 약이었다. 만약 그 훌륭한 선물이 없었다면 우리가 무슨 이야기를 했을지 혹은 어떤 기분이 들었을지 상상할 수 없을 것 같다. 우리는 우리 마음을 치유한다는 것이 무엇인지, 우리에게 치유가 필요한지 여부에 대해서 알 수 없었다. 다만 낮, 밤, 아무 경고 없이 쳐들어오는 어두운 공백, 그것만 인식할 뿐이었다. 어머니는 내가 뉴욕에 다시 가기 2주 전에 가슴을 아리는 통증에 대해서 편지를 썼다.

1983년 2월 6일
존과 캐시에게

캐시, 너희 아이들 사진과 편지 잘 보았다. 고맙구나. 존, 우리를 위해 애써 줘서 고맙다. 우리는 너희 아이들 사진이 마음에 들었다. 우리는 그 사진들을 액자로 해서 TV 방 벽에 걸었단다. 아이들은 매우 사랑스럽고 자랑스럽다. 그 사진을 보고 있으면 우리는 마음이 편안해지고 웃음을 짓게 된다. 그리고 캐시, 너의 편지 잘 읽었다. 우리는 훨씬 기분이 더 나아졌다. 사실 아직도 힘들긴 하지만, 얼마나 이 시간들이 더 오래갈지는 모르겠구나. 시간이 걸리겠지. 너에게도 같은 말을 전하고 싶다, 너희들에게는, 네가 말했듯이 너는 세 명의 아이들이 있고 바쁘게 지내다 보니, 잊힐 거다.

너희들은 너희의 삶으로 돌아가렴. 부디 마음의 안정을 찾고 아이들을 돌보는 데에 집중해 주기를 바란다. 언젠가, 우리는 현실을 인정할 수 있을 거야. 테레사의 친구 노엘이 테레사의 결혼식 파티 사진을 보내왔어. 그래서 그 사진을 내 방에 걸어 두었다. 사실 좀 주저하였는데 용기를 갖고 내 방에 걸기로 결정했다. 며칠 동안은 그녀의 사진을 볼 수가 없었다. 그리고 사진을 볼 때마다 울었지. 그런데 이제는 괜찮아. 이렇게 하는 게 나은 것 같다.

존, 나는 다른 사진도 갖고 있어. 네가 중학교 때 너희들 다섯이 같이 찍은 사진. 너희 아버지는 그 사진을 별로 좋아하지 않았지. 왜냐하면 어린 테레사의 얼굴을 보는 건 너무 고통스러웠기 때문이야. 나는 너희 아버지더러 그 사진에 익숙해지라고 했다. 나는 그 사진이 참 좋거든.

우리는 잊으려고 노력하고 있다. 어제는 너희 아버지가 제임스와 버나데트의 아파트 화장실을 새로 칠했다. 나는 캐나다에 있는 앨리슨에게 주려고 그림을 하나 그렸다. 나는 앨리슨과 잰에게 그림을 두 개 보내려고 한다. 샌디에게도 하나 보낼까 싶다. 그림이 그렇게 훌륭한 건 아니지만 그들에게 고마움을 전하기 위해서 그 그림들을 보내려고 한다. 우리 건강은 괜찮다. 나는 그동안 몸무게가 7파운드 정도 줄었는데, 근래에 2파운드가 다시 늘었다. 오늘은 한국에서 배 씨네가 전화해서 안부를 묻더라. 네 아버지가 한동안 힘들었지만 이제는 괜찮으시다. 나는 여전히 테레사를 생각할 때마다 가슴이 아프지만 요즘은 아픔이 가시더구나. 며칠 전에 우리는 테레사 묘지에 갔다. 꽃이 시들시들한 것을 보았어. 그 모습을 보니까 또 마음이 아프더구나. 네 아버지가 테레사 비석에 새길 이름을 붓글씨로 쓰려고 했는데, 눈물이 나서 못 하셨다. 그래도 오늘부터 붓글씨 연습을 시작하셨다. 이런 일들이 우리를 더 슬프게 한다. 테레사가 나만 보라고 보낸 수많은 편지들이 있는데 아직 읽지는 못하겠다.

네 아버지와 나, 둘 다에게 보낸 편지가 하나 있다. 너희를 위해서 한 장 복사해서 보낸다. 나는 내 친구들 몇 명에게도 전화를 해야 하는데 못하겠구나. 차라리 편지를 써야겠다. 이 모든 과정은 감당하기에 힘든 것들이다. 우리 모두에게 너무 지나치구나. 제임스와 버나데트 역시 힘들어하고 있어. 그런데 걔들은 힘들어하고 있다는 것을 보여 주지 않으려고 한다. 엘리자베스가 우리를 슬프지 않게 하려고 많이 노력한다. 우리는 너희 모두와 함께여서 다행이구나. 너희들이 없었다면 우리는 이겨내지 못했을 거다.

내가 편지를 쓸 때마다, 나는 너희를 슬프게 하는구나. 나를 용서하려무나. 나는 이런 말을 하지 않기로 다짐했는데, 또 해 버렸다. 나는 너희들과 너희 애들이 보고 싶다. 우리가 좀더 가까이 살았으면 좋겠다. 내가 너를 만나면, 테레사 책에 대해서도 물어볼게. 몸 관리 잘하고, 잘 지내라.

어머니와 아버지는 그 사진들을 쳐다보기가 너무 힘들었다. 그 사진 속 순간들의 추억은 둘째 치고 사진을 보는 즉시 그 어떤 것보다도 눈물이 앞서서 사진이 안 보인다. 그리고 가슴을 에는 통증. 나는 어머니가 편지에서 말한 그 사진이 생각난다. 서울에서 찍은 사진인데 우리 5남매가 다 나와 있는 흑백사진이다.

내가 1958년 봄, 중학교를 다닐 적에 찍은 사진이다. 어머니는 명동에 있는 '허바허바 사진관'에 가서 우리가 사진을 찍어야 한다고 했다. 나는 그때 어머니 목소리에서 묻어 나오는 다급함을 느끼거나 이해했다고 할 수는 없다. 나는 그저 내가 중학교에 입학해서 그것을 축하하려고 사진을 찍은 줄로만 알았다. 그러나 어머니에게는 의미 있는 것이었고, 그 뜻은 '내 인생을 살아가야만 한다'는 것을 알려 주는 것이었다. 두 분은 결혼 생활 중에 힘든 시기를 견뎌야만 했다. 그때가 내가 '이혼'이라는 단어를 알게 된 때였다. 어머니와 아버지는 그 단어를 자주 큰소리로 말했고, 나는 그 단어를 국어 사전에서 찾아봤다. 그리고 나는 화가 나서 방으로 달려가서 소리 질렀다.

"이거 하시면, 나는 애들을 고아원에 데려가서 그곳에서 살 거예요!"

두 분은 날 쳐다보고 웃었다. 아버지는 어머니보다 더 크게. 내가 얼마나 심각했는지 모르는 얼굴이었다.

나는 그 사진 속에서 12세, 엘리자베스는 9세, 테레사 너는 7세, 제임스는 4세이었다. 그리고 버나데트를 내 위에 앉혔는데 겨우 100일 된 아기였다. 너는 단발머리였고 단순한 스타일이었다. 어떤 꾸밈도 없다. 머리카락이 반듯하게 내려와서 네모진 모양이다. 그런데 앞머리가 조금 이마 앞으로 내려와 있었다.

우리가 어른이 되고 나서 함께 그 사진을 본 적이 있다. 한 번은 너에게 물어봤지. 왜 그날 얼굴이 그렇게 울상인지. 너는 웃으면서 말했다.

"내 머리를 좀 봐. 이런 머리 스타일이면 오빠도 울상이지 않겠어?"

그때는 즐거웠다. 우리가 네 머리 스타일에 대해서 이야기하면서 웃던 시간이 얼마나 행복한 순간인지 그때는 몰랐다.

테레사가 떠나고 난 뒤 맞은 첫 생일날, 스카이런 묘지에서 집으로 돌아온 나는 노엘한테 전화해서 밝고 희망적인 꿈에 대해 이야기해 준 것이 고맙다고 전했다. 노엘이 그랬다.

"테레사는 잘 지내고 있어요. 꿈이 너무 선명했어요. 현실 같았어요. 정말 너무 현실 같았는데 그게 꿈이라니 믿기지 않아요. 우리가 행복했을 때로 돌아간 것 같았어요."

나는 꿈속에서나마 테레사를 만났던 노엘에게 "당신이 부러워요."라고 했다. 빨간 머리 그녀가 활짝 웃는 얼굴을 떠올리면서 말이다.

결혼 반지, 나팔꽃

1983년 3월 말, 마티 대빈 형사의 전화가 왔다. 그는 흥분해 있었다. 마티는 폴 페이스 형사와 함께 플로리다에 다녀온 이야기를 했다. 플로리다 주 교도소에서 산자를 조사했다는 것이다. 나도 흥분된 목소리로 "마티, 마티, 그래서 달라진 것이 있나요?"라고 묻는다. 마티는 큰 소리로 말했다.

"새로 담당 검사가 부임했소. 이름은 제프리 슈랭어요."

"어떤 사람이에요?"

"괜찮은 사람이외다. 존도 그 사람 좋아할 거요. 존이 그 사람 만나 보면 내가 하는 말이 무슨 말인 줄 알 거요. 뉴욕에는 언제 오시오?"

"잘 모르겠어요. 그래도 곧 가야 할 것 같군요."

"우리가 산자를 한 방 먹인 것 같소."

"정말요? 어떻게요?"

"언제였더라, 플로리다 가기 전이오. 우리는 모든 걸 다시 시작해야 했소. 우리는 원점으로 돌아가서 모든 사람을 한 명씩 다시 조사하기 시작했소. 그리고 그때까지의 수사 보고서를 다시 검토해 봤소. 그런데 테레사가 잃어버린 물건 중의 하나가 결혼 반지였소. 우리는 결혼 반지를 찾으려고 수소문해 봤소. 부검 결과에 따르면 반지를 끼었던 손가락에 멍이 들고 상처가 나 있었다고 했소. 살인범이 반지를 빼려고 애를 썼다는 것이지요. 무엇보다도, 범인은 정신적으로 문제가 있는 녀석이라는 생각이 들었지. 산자는 자신의 얼굴 사진을 플레이걸 잡지 표지에 겹쳐 찍어 두었소……."

"그 반지는 특별한 건데……."

"맞소이다. 테레사가 반지를 엄청 특별하게 만들었소. 테레사와 남편이 같이 디자인을 해서 보석상에게 쌍둥이 세트를 특별히 주문한 거요."

"아마 테레사 반지와 리처드 반지는 똑같은 것일 겁니다, 내 생각엔."

"맞아요, 디자인이 똑같았소. 반지는 백금으로 되어 있었고 원석이 세 개 박혀 있었소. 까맣고 빨간 원석이오. 리처드는 자신의 반지는 2개의 검은 원석, 중앙에 1개의 빨간 원석으로 되어 있었고, 테레사 반지는 2개의 빨간 원석, 중앙에 1개의 검은 원석으로 되어 있다고 했소. 그래서 나는 리처드의 반지 사진을 지니고 다니면서 주위 사람들에게 이런 반지를 본 적이 있느냐고 물었소. 사진이 헤질 정도로. 언젠가는 누가 그 사진을 보고 그 반지를 알아볼 것이라는 믿음이 있었소. 그리고 많은 사람들에게 그 사진을 보여 줬소. 무슨 말인지 아시겠소? 직감이란 게 있소."

"그래서 누군가 정말 그 사진을 보고 알아보던가요?"

"그 이야기를 할 차례요. 카날 가에 있는 크고 작은 보석 가게와 작은 가게들을 다 뒤졌소. 범인이 그곳에 맡겼거나 되팔았을 것이라 생각했지. 근데 아무도 그 반지에 대해서는 모른다고 했소. 그런데……."

"그런데……."

"그런데 산자 누나와 이야기한 적이 있었소. 우리가 플로리다에 갈 준비를 하면서 모든 사람들을 다시 인터뷰했소. 산자 누나와도 인터뷰를 하게 된 거요. 내가 조이 산자에 대해서 뭔가 이상한 점 없었냐고 물어봤지. 평소와 다른 옷을 입고 있진 않았냐고. 그랬는데 그녀가 반지 이야기를 하는 거요. 그전에는 반지를 본적이 없었는데 손가락에 반지를 끼고 있었다고 했소. 은색 반지였고 3개 원석이 박혀 있었다고 말했소."

"오, 정말. 마티……."

"그래서 사진을 꺼내서 반지가 이렇게 생겼냐고 물어봤소. 그녀는 조이 산자가 그렇게 생긴 반지를 끼고 있었다고 했소. 어떻게 그렇게 확신할 수 있느냐고 물어보니 그녀는 그 반지가 너무 마음에 들어서 기억하고 있다고 했소. 조이가 그 반지를 새끼손가락에 끼고 있었다고 했지. 그게 어디서 났냐고 물어보니까, 조이가 퍽 빌딩 근처 행상에게서 샀다고 했소."

나는 아무 말도 하지 않았다.

"범인이 테레사 반지를 트로피인 것처럼 끼고 다닌 것이오. 역겨운 기분이 들었지. 그러나 동시에 이제 범인을 다 잡은 것이나 마찬가지라는 생각이 들었소. 그 순간이 너무 오랫동안 기다려왔던 결정적 순간이었으니까. 정말 소리를 지르고 싶었는데, 산자 누나가 이런 기분을 알면 안 되니까 꾹 참았지."

"당연하지요."

"폴과 내가 플로리다의 감옥에 갔을 때, 리처드의 반지를 가지고 갔소, 산자와 인터뷰하다가 1시간쯤 지나서 반지를 보여 줬소. 우리가 산자에게 이런 반지, 이렇게 생긴 반지를 본 적 있냐고 물어봤지. 그는 눈을 껌벅이더니 얼굴이 백지장이 되는 거요. 그때 그가 말했소, '변호인 좀 봐야겠습니다.'라고. 그리고 산자는 옆에 앉아 있던 변호인에게 귓속말로 뭔가를 빨리 말하더구만. 그후, 폴과 내게 더 이상 이야기를 하고 싶지 않다고 했소. 그와의 인터뷰를 끝내고 나오면서, 나는 그에게 말했소. '조이 산자, 이 반지 덕분에 넌 끝났어!'"

"그랬더니 산자가 뭐라고 했나요?"

"산자는 고개를 흔들더니, 내가 말하는 것이 무슨 말인지 모르겠다는 식의 표정을 지었소."

"이 반지 덕에 당신은 끝났어! 그 말 괜찮네요."

"폴도 기뻐했소."

"혹시 폴 거기 있나요?"

"네. 바로 옆에 있소. 바꿔 드릴까요?"

"물론이죠."

폴이 전화를 받았다.

"이제 다음 할 일은 뭔가요, 폴?"

"산자와의 인터뷰 내용에서 몇 가지 검토해야 할 것이 있습니다. 산자가 사건이 발생했던 주말에 아파서 일하러 가지 않았다고 했어요. 나는 그가 거짓말하는 줄 알고 있었기 때문에, 알리바이가 있는지 물어봤습니다. 우리는 산자의 주말 행적에 대한 시간표를 갖고 있어요. 여섯 명 정도가 산자를 그날 금요일에 빌딩에서 봤다고 했으니까요. 근데 산자는 마이클 와인스틴이란 사람이 알리바이 입증해 줄 수 있다고 주장했습니다. 뻔뻔스럽게도 우리한테 그 사람 연락처를 세 개나 알려 주더군요. 산자 말은 마이클 와인스틴과 금요일, 토요일 같이 있었다고 합디다."

"마이클 와인스틴, 마이클 와인스틴……."

"금요일 밤에 산자가 목욕하던 중에 전화 받았을 때 그때 말한 그 마이클인 것 같습니다."

"화장실에 전화가 있나요?"

"캐시 필빈, 산자의 룸메이트인 사람 말이오, 그녀가 화장실 문안으로 전화기를 건네 줬어요. 그때 산자는 목욕 중이었고, 캐시

가 기억하는 건 전화 통화를 한 사람이 마이클이란 사람이란 것
뿐입니다."

"그럼 마이클이 공범인가요?"

"그건 잘 모르겠어요. 친구일 수도 있죠. 그 점을 좀 알아봐야
겠습니다. 산자가 마이클 와인스틴한테 연락해서 알리바이를 만
들기 전에 우리가 먼저 와인스틴를 만나야 합니다. 정보를 얻어
야 하니까요. 우리는 마이클 와인스틴에 대해서 미심쩍은 점이
있어서 플로리다에서 우리 사무실로 바로 전화를 했습니다. 산자
가 와인스틴한테 연락하기 전에 우리가 연락을 해야 하니까 마음
이 급해져서요."

"그래서 연락이 됐나요?"

"아뇨. 와인스틴이 다른 아파트로 이사를 갔습니다. 직장도 옮
겼고. 어디로 이사 갔는지는 알 수가 없어요. 아무도 그가 어디로
갔는지도 모르고. 우리가 그 사람을 찾지 못하면, 산자도 찾지 못
할 겁니다. 그래서 당분간은 괜찮아요. 마티가 알아보고 있으니,
곧 우리가 와인스틴을 찾을 겁니다."

"그렇다면 안심이군요."

"스텀프란 작자도 찾아야 합니다."

"스텀프가 누군가요?"

"퍽 빌딩의 멀베리 가 쪽 입구에서 주중에 경비했던 사람이요.
해고당하기 전에 그곳에서 일한 사람입니다. 그 빈 자리를 산자

가 담당하게 되었지요."

"그 둘이 서로 알까요?"

"글쎄요. 산자는 스텀프한테 누명을 씌우려고 합디다. 산자는 스텀프가 미친놈이라고 했습니다. 우리한테 스텀프에 대해 말해서, 수사의 화살을 빗겨 나가고자 하는 것 같습니다."

"마티가 반지에 대해서 말하기 전까지는 그랬겠군요."

"그가 반지를 봤을 때, 모든 것은 변했습니다."

"그냥 쏴 버려요······."

내가 소리쳤다. 폴은 웃더니 전화기 너머로 말하는 소리가 크게 들렸다.

"마티, 존이 그냥 쏴 버리래요."

전화기 속에서 마티의 웃음소리가 들렸다. 나는 전화를 끊자마자 담배를 피워 물고 폐가 따끔할 때까지 연기를 깊숙이 빨았다. 마티의 말이 계속 귓속에서 맴돌았다.

'이 반지 덕에 넌 끝났어.'

그 소식에 나는 반가웠어야 했다. 그런데 난 반갑지 않았다. 그 반지는 사건의 연결고리였다. 그런데 그 반지는 이런 종류의 연결고리가 아니다. 반지는 두 사람의 화합을 위한 것이다. 남편과 부인 사이의 화합 말이다. 지하 감옥의 어둠 때문에 화합이 끊기고야 마는, 잡아당기고 저항하고, 손가락에 상처를 내고 멍이 들게 하는, 그 사건을 보여 주는 연결고리, 그건 아니다. 그 반지가 어디로 사라졌는지 알았으니, 이제 내가 기뻐해야 하는 것일까.

반지에 대한 실마리가 풀리자 범인의 정체가 더 많이 드러났고, 그것이 우리를 또 한 번 흔들었다. 그래서 한참 절망에 빠졌다. 이제 그 악마는 경비원 조이 산자라는 이름을 갖게 되었고, 어렴풋한 형체도 갖게 되었다. 그 이야기를 들은 어머니와 아버지는 당혹한 눈빛을 감추지 못했다. 나 역시도 그와 같이 예상치 못한 소식을 전하는 것이 힘에 부치는 것 같았다.

어머니는 뒤뜰에 빨간 장미를 심었다. 워싱턴 주에서 특별한 품종을 주문했던 것이다. 장미 묘목들이 배송되었을 때 아버지는 뒤뜰 가운데에 구멍을 팠다. 우리가 모두 다섯 남매니까 5개를 팠다. 그리고 양분이 많은 검은 흙을 섞고 장미 뿌리 근처에 비료를 뿌리고는 흙을 다독였다. 어머니는 시계처럼 정확하고 규칙적으로 장미에 물을 주었다. 장미는 잘 자랐다. 가지가 돋아났고 잎사귀가 났다. 작은 꽃봉오리도 보였다.

"기적과 같구나, 저 작은 꽃봉오리 좀 보아라. 너무 귀엽구나."

어머니는 작은 꽃봉오리를 '꼬마 녀석들'이라고 불렀다. 그리고는 꽃봉오리에 대고 이야기를 했다. 아버지는 "꽃이 피면 그림을 그릴 테다." 하면서 유화 물감을 샀다.

빨간 장미가 탐스럽게 피었을 때, 그 장미는 '테레사의 장미'가 되었다. 아름답지만 슬픈 느낌을 주는 장미였다. 몇 개는 실크로 된 것 같았고, 몇 개는 벨벳으로 된 것 같았다. 어머니는 이렇게 말했다.

"너무 예뻐서 초현실적으로 느껴져."

어머니는 그 말을 거듭하면서 장미를 살펴보았다.

"난 물만 줬을 뿐인데, 이렇게나 자랐네. 그리고 얼마나 아름다운지 한 번 봐라."

어머니는 늘 장미꽃을 처음 본 것처럼 장미를 대했고, 늘 장미에서 새로운 것을 발견해 냈다. 장미는 오랫동안 꽃송이를 매달고 있었다.

"그러나 테레사의 장미가 아니야."

하루는 어머니가 말했다.

"테레사가 언젠가 그러더라. 자기가 꽃으로 태어날 수 있다면, 나팔꽃같이 하루 동안 확 피는 꽃으로 태어나고 싶다고 했다. 테레사는 나팔꽃이었어. 장미가 아니야."

나는 산자가 어떤 짐승인지 알아야만 했다. 이러한 질문들의 대답을 찾기 위해서 나는 산자에 대해 조사하기 시작했다. 나는 마이애미 헤럴드 신문과 남부 플로리다에 사는 친구들에게 편지를 보냈다. 그들은 산자에 대한 신문 기사를 스크랩해서 보내 주었다. 산자의 얼굴 사진을 보면 이마가 기형이었고, 눈은 사시였다. 그리고 축 늘어진 콧수염이 덮여서 형체를 알아보기 힘든 입을 갖고 있었다. 산자의 사진을 처음 보았을 때, 기괴하고 싸늘한 기운을 느꼈다. 밖에서 느껴지는 싸늘한 기운이 아니라, 마음 깊은 곳에서부터 느껴지는 싸늘한 기운. 신문 기사는 산자를 '신사적인 강간범'이라고 이름을 붙였다. 정말 역설적이었다. '신사적인'과 '강간범'은 어떤 방식으로 상상하더라도 어울리는 단어들이 아니었다. 그런데 거기엔 그런 단어가 있었다. 도대체 '신사적인 강간범'이라니? 굵은 활자체로 흑백으로 나와 있는 기사는 서른 살 먹은 강간 누범에 대한 기사를 다루고 있었다. 여자에게 다가가서는 사악한 짓을 하면서 사과를 하는, 그렇기 때문에 '신사적인' 강간범이라고? 나는 혼잣말로 중얼거렸다.

"죽어 나자빠진 강간범."

나는 눈을 감고 그가 실제로 죽었기를 바랐다. 몸이 부서져서 사라져 버렸으면 좋겠다고 생각했다. 포트 로더데일에 사는 변호사 친구가 산자에 대한 고소장 사본을 보내 줬다. 다 합쳐 보니 11페이지였다. 산자는 플로리다의 브로와드 카운티 제17재판부에서 재판을 받았다고 나와 있었다. 고소장에는 성폭행에 대한 언급이 많았고, 총기를 사용한 강도, 총기를 사용한 성폭행, 절도, 유괴 등이 범죄 사실로 나와 있었다. 어디서 그런 용기가 나왔는지 모르겠지만, 나는 문서를 전체 다 볼 수 있었고, 수사 결과에 대해서 대강 알 수 있었다.

1

플로리다 주 산하 마이클 제이 사츠 검사는 플로리다 제17재판부에 대해 1982년 2월 6일에 조지 안토니 엘리안, 안토니 지아넬리로 알려진 조셉 안토니 산자가 피해자 자넷 피터슨을 성폭행한 강간범으로 기소한다. 피해자 자넷 피터슨은 11세 이상이고, 피고인 조셉 안토니 산자는 피해자의 동의 없이 폭행 또는 협박으로 피해자에 대하여 구강, 항문 등 신체의 내부 그리고, 혹은 성기의 내부에 피고인의 성기를 넣거나 결합시켰다. 그 과정에서 피고인 조셉 안토니 산자는 총기를 사용, 협박했다.

2

1982년 2월 6일, 피고인 산자는 피해자 자넷 피터슨의 귀중품을 갈취했다. 귀중품이라 함은 보석과 100달러 이상에 해당하는 것이다. 피해자의 소유권을 영구적으로 빼앗고자 하는 피고인의 악의에 의한 것이었다. 위력, 폭행, 협박 등으로써 피해자의 재물을 강취하거나 기타 재산상의 이익을 취했다. 그리고 화기와 총기를 사용했다.

3

상술한 바와 같이, 피고인 산자는 피해자의 동의를 얻지 않고 범행을 저질렀다.

1982년 1월 26일, 상술한 바와 같이 포트 로더데일, 플로리다에 거주하였던 피해자 도리스 파슨스에게 성폭행을 가했다.

1982년 1월 28일…포트 로더데일, 플로리다

1982년 3월 3일…폼파노 비치, 플로리다

1982년 3월 21일…폼파노 비치, 플로리다

1982년 4월 23일…포트 로더데일, 플로리다

1982년 4월 24일…폼파노 비치, 플로리다

1982년 4월 29일…폼파노 비치, 플로리다

1982년 5월 4일…폼파노 비치, 플로리다

1982년 5월 16일…폼파노 비치, 플로리다

1982년 11월 19일…폼파노 비치, 플로리다

1982년 11월 24일…폼파노 비치, 플로리다

1982년 11월 19일은 사건 이후 2주가 지난 날이다. 산자가 5월에는 플로리다에 있었고, 그 이후 뉴욕에 11월 초까지 있었다. 그리고 다시 플로리다로 돌아가서 그해 12월 1일 잡히기 전까지 2명을 더 강간했다. 정말 그가 플로리다 주 법정에서 최고 형벌을 받았으면 좋겠다. 많은 여자들에게 폭력을 가했던 그만큼의 고통을 똑같이 느껴 봐야 하니까. 아니, 그가 사형을 받으면 좋겠지만, 한편으론 살아 있어야 한다는 마음이 강했다. 왜냐하면 언젠가는 왜 테레사를 죽였는지 그 자한테 물어보고 싶으니까. 그리고 그는 플로리다에서 죽지 않을지도 모른다. 플로리다 법은 연쇄 강간범을 사형시키지 않을지도 모르니까 말이다. 그러면 산자는 나보다 어린놈이니까 나보다 오래 살 가능성이 많다. 만약 산자가 계속 산다면, 내가 스스로 산자를 죽이러 갈지도 모른다. 산자가 죽었다는 걸 내가 알아야만 하니까. 내가 죽기 전에 그가 죽었다는 것을 아는 게 내 소원이다. 그런 섬뜩한 상상을 하면서, 나는 차분한 태도를 잃었다. 대신 나는 이상한 차가움에 휩쓸렸다. 그 이상한 차가움이 무엇일까. 바퀴벌레를 짓밟았을 때 그 순간 느끼는 차가움 같은 것일까.

산자는 바퀴벌레야. 나는 그날 사무실에서 산자에 대한 기소문을 읽다가 내 자신이 우리에 갇혀진 동물처럼 느껴졌다. 나는 그날 범죄학에 대한 책을 읽으려고 했다. 범죄와 관련된 공부를 좀 해서 산자가 왜 그런 짓을 했는지, 무엇이 산자를 그렇게 만들었는지 알아보려고 했다. 그런데 그만 바퀴벌레에 관한 생각에 빠져 버렸다. 그 과정에서 담배를 몇 개비 피웠는지 알 수 없었다. 밖을 보니 이미 어두워져 있었다. 남 캘리포니아의 어두운 밤이었다. 별이 별로 없고, 또 멀리 떨어져 있는 것 같은 노란색 밤이었다. 그래서 바퀴벌레를 또 생각하게 됐다. 바퀴벌레는 밤에 활동한다. 뉴욕의 바퀴벌레. 거대한 빌딩 숲 사이의 틈새에서 자라나는 바퀴벌레들. 사람들이 만든 협곡 아래에는 길들이 수도 없이 나 있고, 거기에서 바퀴벌레들은 번식한다. 뉴욕 전체를, 위 아래로, 더듬이를 곧추세우고 재빠른 걸음으로.

그만해. 나는 스스로에게 말했다. 이제 그만하자. 바퀴벌레에 대한 생각을 그만두자. 그것들은 땅 위를 기어 돌아다니는 물체일 뿐이다. 그 생각을 계속하지는 말자. 바퀴벌레 말고, 가족들을 생각하자. 바퀴벌레 생각을 계속하면, 가족들이 실망할 것이다. 무엇인가에 집착하는 남자처럼, 내가 험하게 보이는 이유를 가족들은 알지 못할 것이다. 내가 그렇게 되면 가족들도 기분이 좋지 않을 게 분명하다. 아마도 나보다 더 기분이 안 좋을지도 모른다. 왜냐하면 이유를 모르기 때문이다. 나는 가족들에게 아무것도 말한 적이 없다. 제대로 말했어야지. 내가 아이들을 사랑한다면, 내가 아내를 사랑한다면, 아량 넓은 아버지와 남편이 되어 주어야 한다. 그리고 그들이 알고 싶어 하는 이야기를 들려주어야 할지도 모른다. 나는 알고 있다, 가족들이 모든 것을 알고 싶어 한다는 것을. 그들은 내 주변에서 조심스레 눈치 보는 걸 싫어한다. 나의 고통과 시간을 나누고 싶어 한다. 힘든 순간은 이따금씩 날 찾아온다. 핑곗거리가 하나도 없는데 화내는 것. 열두 살짜리 아들이 스테이크에 포크를 잔인하게 찍었다고 해서 화를 낼 이유가 무엇이 있는가? 아들이 스테이크에 포크를 찍는 순간 나는 생명체가 죽임을 당하는 것 같은 기분이 들었다. 나는 저녁 식사 자리를 망쳤고 가족들은 충격을 받았다. 아들이 잘못했던 것은 식탁 매너를 위반한 것뿐이었다. 사실 그건 아무것도 아니지 않은가. 밥 먹는 것으로 아버지한테 혼날 것이라고 예상이나 했을까.

그리고 우리 딸이 있다. 나는 열 살 난 딸에게 나쁜 사람의 사타구니를 차는 방법을 가르치면서 쾌감을 느꼈을까? 딸이 연습을 제대로 못했다고 소리 지르는 나.

나는 이런 것들을 하는 대신에 애들을 앉혀 두고 차분하게 무슨 일이 벌어졌는지 설명해야 했는지도 모른다. 그리고 내가 힘들고 아프다는 것을 말해야 했다. 가족들은 그걸 알고 있다. 그리고 가족들도 상처를 받았을 것이다. 그렇다면 뭐가 문제인가? 내가 나를 찾아야 한다. 산자는 잊어버려야 한다. 와인 한 잔만 마시고 집으로 가자.

마르세라는 술집이 사무실 근처에 있었다. 나와 같이 일하는 사람들은 퇴근 후 그 술집에 가는 것을 좋아했다. 술집에 갔더니 익숙한 얼굴이 보였다.

나는 바로 걸어가서 몇몇 낯익은 사람들에게 인사를 했다. 바 왼쪽 끝에 가자 소음이 좀 줄어든 것 같았다. 그들은 나의 어려운 심정에 대해서 이야기를 했을 것이라고 나는 추측했다. 내가 아무와도 이야기하지 않고 사무실 문을 닫아 놓는 것에 대해서 이야기했을 것이다. 아마 그들은 한때는 내가 괜찮은 사람이었는데 여동생 일이 일어나서 이상하게 되었다고 말했을지도 모른다.

직무 관련 회의, 전화, 메모 등을 무시하고 연민에 빠져 있는 나를 비판하겠지. 나에게 일을 맡겨 봤자 나는 일을 하지 않고, 일을 하려고 하지도 않는다. 회사에서 쫓겨날 일만 남은 것 같았다. 나는 와인 한 잔을 주문했다. 바의 어두운 모퉁이에서 쑥덕거리는 소리는 더 이상 들리지 않았다. 나는 나지도 않는 말소리를 듣고 있었을까. 바텐더는 샤블리스를 따라 주었다. 난 2달러를 바텐더한테 주고 와인 잔의 손잡이를 잡았다. 탁자에 자리가 나자, 나는 바에서 그곳으로 옮겼다. 와인을 한 모금 마셨다. 차가운 와인이 부드럽게 내려갔다. 마음이 좀 편안해지는 것 같았다. 난 유리잔을 들고 쳐다보면서 "테레사, 건배!"라고 했다. 그랬더니 갑자기 눈물이 터지고 아무것도 보이지 않았다. 난 바에서 나와야 했다. 집에 도착하니까 캐시가 통화하다가 전화기를 나한테 바꿔 줬다. "버나데트."라고 했다. 버나데트는 "언니가 보고 싶어."라고 말하면서 울었다. 우리는 전화기에 대고 한참을 울었다. 버나데트는 훌쩍거리면서, "금요일이 제일 힘들어, 오빠. 나는 언니가 너무 보고 싶어. 언니한테 전화해서 잘 있냐고 물어보고 싶어. 내가 원하는 건 그것뿐이야, 헬로 하는 거. 근데 할 수 없잖아. 그리고 왜 할 수 없는지를 나는 아직도 모르겠어."라고 말했다.

"무슨 말인지 안다. 알아."

나는 말했다.

"나한테도 금요일이 제일 힘들다. 아마, 우리 가족 모두에게 그럴 거야."

버나데트가 마음을 추스르고 한숨을 쉬더니 말했다.

"난 바쁘게 지내려고 노력을 많이 해봤어. 공연도 하고 일도 많이 하고. 그런데 어느 날, 이 모든 게 너무 지치는 거야. 왜 하늘은 언니를 데려간 걸까, 나 너무 화났어. 오빠. 그래서 소리를 질렀다니까."

버나데트는 자주 이런 전화를 했다. 그리고 우리는 끊임없이 이야기를 나눴다. 그녀는 일하고 있는 극단에 대해서 이야기한 후에, 최근 일하고 있는 작품, 순회공연, 수다, 새로운 작품 등에 대해서 계속 더 이야기했다.

할리우드에서 있을 오디션 때문에 로스앤젤레스에 와야 한다는 것에 대해서도 말했다. 남쪽으로 이사를 와야 하는지 고민한다고 했다. 나는 항상 전화를 끊을 때에는 이렇게 말했다.

"네가 하고 싶으면 그냥 해. 니가 하기 싫으면 그냥 하지 마."

이게 대단한 조언은 아니었지만 내가 할 수 있는 최선의 조언이었다. 제임스는 평소와 같이 말없이 지냈다. 제임스도 사건 현장에 있던 장갑의 충격에서 헤어 나오지 못한 것 같았다. 그렇지만 그는 굳이 말로 하지는 않았다. 제임스는 실크 스크린 그림을 하나씩 만들었다. 작품들은 모두 어둡고 무섭고 힘든 것들이었다. 분노가 겹겹이 쌓인 것 같았다. 알람 신호나 경고 표지 같은 것. 부드러운 작품도 있었다. 그것은 희미한 흑백이었는데, 너의 이미지를 불투명하게 표현했다. 그리고 교회 첨탑의 테두리를 연하게 그렸다. 피사체보다 배경을 더 멀리 희미하게 그렸지. 나는 그때 한시름 놓은 기분이 들었다. 나는 제임스의 분노가 삭혀지고 있다는 것을 느꼈으니까. 제임스가 과거의 우울한 순간들을 기억하면서 순화시킨 것 같았다. 그는 집착을 놓았고 나는 그게 다행스러웠다. 내가 제임스한테 전화해서 이렇게 말했다.

"흑백 작품을 볼 때마다, 나는 꿈속에 있는 것 같아. 테레사가 바로 이곳에 있는 것 같다. 테레사가 슬퍼 보여, 가여워……."

그 사건 이후 제임스는 불교를 믿기 시작했다. 불교 경전, 절의 고요함, 그 고적함에서 위안을 얻었고, 그게 제임스에게는 효과가 있었던 것 같았다. 처음에, 나는 그가 그냥 시험 삼아 불교를 믿어 보는 줄 알았는데, 그는 어머니와 아버지에게도 불교를 믿으라고 전도했단다. 두 분은 성당을 다녔기 때문에, 아버지는 단호하게 싫다고 했지만 장례식 이후로 성당에 가는 것을 그만두었다. 어머니와 아버지는 일본어로 불교 경전을 읽는 것을 싫어했다. 일제 강점기 때의 탄압을 떠올리게 했기 때문이다. 어머니는 말했다.

"우리는 청소년기에 일본인들로부터 벗어나는 데에 시간을 보냈어. 나는 미국에서 일본어로 경전을 외우지 않을 거야."

난 제임스의 의도는 좋았다고 생각했다. 제임스는 어머니와 아버지가 회복하고 극복하도록 돕고 싶었던 거다. 그런데 어머니와 아버지는 종교 자체에 실망하신 것 같았다. 어머니는 정성을 다해 기독교를 믿었고, 아버지는 열정적으로 천주교를 믿었지만 그 노고가 하룻밤 사이에 사라졌다고 여겼다. 성경에 씌어진 모든 말들과 모든 의례는 아무런 힘도 없는 것 같았다. 그들이 느낀 고통에 비하면 성경의 구절들은 아무것도 아니었다. 되레 슬픔에 빠져 있길 원했다. 슬퍼하면서 편안함을 느낀다는 듯이.

엘리자베스와 남편은 교회에서 더 많은 시간을 보냈다. 내가 걔네 집에 전화할 때마다, 그들은 교회로 가는 중이거나 교회에서 돌아오는 중이었다. 그들이 교회에 가지 않은 날이면, 목사와 교회 사람들이 집에 와 있었다. 어머니가 어느 날 말했다.

"엘리자베스와 남편 철이는 신앙심이 있는 것 같아. 그 신앙심 덕을 많이 봤지."

그들은 날 이단자로 생각했을지도 모른다. 그들은 교회 행사에 나를 초대했다. 나는 일요일에 교회에 간 적도 있다. 그들이 예배하는 동안 난 밖에서 기다렸다. 그들은 날 이해해 주었다.

미뤄지는 재판

1984년 3월, 제프리 슈랭어 검사가 전화로 내게 말했다.

"기소 배심에서 그의 강간치사죄 혐의를 인정할 만한 충분한 근거들을 발견했습니다. 우리는 플로리다에서 뉴욕으로 범죄인 인도를 요청할 예정입니다."

"언제 재판이 열립니까?"

난 상기된 목소리로 대답했다.

"아마 재판이 6월 중에 진행될 것 같습니다."

"6월이라…… 3개월 남았군요……."

"모든 것이 제대로 진행되기를 기대합니다. 어쨌든, 존 당신이 증인석에 서서 퍽 빌딩에서 발견했던 증거물들이나 증거를 발견하는 과정에 대해서 증언해야 합니다."

"당연히 해야죠."

난 바로 대답했다. 장갑, 모자, 피, 지하 감옥. 제프리는 그 암흑, 그 미로 속의 울림에 대해서 말해 주기를 원했다.

드디어 6월이 왔다. 3월은 1,000일처럼 느껴졌다. 4월에는 부활절이 있었지만 부활절 느낌이 나지 않았다. 5월은 무의식의 달, 모래톱에 널려진 허들 같은 수많은 낮과 밤의 연속이었다. 결국 6월이 찾아왔을 때 나는 순식간에 바빠졌다. 해야 할 일들이 많았다. 우선 휴가를 내야 했다. 병가를 냈고, 보상 근무 시간을 활용했고, 휴가와 초과 수당 일자들을 사용했다. 그러나 6월 중순이 되어도 제프리로부터 전화가 오지 않았다. 나는 제프리한테 전화를 했다. 재판이 지연되고 있다는 것을 알게 되었다. 제프리가 말했다.

"산자가 새로운 변호사를 선임했습니다. 그리고 그쪽 변호사가 서면을 준비하는 데 시간이 더 필요하다고 했습니다."

"얼마나 더 시간이 필요하대요?"

"9월이 되어야 재판이 열릴 수 있을 것 같습니다."

"3개월이 더 걸리네요. 90일의 낮과 90일의 밤이 더 있겠군요. 우리가 2년이나 기다렸는데 90일은 아무것도 아니에요."

"우리가 그놈을 잡을 겁니다, 존."

제프리가 말했다.

"폴과 마티가 플로리다에 갔고 그놈을 뉴욕으로 데리고 왔어요. 그는 지금 뉴욕 라이커 섬의 교도소에 있습니다. 그놈을 처벌하는 건 시간 문제입니다."

"폴과 마티가 그놈을 데리고 왔다구요? 정말로요? 그들은 분명 그것을 즐겼을 거예요."

"잘 모르겠어요. 말하는 걸 들어보면, 그런 재미를 좀 본 것 같기도 한데…… . 마티가 산자 수갑을 비행기에서 풀어 줬던 것에 대해서 투덜댔습니다. 연방 항공국 규정 때문에요. 만약에 마티더러 원하는 대로 하라고 내버려뒀으면 아마 산자의 좌석에 체인을 둘렀을 겁니다. 규정이고 뭐고 신경 안 쓰고."

"마티 말이 맞지요. 산자는 비행기 안에서도 수갑을 차고 있어야 했어요. 하긴 그렇게 했으면 승객들이 좀 무서워했을 수도 있겠네요."

"그런데 그 규정은 비행기가 추락했을 때를 대비해서 모든 승객을 보호하려고 만들어진 겁니다. 우습죠."

"그러게 말입니다."

"마티는 비행기 안에서 산자 수갑을 풀어 주는 것을 전혀 좋아하지 않았습니다. 특히 폴이 산자 혼자 화장실을 가게 하고 밖에서 기다릴 때는 마티가 안 된다고 했지요. 폴은 남자 두 명이 들어가기에 화장실이 너무 좁다고 생각했습니다. 그건 폴의 말이 맞지요."

"비행기 화장실에서 산자가 할 수 있는 행동이 뭐 얼마나 있겠어요? 산자가 도망칠 수 있는 방법도 없었을 겁니다. 거기엔 창문이 없잖아요. 만약 거기에 창문이 있었다고 해도 4만 피트 상공에서 뛰어내리진 않을 거니까요."

"마티가 뭐라고 한 줄 압니까? 마티는 '그놈이 화장실 안에서 자살할 수도 있었소. 그러면 우리들에겐 수치스러운 일이요.'라고 했습니다. 진행 사항을 더 알게 되면 연락하겠습니다."

나는 전화를 끊고 나서 어머니에게 전화해서 9월에 일어날 일에 대해서 알렸다. 어머니가 말했다.

"그때가 되면, 국화가 꽃을 피우겠지. 집 앞에 심었던 하얀색 국화 기억나니? 그 국화들은 원래 1년마다 꽃을 피우는 건데, 계속 새로운 뿌리를 내리고 꽃을 피우더구나. 아마도 볕이 잘 드는 곳에 둬서 그런가 보다."

"아마도요. 테레사가 거기서 금문교를 볼 수 있다고 그 자리를 좋아했으니까요."

"장미도 잘 자라고 있다. 꽃이 참 많아졌어."

"아버지는 장미를 그리셨어요?"

"아마 어느 정도 한 것 같은데, 요즘은 안 하시는 것 같네."

"내년에 하실지도 모르지요."

"아마도 그러실지도 모르지."

카트 맨, 검사 제프리

1984년 10월 11일. 그날 아침 8시 30분, 나는 제프리의 검사실로 들어갔다. 폴, 마티, 제프리가 거기에 있었다. 그들은 아침 7시부터 일을 하고 있었다. 중고 시장 세일에서 산 것 같은 회색 철제 캐비닛을 옆에 두고 나무로 된 책상 앞 의자에 다들 앉아 있었다. 나는 쇼핑카트 옆 빈 의자에 앉았다. 반짝이는 금속 재질의 쇼핑 카트는 나름대로 의미가 있었다. 제프리는 그 쇼핑 카트 때문에 '카트 맨'이라는 별명을 가지게 됐다.

제프리가 언제, 어떻게 그 쇼핑 카트를 사용하게 되었는지 아무도 모르지만, 그 카트는 크롬 금속 철조망으로 만들어진 기괴한 물건이었음은 분명했다. 슈퍼마켓에서 사용하는 쇼핑 카트와 비슷한 모양이었다. 제프리는 사건 기록물, 증거물, 자료들을 카트에 담아서 사무실에서 법원으로, 법원에서 사무실로 운반했다. 대부분의 변호사들이나 검사들은 구리 색깔 폴더 안에 사건 자료들을 넣어 가지고 다녔다. 어떤 사람들은 엄청난 분량의 문서들을 두껍고 무거운 서류 가방에 넣어 들고 다녔다. 변호사가 자기 팔 밑에 얼마나 두꺼운 파일을 들고 가느냐에 따라 그 사건이 얼마나 복잡하고 중요한 것인지 짐작할 수 있게 된다. 어떤 변호 사들은 양쪽 팔에 폴더들을 들고 다니면서 그들의 비싼 넥타이 와 블라우스를 쭈글쭈글하게 구기기도 했다. 제프리는 그러지 않 았다. 제프리는 아주 오래전에 자신이 사용할 무기에 대해서 익 히 알아 두었다. 반짝이는 카트를 사용해서, 가장 위 칸에는 폴더 들을 단정하게 정리하고, 아래 칸에는 증거로 사용할 수 있는 자 료들을 둔다. 그리고 제프리는 편안하게 175cm 신장의 직립 보행 으로 소년 같은 웃음을 머금고 동료들에게 목례를 하며 법정으로 들어간다. 그의 밤색 곱슬머리는 깔끔한 양복과 셔츠와 잘 어울 렸다. 법정 안으로 카트를 밀고 들어가면, 오른쪽 앞바퀴가 살짝 흔들린다. 제프리는 카트를 법정 앞으로 밀고 가서 자신의 자리 뒤에 세워 둔다. 재판이 진행되는 도중에 제프리는 카트를 배심 원단 쪽에 세워 두고 카트로 갔다 왔다 하면서 카트에서 필요한 파일들과 서면들을 꺼내서 배심원들에게 보여 준다. 제프리는 카 트를 정리하고 준비하는 데 신경을 많이 쓰기 때문에 필요한 서 류가 어디에 있는지 정확하게 알고 있다. 그래서 필요한 서류를 재빨리 빼내기 때문에 배심원단은 제프리가 준비를 철저하게 하 는 사람이라고 생각할 것이다. 사람들은 제프리의 카트에 무엇이 들어있는지 살펴보곤 한다. 카트 안에 들어 있는 형사 사건과 관 련된 수많은 수사 기록들과 폭행 사건의 총기, 칼과 혈흔이 묻어 있는 옷과 같은 증거물들이 비위를 상하게 하기도 할 것이다.

　나는 제프리가 이 사건과 관련해 '심문조서' 받는 데에 따라간 적이 있다. '심문조서'는 상대방 변호인단이 그에게 이것저것 질문을 하는 법정 절차인데 상대방 변호인은 제프리가 중요한 자료들을 숨기고 있다고 주장하면서 그를 심문했다.

　변호인이 징징거리며 말했다.

　"슈랭어 씨, 당신의 직업은 무엇입니까?"

　"뉴욕 카운티, 뉴욕 주의 검사입니다."

　"얼마나 됐죠?"

　"뭐가 얼마나 됐다는 것입니까?"

　"뉴욕 주, 뉴욕 카운티의 검사로 일한 기간을 묻는 겁니다."

　"13년이요."

　"13년 동안 검사로 있으면서, 사건을 많이 맡으셨습니까?"

　"네."

　"얼마나 많이요?"

　"뭐가 얼마나 많다는 것이죠?"

　"얼마나 많이 사건을 담당하셨지요?"

　"아마도 60건 정도입니다."

　"60건 중에, 살인 사건이 있었습니까?"

　"네."

　"얼마나 많이요? 아 이 말은, 살인 사건을 얼마나 많이 맡았느냐는 겁니다."

"아마도 40건 정도입니다."

"40건의 살인 사건 중에, 피고인이 유죄임이 선고된 경우가 있습니까?"

"네."

"얼마나 많이요? 피고인이 유죄로 선고된 경우가 몇 건입니까?"

"95퍼센트 정도 됩니다."

"95퍼센트! 오, 대단하시네요. 그렇다면 슈랭어 씨, 로스쿨 나오셨습니까?"

"네."

"언제 졸업하셨죠?"

"1978년요."

"어느 로스쿨 다니셨나요."

"뉴욕 대학교입니다."

"졸업하시고 나서 어디서 일하셨죠?"

"뉴욕 카운티, 검사 사무실입니다."

"변호사 시험 통과하셨습니까?"

"어느 주 시험 말씀이시죠?"

"뉴욕 주요?"

"네."

"그게 언제죠."

"1978년."

질문은 이런 식으로 계속됐다. 절차가 진행되는 내내 나는 이 모든 것이 터무니없다고 생각했다. 징징대는 목소리를 가진 그 거구의 변호사는 제프리를 증인석에 놓고 의미 없는 질문들만 계속했다. 나는 그것이 역겹다고 생각했다. 다른 남자가 증인석으로 올라가고 제프리가 증인석에서 내려오려던 참에 나는 자리를 뜨려고 했다. 그런데 증인이 무엇을 말하려고 하는지 궁금해졌다. 그는 빼빼 마른 대머리 남자인데 구릿빛 파일 폴더를 들고 있는 모습이 약간 불안해 보였다. 온갖 심문 절차를 진행하던 징징거리는 변호사가 이 남자한테도 몇 가지 점을 물어봤다. 나는 대머리 남자가 변호사의 동료라는 것을 알았다. 그러니까 제프리의 상대방 변호인단으로서, 그 두 사람이 같은 팀이었다. 대머리 남자가 말했다.

"슈랭어 검사가 내게 뉴욕 경찰청 제5구역 경찰서의 사건 보고서를 넘겨 줘야 했는데, 나는 그 서류들을 받은 적이 없습니다."

나는 그 말에 관심이 갔다. 징징대는 목소리의 변호사가 종이 한 장을 꺼내더니 대머리 변호사한테 보여 주면서 뭔지 알겠냐고 물어봤다. 증인석에 있는 대머리 변호사는, "네, 그걸 알고 있습니다. 그건 선서 진술서입니다. 슈랭어 씨가 재판 절차 중에 증거를 충분히 공개하지 않고 있다는 것에 대해서 내가 선서한 것입니다."라고 말했다.

제프리한테 문제가 생겼구나, 나는 그렇게 생각하고 제프리를 쳐다보았다. 그런데 제프리는 어떤 걱정도 하지 않는 것처럼 보였다. 그냥 약간 짜증이 난 것 같았다.

징징대는 변호사가 대머리에 대한 심문 절차를 마치자, 제프리는 일어서서 대머리 변호사에게 파일 폴더에 대해서 물어봤다.

"두 파일 폴더 말이죠, 당신이 갖고 온 거요. 이번 사건과 관련된 기록이 들어 있나요?"

그러자 대머리 변호사가 말했다.

"네."

제프리가 그에게 물었다.

"저 두 파일 폴더 말고 또 다른 기록을 갖고 있습니까?"

대머리 변호사가 답했다.

"아니오, 내가 갖고 온 이 파일들이 사건 기록을 전부 담고 있습니다. 재판 시작부터 나는 이 자료들을 잘 보관하고 있습니다."

제프리가 무슨 말을 하려는지 나는 알 수 없었다. 대머리 변호사도 영문을 모르는 것처럼 보였다. 대머리 변호사가 징징대는 변호사를 쳐다보더니 어깨를 으쓱했고, 징징대는 변호사도 다시 어깨를 으쓱했다. 제프리가 대머리 변호사한테 물었다.

"직접 신문할 때 사건 보고서 자료를 본 적이 없다고 증언하셨죠, 맞습니까?"

대머리 변호사가 자신 있게 말했다.

"맞습니다. 본적이 없어요. 우리 변호인단한테 그 자료가 중요한 것 같은데, 고의적으로 은닉한 것 같습니다."

나는 제프리의 말을 듣고서 뭔가 문제가 생겼나 싶었다. 제프리가 판사에게 다가가 이렇게 말했다.

"존경하는 재판관님, 지금 그 두 기록 파일의 공개를 요청합니다. 그리고 피고인 변호인단이 주장하는 그 보고서가 그 안에 있는지 살펴보고 싶습니다. 10분 내지 15분 정도 걸릴 것입니다."

나는 조마조마한 마음이 들었다. 징징대는 변호사가 자리에서 벌떡 일어나더니 소리를 질렀다.

"오, 하느님 맙소사, 장난하는 건가요!"

그는 허공에 두 손을 올려 만세하는 모양을 했다. 판사는 징징대는 변호사를 한참 쳐다보다가 대답했다.

"이곳은 법정입니다, 교회가 아닙니다. 당신은 지금 법정에서 발언하고 계십니다. 하느님을 거론하는 것을 멈춰 주세요."

그리고는 그는 제프리에게 질문했다.

"슈랭어 검사, 저 사건 기록에서 그 사건 보고서를 찾을 수 있으리라는 합리적인 근거가 있습니까?"

제프리가 답변했다.

"존경하는 재판관님, 사실 잘 모르겠습니다. 그래서 그 기록을 검토해 볼 기회를 요청하는 바입니다."

판사가 말했다.

"좋습니다."

판사는 법원 서기에게 상대편 변호인단의 두 구리색 파일 폴더를 가지고 와서 서기 책상 위에 놓도록 지시했다. 그 다음 그는 제프리에게 말했다.

"슈랭어 씨, 10분 드리겠습니다."

제프리가 그 책상에 다가갔다. 판사는 미소를 짓고 있었고, 피고인 변호인단은 혐오감을 느끼는 것 같았다. 법정은 조용해졌고, 제프리는 첫 번째 폴더를 열어서 서류들을 살펴보았다. 아무것도 없었다. 그는 두 번째 폴더를 열어서 서류들을 살펴보았다. 법정 안의 모든 사람들은 제프리가 서류를 하나하나 넘기는 걸 쳐다본다. 판사 역시 그 모습을 응시하면서 책상 위에 연필을 두드리고 손목시계를 이따금씩 본다. 법원 서기가 입을 벌린 채 제프리의 어깨 너머로 서류를 살펴보고 있다.

5분쯤이 지났을까, 제프리가 파일에서 몇 장의 서류를 꺼내고는 느긋하게 증인석을 쳐다본다. 증인석에는 대머리 변호사가 앉아서 물을 한 모금 마시고 있었다.

판사는 안경의 초점을 맞추고 말했다.

"슈랭어 검사, 절차를 진행할 준비가 되신 걸로 압니다."

제프리는 "네, 존경하는 재판관님!" 하고 대답하고 서류를 높게 들고는 상대방 변호인단 앞에서 펄럭였다.

"방금 이 서류들을 찾았습니다. 이 서류들은 당신들의 파일에서 찾은 겁니다. 당신들이 재판이 시작할 때부터 온전하게 보관했다고 한 그 파일이요. 이게 뭔지 알겠습니까?"

징징대던 변호사는 제프리가 들고 있는 서류들이 제5구역 경찰서의 사건 보고서들이라는 것을 즉각 알아차리고 양손에 머리를 묻고 머리카락을 잡는다. 판사는 절차가 다 끝났다는 듯이 "그럼 됐네요. 심문 절차를 종료하겠습니다. 다른 의견 있습니까?"하고 말했다.

"다른 의견 없습니다. 재판관님······."

대머리 변호사가 기가 죽은 듯이 대답한다. 판사는 바로 법정을 떠났다. 제프리가 나를 쳐다보고 어깨를 으쓱했다.

배심원들

판사가 법정에 들어왔다. 회색 법복, 은색 머리칼, 하얀 셔츠, 짙은 색 넥타이와 위엄스러운 걸음걸이는 자신이 진행하는 법정이라는 것을 알려 주고 있었다. 어머니가 내 손을 꽉 잡았다.

법원 서기가 외쳤다.

"재판을 진행하겠습니다. 피고인 조이 산자에 대한 형사 사건입니다. 조이 산자, 변호인단, 그리고 검찰이 모두 참석했습니다."

"안녕하세요."

레프 판사가 바리톤 목소리로 인사했다.

"제프리 슈랭어 검사."

제프리가 일어서서 말했다.

"안녕하세요. 재판관님. 보조 검사를 소개시켜 드리고자 합니다. 어니 렌다 씨입니다."

레프 판사가 어니를 보며 고개를 끄덕이더니 말했다.

"시작하시지요."

"질문이 있습니다, 존경하는 재판관님."

제프리가 일어서서 물었다.

"좋습니다, 슈랭어 검사."

"존경하는 재판관님, 검찰은 재판을 시작할 준비가 되었습니다. 피고인이 뉴욕 대배심원에 의해 기소된 후, 피고인은 네 번이나 재판 연장을 요구하고 연장을 허락받았습니다. 피고 변호인은 법원에 기소를 기각하고자 여섯 번이나 청구했지만 그 청구가 다 기각됐습니다. 검찰은 피고인이 고의적으로 재판 절차를 연기하고 있기 때문에 속행하여야 함을 주장하는 바입니다. 검찰은 피고인이 모든 변론 내용을 검토하고 준비할 충분한 기회가 있었음을 주장합니다. 검찰은 법원이 정의의 편에 서서 판단하여 주시기를 요청합니다."

제프리가 발언하는 동안에 서류를 살펴보던 판사는 피고인의 변호인인 하워드 재피를 쳐다보면서 물었다.

"의견 있습니까?"

"네, 재판관님."

산자의 변호사 하워드 재피는 일어서서 듬성듬성한 갈색 머리를 손가락으로 쓸어 넘기면서 자신의 변론을 큰 소리로 말한다.

"산자에 대해 어떤 혐의도 없음을 우리 변호인단은 주장하는 바입니다."

어머니는 어리둥절한 표정으로 나를 쳐다보았다. 나는 고개를 가볍게 흔들면서 대답했다.

"어머니, 저 사람은 거짓말을 하는 거예요."

어머니는 다시 재판정 앞쪽을 쳐다보았다. 하워드는 계속해서 말하고 있었다.

"재판관님, 빈약하고, 정황적인, 소위 증거물들에 대하여 기각하여 주시기를 주장하는 바입니다. 피고인이 강간과 살인에 대해 유죄임을 입증할 어떤 과학적인 증거도 없습니다. 아무것도 없습니다!"

어머니는 다시 나를 쳐다보며 휘둥그런 눈으로 묻고 있다, 뭐라고 하는 거니, 증거가 없다니? 나는 눈을 감고 다시 고개를 흔들었다. 어머니, 걱정하지 마세요. 저 사람 정신 나갔어요. 판사가 하워드에게 말했다.

"저번 청구한 것 살펴보았습니다. 하여튼 재판 진행을 할 준비가 됐지요?"

"네, 재판관님, 그러나 청구는……."

"그 청구는 기각되었습니다. 다른 의견 있습니까?"

"아……아닙니다."

"그럼 재판을 진행하도록 하겠습니다. 만약 다른 내용이 있으면, 그 청구에 대해서 판결문에 적도록 하겠습니다."

레프 판사는 더 이상은 지체할 수 없다는 듯이 말한다.

"지금으로서는 별다른 변경 사항이 없습니다, 재판관님……."

변호사 하워드는 기어들어가는 목소리로 말하면서 고개를 절레절레 흔들었다. 판사가 집행관에게 말했다.

"집행관, 배심원 후보자단 들어오라고 하시오."

"그렇게 하겠습니다!"

뚱뚱한 집행관이 답하고 법정 밖으로 황급히 나갔다.

실내는 조용했다. 나무 의자들이 삐걱거렸을 뿐이었다. 나는 어머니한테 귓속말로 속삭였다.

"어머니, 걱정할 것 없어요. 제프리 검사가 잘 할 거예요. 증거가 탄탄해요. 저기 하워드 재피라는 변호사, 정신 나갔어요. 판사도 그렇게 생각하는 것 같아요."

어머니는 희미하게 웃더니, 손에 있던 휴지를 꽉 쥐었다가 돌돌 말았다. 휴지는 공 모양이 되었다. 엘리자베스가 어머니에게 괜찮은지를 물었다. 어머니는 고개를 끄덕했다. 곧 이어, 60여 명의 사람들이 법정 안으로 들어왔다. 그들은 서류 가방, 책, 신문을 손에 쥐고 있었다. 어떤 사람들은 작업복과 운동화를 신었고, 어떤 사람들은 정장 차림에 구두를 신었다. 그들은 각각 다른 삶의 배경을 가진 것처럼 보였지만, 이 사건에 대해 지루하고 관심이 없는 것 같았다. 그들의 심드렁한 표정이 나를 불안하게 만들었다. 그 사람들 중 12명은 배심원으로서 살인 사건에 대한 평결을 내릴 테니까.

판사는 이들이 긴 의자에 앉자 재판 과정에 참가해서 감사하다는 말을 하고는 이 사건을 요약해서 말했다.

"……피고인은 살인과 강간 혐의로 기소되었습니다."

사람들은 아, 하고 낮은 탄성을 질렀다. 신문지 부스럭거리는 소리가 났다. 신문을 보던 사람들이 신문을 떨어뜨렸다. 나무 의자 어딘가에서 신문이 찢어지는 소리가 들렸다.

레프 판사는 배심원단 후보자들에게 해당 사건과 관련된 사람을 아느냐고 물으면서 사건의 담당 검사 팀과 변호인단을 소개했다. 산자의 변호인 하워드 재피, 조이 산자, 제프리 슈랭어 검사, 어니 렌다 검사. 판사가 이름 부를 때 그들은 한 사람씩 서서 배심원 후보자들에게 얼굴을 보여 주었다.

산자의 차례가 왔다. 그가 일어섰다. 그가 입고 있는 양복이 반 사이즈 정도 더 커서 어색해 보였다. 그는 이 일과 무관한 듯이 두 손을 앞으로 포개어 잡고 있었다. 그는 무죄인 것처럼, 동네 슈퍼에서 물건을 파는 착한 매장 직원처럼 행세해 보였다. 난 아무 관련이 없어요, 나는 당신의 여동생을 죽인 사람이 아니에요, 그런 식으로 그는 눈꺼풀을 끔벅였다. 처음에, 한두 번 끔벅이더니 마구 끔벅였다. 그러다가 통제할 수 없을 정도로 그의 눈꺼풀이 막 흔들렸다. 이마의 오른쪽은 울퉁불퉁 튀어나왔다.

"착석해도 됩니다."

판사가 산자에게 말했다. 산자의 눈동자가 또다시 흔들렸다. 그가 의자에 앉았다. 판사는 계속해서 말했지만 나는 그 소리가 들리지 않았다. 나는 산자의 머리 뒷부분도 네모난 상자 모서리처럼 생긴 걸 발견했다. 그 모서리 아래로 머리가 가파른 절벽처럼 떨어져 나가 있었다. 판사는 단조로운 목소리로 말하고 있었다.

"기소라는 단어는 유죄와 같은 말이 아닙니다. 지금까지, 피고인은 무죄입니다. 피고인은 유죄로 증명되지 않는 한 무죄로 추정됩니다. 피고인이 유죄인지 혹은 무죄인지에 대해 12인의 배심원은 만장일치로 결정해야 합니다……."

나는 법정과 배심원 후보들을 한 번 살펴보았다. 천장을 쳐다보는 사람, 목걸이를 만지작거리는 사람, 팔짱을 끼고 있는 사람, 가방을 안고 있는 사람, 발을 까딱이는 사람, 손가락으로 소리를 내는 사람 등등. 법원 서기가 배심원 후보들의 이름을 하나씩 부른다. 제프리와 하워드 재피는 이 후보들에게 몇 가지 질문을 했다. 그들이 어디에 사는지, 그들의 직업이 무엇인지, 체포된 적이 있는지, 범죄 피해자였던 적이 있는지, 경찰에 대해서 어떻게 생각하는지 등등.

"나는 특수폭행죄로 형을 받은 적이 있습니다."

그들 가운데 한 남자가 말하자, 법정은 순간적으로 조용해진다. 제프리와 하워드는 아무 말도 하지 않은 채, 판사를 쳐다본다. 그러자 판사는 단조로운 목소리로 "가도 됩니다."라고 한다. 집행관이 일어서서 문 뒤쪽을 가리키자 그 남자는 배심원단 자리에서 내려와서 집행관을 쳐다보면서 "이제 무엇을 해야 하죠?" 하고 묻는다. 집행관이 귓속말을 하였다.

"배심원이 모여 있는 방으로 가서 보고하세요."

그는 합법적인 핑계를 갖고 법정을 떠나게 되었다.

다음 배심원 후보가 들어오더니 이름을 댔다. 제프리와 하워드
는 한 명씩 질의를 했고, 각자 기피 권한을 사용했다. 제프리가 마
음에 들어했던 사람을 하워드가 거부했고, 하워드가 마음에 들어
했던 사람을 제프리가 거부했다. 결국, 그들은 8명의 여성과 4명
의 남성을 배심원으로 선택했다. 그리고 1명의 여성과 1명의 남
성을 만약의 경우를 대비하여 후보로 뽑았다. 배심원 6번은 경찰
관의 부인이었다. 좋은 조짐이었다.

다음날 아침 9시경, 우리는 제67 법정 앞에 모였다. 엘리자베스
는 도넛을 먹고 있고 버나데트는 1층 매점에서 산 차를 마셨다.
어머니와 난 커피를 마셨다. 맛이 없는 커피. 크림을 2개나 집어
넣었는데도 맛이 없었다. 법정에 들어가는 문이 열렸다. 집행관
이 우리를 쳐다보고 있다. 양손을 허리에 대고 서 있고 문 앞을 막
고 있다. 문을 막고 있는 그는 새로 온 사람 같았다. 그가 나에게
팔을 펼쳐 보라고 하길래, 나는 그 말에 따랐다. 그는 내 주머니들
을 만진 다음 들어가라고 비켜 주었다. 그는 리처드도 더듬더듬
만졌고, 어머니, 엘리자베스, 버나데트의 핸드백을 살펴보았다.
그들은 보안 검색을 한다. 어제는 하지 않았던 보안 검색을 오늘
한다는 것은 이상해 보였다. 집행관은 문제의 소지가 있는 것 같

으면 어디든지 살펴보았고 한참 지나서야 그 집행관이 그러한 이상한 행동을 했던 이유를 알게 됐다. 모두진술Opening statement이 있는 날에는 특별히 보안 검색을 철저히 한다는 것이 법원의 관행이었다. 이전의 형사 재판에서 피해자 가족이 과격한 행동을 했기 때문에 수많은 재판이 늦어졌다고 했다. 특히 변호사들의 감정적 발언에 그들은 자제력을 잃기 마련이었다.

제프리의 뒤에 앉아서 보니, 평소에 집행관이 3명 있었던 것과 달리 4명이 더 있었다. 그들은 꼿꼿이 서 있었다. 어제의 편안하고 느슨한 분위기는 볼 수 없었다. 이제 본격적으로 심각한 재판 순서를 밟는 것 같았다.

집행관 중 한 명이 전면에 있는 흰색 문 쪽으로 걸어 나온다. 그 문은 주심의 배석 자리 왼쪽에 있다. 다른 집행관이 그를 따라온다. 그 첫 번째 집행관이 문 가까이에 가더니 멈춘다. 이어 흰색 문 뒤에서 노크를 하는 소리가 들렸다. 문 옆에 서 있던 집행관이 문을 열어 주었다. 그리고 회색 양복을 입고, 연한 빛깔의 넥타이를 멘 산자가 구릿빛 폴더를 들고 나타났다.

두 명의 집행관은 그를 의자로 데려갔다. 의자 뒤에 앉아 있던 집행관 둘이 산자가 도착하자 일어선다. 그리고 두 명의 집행관이 더 와서 산자 곁에 선다. 피고인석 근처에 여섯 명의 건장한 집행관들이 있었고, 각기 무기를 지니고 있다. 그들은 손을 총 가까이 대고 있었다.

그때, 판사가 법정으로 들어와 단조로운 목소리로 말했다.

"배심원단은 준비됐습니까?"

법원 서기가 재빠르게 답한다.

"네, 판사님."

"들어오라고 하세요."

판사가 지시했다.

배심원들이 들어온다. 그들은 공연장이나 영화관에 온 것처럼 서로 웃고 인사한다. 그들은 바로 1분 전에 전개된 상황이나 긴장된 분위기는 알지 못했다. 레프 판사가 배심원의 역할, 의무, 행동 등을 진지하게 말하자 배심원석을 채우던 유쾌함이 순식간에 사라졌다. 그들의 표정은 엄숙해졌고 단조로운 목소리의 온갖 법적인 이야기에 집중하기 시작했다.

"⋯⋯배심원들은 서로 간, 혹은 그 누구와도 이번 재판과 관련된 어떤 내용에 대해서도 의견을 교환해서는 안 됩니다. 신문이나 혹은 매체에 보도된 사건과 관련된 논의 내용에 대해서 읽거나 들어서는 안 됩니다. 그리고 사건이 발생한 것으로 추정되는 장소나 현장, 혹은 이와 관련된 장소나 현장을 방문하거나 살펴보아서도 안 됩니다. 그리고 배심원의 판정에 영향을 끼치고자 하는 사람이 있었다면 그 즉시 법정에 보고하여 주시기를 부탁합니다⋯⋯."

판사의 목소리는 계속됐고, 배심원들은 시간이 빠르게 지나기만을 기대하는 것처럼 보였다. 그들이 정말로 그들의 의무, 책임에 대해서 인지했는지 알 수는 없었다. 어떤 배심원들은 집중력이 떨어져 보여서 걱정스럽다. 왜 그들은 이따금씩 고개를 끄덕이지 않는 것일까?

"검찰은 배심원단에게 모두진술을 합니다. 검찰은 반드시 모두진술을 이행하여야 하고, 모두진술은 증거가 아닙니다. 이번 기소의 요지에 관한 발언일 뿐입니다. 모두진술은 검찰이 증거를 통해서 말하고자 하는 바가 무엇인지를 여러분께서 이해하실 수 있도록 돕기 위하여 진행됩니다. 이제 여러분들께서는 배심원으로써 증거들에 대해서 하나하나 따져 보아 주십시오. 일상생활에서 여러분께서 편안하게 생각하시는 상식의 기준으로 말입니다."

판사가 이런저런 주의사항을 설명하고 나서 말했다.

"그럼 이제 검사는 모두진술을 시작하십시오."

몇몇 사람의 기침 소리, 의자가 삐걱거리는 소리가 났다.

제프리가 일어서서 천천히 신중한 말투로 모두진술을 시작했다.

"비인간적이고, 무감각한, 방자한, 살인과 강간이 있었습니다. 피해자는 테레사 차, 31세의 예술가입니다. 우리가 이후 증명할 것처럼, 저기 앉아 있는 저 사람, 저 탁자 뒤에 회색 양복을 입고 있는 저 사람, 조이 산자가 피해자를 살해했다는 것을 증명하겠습니다!"

그의 발언은 나의 감정을 엄청나게 흔들었다. 나는 그 순간 산자에게 뛰어들고 싶었다. 미칠 것 같았다. 나는 산자 주변에 왜 그렇게 많은 숫자의 보호 요원들을 두었는지 그제서야 이해가 되었다. 내가 분노에 가득 차 있다는 걸 안 어머니가 내 손을 꼭 잡았다.

"배심원 여러분, 1982년 11월 5일 있었던 강간과 살인에 대해 어떤 목격자의 증언도 존재하지 않습니다……. 이를 촬영한 카메라도 한 대 없었습니다……. 우리가 신청한 각각의 증인은 퍼즐의 한 조각에 불과한 중요한 내용을 담고 있지 못하는 내용에 대해서 이야기할 것입니다. 그러나 그것들이 하나로 합쳐져, 전체의 그림을 보여 줄 것입니다. 아마도 나의 모두진술이 퍼즐을 담고 있는 박스의 포장지라고 생각하시면 될 것입니다. 이 포장지 그림이 퍼즐을 맞추실 때 도움이 될 것입니다……. 그리고 이 사건과 관련된 여러 가지 증언을 이해하는 데에 도움이 될 것입니다. 사건 발생 날짜는 1982년 11월 5일입니다. 그해 가을 들어 가장 추웠던 날입니다."

제프리는 그의 퍼즐 포장지를 풀어놓기 시작했다. 느리지만 신중하게, 평소보다 한 음정 낮은 목소리였다. 그는 그날이 얼마나 추웠는지, 바람이 얼마나 세차게 차갑게 불었는지 말했다.

"그날은 테레사 차에게 다른 여느 날과 같았습니다. 그녀는 남편인 리처드 반스 씨와 함께 잠을 깼습니다. 그들은 캘리포니아에서 결혼을 했습니다. 그들은 직장 때문에 뉴욕으로 이사 왔습니다. 테레사는 시인이자 예술가였습니다. 그녀는 메트로폴리탄 미술관에서 일을 했고, 리처드는 퍽 빌딩에서 프리랜서 사진작가로 일했습니다. 퍽 빌딩은 하우스턴 가와 라파예트 가가 만나는 곳에 있습니다. 뉴욕 카운티에 있지요."

제프리가 잠시 말을 멈춘다. 그리고 더 느리게 테레사, 너의 하루에 대해서 설명했다. 그의 목소리 톤은 산자에 대해서 이야기를 하면서 높아진다. 그리고 산자가 퍽 빌딩과 주차장, 브루클린의 아파트, 그가 플로리다로 갔던 것 등을 말한다. 피고 변호인 하워드 재피는 제프리가 끝내고 앉자 지리하다는 시늉을 보였다. 어떤 배심원들과 방청석의 참관인들은 자리에서 몸을 배배 꼬았다. 2시간 동안 계속되는 제프리의 독백을 참기는 어려웠을 것이다.

하워드가 일어서서 판사에게 의논할 건이 있다면서 사이드바 sidebar 회의를 요청했다.

판사는 그의 요청을 받아들였다. 제프리, 보조 검사 어니, 하워드, 그리고 판사는 법정의 구석으로 가더니 그들만의 대화를 했다. 그들이 무엇에 대해서 말하는지 알 수 없었지만, 하워드가 무척 화가 났다는 것은 분명했다. 나는 하워드 재피가 무엇 때문에 저러는지 당장 알고 싶었지만 한참 후에 법정 기록을 보고서야 그 내용을 알 수 있었다.

하워드 재피 : 나는 무효 재판을 청구합니다. 왜냐하면 검사의 모두진 술이 지나치게 편중되어 있었고 선동적이었기 때문입니다. 특히 본 변호인은 법원이 피고인이 여동생의 아파트에서 돈을 훔쳐 갔다는 것에 대해 증거를 제출하도록 명령하기를 요청하는 바입니다. 피고인이 절도죄에 대해서는 기소된 바 없고, 그래서 이를 받아들일 수 없습니다.

판사 : 검사가 말하기를, 다음날, 어떤 권한 없이, 그가 1천 달러와 보석을 가져갔다고 했습니다.

하워드 재피 : 그런데 그것에 대해서 돈을 훔쳐 갔다고 하는 것은……

판사 : 무효 재판 청구는 기각되었습니다.

하워드 재피 : 알겠습니다.

사이드바 미팅이 끝나고 그들은 각자의 자리로 돌아왔다. 판사는 하워드에게 모두변론을 하겠냐고 물었다. 하워드는 "네." 하고 변론을 시작했다. 그는 고조된, 끽끽거리는 목소리로 발언했다.

"……방금 슈랭어 검사의 감정적인 발언을 들었습니다. 그는 '내가 말하는 것은 증거가 아닙니다'라고 했습니다. 나는 그 점을 꼭 기억하라고 말씀드리고 싶습니다. 그가 그러한 내용에 대한 입증 책임을 지도록 하고, 그가 퍼즐의 포장지를 정말 갖고 있는지 살펴보자는 것입니다. 혹은 잃어버린 중요한 조각이 있는 것은 아닌지 알아보아야 할 것입니다. 나는 여러분들께 많은 중요한 조각들이 빠졌다는 것을 증명해 보이도록 하겠습니다."

그의 목소리는 은식기가 긁히는 것처럼 들렸다. 그가 헐떡거리면서 말을 했다는 점은 나를 기분 좋게 만들었다. 왜냐하면 나처럼 배심원들도 불편함을 느꼈을 것이 분명했기 때문이다.

하워드는 계속 말했다. 산자가 밴을 운전하는 걸 본 사람이 아무도 없었다고 했다. 무엇보다 결정적인 증거가 없다고 했다. 그는 모자와 부츠에 있는 혈흔이 1982년 11월 5일보다 훨씬 이전부터 묻어 있었을 수도 있다고 했다. 그 외에 정액도 일치하지 않았다고 말하고. "사실, 산자가 테레사 차의 죽음과 관련이 있다는 어떠한 과학적 증거도 없다."고 했다.

그는 전혀 유창하게 말하지는 않았지만, 그가 말하는 내용은 나를 혼동시켰다. 어떠한 과학적 증거가 없다는 것이 무슨 소리지? 이 이야기를 하기 이전까지는, 하워드는 기껏해야 보통인 수준의 변호사였다. 대머리인 데다가 머리가 몇 가닥 나 있는 40대 중반의 평범한 남자였고, 딱 고등학생 정도의 웅변 수준이었다. 제프리하곤 상대가 되지 않았다. 그런데, 하워드에 대한 나의 판단이 흔들리기 시작했다. 하워드는 피고인의 변호에 자신 있어 보였다.

"검사는 피고인이 밴을 운전했고, 주차장에 갔다는 것을 증명하겠다고 장담했습니다. 오후 5시나 6시경 금요일 오후에 주차장에 시신이 버려졌다고 했는데, 그에 대해 증언할 어떠한 목격자도 이 자리에 데려오지 않았습니다. 그러니까, 내가 여러분들께 부탁하는 점은 마음을 열고 피고인이 무죄라는 것을 굳이 증명할 필요가 없다는 점을 기억해 달라는 것입니다. 반면에 검사는 그가 모두발언에서 말한 모든 것에 대하여 여러분께 산자의 유죄를 증명해야만 합니다. 여러분들께서 부디 무죄 평결을 해주시기를 부탁합니다. 감사합니다."

하워드는 산자 옆에 있는 그의 자리에 앉았다. 법정은 다시 조용해졌다. 의자에 앉아서 스트레칭을 하는 방청석 사람들과 눈을 굴리며 서로를 보고 있는 배심원들이 레프 판사를 쳐다보고 있었다. 드디어 판사가 한 마디 했다.

"슈랭어 검사, 첫 번째 증인을 신청하십시오."

"존경하는 판사님, 검찰은 넬 굿트만 씨를 증인으로 신청합니다."

이로써, 증인 심문 절차가 시작되었다.

증인 심문

넬 굿트만은 증인 서약 후 다리를 꼬고 앉아서 몸을 앞쪽으로 기울였다. 초조한 모습이다. 그녀는 사진작가 스튜디오를 관리하고 있었다. 그 이전에는 57번 가에 있는 IBM 갤러리에서 일한 적이 있다고 했고, 그보다 더 이전에는 1983년 9월까지 3년 동안 메트로폴리탄 미술관의 유럽 조각과 장식 예술 분과에서 일했다. 제프리가 그녀에게 물었다.

"……테레사 차를 알게 된 적이 있습니까?"

"네."

"그때가 언제였는지 대충 말씀해 주실 수 있습니까?"

"그녀가 우리 분과에서 일을 시작했을 때에요. 내 생각엔 1981년 6월인 거 같아요."

"테레사 사망 시점까지 몇 년 동안 그녀를 알았습니까?"

"1년 반 정도입니다."

제프리가 그의 카트로 가더니 사진 한 장을 꺼내서 넬에게 보여 주면서 누구 사진인지 아느냐고 묻는다. 넬이 작은 소리로 대답한다.

"네, 그것은 테레사 차의 사진입니다."

"1982년 11월 5일로 돌아가 봅시다. 그날 기억하나요?"

"네."

"그날 메트로폴리탄 미술관에서 일하고 있었지요?"

"네."

"그날 테레사 차도 일하고 있었습니까?"

"네."

"그날 테레사 차를 보았나요?"

"네."

"대략 몇 시쯤 그녀를 보았는지 기억할 수 있나요?"

"오후 1시 30분에서 2시 30분 사이였을 거라고 생각합니다."

제프리는 카트에서 옷을 하나씩 꺼내더니 넬이 그 옷가지를 알아볼 수 있는지 묻는다. 흰색 앙고라 스웨터……. 어떤 부분은 부드럽고 털이 복슬거렸지만, 어떤 부분은 뻣뻣하고 피가 말라붙어 있었다.

넬은 놀라서, 겨우 말을 했다.

"테레사의 스웨터예요……."

어머니는 깜짝 놀라 벌어진 입을 손으로 꽉 막았다. 버나데트가 어머니를 감싸 안아 줬고 수잔과 노엘 역시 고개를 돌렸다. 산자는 집행관이 스웨터를 살펴보라고 들고 왔음에도 불구하고 그것을 보고 어떤 미동도 보이지 않았다. 산자는 몸을 기울여 정말로 무감각한 얼굴로 스웨터를 보고 있었다. '이게 나랑 무슨 상관이람?' 하는 표정이었다. 빨간 가죽 코트가 어둠 속에서 법정의 빛을 받으며 나온다. 무자비하게 구겨져 있는 그것은 차갑게 보인다. 코트의 대부분은 핏자국 때문에 검정색으로 변했다. 한때는 반짝거리는 가죽 코트였지만 지금은 형체를 알아볼 수 없었다. 넬의 눈앞에서 제프리가 코트를 펼쳤다. 딱딱거리는 소리가 났다.

"이게 무엇입니까?"

"테레사의 코트입니다."

나는 테레사의 코트를 그녀가 사진 속에서 입었던 우스꽝스러운 코트로만 기억하고 싶었다. 테레사가 보냈던, 그녀의 아파트 문 앞에서 새로운 빨간 코트를 자랑했던 그 사진. 사진 속에서 그녀는 웃었고 그녀는 눈으로 말하고 있었다. "너무 빨간가?" 난 그 코트를 입은 테레사를 딱 한 번, 그것도 사진에서만 봤다. 나는 '아티스트 스페이스'에서 발레리 스미스와 약속 때문에 메트로폴리탄 미술관에서 서둘러 나가는 길에 그 코트를 입는 모습을 상상할 수 있다. 단추를 다 잠갔을 때는 이미 길에 나왔을 때였겠지. 한 손에는 커다란 빨간 미술관 가방을 들고, 한 손으로는 단추를 잠갔겠지. 바람이 세차게 불었을 것이다. 캐나다에서 온 바람이

쌩쌩 불었을 거야. 언제 베레모를 쓰고 장갑을 꼈을까? 나는 문을 나서기 이전에 모자를 썼고 장갑을 꼈기를 바랐다. 테레사는 미술관 정문을 통해서 밖이 얼마나 추웠는지 볼 수 있었고, 분명히 보았을 것이다. 그리고 미술관 밖으로 나오기 이전에 코트 단추를 잠그고, 귀를 덮을 수 있도록 모자를 쓰고, 장갑을 꼈을지도 모른다. 5번 가로 오는 버스를 보고선 버스로 달려간다. 버스에서는 의자에 앉아 무릎 위에 가방을 안고 있었겠지. 미술관에서 산 새 책과 어디든 들고 다니는 빨간 일기장의 뾰족한 모서리가 느껴졌을지도 모른다. 팔꿈치를 창문에 대고 턱을 괴고 있었다. 그리고 마지막으로 그녀는 5번 가의 풍경과 소리에 빠져 들어갔다.

난 멀리서 들려오는 발자국 소리 때문에 몽상 상태에서 깨어났다. 나는 여전히 법정에 앉아 있고 증인석을 바라보고 있었다. 넬은 이미 떠났고 발레리 스미스가 증인석에 있었다. 발레리는 20대 후반 정도의 여성으로 길고 짙은 갈색 머리에 창백한 얼굴이었다.

언제 그녀가 법정으로 들어왔지? 발레리는 잘 들리지 않는 목소리로, 증언을 했다.

"오후 4시, 어쩌면 그보다 조금 지났는지 모르겠지만, 그녀는 15분 정도 있다가 오후 5시에 떠났어요."

"오후 5시요?"

제프리가 놀라서 묻는다. 하워드 재피는 입으로 '오후 5시'를 판토마임처럼 말하더니 큰 미소를 지었다. 오, 제발, 발레리, 그게 하려고 한 말이 아니잖아요. 테레사가 오후 4시에 갔고 15분 있었으면, 오후 4시 15분에 떠난 거죠, 오후 5시가 아니지요. 제프리가 잠시 동안 그곳에 서 있다가 카트로 가서 서류를 꺼내 왔다. 발레리의 경찰 진술서 원본이었다. 제프리가 그 서류를 보여 주면서 발레리의 기억을 상기시켜 보려고 했는데 하워드가 큰 소리로 이의를 제기했다. 판사가 변호사의 이의를 받아들였고, 제프리는 발레리가 수사 과정에서 이전에 말했던 내용을 추적할 수 없었다. 제프리는 손가락으로 머리를 빗더니 차분하게 발레리에게 묻고 있다.

"정확하게 언제 그녀를 보았는지 확신할 수 있나요?"

발레리 스미스는 기가 죽은 듯 답변한다.

"아니요, 확실히는 모르겠어요."

"어떤 연유에서든지, 얼마나 오랫동안 테레사 차와 이야기를 나누셨나요?"

"짧은 대화였어요, 대략 15분 정도요."

제프리는 그 이상 시간에 대해서 짚고 넘어가지 않았다. 하워드가 반대 심문할 수 있는 시간이 왔지만, 그는 하지 않았다. 하워드 재피는 발레리의 증언에 만족했다. 네가 갤러리를 오후 5시에 떠났다는 증언 내용은 제프리의 주장인 "그녀가 오후 4시 15분에 갤러리를 떠나서 오후 4시 30분에 퍽 빌딩에 들어갔다."는 내용과 상반되기 때문이었다. 그래서 하워드는 반대 심문을 하지 않은 채 내버려 둔 것이다.

"가셔도 됩니다, 미스 스미스."

판사가 말한다. 발레리는 일어서서 한숨을 쉬고는 작은 걸음으로 법정 밖으로 나갔다. 그녀의 시선은 줄곧 아래로 향했다.

재판은 월요일 아침 9시 30분에 재개되었다. 제프리가 '아티스트 스페이스'의 켄지 후지타를 증인석에 세웠다. 제프리는 30대 중반의 긴 검은 머리를 가진, 수염이 난 후지타에게 물었다.

"그렇다면, 그날 회의가 몇 시에 있었는지 기억납니까?"

"곰곰이 생각을 해보자면, 어두워지기 전 늦은 오후에 회의가 있었던 것 같습니다."

"그러면, 어두워지기 전이라고 했는데, 피해자 테레사 차가 도착한 것과 떠난 것 모두 어두워지기 전인 것입니까?"

"그녀는 어두워지기 전에 도착했고 어두워지기 전에 떠났습니다."

"더 이상 질문 없습니다, 존경하는 재판관님."

제프리가 말했다.

이번에는 하워드 재피가 일어나서 후지타를 반대 심문했다. 그는 공격적으로 질문했다.

"당신은 방금 '곰곰이 생각을 해보자면'이라고 했지요? 이 사건과 관련해서 연락을 언제 받았습니까?"

"며칠 전입니다."

"가장 처음 연락 받은 것이 언젭니까."

"2년 전입니다."

"그렇다면, 최초로 증언을 하신 지 2년이 지났습니다. 맞습니까?"

"네, 그렇습니다."

하워드가 배심원단을 바라보면서 음흉한 웃음을 지었다. 2년이나 지났는데 기억을 제대로 하겠느냐는 비웃음이었다.

제프리가 다시 직접 심문을 위해 일어서서, "이 특정 사건에 대해서 2년 전에 최초로 연락을 받았다고 했습니다. 맞습니까?" 하고 물었다.

"네, 그렇습니다."

"그리고 피해자를 본 당일 그녀가 살해되었다는 사실에 대해서 알게 되었습니까?"

"네."

"그렇다면 어떤 의미에서든지 그날의 기억은 두드러지겠네요."

"당연합니다."

나는 켄지 후지타에게 고맙다고 말하고 싶었다. 테레사가 '아티스트 스페이스'에 도착했을 때 환했고, 그곳을 떠날 때 빛이 있었다. 어둡지 않았던 것이다. 제프리는 후지타의 기억을 구체적인 시간으로 변환시켰다. 1982년 11월 5일의 일몰 일출 시간표의 도움을 받았다. 그날 해가 진 시각은 오후 4시 48분이었다. 그렇다면 테레사, 네가 회의가 끝나 자리를 뜬 것이 오후 4시 48분 이전이었다는 것이 된다. 발레리 스미스가 실수로 증언한 오후 5시가 아니었다.

켄지 후지타가 법정을 나간 후 모든 절차가 멈췄다. 제프리는 그 다음 증인을 소환하지 않았다. 판사도 다음 증인을 청구하지 않았다. 배심원들은 좌석에서 꿈지럭거렸고 집행관들은 서로 귓속말이나 몸짓을 하면서 이따금씩 웃고 고개를 끄덕였다. 제프리, 판사, 변호인단들은 뭔가를 기다리고 있는 것 같았다. 제프리는 손목시계를 보았고, 나도 손목시계를 보았다. 오전 10시였다. 얼마 동안은 어떤 일도 벌어지지 않았다. 법정 안에 작은 웅성거림이 있을 뿐이었다. 제프리가 다시 시계를 보았고, 어니도 그의 시계를 보았다. 그리고 무엇인가가 새로운 사태가 벌어졌다. 제프리가 큰소리로 말했다.

"존경하는 재판관님, 검찰은 마이클 블랙 씨를 증인으로 신청합니다."

법정이 소란스러워졌다. 20대 후반의 남자가 느릿느릿 들어왔다. 그를 보면 어떤 여자라도 '키가 크고, 피부색이 검고, 잘생긴' 남자라고 여길 정도였지만 그가 어정쩡하게 증언하는 걸 보면서 그가 어떻게 퍽 빌딩의 대단한 리노베이션 공사 현장을 책임지게 됐는지 의문이 들었다. 그는 증인석에 앉아서 의자 뒤편으로 오른팔을 축 늘어뜨려 놓고 있어서 마치 자동차 안에서 담배를 피는 것처럼 보였다. 그의 증언은 무심결에 내뱉는 말처럼 들렸다. 마이클 블랙은 그가 토니 지아넬리를 고용했다고 말했다. 조이 산자의 또 다른 이름인 토니 지아넬리는 일용직 노동자로 처음 시작했다가 이후에 경비원이 되었다. 증인이 피고인을 마지막으로 본 날은 '그 금요일', 1982년 11월 5일이었다. 그가 피고인에게 경비원 모자와 야경봉을 주었다고 했다. 마이클 블랙은 모든 것들에 대해서 무관심하게 말했다. 그런데 어느 순간 반짝이는 모습을 보였다. 하워드가 반대 심문하면서 블랙에게 물었다.

"1982년 9월, 10월, 11월에 그가 일했죠, 맞습니까?"

"네."

블랙이 답했다.

"당신이 그를 경비원으로 임명했죠, 맞습니까?"

"네."

"그렇다면 그것은 일용직 노동자로 일을 잘했고 그에 대해서 만족했기 때문에 승진을 시킨 것이었습니까?"

"아니오. 그가 영어를 할 수 있었기 때문입니다."

사람들이 웃었다. 판사도 통제가 되지 않는 듯 크게 웃었다. 웃음소리에 놀란 하워드가 계속 말을 이어나갔다.

"그렇다면…… 퍽 빌딩이 하우스턴과 라파예트, 멀베리와 저지 가에 있죠, 맞습니까?"

"네."

"빌딩 근처에 보면 노숙자들이 많지요, 맞습니까?"

"때때로 있기야 하죠, 그런데 만약 피고인이 경비원 직무를 잘했다면, 거기에 그런 사람들은 없어야 했죠."

"그렇다면 피고인의 직업이 노숙자와 같은 사람들이 없도록 하는 것이란 말씀이신가요."

"우리가 처음 퍽 빌딩 리노베이션을 시작했을 때, 그런 사람들이 있었습니다. 그래도 많이 있는 건 아니었습니다."

하워드는 반대 심문에서 2개의 목적은 성공한 것으로 보였다. 첫째, '노숙자와 같은 사람들'이라는 말을 블랙이 사용할 수 있도록 하고, 둘째, '노숙자와 같은 사람들' 중 누군가가 빌딩에 들어와서 살해를 했을 수 있다는 점이다. 그는 리처드 스텀프라는 사람의 이름을 꺼냈다. 블랙은 스텀프가 후문 경비원이었다고 했는데 별로 믿음직스럽지 않아서 해고했다고 한다. 그래서 피고인인 지아넬리(산자)가 그 자리를 얻게 된 것이다. 하워드는 계속해서 다른 사람이 범죄 현장에 관여하였을 것이라고 주장한다.

"스텀프가 해고된 이후로, 그가 퍽 빌딩에 찾아온 적이 있었나요?"

"그랬을 것 같네요."

"그가 자주 펙 빌딩에 찾아왔나요?"

"아닙니다. 그를 자주 보지 못했습니다."

블랙이 대답하고 산자를 바라본다. 산자는 고개를 절레절레 혼든다.

"1982년 11월 초에는 그를 봤습니까?"

"네, 10월 말, 해고되었을 때 즈음이었던 것 같아요."

"그를 1982년 11월 5일에 보았나요?"

"기억나지 않네요."

"스텀프는 해고되기 전에 밴을 탈 수 있었나요?"

"그렇지 않을 거예요."

하워드 재피는 심문을 끝내고 앉으면서 배심원들을 쳐다보았다. 그 눈빛은 산자가 아니고 다른 사람들도 충분히 살인을 저지를 기회가 있었다는 의미를 주는 눈빛이었다.

제프리가 반대 심문을 하기 위해서 일어선다. 그는 오로지 한 가지, 관심을 산자 쪽으로 돌리는 것이었다.

"당신은 그 다음날인 토요일에 출근했다고 했지요?"

"토요일, 맞습니다."

"그리고, 피고인은 원래 토요일에 출근하는 날이지요?"

"그런데 그는 출근하지 않았습니다."

"피고인이 왜 출근할 수 없는지 전화하거나 설명을 했습니까?"

"아니오."

나는 제프리가 산자에게로 초점을 돌리는 화술을 보고 놀랐다. 정말 간단하고 효과적이었다. 하워드의 '노숙자' 설, '전 경비원인 스텀프' 설으로부터 벗어났던 것이다. 제프리는 다음 증인으로 할란 깁슨을 불렀다. 그는 빌딩 주인의 보조원으로 회사 차량 밴을 운전했다. 제프리가 모두진술에서 언급한 '산자가 테레사의 시신을 운반하는 데에 사용한' 바로 그 밴의 운전 기사였다. 1982년 11월 5일 3시 경에, 할란 깁슨은 피고인에게 밴 열쇠를 주었다고 증언했다. 그리고 피고인에게 차 안을 정리한 뒤 주차를 해놓으라고 했다. 밴 안에는, 석고와 석고보드, 타일, 먼지, 지푸라기, 다른 쓰레기들이 있었다. 차 속을 정리하라는 것은 빌딩 주인의 지시였다. 산자는 밴 실내를 정리하지 않았다. 다음날, 빌딩 주인은 자신의 지시를 지키지 않았다는 것을 이유로 깁슨에게 화를 냈다. 밴 안에 쓰레기들이 여전히 있었다. 깁슨의 증언이 의미하는 내용은 명확했다. 산자가 쓰레기와 지푸라기들로 가득 찬 밴을 이용할 수 있었고, 그 쓰레기와 지푸라기들이 테레사의 몸에 붙어 있었다. 제프리가 앉자, 하워드가 반대 심문을 위해 일어섰다.

"픽 빌딩 직원 중 몇 명이나 밴을 사용할 수 있나요?"

깁슨은 빌딩 주인과 자신 만이 밴을 운전할 수 있다고 대답한다. 하워드가 되물었다.

"누가 열쇠를 가지고 있나요?"

"열쇠는 헤더 씨의 사무실에 보관되어 있습니다."

"그렇다면 누구나 사무실에 들어가서 열쇠를 가지고 갈 수 있는 것 아닌가요?"

하워드가 물었다. 기대감이 가득 찬 웃는 얼굴로. 하지만 깁슨의 대답으로 그의 얼굴은 바로 굳어졌다. 깁슨은, "아니오, 안 됩니다. 열쇠 상자 안에 들어 있습니다." 하면서 하워드를 째려보았다. 당신은 참 웃기는 사람이네, 하는 표정이었다.

픽 빌딩의 회계장부 담당자인 레나 필리파니치가 다음 순서로 증인석에 올라왔다. 진실 서약을 하고 증인석에 올라오는 그녀는 긴장하고 겁을 내고 있는 기색이 역력했다. 그녀의 커다란 눈은 산자, 제프리, 판사를 차례로 쳐다보았다. 그녀는 동유럽 사람의 억양으로 또렷하게 말을 했다. 그녀는 피고인이 안토니 지아넬리라는 이름을 가진 주간 경비원이라고 진술했다. 회계 장부 담당자로서, 그녀는 수표 사용 내역을 포함한 모든 재정에 관련된 기록을 했다. 그리고, 그 금요일, 그녀는 산자를 보았다고 했다. 산자가 그의 급여에 대해서 물어봤고, 이에 대해서 그 전에도 물어본 적이 있었다고 했다. 그녀의 말에 의하면 당시에 리노베이션 자금 조달에 어려움이 많았기 때문에, 급여 지급을 미룰 수밖에 없었다고 했다. 피고인은 밀린 급여가 8백 달러 정도 있었다고 했다. 제프리가 카트로 가서는 파일에서 출근 기록 카드를 찾아냈다. 그가 그것들을 회계장부 담당자에게 보여 주며 이것들에 대해서 아냐고 물어봤다.

"……그건, 안토니 지아넬리 씨 근무 시간 기록표 원본이에요."

근무 시간 기록표……. 1982년 11월 5일, 오후 5시 14분, 기록 카드에는 녹색의 숫자가 찍혀 있다. 그것은 시간이 지나서 색이 바래져 있었다. 다음 증인은 알버트 크리츠로우였다. 그는 라파예트 가 쪽, 퍽 빌딩 앞문의 경비원이었다. 제프리가 그에게 여기에서 아는 사람이 있냐고 물었고, 그가 산자를 가리켰다.

가나 출신의 알버트는 이국적인 억양으로 대답했다. 금요일에, 피고인은 알버트에게, 오후 5시 혹은 5시 30분경 회사 밴 열쇠 꾸러미를 주었다고 했다. 피고인은 그 열쇠를 빌딩 주인 중 한 명인 올가에게 주라고 말했다. 알버트가 열쇠를 올가에게 주려고 하자, 올가는 열쇠를 할란 깁슨에게 주라고 했다. 할란이 자리에 없었기 때문에 그는 교대 경비원인 허버트 맥크레이에게 열쇠를 줬다. 허버트는 평소처럼 오후 6시에 교대를 했다. 그는 허버트에게 오후 5시 45분경 열쇠를 주었다. 그때는 알버트가 일을 마치기 조금 전이었다. 반대 심문에서, 하워드는 '노숙자 같은 사람들' 주장을 또 하려고 했다. 그리고 알버트 크리츠로우에게 빌딩 근처에 의심쩍은 사람을 본 적이 있는지 물어봤다. 크리츠로우는 "전혀 보지 못했다."고 대답했다. 그러자 하워드는 더 이상 노숙자와 관련된 이야기는 한 마디도 꺼내지 않았다. 하워드 재피는 알버트에게 다른 전술을 사용했다. 그가 물었다.

"직접 심문에서 피고인이 밴 열쇠를 주었다고 했지요?"

"네, 그랬습니다."

"오후 5시, 5시 30분경이라고 하셨는데, 그보다 더 일찍일 수도 있었겠네요?"

"훨씬 더 일찍일 리는 없습니다. 왜냐하면 내가 일을 마칠 때였거든요."

"오후 5시였을 수도 있나요?"

하워드 재피가 물었다. 알버트 크리츠로우가 약간 주저하더니 말했다.

"그랬을 수도 있습니다, 그럴 수도."

알버트의 증인 심문이 끝나자 점심시간 때문에 휴정을 했다. 제프리가 카트를 끌고 나갔다. 그리고 우리가 제프리의 사무실에 도착했을 때, 폴과 마티가 거기에 있었다.

"어땠소?"

마티가 물었다.

"좋았어요. 정말로 좋았습니다."

어니가 대답했다.

"후지타는 좋았고, 블랙은 적당했고, 깁슨은 잘했습니다. 필리파나치는 진짜 잘하지 않았나요?"

제프리가 덧붙였다.

"네, 그녀는 훌륭했어요. 그러나 하워드 재피가 최고예요! 나는 그놈을 믿을 수가 없어요, 마티. 자기 꾀에 속는다니깐요. 제프리, 하워드 재피가 블랙한테 왜 산자를 경비원으로 두었는지 물었던 것 기억하죠?"

내가 말했다.

"오늘 아침에 그 녀석 아파트 앞에서 기다리는데 막 집에 들어오는 거예요. 그리고 '어, 전화하려고 했어요, 전화하려고 했어요,' 하길래, 내가 말했소, 이미 재판에 늦은 것 같은데 얼른 서둘러야 한다고. 블랙은 여기 오는 동안 차에서 계속 쿨쿨 자기만 했소."

마티가 말했다. 사무실 안의 사람들이 웃음을 터뜨렸다. 내가 말했다.

"아. 블랙이 들어오기 전에 누구를 기다리는 것처럼 제프리가 시계를 계속 쳐다보았던 이유를 이제 알겠네요."

"네, 우리는 마티가 그 사람을 데려오기를 기다리고 있었습니다."

"내가 오전 10시까지 블랙을 데리고 왔지 않소?"

"대단해요, 마티."

"걔네집 앞에 주차하고 블랙이 집에 오길 기다리고 있었을 뿐이오. 난 걔가 전화를 안 할 줄 알고 있었소."

"마티, 상 줘야겠네요."

내가 말했다. 마티가 웃었다.

폴은 알버트의 증언이 어땠는지 궁금해했다. 나는 그의 기억력이 엉망이라고 투덜거렸다. 산자가 밴 열쇠를 오후 5시에 준 것이랑 5시 30분에 준 것에는 큰 차이가 있는 것 아닌가. 어떻게 그렇게 시간에 무감각할 수 있단 말인가? 원래 경찰에서 말했던 대로 왜 오후 5시 30분이라고 하지 않았는지? 그의 퇴근 시간인 6시에 가까워 산자가 그에게 열쇠를 줬다고 했다. 그런데도 산자가 열쇠를 준 시간이 오후 5시일 수 있다는 것은 멍청한 소리다. 아니, 오후 5시와 6시는 엄연히 다른 것인데도 말이다. 폴이 말했다.

"걔가 사고칠 줄 알았소."

제프리는 알버트는 어쨌거나 믿을 만한 증인이 아니라고 했다.

"나는 알버트의 증언에 신경 안 씁니다. 중요한 것은 산자가 열쇠를 갖고 있었고, 알버트에게 열쇠를 주었다는 것입니다. 그리고 시간에 관해서는 더 정확하고 분명한 사람을 찾도록 해야 합니다. 알겠지요?"

제프리의 사무실에서 샌드위치를 먹고 우리는 법정으로 돌아갔다.

50대 후반에서 60대 초반으로 보이는 키가 크고 마른 남자, 자마이카 이주 노동자 허버트 맥크레이가 법정으로 들어와 증인석에 섰다. 걸음걸이는 신중했고 자세는 반듯했다.

11월 5일, 맥크레이는 오후 6시 10분 전에서 15분 전 사이에 퍽 빌딩에 일을 하러 갔다. 그는 평소와 같이 피고인이 오후 6시 5분경에 퇴근하는 것을 보았다.

"빌딩의 정문을 제외하고 다른 문들은 모두 오후 6시에 잠겨요. 그래서 나는 산자가 오후 6시나 6시 5분쯤에 정문으로 퇴근하는 것을 보았습니다."

맥크레이가 말했다. 산자가 퇴근을 하면서 "아침에 봐요."라고 말했다고 했다. 그런데 피고인이 오후 7시 10분쯤 다시 빌딩으로 돌아와서는 노크를 했다. 그가 작은 **여행** 가방을 하나 두고 갔다고 그것을 찾으러 왔다는 것이다. 산자는 빌딩 뒤쪽에 있는 계단으로 내려가서 지하 물품 보관함으로 갔다. 15분 정도 지난 후, 산자가 맥크레이가 일하고 있는 정문에 있는 계단으로 돌아왔다. 피고인은 2개의 가방을 들고 있었다고 했다. 작은 **여행** 가방과 손잡이가 2개 달린 크고 빨간 비닐봉지였다고 했다. 그것이 맥크레이가 산자를 본 마지막 모습이었다.

— 빨간 봉지! 그건 메트로폴리탄 미술관의 것이다!

맥크레이는 피고인이 다음날 아침 교대하기로 되어 있었는데, 오지 않았다고 했다.

"마이클 블랙이 내려와서는 날 더러 아침 9시까지 일할 수 있냐고 물어봤어요. 그러나 나는 토요일 오후까지 내내 일해야 했습니다."

하워드가 반대 심문을 했다.

"맥크레이 씨, 11월 5일에 산자를 정확히 몇 시에 보았는지 확신하는 것은 아니지요?"

"오후 6시 5분경이에요. 그보다 늦게는 아닙니다."

"그리고 그 시간이 보통 그가 퇴근하는 시간이죠, 맞습니까?"

"보통은 그렇습니다."

"그리고 그가 퇴근했을 때, 작은 여행 가방을 들고 갔죠, 맞습니까?"

"항상 가방을 하나 들었어요."

"출근할 때 가방을 하나 들고 오고, 퇴근할 때 가방을 하나 들고 나가지요, 맞나요?"

"처음에 나갈 때는 가방을 들고 있지 않았습니다."

"잊었다고 하지 않았나요?"

"한 시간쯤 후에 들어오더니, 가방을 두고 갔다고 했어요."

"그런데 그날을 제외하고 다른 날은 항상 가방을 들고 퇴근했지요, 맞습니까?"

"네."

"그렇다면 그날은 깜박하고 가방을 놓고 나왔다가 다시 들어가서 다시 가방을 들고 퇴근했어요. 맞나요?"

"가방을 두 개 들고 퇴근했습니다. 작은 가방이랑 빨간 비닐봉지를 양손에 하나씩 들었습니다."

"오후 6시 5분쯤에 그를 봤다는 거지요?"

"네, 그쯤입니다."

"그리고 그가 10분인가 15분인가 지나서 다시 돌아왔다고요?"

"1시간 후에 돌아왔습니다."

"한 시간이요?"

"네. 오후 7시 15분 정도였습니다. 오후 7시 막 지났을 때랑 7시 15분 사이입니다."

"오후 8시였을 리는 없나요?"

"그럴 리가 없습니다."

"확신합니까?"

"네."

"나는 증인의 기억에 대해서 묻고 있는 것입니다. 증인은 피고인이 주간 경비원이었다는 사실을 정확하게 기억하고 있지 못하는 것 같습니다. 맞습니까?"

"나는 그를 주간 경비원으로 기억합니다."

"정말로 기억한다고요?"

"네."

"오늘 기억하시는 것보다 2년 전에 기억한 것이 더 정확하지 않나요?"

"변동이 있을 수는 있겠지요. 그러나 그가 돌아왔을 때는 분명히 오후 7시 10분이나 15분이었어요. 그보다 늦었을 리 없습니다."

"그가 언제 퇴근을 했지요?"

하워드 재피가 다시 질문을 반복했다. 나는 이를 꽉 깨물었다. 언제까지 저 남자는 똑같은 질문만 할 것인가? 맥크레이 역시 기분이 안 좋은 것 같았다. 그래서 격앙된 목소리로 말을 했다.

"그는 오후 7시 10분이나 15분에 왔습니다. 언제라고 콕 집어 말하기에는 시계를 내내 보고 있었던 게 아니라 무리가 있지만, 그 근방이었습니다. 어떻게 그 근방인 줄 아냐고요? 오후 8시에 저녁을 먹는데, 그때는 내가 아직 저녁을 안 먹은 때였으니까요!"

제프리가 어깨를 들썩했고 하워드를 쳐다보며 씩 웃는 것을 감추려는 듯이 몸을 돌렸다. 하워드는 얼어붙은 채로 서 있었고, 잡히지 않는 공기를 잡으려는 듯 손을 들고 있었다. 침묵이 길게 있었다. 하워드가 다시 물었다.

"알았습니다. 그렇다면, 오후 7시 30분경이었다고 말하는 것은 어때요?"

"그렇게 늦게 아닙니다. 오후 7시에서 7시 15분경입니다. 그때쯤에 그가 돌아왔고 다시 나갔습니다."

맥크레이가 다시 대답했다. 이제 그는 좀더 차분해져 있었다. 그리고 하워드는 더 이상의 반대 심문을 포기했다. 맥크레이는 증인석에서 내려오면서도 눈빛이 흔들리지 않았다. 그는 산자, 제프리, 하워드 그 누구도 쳐다보지 않았다. 그는 곧장 출구로 나가더니 성큼성큼 걸어서 나갔다. 그는 내가 앉아 있는 통로를 지나서 갔다. 다음 증인은 존 브레넌 경감이었다. 그가 바로 '엘리자베스 가에 있는 주차장에 여성의 시신이 있다'는 무전을 받은 경찰관이었다. 브레넌과 그의 동료인 존 피니는 오후 7시 15분에 그 무전을 수신하고 1분도 채 지나지 않아 가장 먼저 범죄 현장에 간 사람이었다.

"우리가 도착했을 때……동양 여인이 왼편으로 누워 있는 것을 보았습니다. 바지는 발꿈치까지 내려와 있었어요……. 그리고 속옷이 무릎에 내려져 있었습니다."

브레넌은 유감스럽다는 듯이 부드러운 목소리로 중얼거렸다. 그 목소리는 모범 경찰관 상을 수차례 받은 거구의 경찰관으로부터 들을 수 있는 바리톤이 아니었다. 그리고 그의 목소리는 잘 들리지 않았다. 그는 커다란 갈색 눈을 이따금씩 끔뻑거렸다. 그러나 그의 말을 듣기 위해서 내가 특별하게 집중할 필요는 없을 정도의 크기였다.

"아직도 피해자가 살아 있는지 살펴보기 위해서 다가갔습니다. 심장 맥박이 뛰는지 살펴보았는데, 멈춰 있었습니다. 숨도 쉬고 있지 않았습니다."

"호흡이 멈춰 있었습니까?"

제프리가 물었다.

"호흡이 없었습니다."

브레넌이 말했다. 그리고 한숨을 내쉬듯 단어들을 내뱉었다.

그는 다시 한 번 깊은 한숨을 쉬었다. 이제 나는 확실히 알았다. 테레사는 숨을 쉬지 않는다. 지하 감옥에 그녀의 장갑과 눈물, 핏자국이 있었다. 모든 증거는 그곳에 있었다. 그런데, 브레넌의 증언은 그 모든 것들보다 더 크게 와 닿는다. 그가 테레사의 맥박을 짚어 보았고 호흡 소리를 들었는데, 맥박은 없었고 호흡도 없었다고 한다. 더 이상 테레사는 발레리와 수다를 떨지 않는다. 테레사는 5번 가 버스를 더 이상 타지 않는다. 이제 테레사는 기억에 불과할 뿐이다.

여기서 판사는 그날의 일정을 끝냈다. 브레넌 경감은 그날 밤에 관한 그의 기억을 증언하고 녹초가 되어 증인석에서 내려왔다. 사건 현장에서 여러 방향으로 셀 수 없는 사진들을 찍었을 것이다. 그는 그녀의 옷가지들, 빨간 코트, 두 개의 스웨터, 바지, 스카프, 판이 깨진 타이멕스 시계, 부츠 한 짝 등을 찍었다. 그는 그때의 기억에 짓눌려 창백해 보였다. 그는 통로를 걸어 나갔다. 나는 푸른 재킷을 걸치고 있는 산자를 쳐다보았다. 그는 판사의 자리 왼쪽에 나 있는 흰색 문을 통해 법정을 나갔다. 하워드가 그를 뒤따라갔다. 제프리는 어머니가 이런 고통스러운 경험을 해야 하는 것에 대해 미안해했다.

"괜찮아요."

어머니가 말했다. 그러나 어머니는 괜찮지 않았고, 모든 사람들은 그녀가 괜찮지 않음을 알 수 있었다. 우리는 어머니의 건강에 대해 이야기했다. 왜냐하면 브레넌 경감의 주차장 이야기에는 더 이상 관심을 두고 싶지 않았기 때문이다.

"이런 심문이 더 있나요?"

나는 제프리에게 물어봤다. 제프리는 아무 말도 하지 않았다. 하지만 조용히 찡그리는 얼굴이 암시하는 것은 너무도 명백했다. 나는 그게 필요악이라고 생각했지만 굳이 입 밖에 꺼내진 않았다. 그리고 어머니가 얼마나 더 버틸 수 있을지 걱정이 되었다.

"이렇데 듣기 괴로운 증언이 다시 나오게 될 경우에는 미리 알려 주십시오. 너무 험한 부분은 어머니가 감당하기 힘들 것 같습니다."

"그럼요, 미리 알려 드리겠습니다."

"아니야, 괜찮아요."

어머니가 말했다.

"무슨 일이 있든지 간에 난 이곳에 있어야 한다."

어머니의 날카로운 눈빛이 굳건한 다짐을 나타내고 있었다. 나는 걱정이 되었지만, 어머니는 막무가내였다. 나의 더러운 손톱을 깎아 주고 내가 집에 도착할 때까지 저녁 식사가 식지 않도록 해주던 그런 사람이 아니었다.

어머니는 핸드백을 꽉 잡고 있었다. 까맣고 반짝이는, 그녀가 제일 좋아하는 핸드백이었다. 그녀의 눈동자도 빛났다. 내가 한 번만 말을 더 하면 어머니는 나를 혼낼 기세였다. 나는 무슨 말을 하려다가 입을 다물었다. 어떤 것도 말이 되질 않았다. 할 말이 없어서 나는 두 손을 뒷주머니에 집어넣고 네안데르탈인처럼 서 있었다.

"오빠, 차라도 한 잔 마시면서 이야기해."

어머니를 팔로 감싸 안으며 버나데트가 말했다.

산자 누나의 증언

조이 산자의 누나 테레사 마니에리 산자에게 산자는 여전히 하나밖에 없는 남동생이었다. 그가 늘 여러 가지 문제를 일으켰지만, 산자가 열두 살이 되었을 때 부모의 이혼으로 어머니가 캘리포니아로 이사 갈 때까지 그들은 브루클린에서 함께 자랐다. 그의 누나는 그녀의 아버지와 함께 브루클린에 머물렀다. 그리고 어머니를 따라간 산자가 브루클린에 올 때마다 5, 6년에 한 번씩 만날 뿐이었다. 그는 1982년 9월에 갑자기 그녀의 문 앞에 나타났다. 그는 머무를 곳이 필요하다고 했고, 그녀는 그녀의 작은 브루클린 아파트에 묵게 했다. 아파트에는 이미 룸메이트 캐시 필빈과 그녀의 남동생 피터 필빈이 있었다. 하지만 그녀는 별로 상관하지 않았다. 산자가 남동생이었으니까. 그녀는 산자를 위해서 거실의 소파를 침대로 바꾸었다. 그녀는 그가 그동안 무엇을 하고 지냈는지, 어디서 지냈는지 물어보지 않았다. 그녀는 그 질문들을 했다손 치더라도, 좋은 대답이 돌아오지는 않을 것이라는 걸 알고 있었다. 그가 그녀에게 진실을 말했다고 가정한다면

말이다. 그 진실은, 그가 플로리다 검찰의 수배 대상이라는 사실
이었다. 그는 '신사적인 강간범'이며, 도망자였다. 그래도 그녀는
그에게 불리한 증언을 할 수 있을 만큼의 양식이 있는 태도를 가
진 여성이었다. 그녀는 법정에서 1982년 11월 5일에 보았고 들었
던 것에 대해서 말했다. 남동생에게 불리한 증언을 한다는 생각
자체가 그녀를 우울하게 한 것 같았다.

"그는 나의 남동생이에요, 그는 나의 남동생이에요."

그녀는 반복했다. 마티 형사는 그녀가 증언에 나올 수 있도록
몇 시간 동안 그녀를 설득하고 위로했다.

"네, 알고 있소. 그래서 모든 게 힘들 거란 거, 잘 알고 있소."

결국, 그녀는 증언을 하는 데에 동의했다.

"어쩌면 이걸로 산자가 정신 차릴지도 몰라요."

그녀는 법정으로 나갔다. 그녀는 미소를 짓지도 않았고 화를
내지도 않는 30대 초반의 예쁜 여성이었다. 그러나 그녀는 증인
석으로 가기 위해 집행관을 따라가면서 고개를 숙인 동생 산자를
보고 괴로워하는 표정을 지었다. 그녀의 우울한 갈색 눈이 그 슬
픔을 내보였다. 그녀는 산자 곁을 지나가면서 잠시 멈추는 듯했
다. 그녀는 남동생과 인사를 나누기를 원했는지, 무엇인가를 말
하고 싶어 하는 것처럼 보였다. 산자는 분노에 찬 눈을 깜빡이며
정면을 바라보고 있었다. 법원 서기가 서약 선서를 하라고 했을
때에도 그녀는 산자를 계속 쳐다보고 있었다. 그녀의 매듭 같은

눈썹과 촉촉한 눈망울이 그에게서 이해를 구하는 것 같았다. 왜 그녀가 이곳에 있는지, 왜 그녀가 이런 행동을 해야만 하는지에 대해서.

방청객들은 그녀와 산자 간의 긴박함을 눈치챈 것 같았다. 그리고 그들은 그녀의 이름을 들었다. 그녀는 '테레사 산자'라고 말했다. 배심원들은 고개를 끄덕였고 몸을 앞으로 기울였다. 테레사는 증인석 의자에 기대었고, 다리를 꼬고 앉아서 제프리의 질문에 대답했다. 제프리가 말했다.

"미스 산자, 나는 계속 목소리를 좀 높여 달라고 부탁할 것입니다. 나를 향해서 크게 말해 주십시오. 그래야 배심원단에 있는 사람들도 이야기를 들을 수 있을 겁니다. 아시겠지요?"

그녀는 고개를 끄덕였다. 하지만 그녀의 목청은 가늘었다. 그녀가 더 크게 말할 필요는 없었다. 법정에 있는 모든 사람들은 앞으로 몸을 기울이고 그녀의 목소리에 귀를 기울이고 있었다. 그녀가 남동생을 손가락으로 가리키며 신원 확인을 하자 법정은 더 조용해졌다.

1982년 11월 5일, 그녀는 밤 10시에서 10시 30분 정도에 집으로 돌아왔다. 산자가 그녀에게 서튼스 클럽이나 비슷한 업타운 클럽의 디스코 파티를 갈 예정이므로 차를 사용해도 되는지 물었다. 그가 거기에서 친구를 만난다고 말했다. 이어서 그녀가 제일 두려워한 그 순간이 찾아왔다.

제프리가 그녀에게 물었다.

"그렇다면, 대화하는 중에 피고인에게서 어떤 이상한 점을 발견할 수 있었습니까?"

모든 사람들이 그녀가 말하는 것을 들으려고 고개를 쭉 뺐다.

"동생은 새끼손가락에 반지를 끼고 있었어요."

새끼손가락. 그녀가 그 말을 했다, 그녀가 한숨을 내쉬었다. 그녀는 그녀의 남동생이 고개를 푹 떨구고 양쪽으로 흔드는 것을 보았다. 산자가 계속해서 머리를 흔들었다. 자신이 들은 것을, 혹은 그녀가 말했던 것을 부인하는 것처럼.

"이전에 그 반지를 보신 적이 있나요?"

"아니요."

"그 반지가 인상에 깊었습니까?"

"네, 정말 아름답다고 생각했어요."

"그가 어디에서 그 반지가 생겼는지 물어보았습니까?"

"그가 일하던 곳 근처 가판대에서 샀다고 말했어요."

제프리가 카트로 가더니 반지를 꺼내었다. 그것은 리처드의 반지였다. 그녀가 반지를 보더니 말했다.

"이 반지는 가운데에 빨간 원석이 있고 두 개의 검은 원석이 바깥쪽에 있습니다. 내가 보았던 것은 검은 원석이 가운데에 있고 빨간 원석이 바깥에 있었어요."

그녀는, 그 반지가 자신이 보았던 반지와 디자인이 같다는 말도 했다. 제프리가 말했다.

"재판장님. 검찰은 해당 반지를 증거로 제출합니다."

하워드는 제프리가 그녀를 심문하는 도중 수도 없이 이의를 제기했고, 판사가 이의를 기각하자 턱이 바닥으로 떨어진 것처럼 보였다. 하워드가 항의를 하려고 팔을 벌렸고, 집행관이 반지를 가져가서 증거 번호를 붙이는 것을 쳐다보았다. 하워드의 항의에도 불구하고, 리처드의 반지는 증거로 받아들여졌다.

토요일 아침, 그녀는 산자가 금요일 밤에 어디 있었는지에 대해서 산자와 이야기를 나눴다고 했다. 그는 디스코클럽에 가지 않았고, 맨해튼에 갔다가 다시 돌아왔다고 했다. 토요일, 그녀와 캐시 필빈은 브런치를 먹으러 갔다. 그리고 그때가 산자를 아파트에서 본 마지막 순간이었다고 했다. 산자는 아파트에서 사라졌고 어떤 말도 남기지 않았다. 산자와 함께 냉장고 안에 보관해 둔 1천 달러와 몇 개의 보석이 사라졌다. 그들은 그 돈 봉투가 도둑이 발견하기에 어려운 곳에 있다고 생각했지만, 산자는 그 봉투가 어디에 있다는 것을 알고 있었다. 일요일 오후가 되자, 그들은 그 절도가 산자의 소행이라는 것을 알았다. 테레사는 마음의 상처를 받았다. 만약 그가 그녀에게 돈을 달라고 했으면 얼마든지 줄 수 있었는데, 그 기회조차도 산자는 빼앗아 갔기 때문이었다. 그녀는 이유를 알고 싶었다. 왜 그가 그녀에게 이런 짓을 했는지.

그녀는 그와 이야기를 해보고 싶었지만 도대체 그가 어디에 갔는지 알 수 없었다. 필빈이 월요일에 일하러 갔고, 산자가 일자리에도 오지 않았다는 것을 알려 주었다. 그 빌딩 근처에 경찰들이 진을 치고 있다고 했다. 그녀는 산자가 또 문제를 일으켰다는 것을 알았다. 그녀는 결국 몇 개월이 지나서 감옥에 갇힌 그와 이야기를 했다. 그녀가 플로리다에 가서 교도소에 수감 중인 동생을 면회했다. 그는 그녀의 물건을 훔쳐서 '미안하다'고 했다.

그리고 이제 그녀는 그녀의 남동생을 법정에서 마주하고 있으면서, 낯선 사람들에게 산자가 새끼손가락에 낀 반지와 그가 훔쳐간 돈에 대해서 이야기를 하고 있는 것이다.

3

gninrom txen gnidnif
drah saw dloc saw   otni etib

We openend our mouths onebyone
snowflakes

awake

was

no one

—Theresa Hak Kyung Cha

일치하지 않는 과학적 증거들

증언을 마치고 법정을 나간 테레사 산자의 구두 소리가 복도에서 울려 퍼진다. 산자는 뻣뻣하게 긴장된 어깨와 꽉 쥔 주먹 외에는 아무 반응도 보이지 않는다. 그의 눈꺼풀은 다시 심하게 떨렸고, 그의 입은 꽉 닫혀 있었다. 텅 빈 복도에 또각거리는 그녀의 힐 소리가 멀어졌다. 산자는 그의 과거를 드러내는 사람이 사라지자 한시름 놓은 것처럼 보였다. 그녀의 증언이 대단한 것은 아니었다. 그녀는 단순하게 그녀가 그날 밤 보았던 것과 들었던 것을 말했다. 2년 후 법정에서 그 이야기를 반복할 것이라고는 둘 중 어느 누구도 상상하지 못했을 것이다. 테레사 산자에게는 고통스러운 재회였다.

나는 과학적 증거가 남아 있다는 것을 알고 있었고, 그 과학적 증거들이 단번에 모든 문제를 해결해 버리기를 기대했다. 그러나 과학적 증거가 별다른 쓸모가 없게 된 상황이 벌어졌다. 대조적으로, 과학은 시간이 지날수록 산자에게 유리한 것처럼 보였다. 나는 이 과정이 가장 견디기 어려웠다. 과학적 증거를 확인해 줄 첫 번째 증인은 뉴욕 경찰의 화학자인 제임스 파바였다. 그의 직업은 범죄 현장과 관련이 있는 다른 것들과 함께 먼지, 페인트, 지푸라기 샘플들을 분석하는 일이었다. 그는 시신에 먼지, 페인트, 지푸라기가 있었다고 했다. 그는 폴 페이스 형사의 요청으로 그것들을 분석했다. 그는 또한 퍽 빌딩과 밴 차량에 있던 먼지, 페인트, 지푸라기 샘플도 분석했다.

제임스 파바가 수백 개의 샘플 채취, 현미경 관찰 등을 포함한 길고 긴 절차들에 대해서 설명을 하자 나는 심장이 뛰기 시작했다. 아하, 정말 어려운 것이 나오는구나. 진짜 증거. 화학자는 먼지, 페인트, 지푸라기가 일치한다고 할 것이다, 세 개 모두. 테레사 몸에 묻은 지푸라기, 퍽 빌딩의 지푸라기, 밴에서 발견된 지푸라기. 그는 먼지와 노란 페인트가 모든 부분에서 일치한다고 할 것이다. 제프리가 화학자한테 물었다.

"퍽 빌딩 지하의 먼지 샘플과 피해자의 시신에서의 샘플을 비교하여 과학적 확신의 합리적인 수준에 이른 결론을 도출하였습니까?"

"그것들은 같지 않았습니다."

같지 않았다고? 그가 방금 같지 않았다고 말했다. 하워드 재피 역시 그 대답에 대해 알고 싶어 했다. 그가 끼어들었다.

"일치하지 않았다고 했습니까?"

"네."

일치하지 않았다니? 그게 말이나 되는가? 그렇다. 말 실수일 것이다. 일치하지 않는 것이 아니다.

페인트 역시 일치하지 않았다. 그러므로 확실한 증거에 대한 나의 희망은 사라져 버렸다. 모든 검사 결과는 음성이었다. 그 화학자는 계속해서 "일치하지 않았습니다."라는 말을 반복했다. 하워드가 반대 심문을 위해서 일어났다. 그는 기분 좋아 보였다. 그 모습을 보고 있자니 나는 더 걱정이 되었다. 변호사는 그 화학자를 물고 늘어졌다. 그리고 화학자가 "일치하지 않습니다."라는 말로 답할 수 있도록 질문의 방식만을 바꾸어 계속 물었다. "일치하지 않습니다."라는 말을 적어도 100번은 더 들은 것 같았다. 그러고 나서 그는 변호인석에 앉으면서 제프리에게 으스대는 표정을 지었다. 그러나 제프리는 신경 쓰지 않는 것처럼 보였다. 그리고 그는 재심문을 위해 일어나더니 파바에게 물었다.

"5인치나 6인치 떨어진 곳처럼 아주 가까운 곳에서 먼지를 채취하여도 그 두 먼지가 일치하지 않는 것으로 나타날 수 있습니까?"

"네."

"그리고 지푸라기 한 묶음 안에도 여러 가지 다른 종류의 지푸라기가 들어 있을 수 있고, 한 묶음인데도 불구하고 일치하지 않는 종류의 지푸라기가 있을 수 있나요?"

"네."

지금 제프리가 뭘 하고 있는 건지 난 혼란스러웠다. 그는 전문가를 데려다놓고 그의 주장을 강화하려고 하는 것처럼 보였지만, 그 전문가는 제프리가 원하는 어떤 답도 해주지 않았다. 제프리의 다음 증인은, 미소와 반짝거리는 검은 머리카락을 지닌 키가 작은 여성이었다. 그녀는 자신감 있게 그녀가 뉴욕 경찰의 화학자라고 말했다. 그녀의 전문 분야는 모발과 섬유 조직에 대한 분석이었다.

이 모발 전문가는 모발 실험 분석 과정에 대해서 설명하였다. 모발은 기본적으로 3가지로 구성되어 있다고 했다. 모피, 바깥 표면의 모수와 중심부의 피질, 모피와 모수 간 물질.

"모피는, 모발의 바깥 표면입니다. 지붕 위의 널빤지처럼 보입니다. 한 층 위에 다른 층이 있습니다. 모피는 두께, 날카로움, 모서리의 매끈함 정도에 차이가 있을 수 있습니다. 피질은 색깔에 관한 정보를 줍니다. 왜냐하면 이것이 머리카락의 색소가 갈색, 적색, 흑색이든지 간에 그 색소를 볼 수 있는 곳이기 때문입니다. 우리는 또한 모수, 중심부 부분도 살펴보았습니다. 이것은 모발 가운데 핵심으로, 머리카락의 통로와 같은 곳입니다. 불연속적일 수 있고, 존재하거나 존재하지 않을 수도 있습니다. 모발로부터 우리는 인종과 같은 정보를 알 수 있습니다, 몽고인, 흑인, 백인 등등. 그 모발이 몸의 어느 부분의 것인지도 알 수 있습니다. 머리카락, 음모, 체모……. 우리가 관찰하는 모발이 다른 사람의 모발과 비슷한지에 대해서도 판단할 수 있습니다. 왜냐하면 그 모발은 그 사람의 것일 수도 있고, 그 사람의 것이 아닐 수도 있기 때문입니다."

증인은 모발 검사에 대해서 상세하게 설명을 해주었고, 설명은 계속 됐다.

제프리가 그녀에게 물었다.

"머리카락이 머리에서 자연스럽게 떨어지거나 긁어서 떨어지는 것이 흔히 있는 일입니까?"

"머리카락은 보통 떨어집니다, 그렇지요."

"음모 역시 마찬가지인가요?"

"그렇습니다."

"탈모는 자연적인 과정이군요. 때때로 다시 모발이 나기도 하고, 다시 모발이 나지 않는 경우도 있습니까?"

"모발이 충분히 자라면 떨어집니다."

"그렇다면 어떤 장소를 상정하고, 예를 들면 이 방과 같은 곳이요, 만약 자세히 살펴본다면, 이 방 근처에 셀 수 없이 많은 머리카락을 발견할 수 있다는 말을 할 수 있는 것인가요?"

"네, 그렇습니다."

"그리고 어떤 옷 위에, 그것이 나의 재킷이든지 혹은 당신의 원피스이든지 간에, 만약 자세히 살펴본다면 거기에서도 머리카락을 발견할 수 있습니까?"

"아마도 그렇습니다."

"이제, 해당 사건과 관련해서 묻겠습니다. 모발 샘플을 받으셨습니까?"

"나는 몇몇 옷가지를 받았어요……. 스웨터였어요."

"그렇다면 스웨터도 검사해 보셨나요?"

"검사 중에, 그 스웨터에서 머리카락을 발견하였습니다."

"그렇다면 그 이후에, 머리카락이 어떤 인종의 것인지 발견했습니까?"

"네, 그렇습니다."

"그 인종은요?"

"몽골 타입이었습니다."

"이제, 스웨터에서 채취한 몽골 타입 모발과 피해자의 머리카락 샘플을 비교했습니까."

"네, 그렇습니다."

"만약 그렇다면, 과학적 확신이 합리적인 정도에 이르렀다고 할 수 있는 정도로 어떤 결론을 내렸습니까?"

"스웨터의 머리카락이 테레사 차의 머리카락과는 일치하지 않는다는 것입니다."

테레사의 것이 아니라니. 몽골 타입의 머리카락이지만 테레사의 것은 아니다. 무슨 검사가 그런가. 결국 모발 검사는 먼지 검사나 지푸라기 검사보다 더 뛰어나다고 할 수 없었다. 화학자는 아마도 바로 옆에 있는 머리카락끼리도 일치하지 않을 수 있다고 할 것이다. 무슨 검사가 이런가.

"스웨터에서 음모를 발견하셨다고도 했습니다. 맞습니까?"

제프리가 화학자에게 물었다.

"네, 그렇습니다."

화학자가 대답했다.

"음모가 어떤 인종의 것인지 확인했습니까?"

"네, 그렇습니다."

"어떤 인종이었습니까?"

"백인의 것이었습니다."

"백인의 음모와 피의자의 음모와 비교하셨습니까."

"네, 그렇습니다."

머리카락 전문가는 계속해서 증언했다. 뉴욕에 있는 머리카락 수만큼이나 많은 실험을 한 것처럼 보였다. 그리고 그것들은 모두 일치하지 않았다. 하워드는 능글맞게 웃으면서 화학자를 반대 심문했다. 그가 단순하게 그녀에게 물어봤다.

"스웨터에서 채취한 것, 그리고 피해자로부터 채취한 것과 산자 씨로부터 채취하여 당신에게 제출된 모든 음모가 일치하지 않는다고 말한다면 이것이 말이 되는 것인가요?"

"네."

"그렇다면 스웨터에서나, 퍽 빌딩에서나, 혹은 다른 어느 곳에서 채취하여 검찰이 당신에게 제출한 그 어떤 머리카락도 일치하지 않는다고 말해도 되겠습니까?"

"네, 그렇습니다."

하워드 재피는, "감사합니다." 하고 앉는다. 그가 앉으면서 제프리를 쳐다본다. 상대방의 점프슛을 막 막아 낸 농구 선수와 같은 표정이다. 제프리는 하워드의 행동에 신경 쓰지 않았다. 머리카락 전문가의 차례가 지난 후 쉬는 시간에, 제프리가 나에게 설명해 주었다.

"과학적 증거는 이번 사건에서는 별다른 역할을 하지 못할 것입니다. 나의 계획은 모든 전문가들을 증인석에 앉혀서, 증거들의 과학적 측면에 대해서 무효화하는 겁니다. 과학적인 것들을 모두 다 꺼내서 펼쳐 놓고 난 뒤에 나는 배심원들이 사회적 상식이나 논리에 더 집중하게 하고 싶습니다."

"나는 당신이 과학적 증거로 산자를 공격하려고 하는 줄 알았습니다. 그런데 잘 풀리지 않는 것 같아서 걱정했습니다."

"전혀 아닙니다. 걱정할 필요가 없습니다."

나는 제프리가 배심원단들을 과학적 증거보다 사회적 상식과 규칙, 논리에 집중하게끔 하려는 의도가 들어맞기를 기도했다. 하워드는 증인으로 나온 지문 전문가 제임스 퍼거슨 형사를 들들 볶았다. 뉴욕 경찰에서 1천 건도 넘는 사건에서 1만 개도 넘는 지문을 검사해 보았던 전문가인 퍼거슨 형사는 종이, 가죽 혹은 다른 의복에서 지문을 추출하는 것이 얼마나 어려운지에 대해 설명을 지루하게 했다.

"피해자의 타이멕스 시계는 어떤가요, 그거 검사해 봤습니까?"

하워드 재피가 소리 지른다. 그리고 그는 시계의 투명한 표면이 지문을 추출하기에 좋지 않으냐며 이에 대하여 물어본다. 퍼거슨 형사는, 방어적인 태도로, 유리가 지문을 판독하기에 좋은 물질이기는 하지만, 타이멕스 표면은 너무 작아서 지문을 전부 다 보여 주기에는 어렵다고 한다. 기껏해야 부분적인 지문만 추출할 수 있다는 것이다. 하워드는 퍼거슨의 방어적인 태도를 감지했다. 그가 형사에 대해서 질문 공세를 하면서 뉴욕 경찰의 허술함에 대해서 거듭 공격했다. 그 공격으로 배심원단은 퍼거슨이 책임을 져야 할 부분이 있다고 생각하게 할 정도였다. 혈액 증거는 섬유 조직, 지문, 모발의 결과나 다를 바 없었다. 로버트 쉘러 박사는 혈청학 책임자였고, 상당한 경력을 갖고 있었다. 쉬지도 않고 7분 내지 8분 동안을 자신의 경력 사항에 대해서 말하였다. 그의 학위와 논문, 전문적인 업적도 대단했다. 제프리가 그가 어려운 형사 사건을 해결하는 데에 '놀라운 일들'을 했다고 내게 말했다. 그리고 나는 그의 모든 단어에 집중하게 되었다. 그는 혈액, 정액, 타액에 관해 자신의 인생을 다 바친 것처럼 보였다. 박사는 경력 사항의 발표를 미소와 함께 마치더니, 그의 하얗고 가지런한 치아를 보였다. 방청객들은 길게 숨을 내쉬었다.

판사가 미소를 짓더니, 우스갯소리로 말했다.

"전문 증인으로서 충분한 자격을 갖추신 것 같습니다."

사람들은 판사의 유머 감각을 칭찬하는 듯 빙그레 웃었다. 혈청학 박사는 그가 기호와 상징들로 알고 있는 인생의 비밀들을 알려 주었다.

"……피해자는 A-1 혈액형, PGM 유형 1, 1 플러스, 1 마이너스를 갖고 있었습니다. A형에 속하는 사람들 중 40%입니다."

혈청학 박사는 나를 깜짝 놀라게 만들었다. 그리고, 바보처럼 나의 심장은 다시 뛰기 시작했다. 어떤 결정적인 과학적 증거가 있기를 기대하였다. 나는 더 잘 알았어야 했다. 그런 결정적인 증거는 현실에서는 나타날 리 없다는 것을.

산자가 쓰던 경비원 모자에 있었던 혈액 흔적과 관련해서, 그는 "그것이 피해자의 혈액일 것이라고 95% 확신했었다."고 말했다. 그러나 그는 혈액형을 확인할 수 없었다. 모자 위의 혈액 흔적만으로는 검사를 하는 데 충분한 양이 아니었다.

"혈흔 중 하나는 A형으로 범주화할 수 있을 것입니다."

"그리고 피고인과 피해자는 모두 A형에 속합니다, 맞습니까?"

"네."

제프리가 물었다.

"다음 단계로 나아가실 수 있겠습니까. 그러니까 내 말은 A형에 속하는 것을 다른 유전적 요소들로 세분화시키실 수 있습니까?"

"아니오. 긍정적 결과를 찾아낸 해당 실험에 모든 샘플이 사용

되었습니다. 역시 거기에도 충분한 양의 샘플이 없었습니다."

그 후 정액과 관련된 정말 짜증나는 이야기들이 계속되었다. 그 박사의 증언에 집중해서 듣는 일은 힘이 들었다. 내 머릿속에는 폭력적인 잔상이 가득 찼고, 지하층에서 날카로운 비명이 들리는 것 같았다 나는 쉘러 박사의 목소리를 소거시켰다. 나는 그렇게 해야만 했다. 과학적 정확성에 대한 나의 기대는 사라졌다.

실크 블라우스

나는 뒷목이 뻣뻣했고 불에 덴 듯 욱신거렸다. 하워드는 배심원들 사이에서 어느 정도 의심을 만들어 낸 것 같은 분위기였다. 나는 뒷목을 쓰다듬으면서 배심원들을 쳐다보았다. 그들은 긍정적이지도 부정적이지도 않는 무관심한 표정이었다.

저들은 무슨 생각을 하는 것일까?

젊고 마른 남자가 법정으로 나와서 증인석에 앉았다. 그는 이름을 말했다.

"제프리 글래서입니다."

그는 더 많은 일치하지 않는 검사 결과에 대해서 말하는 또 다른 한 명의 실험실 기술자였다. 그리고 나는 그가 의사라고 하길래 놀랐다. 그는 너무나 젊고 겸손한 것처럼 보였다. 1982년에 그는 범죄 의학자 일을 시작했다.

제프리가 물었다.

"……그리고 1982년 11월 5일에 엘리자베스 가 주차장에서 있었던 살인 현장에 대해서 조사했습니까?"

"네."

제프리가 글래서 박사에게 사진을 보여 주면서 물어보았다.

"이 사진은 당신이 엘리자베스 가 주차장에 도착했을 때 관찰했던 그 현장을 명백하고 정확하게 묘사하고 있습니까?"

"네, 그렇습니다."

"그리고 범죄 의학자의 의무 중 하나로, 시신을 살펴보았습니까?"

"네, 살펴보았습니다."

"시신과 관련하여 보고서를 작성했습니까?"

"네."

"그리고 시신이 차가운지 따뜻한지, 혹은 그 당시에 시신의 온도에 대해서 판단을 했습니까?"

"그때, 시신은 아직 따뜻했습니다."

그가 말한다. 아직 따뜻했다고. 그가 손으로 그녀의 이마를 짚어 보았을 것이다. 그때 그녀는 여전히 따뜻했다. 그러나 그녀는 죽어 있었다고 그가 말했다. 그 말은 2시간 혹은 그 이전에 그녀가 죽었다는 것을 의미한다고 한다. 왜냐하면 시신은 호흡이 멈춘 뒤 2시간 혹은 대충 그 정도까지 체온을 지니고 있으니까. 내가 지금 바로 이 순간에 죽는다면, 나는 2시간 더 따뜻하게 있을 수 있겠구나.

글래서 박사는 증언을 끝내고 황급하게 법정을 떠났다. 그는 법정에서 나가면서 그의 낡은 운동화를 쳐다보았고 침묵의 눈길들을 피했다. 나는 그의 손을 만지고 싶었다. 그의 손을 잡을 수 있다면 나는 테레사의 따뜻함을 그를 통해서 만질 수 있을 것이다. 나는 그의 손을 잡고 싶은 충동을 억눌렀다. 젊은 의사가 내 마음을 이해할 수는 없을 것이다. 그는 범죄 의학자로서의 지식을 전달해 주려고 그곳에 있었다. 무엇보다도, 그의 말을 공식화하기 위해서 말이다. 그의 말이 갖는 최종적인 의미는 너무 견고하고 단호해서 내 안에 공허감을 남긴다. 내가 모든 걸 부정하고 싶은 마음을 두던 곳, 바로 거기. 거기에 진실이 스며들었다. 정말로, 테레사는 죽었다는 것이다. 그런데 따뜻했다니! 해가 지면 아주 어둡고 차갑지만, 땅은 잠시 동안, 밤의 차가운 기운이 땅을 식히기 전에는 따뜻한 것처럼.

휴식 시간, 법정 밖에서 어머니는 짧은 미소를 지으며 한숨을 내쉬었다. 어머니는 고개를 흔들고는 말했다.

"의사가 따뜻했다고 말하더구나. 테레사가 따뜻했다고."

나는 무기력하게 고개를 끄덕였다. 제프리가 법정에서 나오더니 나와 이야기를 하고 싶다고 했다. 내가 복도 끝으로 그와 함께 갔다. 그가 말했다.

"나바로가 다음 증인입니다."

"그가 누구죠?"

내가 물었다.

"시신 부검을 실시한 의사입니다."

나는 그 말이 의미하는 것을 바로 알아차렸다. 범죄 그 자체가 폭력적이었을 뿐만 아니라, 부검 보고서는 그보다 더했다. 나는 어머니가 그 고통을 견디기에 어려울 것이라고 생각했다.

"그래요, 제프리. 난 가족들 데리고 점심 식사 하러 갈게요."

"그게 낫겠습니다."

제프리가 말하고선 증인실로 걸어갔다.

"점심시간이에요, 여러분."

난 아무 일 없다는 듯 말했다.

"아니야, 짧은 쉬는 시간이야."

엘리자베스가 말했다.

나는 머뭇거리다가 말했다.

"그래, 알아. 그런데 다음 증인이 부검한 사람이래. 그래서 부검에 대해서 말할 거야. 어머니가 거기 있으면 힘들어요."

다들 아무 말이 없었다.

잠시 후 내가 계속 말했다.

"나는 이미 보고서를 읽어 봤어. 너무 잔혹해."

"아니다."

어머니가 고집을 피웠다.

"나는 그 안에 있어야 한다."

"어머니……."

버나데트가 말했다.

"오빠 말이 맞을 거예요. 나는 버틸 수 없을 것 같아요. 어머니한테도, 나에게도, 엘리자베스, 수잔, 노엘, 모두에게도 버거울 거예요."

어머니는 어떤 말도 하지 않았다. 어머니는 그녀의 검은 핸드백을 꽉 잡더니 마치 자신이 배신당했다는 양 나를 쳐다본다. 나는 애원한다.

"어머니, 사진보다 더 안 좋을 거예요. 브레넌의 증언보다도요."

어머니는 시선을 돌렸다. 엘리자베스가 말했다.

"나는 내가 버틸 수 없는 거 알아. 그러니까 우리 그냥 같이 점심 먹거나 차 마시러 가자."

어머니는 어떤 말도 하지 않았다.

노엘과 수잔이 말했다.

"나는 그 참혹한 장면은 포기할래. 나는 테레사의 좋은 기억만 간직하고 싶어. 그게 내가 테레사를 기억하는 방식이야."

나는 말했다.

"어머니, 제발 우리 말 좀 들어요. 내가 안에 있을게요. 리처드도 안에 있을 거예요. 제프리도 안에 있을 겁니다."

어머니는 입술이 새파래졌다. 그러고 나서 결심한 듯 말했다.

"알았다……. 그럼 밖에 있을게. 그런데 나는 여기 복도에 있을 거야."

"알았어요, 어머니, 좋아요. 나바로 증인 심문 끝나면 그때 우리 같이 식사하러 가요."

"우리가 어머니랑 있을게."

엘리자베스가 말했다. 그리고 버나데트, 수잔 그리고 노엘이 고개를 끄덕였다. 어머니가 꽉 쥐고 있던 손을 풀더니 검은 핸드백을 열어서 크리넥스 티슈를 꺼냈다. 어머니는 화장실로 갔다. 그녀의 걸음걸이는 흔들렸고 노엘과 버나데트가 어머니를 부축했다. 나는 담배를 꺼내서 불을 붙였다. 그리고 그들이 화장실로 가는 모습을 쳐다보았다. 어머니는 굳이 말로 하지 않았지만 법정 어딘가에 테레사를 버려두는 것처럼 느끼고 있었다. 난 이 방식이 낫다고 혼자 생각했다. 소중한 딸의 부검 결과는 건너뛰어야 했다. 한때는 따뜻했지만 더 이상 그렇지 않은 뼈와 인대만이 남은 그녀의 딸. 나바로 박사의 증언이 시작됐을 때, 나는 어머니가 그곳에 안 들어온 게 다행이라는 생각이 들었다. 뉴욕 주의 부검 담당 연구관으로서, 그의 주된 임무는 살인, 자살, 사건, 사고 등 부자연스러운 죽음을 부검으로 검토하는 일이었다. 그는 배심원들에게 부검이란 사체를 안팎으로 검사하는 것이라고 설명해 주었다. 그리고 사인을 알기 위해서 상해나 본래 갖고 있던 질병에 대해서도 판단한다고 했다. 그는 약 2천 건의 부검을 해보았다고 했다.

사람들이 기침을 했다.

제프리가 질문을 계속하고 박사가 대답했다.

"신체 외부 검사에 따르면 이 시신은 발육이 좋고, 충분히 영양을 섭취하는 체중 약 54킬로그램, 신장 167센티미터의 동양 여성임을 나타내고 있습니다."

뼈와 인대, 그게 전부다. 그는 테레사에 대해서 이야기하는 것이 아니다. 나바로 박사는 테레사의 길이가 167센티미터라고 한다. 길이가 아니다. 그녀의 키가 167센티미터인 것이다, 길이가아니다.

그 박사는 여러 차례 찢겨진 머리의 상처에 대해서 구체적으로설명하였다.

"크고, 벌려진 상처가 정수리와 후두골에 있었습니다."

제프리가 물었다.

"배심원들에게, 정수리와 후두골이 무엇인지 설명해 주실 수있으신가요?"

박사가 웃더니 답했다.

"정수리는 머리의 위쪽이고 후두골은 머리의 뒤쪽입니다."

"그렇다면 상처가 머리의 위에 있었고 뒤쪽을 향해 있었다는것인가요?"

"위에 있었고, 뒤쪽을 향해 있었습니다. 찢겨진 상처 때문에 두개골이 드러나 있었습니다."

몇몇의 배심원들이 얼굴을 찌푸렸다. 그리고 다른 몇몇은 의자에 등을 기대었다. 그리고 어떤 사람도 그 박사가 웃었을 때 웃지 않았다. 그 박사는 계속해서 외상에 대해서 설명했다. 거기에는 많은 상처가 있었다고 했다. 수많은 열상이 있었다. 질식사시킨 교사까지는 말할 필요도 없었다. 나는 회초리를 피하는 것처럼, 박사가 말하는 것을 들었다. 테레사, 너의 연약한 팔이 너의 얼굴 위에 교차되어 있었다. 산자가 야경봉을 계속해서 휘두르는 것을 너는 막고 있었지만 어떤 고통도 느껴지지 않았다. 나는 네가 얼마나 혼란스러웠고 분노했는지 상상만 할 수 있었다.

그런데 놀랍게도, 산자는 지루하고 무관심한 것처럼 보였다. 이 모든 게 대체 나와 무슨 상관이 있지, 하는 얼굴이었다. 갑자기 법정 방청석 문이 열리는 소리가 났고, 집행관들은 잽싸게 그쪽으로 고개를 돌린다. 동생 제임스가 들어왔다. 그는 멀쑥하게 뻗은 190센티인 키와 어울리게 큰 걸음으로 바닥을 터벅터벅 걸었다. 긴장감이 감도는 증언의 중간에 법정으로 들어오는 제임스의 모습을 집행관들이 달가워하지는 않았다.

제임스가 쭉 걸어 나와 내 옆에 앉을 때까지 안경 낀 집행관 중한 명이 그를 주시했고, 다른 집행관들도 주의를 기울였다. 산자역시 제임스에게 신경을 쓰고 있었다. 산자는 제임스의 여행 가방을 자꾸 바라보았다. 집행관도 산자도 제임스가 여행 가방을 들고 샌프란시스코에서 법정에 방금 도착했다는 걸 알 리가 없었다. 제임스가 나타난 것은 산자에게 충격을 준 것 같았다. 제임스는 영화에 나오는 조폭처럼, 검은색 가죽 재킷과 낡은 작업복을 입고, 검은 부츠를 신고, 검은 장갑을 끼고, 검은 가죽 가방을 들고 나타났다. 산자는 가방을 보고 걱정을 하는 표정이었다. 그는 계속 그것을 쳐다보았다. 제임스의 발밑에 가방은 아무런 해도 끼치지 않은 채 놓여 있고 지퍼가 꽉 잠겨 있었다. 아무도 지켜보는 사람이 없는 그 가방이 산자를 놀라게 했던 것이다. 어쨌거나, 그 누구도 검색대를 지나지 않은 가방을 법정에 들고 올 수는 없다. 산자가 걱정했던 것은 가방이 아니라, 그 안에 들어 있는 것이었을 것이다.

제프리가 시신의 해부 검사에 대해서 박사에게 질문을 했고 박사가 대답했다.

"……목 설골에 골절이 있었습니다."

"설골이 무엇입니까?"

"설골이란 후두 위쪽에 있는 U자 모양의 뼈입니다. 후두란 목소리를 내는 곳입니다. 후두 안에 성대가 있습니다."

"설골 골절이 중요한 이유는 무엇입니까?"

"그것이 중요한 이유는 그 상해가 교사로 인한 것이기 때문입니다."

나바로 박사가 그 말을 할 때 나는 어머니가 바로 내 옆에 앉아 있는 줄 착각했다. 나는 너무나 놀라서 어머니가 옆에 있는지 보려고 왼쪽으로 고개를 돌렸다. 어머니는 의사의 철제 수술대, 그 차가운 곳에 테레사를 놓는 것을 허락하지 못했을 것이다. 그 철제 판은 수없이 많은 부검을 시행하는 테이블이다. 부검이 끝날 때마다 알코올 용액으로 씻어 내리는 수술대는 어머니의 딸이 올라갈 곳이 아니다. 부검이라는 것은 인간의 존엄성을 빼앗아 가는 생소한 개념이었다. 어머니와 아버지는 오탑시autopsy, 부검이라는 단어를 처음 들었을 때 영한 사전을 찾아보아야 했다. 부검이 법률에 근거하여 필수적으로 요구된다는 사실에 그들은 처음에 놀랐다. 그들이 물었다. 그게 대체 무슨 해괴한 법인지. 샌프란시스코에서의 장례식을 며칠 늦추었던 부검 절차는 법 그 이외에 어떤 의미도 갖지 않았고, 그렇기 때문에 그들은 별다른 선택을 할 수 없었다. 나는 생각했다. 지금도 부검은 아무 의미 없다. 이 부검은 법정을 위한 것이고, 어머니를 위한 건 아니었다.

나바로 박사는 고장난 엔진을 수리하는 기계공인 양 자신만이 알고 있는 비밀을 법정에서 털어놓는 것 같았다. 그의 얼굴에는 비인간적인 비밀을 담고 있는 듯한 거들먹거리는 미소가 만연해 있었는데, 그것은 부산의 부민동 피난 집에서 테레사를 낳았을 때 어머니의 그 밝은 빛을 짓밟을 것만 같았다.

제프리는 큰 목소리로 물었다.

"박사님, 당신의 소견에 따르면, 본 사건 부검을 하신 후에 살펴본 모든 것들을 관찰한 결과 테레사 차의 사인이 무엇인지 의학적인 확신의 합리적 정도에 이르러 밝혀냈습니까?"

"사인은 교사, 신체상 열상, 출혈로 인한 질식사입니다."

제프리가 앉았다. 하워드가 일어났다. 나는 다시 의자에 기대어 앉는다. 매우 지친 기분이다. 난 목 뒷줄기를 계속해서 문지른다. 하워드는 나바로 박사를 상대로 기나긴 질문을 할 것 같다. 나는 더 이상 그 부검 이야기를 듣고 싶지 않다.

나는 무엇인가 더 기분 좋은 것에 대해 생각하고 싶다. 아니면 아주 먼 곳으로 가 버리고 싶다. 내 마음은 법정을 떠난다. 난 서울 북쪽 벽제 근처의 작은 마을 언덕 위에 서 있다. 그곳은 할머니가 묻힌 곳이다. 우리가 어렸을 때 큰집 식구랑 산소에 가던 생각 나니? 큰아버지, 아버지는 언덕 위로 걸어가기 시작했고, 어머니와 큰어머니는 각각 다섯 아이들을 데리고 뒤를 따라갔다. 우리는 그곳에 할머니 산소를 찾아뵙기 위해 간 것이었지만, 어린 우리들에게 있어서는 휴일이나 소풍 같은 재미있는 나들이였다. 우리는 절을 하고 나면 김밥과 떡을 먹을 수 있다는 사실에 신이 났다. 우리가 할머니보다 나들이를 더 신경 썼다는 것은 아니지만, 어쨌거나 할머니에 대한 기억이 희미한 것도 사실이었다. 할머니에 대한 기억은 좀체 생각나지 않았고 그 어떤 구체적인 것도 없었다. 그저 할머니의 부드러운 흰색 치마가 갖는 어떤 따스한 느낌만이 생각날 뿐이었다. 다만, 언젠가 할머니가 나를 위해 사주었던 사과에 대해 또렷한 기억이 남아 있다.

어머니는 내가 할머니를 기억하는 것은 불가능하다고 했다. 왜냐하면 그즈음에 나는 여전히 기어다니는 아기에 불과했기 때문이다. 나는 손과 무릎으로 기어다녔던 것과 할머니의 하얀색 손수건에 싸여 있던 사과에 달려들었던 것을 기억한다. 그 누구도 하얀 손수건 안에 있었던 사과에 대해서 말해 준 사람은 없었다. 어머니도 나에게 말해 주지 않았다. 그런데 지금 이 순간까지 내 마음속에는 선명한 인상이 남아 있고, 그에 대한 설명을 나는 아직도 찾지 못했다. 때때로 기억이라는 것이 우리에게 장난을 칠 수 있다. 그리고 어느 한쪽에 치우친 기억으로부터 그 누구도 자유롭지 못하다. 가끔 나는 내가 그 사과를 상상해 낸 것은 아닌지, 혹은 사과에 대한 꿈을 꾸었던 것은 아닌지 궁금하다. 할머니의 사과에 관한 나의 기억은 어머니가 생각하는 것처럼 터무니없는 것은 아니다. 확신할 수 있는 것 중 하나는 할머니가 하얀색 손수건 가장자리의 매듭을 풀기 위해 꼼꼼하게 손가락을 움직이는 모습을 생각할 때마다 나는 따스함을 느낀다는 것이다. 그리고 바로 그때 그 법정에서 나는 그 따스함이 필요했다. 모든 자상, 상해, 부검의 이야기를 제쳐두고.

나의 마음은 할머니가 누워 있는 햇살이 좋은 언덕에 가 있었다. 테레사 너도 거기에 있었다. 너의 반짝이는 단발머리가 보름달 같은 얼굴을 어루만졌다. 너는 웃고 있지 않았다. 너는 생각이 깊은 어린이였다.

 법정 재판이 진행되기 두 달 전, 아버지와 나는 할머니 산소를 찾아갔었다. 서울의 북쪽. 차로 한 시간 반 정도 가야 했으며, DMZ에서 얼마 떨어져 있지 않았다. 할머니 산소를 찾는 데 두어 시간이 걸렸다. 지난번 간 이후 24년이나 흘러 있었다. 도랑 옆에 펼쳐져 있던 오래된 초원은 이제 흔적도 없이 사라져 버렸다. 우리는 마침내 할머니 묘비에 갔다. 반짝거리는 화강암으로 만든 묘비는 가슴 높이만큼 되었다. 비석에는 우리 모두의 이름이 적혀 있었다. 나는 안도의 한숨을 내쉬었다. 아버지와 나는 소나무 아래에 앉았다. 우리가 어렸을 적에 심었던 나무인데 알아보지도 못할 정도로 자라 있었다. 아버지는 손수건을 꺼내서는 땀으로 젖은 얼굴을 닦았다.
 나는 가방을 열어서 네 블라우스를 꺼냈다. 긴 리본이 달린 검은 실크 블라우스, 바로 네것이었다. 샌프란시스코 레이크 가 집에서 어머니가 골라 준 네 블라우스. 그리고 어머니가 말했다.
 "여기 있다. 이거 가져가서 할머니 산소 앞에서 태우렴. 오래된 풍습이야……. 영혼을 달래 주는 거다."
 조용히 무릎을 꿇고 앉아서 나는 블라우스를 펼쳐 놓고 손으로 만져 보았다. 아버지는 아무 말씀 없이 내 옆에 서 있었다. 옛날에 산소를 찾아갈 때는 항상 할머니에게 말을 했다. 큰아버지와 아버지가 제일 먼저 할머니의 안부를 묻고, 저번에 왔을 때 이래로 벌어진 갖가지 이야기들을 풀어놓았다. 대부분의 경우엔 즐거운 이야기들이었다. 누가 어떤 학교에 붙었다더라, 누가 졸업했다더라, 누가 상을 받았다더라, 그런 것들이었다. 이번에는 아버지는 어떤 말도 하지 않았다. 나는 성냥을 밝혀 블라우스에 불을 붙였다. 천천히 블라우스가 탔다. 파란 하늘에 연기가 피어올랐다. 그것을 다 태우고 나서 나는 땅에 구덩이를 파고 재를 묻었다.

아버지는 울었다.

드러나는 비밀

나바로 박사가 증언을 끝냈을 때, 판사는 점심 식사를 위한 휴정을 선언했다. 제임스, 리처드, 나는 법정 바깥에서 어머니, 엘리자베스, 버나데트, 수잔과 노엘을 만났다.

"수프 좀 먹으러 가자."

누군가가 말했다. 나는 고개를 끄덕이고는 그들과 함께 백스터 가 쪽 출구로 나갔다. 청명한 가을 날씨였다. 나는 놀랐다. 얇은 재킷을 입은 사람들이 느긋하게 걸어 다니고 있었다. 그들은 깔깔거리며 수다를 떨었다. 공원 건너편 쪽에는, 학생들이 킥볼을 하며 놀고 있었다. 피구와 술래잡기를 하는 학생들도 있었다. 공원 담 근처에는 허름한 옷을 입은 노인들이 태극권을 하고 있었다. 울 모자를 쓴 백발의 노인이 팔로 허공을 밀어냈고, 손목을 비틀어 꺾으며 양손의 손가락을 서로 반쯤 휘감겨 있는 모양새를 취했다. 노인은 태극권 전문가였다. 어머니, 엘리자베스, 버나데트, 수잔과 노엘은 모트 가를 향해 걸어갔다. 리처드가 그 뒤를 따라갔다. 제임스와 나는 담배를 피웠다. 제임스는 내 기분이 어떤

지 물었다. 나는 "나쁘지 않다."고 말했다. 내가 거짓말을 하고 있다는 것을 그는 알았다. 나는 재판 절차를 요약해서 말해 주었다. 제프리의 모두발언과 박물관과 갤러리 사람들, 퍽 빌딩 사람들, 테레사 산자, 그리고 법의학자들의 증언들까지.

"그리고 의사의 증언이 있었어. 네가 오늘 아침에 들은 그 사람 말이야. 제임스, 테레사가 필사적으로 방어하느라 입은 상처에 대해 의사가 묘사할 때 네가 있었는지는 모르겠다만 테레사는 팔로 그 녀석을 막아 내려고 안간힘을 다했겠지. 제임스, 나는 테레사가 태극권 동작들을 하는 그 모습을 볼 수 있다. 그런데 힘이 너무 약했어. 그래도 잘 싸웠을 것이라고 생각해."

"무슨 말인지 알아……."

제임스가 아주 작은 목소리로 말했다. 나는 계속 말했다.

"나는 테레사가 왜 포기를 안 했는지 궁금할 때가 있었어. 그랬다면 살 수도 있었을 텐데. 그러나 그랬다면 그건 테레사가 아니겠지."

"그래 테레사니까……."

제임스가 말했고 이내 그 목소리가 사라졌다.

우리는 모트 가에 있는 식당에 도착했다. 지하 식당이다. 식당은 그다지 붐비지 않았다. 어머니, 엘리자베스, 버나데트, 수잔, 노엘과 리처드는 이미 둥근 탁자에 자리를 잡고 있었다. 제임스와 내가 탁자에 앉았을 때, 그들은 브루클린 미술관의 새로운 전시회에 대해서 한창 이야기를 하는 중이었다. 수잔이 이따금씩 그녀의 길고 까만 머리를 꼬면서 전시 작품에 대한 비평을 생동감 있게 해줬다. 그녀는 밤색 눈을 반짝이면서 이번 시즌 공연 이야기를 했다. 버나데트도 공연 이야기에 신이 났다. 버나데트는 자신의 무대 작품 이야기도 했다. 어머니는 이야기를 들으면서 웃었다. 엘리자베스도 재미있어 했고 더 많은 이야기를 알고 싶어 했다. 노엘도 평소처럼 밝게 웃었다. 노엘은 버나데트와 수잔을 번갈아 바라보았고 리처드는 이따금씩 고개를 끄덕였다.

오후에 다시 법정에 들어서자, 테레사 산자의 룸메이트인 캐시 필빈이 이미 증인 선서를 한 뒤 제프리의 질문에 대답하고 있었다. 그녀는 테레사 산자처럼 30대 초반이었다. 그런데 겉모습과 행동거지는 그 나이대로 보이지 않았다. 아마도 붉은 빛 도는 밝은 색 머리카락, 진한 화장, 꽃무늬 블라우스 때문이었는지도 모르겠다. 캐시 필빈의 목소리는 산자의 누나와는 달리 고음이고 감정적이었다. 테레사 산자는 조용하고 깊게 울리는 목소리였다. 그날 저녁, 7시 30분이나 7시 45분에 캐시 필빈은 막 목욕을 끝낸 후 나갈 준비를 하고 있었다. 그녀는 산자가 집에 왔을 때 거실에 있었다. 산자는 들어오자마자 화장실로 바로 가서 아직 목욕물이 있는 욕조로 대뜸 들어갔다. 그리고 그는 욕실 안에서 그 물에 머리를 감아도 되겠느냐고 소리쳤다. 그녀는 인상이 구겨진 채로 그때 상황을 재연했다.

"나는 그에게 물었습니다. '뭐하는 짓이야? 왜 내 목욕물을 쓰는데? 그 물로 너 머리 감으면 안 돼. 목욕 오일을 넣었단 말야.'라고 했어요."

제프리가 물었다.

"1982년 11월 5일 이전에 피고인이 목욕을 한 적이 있습니까?"

"아니요. 산자는 항상 샤워를 하죠."

그러고 나서 그녀는 다시 인상을 찌푸리더니 그날 산자가 20분이나 욕조 안에 있었다고 한다. 게다가 목욕물 안에 있으면서 전화를 두 번이나 했다고 한다. 그녀는 자신의 목욕물에 산자가 들어간 것에 대해 역겹다는 표정을 지었다. 그러나 하워드가 반대 심문을 하자 그녀는 테레사 산자와 달리 주춤했다. 하워드는 산자가 그녀의 목욕물에 들어가는 대신에 어떤 다른 일을 보기 위해 화장실로 달려갔을 수도 있지 않느냐고 그녀에게 물었다. 그녀는, "그럴 수도 있죠. 내가 화장실 안으로 쫓아 들어간 것은 아니니까." 하면서 자신이 절대적으로 아는 것은 아니라고 했다. 그러나 그가 문을 닫고 나서 머리를 욕조 안에서 감아도 되는지에 대해 물어봤다고 했다. 캐시 필빈이 태도를 조금이나마 수정함으로써 산자에게 도움이 된 것 같았다. 그런데 캐시 필빈을 하찮게 만들려던 하워드의 노력은 곧바로 제프리에 의해서 꺾였다. 제프리는 반대 심문하면서, "그가 한 번이라도 이전에 욕조로 달려간

적이 있나요?"라고 물었다. 그녀는 자신 있게 "아니오."라고 대답하면서 산자가 그날 밤 그녀의 목욕물에 뛰어들었다던 그녀의 이야기를 다시금 반복하게 했다. 캐시 필빈이 증인석에서 내려오고, 30대 중반의 붉은 머리카락과 수북한 턱수염을 가진 피터 필빈이 증인석에 올라왔다. 그는 그 다음날인 토요일 아침 일에 대해서 증언했다. 그는 산자를 아침 7시 정도에 깨웠다고 한다. 그리고 산자에게 꼭 출근하라고 말했고, 일터에서 '문제를 일으키지' 않도록 당부했다. 그가 자기가 수도 배관공으로 일하고 있는 퍽 빌딩에 산자를 취직시켜 주었기 때문이었다.

산자는 곧 출근하겠다고 하면서 필빈을 안심시켰다. 게다가 11월 초였고 월급날이었다. 필빈은 안심하고 퍽 빌딩에 출근했다. 그날 오후 두 시 반이나 세 시 사이에 퇴근해서 집에 돌아오니 산자는 테레사, 캐시와 함께 집에 있었다. 그는 산자가 그날 아예 출근하지 않았단 걸 알게 됐다. 필빈은 오후 세 시쯤 다시 아파트에서 나가 다른 일자리로 갔는데 그때가 산자를 본 마지막이었다.

필빈이 오후 여섯 시경 집에 돌아왔을 때, 아무도 집에 없었다. 그는 세척하기 위해 암모니아 용액에 담가 두었던 다이아몬드와 사파이어가 박힌 반지를 찾아보았다. 그 반지는 그곳에 없었다. 그래서 그는 여동생이나 테레사가 다른 곳에 두었을 것이라고 생각했다. 그 반지에 대해서는 일요일까지 생각조차 하지 않았고 일요일이 되어서야 그는 반지를 누가 훔쳐 갔다는 것을 알게 되었다.

월요일 오전에 그는 퍽 빌딩으로 출근했고 마이클 블랙을 만났다. 거기에서 그는 퍽 빌딩에 살인 사건이 있었다는 것을 알게 되었다.

"나는 브루클린 집으로 가려다가 돌아서서 경찰서에 갔습니다."

그가 경찰에 알린 뒤 형사들이 아파트에 와서 수색을 했고, 여러 물건들 중 산자의 부츠를 발견하였다. 살인 사건에 산자가 개입했을 수 있다는 가능성의 연결고리를 제시한 사람은 바로 피터 필빈이었다. 월급조차 가져가지 않은 산자의 갑작스러운 행방불명, 그날 사라진 월세 봉투와 보석들, 토요일 오후에 호출된 택시 등등 모든 것들이 의심스러웠다. 그는 마침내 경찰에 산자에 대해서 이야기하기로 결심했다.

필빈은 말을 하면서 가끔씩 산자를 쳐다본다. 그는 산자의 움직임과 산자와 나눴던 대화를 제삼자의 이야기인 것처럼 말한다. 산자가 그곳에 없었던 것처럼, 피고인석에 없는 것처럼, 필빈이 말을 하는 내내 산자의 눈은 바닥을 쳐다보고 있었다. 마이클 와인스틴이 증언대에 섰다. 와인스틴은 대신 '아는 사람'이라는 말을 선호한다며 '친구'라는 말을 사용하는 것을 아주 싫어했다. 그는 자신과 산자 사이에 가능한 한 많은 거리를 두려고 했다. 산자와 '아는 사람'임을 설명하면서, 와인스틴은 1978년, 로스앤젤레스에서 산자를 애초에 만나지 않았더라면 좋았을 것이라는 태도였다. 그를 안다는 게 불편해 보였다. 그가 1년 후 콜로라도로 이사 가기 전까지 그들은 아파트 이웃 주민이었다고 했다. 그가 콜로라도로 이사 가고 나서 그는 산자를 만나러 로스앤젤레스에 가곤 했다. 그는 산자를 1982년 9월에 다시 만났다. 산자가 그에게 전화를 해서 서튼스 바에 몇 차례 술을 마시러 갔었고, 한 번인가 두 번은 센트럴파크에서 롤러스케이트를 타러 가기 위해 만났다.

정장을 입고 있는 와인스틴은 부드러운 어조로, 때때로 어깨를 으쓱하면서 무관심한 태도로 증언을 한다. 그리고 산자와 눈을 마주치는 것을 피한다. 산자는 와인스틴을 뚫어져라 쳐다보면서 자주 얼굴이 붉어진다. 산자는 와인스틴이 1982년 11월 첫째 주에 했던 전화에 대해 이야기를 할 때마다 재빠르게 하워드의 귀에 속삭인다. 와인스틴은 금요일 밤 피고인의 집에 전화를 했는데 캐시 필빈이라는 여자가 전화를 받았다고 말했다. 그리고 그날 밤 11시에 서튼스에서 피고인을 만나자는 약속을 했다. 그러나 산자는 약속을 지키지 않았다. 토요일 아니면 일요일에 산자는 와인스틴의 아파트에 나타나서 "난 뉴저지에 그 여자랑 있었어."라고 말했다. 서튼스에서 얼마 전에 만났던 여자에 관한 이야기였다.

산자는 금요일 밤 그의 행방에 대해서 세 명에게 각각 다른 이야기를 했다. 와인스틴에게는 뉴저지에서 여자와 있었다고 말했다. 캐시 필빈에게는 시내로 갔는데 마음이 바뀌어서 브루클린에 있는 클럽에 갔다고 했다. 테레사 산자에게는 맨해튼에 갔다가 금방 돌아왔다고 했다. 나는 그 세 가지 중에서 맨해튼에 갔다가 돌아왔다는 말이 제일 맞을 거라고 생각한다. 그래도 누나에게 가장 진실에 가까운 말을 하지 않았을까 싶었다. 와인스틴은 증언을 계속했다. 센트럴파크에 피고인과 롤러스케이트를 타러 갔다가 자신의 아파트로 돌아왔다고 한다. 제프리는 생각을 고르는 듯 잠시 멈춘 후 와인스틴에게 묻는다.

"그렇다면 그때 당신은 피고인에 대해서 특기할 만한 것을 발견하셨나요, 신체상의?"

"피고인의 팔에 멍과 상처가 있는 것을 발견했습니다."

"그 멍과 상처에 대해서 피고인이 어떤 설명을 해주었나요?"

"그가 빌딩의 노숙자 한 명과 실랑이를 벌였다고 했습니다. 그 노숙자가 그에게 다가왔고 그가 방망이로 노숙자를 때렸습니다. 그는 노숙자가 죽었을지도 모르겠다고 했습니다. 왜냐하면 그 노숙자가 이후 앰뷸런스를 타고 가는 것을 보았기 때문이라고 했습니다."

몇 명의 배심원들이 동요했다. 뒤쪽에 앉은 사람은 낮은 소리로 기침을 한다. 나는 주차장 반대 편 어둠 속에 누군가 숨어서 앰뷸런스를 쳐다보고 있는 것을 느낀다. 그것은 산자의 눈이었다. 그는 거기 있었다. 그는 누나한테 말했던 것처럼 맨해튼에 갔다가 돌아왔을 것이다. 엘리자베스 가에 서 있었고 앰뷸런스가 테레사를 데려가는 것을 본 것이다. 제프리가 다시 목소리를 높여 와인스틴에게 물었다.

"그때 피고인의 차림새에 대해서 뭔가 특이한 점을 발견하셨습니까?"

"네, 손가락에 반지가 있었기 때문에 놀랐습니다. 게이처럼 보였어요."

"어느 손가락에 있었습니까?"

"새끼손가락이요."

와인스틴이 반지에 대해 발언하자 다시 배심원들이 동요한다.

"원주민 스타일의 반지였어요. 빨간 원석 한 개가 있는 은반지로 되어 있어요. 원석이 하나가 아니라 두 개였을지도 모르겠어요."

반지. 와인스틴은 산자 새끼손가락에 있던 그 반지를 보고 '게이' 같다고 생각했다. 와인스틴은 계속해서 피고인이 그에게 현금 1천 달러를 보여 줬다고 말했다. 와인스틴이 보는 앞에서 그 돈을 세었다고 했다. 그리고 경비원 월급을 드디어 받았다고 말했다. 산자는 견딜 수 없다는 듯 눈꺼풀이 흔들렸다. 얼굴은 일그러지고 빨개졌다. 산자가 반복적으로 하워드에게 서둘러 귓속말을 했다. 산자는 하워드에게 와인스틴에 대한 불평을 하고 있고, 하워드는 고개를 끄덕이며 와인스틴이 증인석에서 거짓말을 하고 있다고 믿을 것이다.

모자, 코트, 부츠, 장갑……

와인스틴은 산자가 고개를 이쪽저쪽으로 흔드는 모습을 뒤로 하고 법정을 어슬렁어슬렁 걸어 나갔다. 판사가 휴정을 선언하고 배심원들은 조용히 법정을 빠져나갔다. 배심원들이 다 나가고 나서, 우리도 밖으로 나갔다. 제프리가 나를 쳐다보더니 판사가 나를 다음 증인으로 세우고 싶어 한다고 말한다. 제프리는, "재킷 갖고 왔느냐?"고 묻는다. 나는 가죽 재킷은 있지만 정장 재킷은 없다고 대답한다. 나는 넥타이를 바로 매면서 "넥타이를 매고 가죽 재킷을 입어도 될까요?"라고 묻는다.

제프리가 말한다.

"괜찮습니다, 저기 가서 이야기 좀 합시다."

나는 제프리를 따라 조그마한 방으로 들어갔다. 책상 하나와 의자 두 개가 들어가기에도 좁은 공간이다. 제프리는 나에 대한 증인심문이 재판 후반부에 계획되어 있었음에도 불구하고 판사가 가능한 한 빨리 나를 증인석에 세우고 싶어 한다고 설명한다. 나는 그 이유를 물었지만 그의 대답을 들을 수는 없었다. 그리고 어디서 나는 소리인지 알 수 없었지만 칙칙거리는 잡음이 귀를 울린다. 나는 백지 상태가 되면 어떻게 하나 싶어 무서워졌다. 내가 모든 것을 잊었다면 어떻게 하지? 나는 아무것도 잊어서는 안 된다. 나는 모든 것을 기억해야만 한다. 나는 심호흡을 하고 제프리를 쳐다본다. 그의 파란 눈은 차분하다. 그는 내게 긴장을 풀고 어떤 것에 대해서도 걱정하지 말라고 한다. 나는 알겠다고 고개를 끄덕였을 것이다. 나는 한 번 더 심호흡을 하고 천천히 내뱉었다. 장갑의 이미지가 어둠 속에서 밝게 빛났다. 그리고 모자와 단추, 다시 모자와 피가 생각났다. 모든 것을 기억해야 해.

"언제 뉴욕에 오셨죠?"

제프리가 묻는다.

"1982년 12월 7일입니다."

나는 대답한다. 나는 기억한다. 나는 다음 질문을 받을 준비가 되어 있다. 다음 10여 분 가량 나는 좁은 방 안에서 제프리가 하는 모든 질문을 자신감 있게 대답했다. 나는 법정에 들어갈 준비가 되었다. 그리고 배심원들과 판사에게 말할 것이다. 나는 지하에서의 그 울림, 끝도 없는 협곡에 대해 말할 준비가 되었다. 그리고 2년의 기다림에 마침표를 찍는 것이다.

"재판관님, 검찰은 존 차 씨를 증인으로 신청합니다."

제프리가 말한다. 그는 나의 이름을 부르고 있다. 내 이름이 낯설게 느껴진다. 내가 아닌 이름처럼. 나는 일어난다. 나는 떨리는 손으로 가죽 재킷의 빳빳한 옷깃과 넥타이를 만진다. 나는 가운데 통로로 걸어 들어간다. 배심원단에 있는 14명의 눈길과 판사와 서기, 집행관들, 그리고 방청객들이 법정 안에 있었다. 유도 경기를 할 때 내 차례가 되면 항상 갖던 그런 종류의 복통이 있을 것이라고 예상했다. 다행히도 그런 복통은 없었다. 나는 그 상황의 압박감에 너무 긴장했나 보다. 법원 서기가 내 왼손을 성경 위에 올려놓고 오른손은 들라고 했다. 나는 시키는 대로 한다. 나는 딱딱하고 반짝이는 나무로 된 증인 의자에 앉는다. 그리고 나는 피고인석에 앉아 있는 산자를 쳐다본다. 산자가 좌측 아래에 앉아 있는 것을 보니, 초조함은 순식간에 사라진다. 그는 잠깐 나를 흘겨보고는 고개를 돌린다. 제프리가 심문을 시작하자 나는 그를 계속 쳐다본다.

"당신에게 사진 한 장을 보여 드리겠습니다. 이 사진은 사전에 검찰이 법원에 제출한 것으로 증거로 채택된 것입니다."

그는 책상에서 사진을 집어 들면서 말했다. 이때 하워드 재피가 끼어든다. 그가 일어서서 말한다.

"이의를 제기합니다!"

나는 거의 "왜죠?"라고 소리 칠 뻔했다. 그렇지만 나는 그렇게 하지는 않았다. 다만 하워드가 불평하는 모습을 지켜보았다. 하워드가 말했다.

"중복 증거에 이의를 제기합니다! 나는 증인이 테레사 차와 남매라는 것에 대해서는 분명하게 인정하는 바입니다!"

나는 판사를 쳐다보았다. 판사는 눈을 감고 자신의 의자에 기대서는 심드렁한 목소리로 말했다.

"이의를 기각합니다."

하워드는 계속해서 큰 소리로 주장한다.

"이것은 중복 증거입니다. 법정 기록과 배심원들에 불필요한 부담입니다."

그러나 판사는 주춤하는 기색도 없이 무심하게 말했다.

"그건 법원의 문제입니다."

제프리가 사진을 가지고 와서 내게 묻는다.

"이 사진 속 인물을 알아보십니까?"

나는 첫째 사진을 본다. 노엘의 아파트에서 찍은 사진에는 테레사가 옷깃에 하얀색 난을 꽂고 웃고 있었다.

"네, 여동생 테레사입니다."

"당신은 지금 직장에 다니십니까?"

"네, 그렇습니다."

"어디에 살고 있습니까?"

"캘리포니아입니다."

"가족들도 캘리포니아에 사십니까?"

"네, 그렇습니다."

"테레사가 캘리포니아에서 학교를 다녔습니까?"

"네."

"그곳이 어디죠?"

내가 답을 하려고 하는데 하워드가 또 방해한다.

"재판관님, 실례하겠습니다. 그 질문에 이의를 제기합니다. 그것은 완전히 관련 없는 것입니다."

그는 또 그 단어를 꺼낸다. '관련 없다'는 단어. 판사는 "기각합니다, 계속 하세요."라고 말한다. 제프리는 하워드에게 귀찮다는 표정을 짓고는 시선을 나에게 돌린다.

"네, 샌프란시스코 대학을 다녔고 나중에는 캘리포니아 소재 버클리 대학을 다녔습니다."

나는 크고 빠르게 말했다.

"어떤 학위를 취득했습니까, 혹시 그녀가 취득한 것이 있다면?"

"네. 그녀는 MFA 자격을 취득했습니다."

"그것이 무엇입니까?"

"마스터 오브 파인 아츠Master of Fine Arts, 예술학 석사입니다. 우등생으로 졸업했습니다. 그녀는 비교문학에 석사 자격을 갖고 있습니다. 또 파리에서 공부를 했습니다."

하워드가 유난히 씩씩대며 다시 끼어든다.

"실례합니다, 재판관님, 사이드바 회의를 신청합니다. 우리가 잠시 따로 이야기를 나눠도 되겠습니까?"

판사가 끄덕였고 제프리, 어니, 하워드, 법원 서기가 자기들끼리 모여서 이야기하려고 법정 재판석 자리로 서둘러 간다. 나는 증인석에, 산자는 자신의 자리에 둘만 남겨 두고 말이다. 모든 사람들이 그 시간 동안에는 산자와 나를 버린 것처럼 보인다. 판사, 제프리, 어니, 하워드는 그들만의 이야기에 집중한다. 배심원들도 자기들끼리 이야기를 나누고 집행관들은 자기네끼리 수다를 떤다. 이쪽에 있는 사람들은 산자와 나밖에 없다. 나는 산자를 쳐다본다. 주변에 다른 모든 것은 흐릿해져 있고 그만이 또렷하게 보인다. 나는 그가 나를 쳐다보기를 바랐지만 그는 나를 쳐다보지 않는다. 그의 눈은 아래를 내려다보았고, 눈꺼풀은 흔들렸으며, 내 시선을 피하고 있다. 그는 내가 쳐다보는 것을 알고 있다. 그는 계속 바닥을 내려다보고 있다.

나는 컵을 손에 들어 올리고 물을 마시는 척한다. 그리고 컵 가장자리를 통해 산자를 계속해서 쳐다본다. 바로 그때 한순간 그가 날 슬쩍 쳐다본다. 내 손이 떨린다. 나는 물컵을 다시 내려놓고 계속해서 쳐다본다. 그는 다시는 나를 쳐다보지 않는다. 판사와 변호사들은 계속해서 저쪽 구석에서 무엇인가를 열심히 이야기한다. 나는 무슨 이야기를 그들이 하고 있는지 도무지 알아챌 수 없다. 나는 내가 말했던 것에 대해서 하워드가 이의를 제기하고 있다는 것만 알 수 있다. 나는 그녀의 작품, 그녀의 시, 비디오, 퍼포먼스 예술, 책, 전시회, 테레사에 대해서 모든 것을 말해 주려고 2년을 기다렸다. 드디어, 그 시간이 왔다. 그러나 그 기회는 오지 않았다. 하워드 재피는 '그녀의 학위와 그녀의 삶은 완전하게 관련이 없고 이는 배심원들을 감정적으로 동요시켜서 피고인을 불리하게 만드는 수단'이라고 주장했기 때문이다. 그들이 사이드바를 끝내고 돌아와서는 심문이 다른 방향으로 진행되고 만다.

"테레사가 리처드 반스, 그녀의 남편을 어디에서 만났는지 알고 있습니까?"

"네, 그들이 캘리포니아의 버클리 대학에서 만난 것으로 알고 있습니다."

"테레사와 리처드가 캘리포니아를 떠나 동부로 온 것이 언제입니까?"

"네, 1980년입니다."

"그리고 그 당시 그들이 어디에 살았는지 알고 있습니까?"

"테레사는 스태이튼 아일랜드로 갔습니다. 그리고 그 당시 리처드는 일본에서 일을 했습니다."

"그들은 캘리포니아에 돌아와서 결혼을 했습니까?"

"네."

"그 이후, 결혼을 하고 나서, 스태이튼 아일랜드가 아닌 다른 곳에 아파트를 얻었습니까?"

"네."

"그곳이 어디입니까?"

"뉴욕, 247 엘리자베스 가입니다."

"퍽 빌딩과 그곳이 얼마나 떨어져 있는지 아십니까?"

"네, 알고 있습니다. 세 블록 떨어진 곳입니다."

"테레사의 사망 소식을 언제 알게 되었습니까?"

"1982년 11월 6일, 캘리포니아 시간으로 새벽 6시였습니다."

"여동생의 사망을 어떻게 알았습니까?"

"남편 리처드가 전화를 했습니다."

"여동생 장례식이 있었습니까?"

"네. 샌프란시스코에서 장례식을 치렀습니다."

"장례식이 끝난 후, 뉴욕에 왔습니까?"

"뉴욕에는 1982년 12월 7일 도착했습니다."

"뉴욕에 오신 이유가 무엇입니까?"

"여동생 살인 사건과 관련된 수사 상태를 알아보기 위한 것이었습니다."

"뉴욕 시 경찰서 사람들과 대화를 했습니까?"

"네. 나는 마일즈 말만 검사와 폴 페이스 형사와 대화를 나눴습니다."

"그렇군요, 수사와 관련되어 알게 되신 점이 있었습니까?"

"네, 있었습니다."

"그리고 여동생의 살인 사건과 관련하여 경찰이 사건 현장을 찾았는지 여부에 대해 무엇을 알게 되었습니까?"

또 하워드가 이의 있다고 끼어들었지만 판사는 이를 기각했다.

"네, 경찰은 내게 사건 현장을 발견하지 못했다고 말했습니다."

"이의 있습니다. 변호인은 지금 이의를 제기하고 있습니다!"

"기각합니다."

"이번에도 기각하는 겁니까?"

"기각합니다."

제프리가 질문을 계속했다.

"그들은 살인 사건 현장을 발견하지 못했다고 증인에게 말했습니다. 그것이 맞습니까?"

"맞습니다."

"어디에서 살인 사건이 일어났을지에 대해 그들이 알고 있다거나 추측하고 있는지 여부에 대해서 증인에게 말해 준 것이 있습니까?"

"그들은 그 살인 사건이 픽 빌딩에서 일어났다는 것에 대해 99 퍼센트 확신했습니다. 그러나 그들은 정확히 픽 빌딩 내 어디에서 사건이 발생한지에 대해서는 알지 못했습니다."

하워드가 또 흥분해서 일어선다. 그는 큰 소리로 말했다.

"나는 검찰의 주된 심문에 대해 이의를 제기합니다. 그리고 무효 재판을 청구하는 바입니다."

나는 내가 무슨 말을 잘못했나 싶어 겁에 질려 멈춘다. 나는 하워드를 정면으로 바라본다. 그가 씩씩대고 있었다. 나는 제프리 쪽으로 몸을 돌린다. 제프리는 배심원들만 쳐다본다. 그는 하워드의 방해로 짜증이 난 듯한 표정이다. 제프리는 손을 허리에 대고 판사의 결정을 내리기를 기다린다. 나는 왼쪽으로 고개를 돌려 판사를 쳐다본다. 판사는 "이의를 기각합니다."라고 간단하게 말했고 어떤 말도 더 보태지 않는다. 하워드가 자리에 앉고 제프리는 계속 나에게 질문을 한다. 하워드가 몇 번 더 이의를 제기하며 제프리를 제지했으나 이전처럼 요란스럽지는 않았다. 나는 펙 빌딩 지하에 있었던 일들, 1982년 12월 11일 바로 그날에 내가 했던 것과 내가 보았던 것을 설명하기 시작했다. 거기에는 하워드가 이의를 제기할 만한 어떤 것도 없다. 나는 수색견이 난리를 쳤던 펌프 룸, 어두움과 고철 문들이 있는 지하에서 발견한 것들에 대해서 말했다. 제프리가 떨리는 내 손에 지하실 현장의 사진을 들려주었다. 나는 가로 20센티미터, 세로 25센티미터 크기인 흑백사진을 찬찬히 본다. 그 사진에는 소리도 없고 울림도 없다. 지하 감옥의 어두움과 숨막힐 듯한 공기와 축축한 냄새 또한 없다. 그럼에도 불구하고, 그 사진은 문, 벽, 바닥, 베레모, 피, 단추와 장갑을 보여 준다. 아, 장갑! 나는 장갑에 대해서 말하는 것을 잊었다.

나는 제프리가 나에게 그 사진을 알아보겠느냐고 물었을 때, 나 스스로를 한창 꾸짖는 중이었다. 나는 "네."라고 대답한다. 그리고 장갑에 대해서 말할 또 다른 기회가 있기를 바란다, 나는 장갑에 대해서 잊었다. 어떻게 내가 장갑에 대해서 잊을 수 있단 말인가! 이후 기회는 왔다. 제프리가 나에게 사진과 관련된 길고 긴 질문들을 하면서. 그리고 각각의 사진 속 물건들에 동그라미를 치라고 나에게 볼펜을 한 자루 주었다. 그 파란색 볼펜을 가지고, 나는 모자와 코트의 단추와 부츠, 장갑에 동그라미를 친다. 그래서 배심원들은 장갑에 대해 알게 될 것이다. 나는 발견한 모든 물건들을 강조하기 위해 커다랗게 동그라미를 친다. 그리고 코닥 사진에 두세 번 동그라미를 쳐서 잉크가 충분히 묻었는지 확인한다. 나는 무슨 이유인지 그 동그라미들이 선명하게 보이도록 하고 싶다. 그러나 사진 속 모자에 동그라미를 칠 땐 힘들었다. 그 모자와 바닥에는 딱딱하게 굳은 피가 묻어 있었고 모자 밑에는 더 많은 피가 말라 붙어 있다. 그리고 나는 그 모자를 피로부터 분리하고 싶었다. 나는 모자 주변에 원을 그리기 시작한다. 그런데 마른 피로 흥건한 흔적을 펜으로 지나야 할 때 나는 펜을 멈춘다. 그 피의 흔적을 펜으로 지나가면서 기분이 언짢다. 나는 그 모자와 피의 흔적이 모두 들어갈 수 있게 더 큰 원을 그린다. 나는 사진에 원을 그리고 나서 그 원 밖에 있는 피의 흔적을 쳐다본다. 그 피는 사진 밖으로 흐른다. 어디까지 흐르는지는 보이지 않는다. 제프리가 증인 심문을 마친다. 그 다음 하워드가 나에게 더 많은 질문을 한다. 잠깐이 지나 모든 것은 끝난다. 판사는 나더러 증인석에서 내려가라고 한다. 나는 증인석에서 내려온다. 나는 심한 복통을 느낀다.

알리바이의 문제

내 증언이 끝나자 판사는 점심 식사를 위한 휴정을 선언했다. 난 완전히 녹초가 된 기분으로 법정에서 나온다. 직접 심문, 반대 심문, 재심문, 배심원, 방청객들 등 법정에서 느꼈던 충격으로 인해 나는 또 다른 세상을 경험했다. 그 지독한 절차를 어떻게 버틸 수 있었나 생각해 보면, 공교롭게도 그건 바로 산자 덕분이었다.

즉 내가 산자의 모습과 그를 쳐다보면서 느낀 분노였다. 휴정 시간 동안 잠시나마 산자가 사라지자, 내 마음속 불꽃이 사그라들었다. 법정 밖에서 어머니는 "수고했다, 수고했다." 하면서 날 안아 주었다. 나는, "테레사에 대해 이야기하는 것을 허락하지 않았어요. 노력했지만……." 하면서 말을 흐린다.

"나도 안다. 정말 그 바보 같은 놈이 계속 이의를 제기하더구나."
어머니는 고개를 끄덕이며 나를 더 꽉 안았다.

나는 제프리의 사무실로 갔다. 제프리는 컴퓨터 앞에 앉아 열심히 타자를 친다. 마티는 주황색 소파 위에 앉아 있고 폴은 회의

용 탁자에서 파일을 뒤적이고 있다.

마티는 날 쳐다보고 환하게 웃으면서 "존, 결국 해냈소." 하며 환하게 웃었다.

제프리는 컴퓨터 모니터를 쳐다보면서 웃고 있다.

폴은 파일을 보던 것을 멈추고 나를 쳐다보고 묻는다.

"산자의 변호사는 어떤 식인가요? 난 오늘 오후에 증언합니다."

폴은 겁먹은 목소리였다. 폴 같은 거인이 겁을 내다니.

폴이 하워드에 대해서 너무 신경을 많이 쓰는 거야. 난 폴을 안심시켜야겠다는 생각이 들었다. 하워드에 대해서는 '악질'이라는 단어가 제일 먼저 떠오르지만, 그 단어를 인용하면 폴에게 더 신경 쓰이게 할 것 같아서 대신에 "폴, 하워드는 고양이, 귀여운 고양이입니다."라고 대답한다. 증인 전문가라도 되는 것처럼.

이를 듣던 마티가 끼어든다.

"내가 듣기론 하워드 재피는 덩치 크고 사나운 경찰관을 물어뜯는 걸 좋아한다네."

제프리가 크게 웃더니 말한다.

"폴, 걱정 말아요. 내가 보호해 줄게요."

폴은 투덜거렸다.

"글쎄, 그게 바로 제일 걱정되는 부분입니다. 제대로 보호해 줄 건지. 하하하. 내가 알고 싶은 것은, 왜 마티는 증언하지 않는데 내가 증언을 해야만 하는지, 바로 이겁니다."

마티가 웃었다.

"왜냐하면 내가 더 나이가 많고 더 현명하고 더 잘생겼기 때문이지. 길 가는 사람한테 물어봐."

제프리가 마티를 보고 말한다.

"그나저나 와인스틴이 잘했어요."

마티가 말한다.

"그거 알아요? 내가 그에게 산자 같은 놈이랑 어떻게 놀게 되었는지 물어봤소. 그리고 그가 뭐라고 했는지 알아요? '산자가 여자를 잘 낚아서요'라고 했어요. 이거 정말, 말이 되는 소리인지."

그리고 마티가 주위를 돌아보며 묻는다.

"와인스틴의 할아버지가 전 대법관인 거 알고 계셨소?"

나는 놀라서 묻는다.

"아뇨, 정말입니까?"

"훌륭한 법관이었소."

"정말입니까?"

제프리가 놀라서 말했다. 마티가 계속 말한다.

"산자가 와인스틴을 알리바이로 써먹으려고 했는데 와인스틴은 거기에 말려들어가기 싫어했소. 물론, 산자가 와인스틴에게 연락하기 이전에 내가 와인스틴을 먼저 찾았지만."

"와인스틴을 어떻게 찾았지요? 그 사람 찾는데 석 달 걸렸다고 했지 않습니까?"

"내가 와인스틴 찾은 이야기를 알고 싶소? 그게 바로 훌륭한 형사의 진면목이 드러나는 순간이지! 수사 시작 무렵엔 산자가 마이클이란 사람과 같이 놀았다는 정보밖에 없었소. 그리고 그 마이클이 칼을 판매하는 세일즈맨이라는 것이. 그래서 내가 뭘 했는지 알아요? 맨 먼저 전화번호부를 뒤졌어요. 웃기지요. 맨해튼에 얼마나 많은 칼 회사가 있는지. 엄청 많소이다. 수천 개는 있을 거요. 나는 전화번호부를 하나하나 뒤졌지. 다른 방도가 없지 않소."

폴이 친근하게 으르렁거리듯 말한다.

"마티의 별명대로 진짜 '여우'의 비법을 인용한 거네요, 전화번호부를 뒤지는 것. 하하하!"

마티가 계속해서 말한다.

"어쨌든 와인스틴 찾는 데 성공했으니까. 나는 30군데 정도 칼 만드는 회사에 전화번호를 걸어 봤지요. 모두 와인스틴을 모른다는 거요. 나는 몇 군데만 더 전화해 보기로 결심하고 다음 번호를 눌렀소. 어떤 나이 든 사람이 전화를 받았는데, 내가 그에게 빚을 졌기 때문에, 와인스틴이라는 사람을 찾고 있다고 말했소. 그랬더니 그 나이 든 사람이 '마이클은 여기 없어요. 임페리얼Imperial에 있소'라고 말하는 거요. 그래서 나는 속으로 '하느님, 감사합니다'라고 하면서 이내 숨을 진정하고 그에게 물어봤소. '임페리얼 나이프Imperial Knife Company입니까' 하니 그가, '그렇다'고 말했소. 나는 그 회사에 전화를 했고, 빙고, 거기에 그가 일하고 있었소!"

마티는 자신의 무릎을 탁 치면서 크게 웃는다. 폴이 고개를 흔들고 껄껄거리며 말한다.

"네, 여우 형사님, 탁월한 수사 비법입니다."

모두 한참 웃는다. 나는 마티에게 묻는다.

"그래서 와인스틴에게 접촉했을 때 그가 친절했나요?"

마티가 대답한다.

"처음엔 아니었소. 그런데 그 당시에는 산자가 그에게 이미 연락했을지도 모른다고 생각했어요. 그게 걱정이었지만 그 기간 동안에 와인스틴이 한두 번 이사를 갔었기 때문에 아무도 전화번호를 알지를 못해서 사실 별 문제는 없었소. 그는 산자와 이야기한 적이 없었고, 무슨 일이 벌어지고 있는지도 몰랐소. 그래서 우리는 그의 아파트에 가서 금요일 밤에 산자에게 전화한 사람이 와인스틴이라는 것과 서튼스 바에 같이 갔던 사람이라는 것을 우리가 알고 있다고 그에게 말했소. 그러자 그는 산자가 그날 밤에 안 나타났고, 그 다음날 낮에 만나서 반지에 대해 말했다고 했소. 무슨 말인지 아시겠소? 난 흥분되어서 와인스틴한테 '그 반지가 어떻게 생겼느냐'고 물어봤지. 그러니까 그는 은반지와 빨간 원석들에 대해서 말하기 시작했오! 그래서 나는 늘 지니고 다니던 사진을 보여 줬어요. 그리고 그에게 '이런 식으로 생겼냐'고 물어봤소. 그리고 그가 '그게 바로 그 반지'라고 말했소. 그는 산자가 새끼손가락에 반지를 끼고 있었기 때문에 산자를 게이라고 놀렸다는 거요."

나는 제프리에게 묻는다.

"하워드는 테레사의 성장 배경에 대해 왜 그렇게 많이 이의를 제기한 거예요?"

제프리가 어깨를 으쓱하더니 답한다.

"나도 잘 모르겠습니다. 아마도 우리가 배심원들의 동정심을 사려고 했다고 생각했던 것 같아요."

"그런 생각이었나요?"

"아닙니다. 나는 테레사가 어떤 사람인지, 산자 같은 놈이랑 어울리는 그런 류의 여성이 아니라는 것을 알려 드리고 싶었던 것뿐입니다."

"만약 테레사가 꼬투리 잡힐 만한 성격이었으면, 그녀의 성장 배경을 들먹일 사람은 오히려 하워드 재피였겠네요."

"당연합니다."

제프리가 머리 뒤로 깍지를 끼고 있다. 나는 좀더 많은 설명을 듣고 싶었지만 그 이상 설명은 없었다.

플로리다 인터뷰

폴은 증인석에 올라가길 꺼렸다. 이 사건의 담당 형사로서, 그는 2년의 수사 기간 동안 모은 엄청난 자료를 취급해야 했다. 그것은 보고서, 실험 결과, 증인 면담 기록, 수사 일지와 전화, 대화에 대한 수천 페이지의 기록물이었다. 그는 증인석에서 완벽하게 모든 사람, 증거, 보고서, 날짜들을 기억하고 싶어한다. 그는 증인석에 앉아서 서류를 뒤져 보는 경우가 없어야 한다고 믿는다. 그는 사소한 것들이 사건을 망칠 수도 있다는 것을 알고 있었다. 그는 어딜 가든지 두꺼운 갈색 서류 폴더를 들고 다니면서 기말고사를 준비하는 학생처럼 준비했다. 대체적으로 그는 그의 사건에 대한 모든 내용을 기억하는 데 자신만만했다. 재판이 진행되면서, 그는 산자의 변호사가 반대 심문에서 던질 질문들을 예상하면서 사건에 대한 정보들을 거듭 살펴보고는 했다. 그가 스스로 산자의 변호사인 것처럼, 증인 심문 과정에서 물어볼지도 모르는 어려운 질문들을 예상해서 던졌고, 그에 대해 답변을 했다. 폴의 가장 큰 고민은 증거물 보관소에서 없어진 부츠 한 짝, 모자, 장갑

한 켤레와 타이멕스 시계였다. 담당자의 잘못이었지만 사라진 증거물을 설명하기는 너무 힘들었다. 산자의 변호사는 분실된 증거물에 대해 엄청난 공격을 펼칠 것이 뻔했다.

폴은 그가 부츠 한 짝, 모자, 장갑 한 켤레와 시계를 보존하도록 롱아일랜드 시에 있는 물품 보관소 담당자에게 분명하게 지시를 내렸다. 하지만 책임은 자신에게 있다고 생각했다. 폴은 뉴욕 카운티의 수백만 개의 증거물을 간직하는 롱아일랜드 시 창고에 대해서 생각할 때마다 열불이 터졌다. "그 멍청한 자식들." 하면서. 폴이 그 담당자 때문에 짜증을 낼 때마다 마티도 화를 낸다. 그러나 마티는 폴보다는 많이 누그러져 있었다. 그는 폴에게 계속해서 "잊어버려."라고 말했다. 마티는 "그곳에서 모든 물건을 보관하는 것이 얼마나 어려운 건지 잘 알지. 거기 도난품으로 보관돼 있는 자전거들만 봐. 아마도 십만 대도 넘을걸!"이라고 하면서 폴을 진정시킨다. 폴은 그 창고가 동물원, 그러니까 '미친 동물원'과 같다는 것에는 동의한다. 반면에 하워드 재피는 증거물 보관소가 동물원이든지 아니든지 간에 상관없이 분실된 증거물에 대해서 사정없이 달려들 것이다.

"스펠링을, 그리고 소속과 직책을 말씀해 주십시오."

"폴 페이스 형사입니다. P, A, C, E. 배지 넘버는 683. 제5구역 경찰서 소속 입니다."

폴은 차렷자세를 하고 있는 군인처럼 턱을 안쪽으로 집어넣고

선 또박또박 말한다. 그의 목은 셔츠 옷깃 위에 꽉 껴 있다. 제프리가 질문하고 폴은 빠르게 질문을 하는 제프리를 쳐다보고 있다.

"형사님, 뉴욕 시 경찰로 얼마나 근무하셨지요?"

폴의 대답도 빨랐다.

"18년 좀 더 됐습니다."

"18년 넘는 시간 동안, 어디에서 일하셨습니까?"

"5구역입니다."

"그리고 18년 넘는 시간 동안 어떤 상, 메달, 포상 등을 받은 적이 있으십니까?"

"네, 있습니다."

"5구역에서 어떤 직책을 맡고 계십니까?"

"나는 순찰 경관으로 시작했습니다. 그리고 무선 차량 담당과 중범죄 담당을 하였습니다. 그 후 형사로 진급했습니다."

"현재 5구역을 담당하는 형사이신가요?"

"네, 그렇습니다."

"이제 1982년 11월 5일에 대해서 질문 드리겠습니다. 그 날짜를 기억합니까?"

"네, 기억합니다."

"그날 근무했습니까?"

"11월 5일에 야간 근무를 했습니다. 11월 6일에 순찰을 돌기 위해서 그날 밤에 경찰서로 출근했습니다."

"그리고 11월 5일 밤에 5구역에 가신 적이 있습니까?"

"네, 갔습니다."

"그리고 그 구역에 도착했을 때 대략 시간이 얼마쯤 되었죠?"

"5일 밤 11시에서 11시 30분 사이였을 겁니다."

"그때 래리 마이어릭스 형사와 만났습니까?"

"네."

"그 당시 어떤 특정한 사건에 대해서 대화를 나누었습니까?"

"네, 살인 사건이었습니다."

"그렇다면 그날부터 현재 이 시간까지, 테레사 차의 사망과 관련된 수사를 증인이 담당했습니까?"

"네, 맞습니다."

제프리와 폴은 얼마 동안 빠른 속도로 질문과 답을 나눈다. 그리고 시간이 지나면서 폴의 긴장이 풀리고 있는 것이 보인다. 폴이 다리를 꼬고 앉아서 의자에 기대어 앉는다. 폴은 그 추운 금요일 밤에 신원 불명의 여성 피해자에 대해 알게 되어 2년 동안이라는 세월에 걸친 수사 과정을 회상한다. 그는 비로소 편안한 듯 보인다. 법정은 타닥거리는 속기사의 타자 소리만 들린다. 속기사는 아침 식사 메뉴를 치는 것처럼, 질문과 답만을 적어 내려간다. 제프리가 단순하게 묻는다.

"그때 당시 이 사건의 용의자에 대해서 특별히 주목했습니까?"

폴이 간단하게 대답했다.

"네, 우리는 그랬습니다."

"그 용의자는 누구였습니까?"

"안토니 지아넬리라고 알려진 조이 산자였습니다."

법정은 폴이 알고 있는 모든 진실을 물어보는 것이 아니라 가장 중요하다고 여겨지는 사실에 대해서만 관심이 있다. 폴의 큰 몸집이 심지어 작아진 것처럼 보인다. 딱딱한 분위기 속에서 폴은 그가 애초에 느꼈던 살인 사건의 충격과 리처드와의 이상한 만남, 필빈의 놀라운 등장 등을 말할 수는 없다. 그러나, 법정이 완전히 비인간적인 것은 아니다. 제프리가 산자의 사진을 증거로 제출하려고 하자 하워드가 그 자리에서 일어나 화를 내며 소리 지른다.

"피고인은 지금 여기 법정에 있습니다. 그 증거가 어떤 관련성이 있습니까?"

하워드가 사이드바를 요청하고, 판사는 이를 허락한다. 폴이 눈을 굴리더니 한숨을 내쉰다. 제프리, 어니, 하워드 재피는 판사석 한쪽 측면에 서둘러 가더니 그들은 곧바로 열띤 토론을 시작한다. 나는 그들이 말하는 내용을 들을 수는 없지만, 하워드가 한 손은 허리에 대고 다른 한 손은 주먹을 쥐고 마구 휘두르면서 닭싸움 자세를 하고 있다.

판사 : 이 사진의 출처를 말씀해 주십시오.

슈랭어 검사 : 사진 원본은 내가 알고 있는 바로, 산자의 누나 혹은 피터 필빈, 등 그 집에 같이 살던 사람으로부터 얻은 것입니다. 그것은 사진입니다. 그것은 《플레이걸》 잡지 1면을 겹친 피고인의 사진입니다. 이것은 거기에서 가져온 것입니다. 나는 이 부분을 삭제하는 것에 어떠한 이의도 없습니다.

하워드 : 피고인에 대한 선입견을 배심원에게 심어 주는 것 외에 이 사진을 증거로 제출하는 목적이 무엇입니까? 배심원들이 그것을 보면, 뭐라고 생각하겠습니까? 그 사진은 포르노 잡지 위에 겹쳐져 있습니다.

판사 : 이것은 포르노 잡지가 아닙니다.

하워드 : 증거로 제출하려는 그 목적이 무엇입니까? 그는 지금 법정에 있습니다, 그렇지 않습니까?

슈랭어 검사 : 이것을 수정해도 괜찮다고 생각합니다. 배심원이 이것을 보지 않았습니다. 이 사진을 소개하는 목적은 형사들이 플로리다에서 가지고 있었던 사진을 보여 주기 위함입니다. 이 사진이 플로리다의 피해자들, 그리고 그들의 증언과 관련이 있다는 것은 명백합니다.

하워드 : 난 이해할 수 없습니다. 이 사진의 목적이 무엇입니까?

판사 : 사견으로는, 증인이 수사 중에 조사했던 일을 보여 주기 위해서입니다. 증인이 이 사진을 플로리다에 보냈습니다.

하워드 : 그래서 뭐가 어떻단 말입니까?

판사 : 뭐가 어떻다니요? 피고인의 사건에 대해 말할 때 피고인의 입장에서 진술하십시오.

하워드 : 플로리다로 보냈던 사진이라고요?

슈랭어 검사 : 정확히 그렇습니다.

하워드 : 나는 수정을 요구합니다.

판사 : 기각합니다. 플로리다 사람들이 본 증거물과 정확히 일치해야 됩니다.

하워드 : 《플레이걸》 위에 겹쳐져 있었다고 법정 기록에 씌어 있습니까?

판사 : 그것은 증거물입니다.

하워드 : 기록을 위해 설명을 드리고 싶군요. 이것은 왼쪽에는 '여성'이라고 적혀져 있고 오른쪽에는 '7판'이라고 적혀진 《플레이걸》 잡지 1면 위에 겹쳐진 피고인의 사진입니다.

슈랭어 검사 : 나는 그렇게 수정하는 것에 이의가 없습니다. 문제가 있다면 내가 수정을 할 것입니다. 여기에 어떤 문제라도 생기는 것을 원치 않습니다. 내가 자진해서 수정하겠습니다.

판사 : 알겠습니다.

슈랭어 검사 : 지금 당장은 배심원에게 보여 주지 않겠습니다.

시간이 많이 흐른 후 나는 이 사이드바의 대화 기록물을 얻을

수 있었다. 그것은 비극적 코미디처럼 읽혔다. 제프리는 배심원
들에게 산자가 직접 만든 콜라주 사진을 보여 주지 않기로 한 이
유를 나중에 그의 사무실에서 설명해 주었다.

"《플레이걸》잡지와 관련한 것들이 개입하든지 말든지 나는 신
경 쓰지도 않았습니다. 단지 하워드 재피를 좀 골려주고 싶을 뿐
이었습니다."

제프리가 활짝 웃더니 사실 산자의 콜라주 사진에 하워드 재피
가 이의를 제기한 것이 타당했다는 것을 인정했다. 즉 산자에 대
한 공평하지 않고 지저분한 인상을 배심원들에게 줄 수 있었다는
것이다.

판사, 변호사, 검찰 측이 따로 사이드바에서 논의를 벌이는 동
안 증인석에 앉은 폴은 긴장에 차 있었다. 하워드가 왜 다시 열을
받는지, 어떤 말을 잘못했는지 그는 궁금해하는 것 같아 보인다.
하워드는 이미 몇 번이나 폴이 증언하는 동안에 열을 받아서는
고장 난 녹음기처럼 "무효 재판을 청구합니다."라고 소리를 질
렀다. 판사는 자동적으로 "기각합니다."라고 답했다. 이런 일이
거듭되자 폴은 신경쓰지 않았다. 사이드바는 너무 자주 있었고
회의는 오래 갔다. 특히 '플로리다'라는 말이 나올 때마다 하워드
는 사이드바를 잇달아 요구한다. 제프리가 폴에게 "피고인이 뉴
욕을 떠나 어디로 갔었는지 알 수 있었습니까?" 하고 물어봤고

폴이 "네, 아마도 플로리다요."라고 대답했을 때 하워드는 또 날뛴다. 그리고 산자가 플로리다에서 체포되었던 것에 대해서 제프리가 물었을 때도 다시 날뛴다. 증언에서 폴은 산자의 전 직장인 295번 라파예트 가에서 일어난 살인 사건에 대해 수사하고 있다고 산자에게 알려 줬다. 폴이 증언했다.

"그리고 나서 우리는 그에게 반지를 보여 줬습니다. 우리는 그가 이 반지나 이런 비슷한 반지를 이전에 한 번이라도 본 적이 있느냐고 물어봤습니다……. 그는 '아니오'라고 말했습니다. 그리고…… 그는 그의 누나와 그녀의 여자 친구의 물건을 훔쳤기 때문에 브루클린을 떠났다고 말했습니다."

제프리가 다시 배심원 쪽을 바라보며 잠깐 멈추더니 묻는다.

"1983년 3월 피고인과 나누었던 대화 중에, 이 특정 살인 사건에 대해 어떤 것이라도 피고인에게 언급한 적이 있습니까?"

"네, 언급했습니다."

"그렇다면, 피고인이 어떤 말을 했습니까?"

"그는 브루클린에 있는 그의 누나의 건물에서 일어났다고 생각한다고 말했습니다."

그때, 제프리는 배심원석 앞으로 가서 배심원을 한 명씩 쳐다본다. 팽팽한 적막감 속에서, 그는 모든 배심원과 눈을 맞춘다. 그 중 몇은 살짝 고개를 끄덕였고 몇은 산자를 쳐다본다. 그 후 제프리는 그의 자리로 돌아와서 앉는다.

나는 배심원들의 반응을 살펴본다. 그러나 그들의 무뚝뚝한 표정에서 읽을 수 있는 것은 거의 없다. 다만 배심원들이 한 가지는 똑똑히 알고 있을 것이다. 산자가 거짓말쟁이라는 것. 법원의 집행관들은 그걸 아는 것 같다. 제리라는 턱수염을 가진 건장한 남자 집행관은 산자 바로 뒤에 앉아 있다. 그는 입을 가리고 머리를 아래로 숙이고 있는데 그의 어깨는 웃느라 흔들린다. 그가 큰 소리로 웃는 건 아니지만 나는 그가 낄낄대며 웃고 있다는 것을 알 수 있다. 제리는 "그가 그의 누나의 물건을 훔쳤기 때문에 브루클린을 떠났다고 말했습니다."라는 폴의 증언에 웃기 시작했다. 그리고 그는 웃음을 멈출 수 없었다. 그 옆에 앉아 있는 집행관이 제리를 팔꿈치로 찔렀다.

하워드는 폴에게 반대 심문을 하기 위해 서류를 들여다보는 데 정신이 팔려 있다. 앉지도 않고 서지도 않는 엉거주춤한 자세로 그는 서류들을 뒤적인다.

폴은 물을 한 모금씩 마시며 하워드를 보며 그의 질문을 기다린다. 하워드가 질문 준비를 끝내고 그를 쳐다볼 때, 폴은 하워드의 시선을 피한다. 폴은 왼쪽 다리를 오른쪽 다리 위에 올려 꼬고 앉아서 하워드대신 배심원들을 쳐다본다.

반대 심문이 시작되자, 하워드는 댐의 수문이 열려 물이 쏟아지듯 폴에게 질문을 퍼붓는다. 왜 시계에서 지문을 채취 안 했지요? 왜 단추들은 검사하지 않았습니까? 지문에 대해 아는 바가 없나 보군요? FBI 과학 수사부에 도움을 요청하지 않은 이유가 뭐죠? 정액 검사를 위해 FBI 과학 수사부에 옷가지들을 보냈습니까? 혈액 검사를 위해 FBI 과학 수사부에 옷가지들을 보냈습니까? 모든 지문 수사 결과는 음성이었습니다, 맞지요? 모든 모발 검사는 음성이었습니다, 맞지요? 왜 건물 구조 설계도를 요청하지 않았습니까? 하워드는 끝없이 이런 식으로 질문했다. 그러나 폴은 "예.", "아니오."와 "맞습니다."로 짧게 대답했고 어떤 종류의 설명도 덧붙이지 않았다. 폴은 하워드가 질문을 할 때마다 정면을 쳐다보았지만 답변할 때는 의무적으로 머리를 배심원 쪽으로 돌리고, 질문자 하워드를 바라보지 않는다.

하워드와 폴의 대결이 계속되자, 나는 하워드가 자신의 머리를 벽돌 벽에 박는 것처럼 웃기게 보였다. 하워드는 그래도 반대 심문을 계속하고 있다. 하워드는 폴이 플로리다에서 산자를 인터뷰한 부분에서 화를 내며 소리를 버럭 지르는 모습은 만화영화를 보는 것 같았다. 그곳에 언제 갔습니까? 피고인을 인터뷰했습니까? 시간은 얼마 동안입니까? 필기했습니까? 보고서를 작성했습니까? 인터뷰 날짜가 어떻게 되죠? 3월 23일 아니었습니까? 피고인을 속였지요, 아닙니까? 산자 씨가 토요일과 일요일에 일하러 가지 않았다고 말한 것은 사실 아닙니까? 그것이 사실 아닌가요? 반지를 실제로 보여 준 적은 없고 반지의 사진만을 보여 준 것이 사실 아닙니까? 그것은 그가 유죄인 것처럼 보이게 하려고 하신 것 아닙니까? 사실 그렇지 않습니까?

폴은 하워드의 질문이 사실무근이라는 것을 알고 대답하면서 짜증이 나 있었다. 하워드가 금요일 오후마다 퍽 빌딩 지역에 교통 체증이 있다는 것을 언급하자 상황은 정말로 우스꽝스럽게 된다. 폴은 "교통 체증이요?"라는 말을 소리는 내지 않고 입 모양으로만 하면서 당황한 듯 보인다. 하워드가 퍽 빌딩에서부터 주차장까지 얼마나 걸리는지 묻는다. 폴은 "대략 10분 정도."라고 대답한다. 바로 그때, 하워드가 꾸지람하듯이 그 지역에 항상 교통 체증이 일어난다고 외친다. 때로는 몇 시간 동안이나 차량이 움직일 수 없고, 퍽 빌딩에서 주차장까지 가는 데에 10분보다는 더 시간이 많이 걸린다는 것이다.

나도 '교통 체증'이 사건과 무슨 상관이 있는지 어리둥절할 수밖에 없다. 모든 사람들은 차가 막히는 것에 대해서 알고 있지만 무슨 관련이 있단 말인가? 하워드는 그날 밤 일어난 교통 체증으로 인해 산자가 무죄임을 입증하려는 건가? 제프리는 하워드의 '교통 체증' 주장에 대해 폴에게 묻는다. "건장한 남성의 경우에, 일방통행 규칙을 지키지 않고 속도 제한을 고려하지 않는다면 퍽 빌딩에서 주차장까지 가는 데에 얼마나 걸릴까요?"라고 묻는다.

폴은 "1분 내지 2분이요."이라고 답한다. 그러나 그것은 '교통 체증' 주장의 끝이 아니었다. 하워드는 재재심문을 할 때에 폴에게 마지막으로 묻는다.

"때로는 출퇴근 시간에 모트 가와 그랜드 가가 만나는 지점에서 사거리를 통과하려면 10분에서 15분을 앉아서 기다려야 한다는 것이 말이 될까요?"

폴은 눈을 굴리며 답한다.

"가능하겠네요."

하워드는 교통 체증 토론에서 승리했다는 표정이다.

그는 "감사합니다." 하고 앉는다. 판사는 양측에 "다른 질문 있습니까?"라고 물었다. 제프리는 "더 이상 없습니다."라고 말한다. 폴은 긴장을 푼다. 판사는 "내일 아침 9시 30분까지 휴정하겠습니다. 배심원들은 이제 가도 됩니다. 해당 사건에 대해 절대 논의하지 마십시오."라고 강조한다.

"폴, 어땠소? 완전 말짱하네!"

우리가 제프리의 사무실로 들어가자 마티가 소리친다.

"간신히 살아남았어요, 마티. 아, 뇌가 교통 체증에 걸린 것 같아요."

폴이 주황색 소파에 털썩 앉으며 투덜거린다.

"교통 체증. 하하하. 그래요, 교통 체증. 오늘의 단어입니다!"

제프리가 웃으며 폴의 어깨를 세게 친다. 폴은 "나 빼 놓고 사이드바에서 뭘 그렇게 쑥덕거리는 겁니까? 그 변호사 이상한 사람이네. 아 진짜 그 사람 징징대는 거 듣기 싫어요."라고 말한다.

제프리가 활짝 웃으며 말한다.

"폴, 오늘 증인석에서 잘했습니다. 우리가 바라는 모든 증거물을 인정받고 공식적으로 입증됐으니까요."

"《플레이걸》 증거물은 어떻게 되는 겁니까?" 폴이 묻는다.

제프리가 대답하며 웃는다. "아, 그거요? 나는 그게 증거로 인정되든지 말든지 신경 안 씁니다."

폴은 소파에 기대어 앉아서 두 발을 탁자 위에 올려두며 말한다.

"나는 플로리다 말만 나오면 걱정이 되었습니다. 하워드 그 사람이 캥거루처럼 어찌나 날뛰어 대는지."

줄곧 웃고 있던 마티가 묻는다.

"플로리다 인터뷰 건은 어떻게 됐소? 그거 관련해서 질문 많이 했을 것 같은데."

내가 대답했다.

"맞아요, 하워드는 당신과 폴이 플로리다 갔을 때에 산자를 속였다고 했습니다."

마티가 바로 앉으면서 말했다.

"감히 누굴 속였다고? 어이없구먼! 게다가 그 자리에는 산자 변호사도 있었소. 그 변호사가 필기도 못하게 하고, 녹음도 못하게 했소. 진짜 아무것도 못하게 했지. 우리가 호텔로 돌아와서야 필기를 좀 했다니까."

폴이 말한다.

"맞아요. 금요일에 일하러 가지 않았다고 거짓말하고, 반지에 대해서 거짓말하고. 그런데 우리가 산자를 속였다고? 하워드 재피가 그 말 할 때 나 진짜 열 받았습니다."

마티가 비웃으며 말한다.

"바로 그게 변호사들 아니겠소? 다 능구렁이들이라니까."

이 말에 제프리가 마티를 빤히 쳐다보며 말한다.

"그래도 찾아보면 도덕적인 변호사들도 있습니다."

마티는 심드렁한 톤으로 말한다.

"하긴 그렇지. 근데 제프리 검사는 달라요. 우리와 같은 족속이니까."

제프리가 방을 둘러보고 어이없다는 듯, "그게 칭찬입니까?" 하면서 웃는다.

나는 웃으며 말한다.

"그건 고참 여우로부터 얻을 수 있는 최고의 찬사 같군요."

마티가 돌아서서 나를 보며 말한다.

"존, 우리는 플로리다를 못 갈 뻔했소. 예산 문제 때문에. 존이 높은 사람들에게 편지 쓰기 전까지는 말이오. 그러고 나자 그들이 좀 진지해졌지. 그 높으신 분한테 편지 쓰기 전까지는 수사에 진척이 없었소. 편지 후에 위에서 압력이 좀 있었나 봐요. 상관이 나한테 전화해서 질문을 했지. 내가 당신의 편지랑 관련이 있다고 생각했겠지. 난 아무 상관도 없는데. 다만 수사를 진행하고 싶었을 뿐이었소."

나는 사과하듯이 말했다.

"편지 때문에 문제가 있었군요. 나는 당신의 선임자들한테 복사본도 보냈어야 했나 봅니다."

"경찰서장이 내 상관에게 전화를 하니까 화난 거겠지, 뭐. 그리고 시장 사무실에서도 상관에게 전화했소. 어쨌거나, 결국 폴과 내가 플로리다에 갈 수 있도록 승낙해 줬으니까."

"내가 도울 수 있어서 다행입니다."

"약간의 압력은 항상 도움이 되는 법이오. 그곳에 갔을 때, 산자가 스텀프인지 워드인지한테 누명을 씌우려고 했소. 워드가 스텀프의 실명이에요. 그 녀석은 술 취한 사람의 지갑을 훔쳐서 취객의 신분증을 도용하는 그런 놈이지. 그가 얼마나 많은 사람들 지갑을 훔쳤는지 어떻게 알겠소? 어쨌든, 스텀프 녀석은 산자한테서 1천 달러를 받고 산자를 플로리다에 데려다줬소. 그것도 훔친 자동차로."

"누나한테 훔친 그 1천 달러인가요?"

"아마도. 그때 그 돈 말고는 없었던 것 같았소."

"그런 일도 있었군요."

"어쨌든, 산자는 스텀프한테 살인 누명을 씌울 수 있다고 생각했던 거요. 그래서 우리랑 이야기하는 데에 동의했소. 우리가 스텀프를 조사하려고 그곳에 갔다고 말한 적이 없고 살인 사건에 대해서 조사하려고 왔다고 했지. 산자는 우리가 그를 쫓아온 것을 알았던 거요. 그래서 우리한테 거짓말을 한 거고. 그런데, 그 반지를 보더니, 더 이상 이야기를 안 하더군. 반지를 보는 순간 녀석은 당황했소. 분명해요. 녀석은 반지를 전당포에 팔려고 했소. 스텀프가 플로리다의 전당포랑 귀금속 가게에 몇 번 차를 세웠다고 말했으니까. 플로리다 형사들이 가게들을 돌아다니면서 반지를 찾으려고 했는데 결국 못 찾았지."

"그나저나 스텀프가 말한 걸 믿을 수 있어요?"

"당연히 그의 말을 걸러서 듣소. 거짓말 탐지기에 대고 말한 것들이니까 대부분의 말은 믿을 만하지요."

"산자가 스텀프에 대해 이야기한 것 없었나요? 내 말은 뉴욕에서 플로리다까지 가려면 엄청 먼데, 아무 말도 하지 않았을 리 없잖아요. 특히 산자가 도망가는 중이었으니까."

"누군가를 크게 다치게 했다고만 스텀프한테 말했더랬소. 그리고 그게 도망가는 이유라고. 모든 것을 말했다곤 생각할 수 없지."

폴이 말한다.

"그건 말하기 어렵죠. 이런 놈들은 워낙 거짓말을 많이 하니까. 그리고 거의 마약을 한 상태잖아요. 서로한테 어떤 말을 했는지 어떻게 알겠습니까?"

마티가 갑자기 생각한 듯이 말했다.

"아, 그 말 하니까 생각난 건데. 여기에 올 때 산자가 한 말이 있소. 우리가 플로리다에서 재판 때문에 산자를 데려올 때 말이오. 스텀프가 산자 돈을 훔쳐 가서 산자가 스텀프한테 화났다고."

마티의 말에 제프리가 관심을 쏟으며 묻는다.

"아, 그랬습니까? 어떻게 된 일인가요?"

마티가 술술 이야기를 했다.

"플로리다 주 폼파노 비치 소속 캐리 형사 팀이 산자가 머무는 모텔 앞에서 잠복근무했을 때요. 산자는 경찰들이 주변에 숨어 있다는 것을 눈치채고 스텀프한테 모텔 방 열쇠를 주면서 화장실에 보관해 둔 1천 2백 달러와 총을 가지고 나오라고 부탁했소. 산자는 스텀프가 돌아오면 그가 운전하는 차 안으로 뛰어들 요량이었는데 스텀프가 모텔에 들렀다가 나오면서 경찰관들이 있다는걸 눈치챈 거요. 스텀프가 산자 있는 쪽으로 차를 몰고 돌아와서 서지 않고 그냥 지나가 버린 거요. 지나가면서 산자한테 바이바이 하며 손을 흔들었고 계속 갔소. 뉴욕까지 쭉. 그래서 산자 녀석이 단단히 화가 나 있었소."

사무실 안의 사람들이 소리 내어 웃었다.

마티가 계속 말했다.

"스텀프는 그렇게 멍청하지 않소. 만약 산자를 태우려고 멈추었다면 경찰이 이 일에 스텀프도 관련되었다고 판단했을 거요. 산자 뒤를 쫓으려고 경찰이 스텀프를 거기서 걸어 나올 수 있도록 했다는 것을 스텀프는 눈치챘을 것이오. 스텀프는 경찰과 산자보다 한 수 위지요. 돈하고 총을 갖고 튀었으니까. 경찰이 잠복 근무하는 속으로 모르고 들어갔다는 사실에 스텀프도 화가 났었소. 그런데 스텀프가 산자 뒤통수를 쳤소."

"정말 배반투성이네요."

"그럼요, 이런 놈들은 서로한테 이런 짓을 밥 먹듯이 합니다," 제프리가 마티에게 물었다.

"그럼 산자는 그 다음에 어떻게 했습니까?"

"산자는 그 자리에서 스텀프가 운전해서 가 버리는 것을 볼 수밖에 없었다고 했소."

나는 어떻게 그가 잡혔는지 궁금해서 물었다.

"그럼 결국 어떻게 그를 잡게 된 겁니까?"

"스텀프랑 그 난리를 치고 산자는 다른 모텔로 옮겼소. 그동안에 폼파노 경찰서의 캐리 형사 팀이 산자의 여자 친구를 추적하느라 잠복근무도 했소. 그 여자 이름이 루요. 산자가 그녀에게 몇 번이나 같이 도망치자고 졸랐는데 그녀의 대답은 '노'였소. 그 이후에 산자가 계속 그녀를 쫓아다녔지. 결국 루는 무서워서 캐리 형사한테 산자가 괴롭힌다고 이야기했소. 캐리 형사 팀은 산자가 루를 스토킹하는 것을 발견했고 모텔로 따라갔지."

"저항했대요?"

"아뇨. 전혀."

"캐리가 실망했겠어요."

"40명인가 되는 강간 피해자들도 실망했겠지. 그 사람들은 얼마나 산자를 물어뜯고 싶었겠소?"

마티가 한숨을 내쉬고 말한다. 모든 사람들이 아무 말도 하지 않는다. 침묵이 흐른다. 갑자기 마티가 소리친다.

"이 미친놈들……다 없애 버려야 해."

모두가 웃음을 터뜨리는데 마티는 웃지는 않는다. 그는 심각한 표정으로 말한다.

"진심이라니까. 이놈들은 재판을 받을 자격도 없소. 이 세상에 더 이상 소속되지도 않지. 그들은 자신의 권리를 박탈당했소. 산자 사건을 수사하는 데 든 비용이 얼마지요? 제프리, 1백만 달러요?"

제프리가 말한다.

"산자 건이 끝나면 그 정도 되겠습니다."

나는 고개를 절레절레 흔드는 마티를 쳐다본다.

마지막 증인

폼파노 비치 경찰서의 캐리 칼타우 형사는 제프리가 증인 요청을 하자, 플로리다에서 뉴욕으로 3명의 피해 여성과 함께 왔다. 그는 그의 부인도 자비를 들여 데리고 왔다. 제프리가 증인석의 칼타우 형사에게 묻는다.

"미시즈 필의 사건 이전에 폼파노 비치 경찰서의 부서에서 뉴욕 시 경찰로부터 정보를 받았던 1982년 11월 초를 기억합니까?"

"네, 기억합니다."

"미스 매드슨, 미스 쉘, 미시즈 필과 관련된 사건에서 산자를 체포하는 데에 그 정보들이 도움이 되었습니까?"

"네."

"그렇다면 실제로 체포를 했습니까?"

"네, 했습니다."

"증인이 체포했던 사람은 누구였습니까?"

"조이 안토니 산자입니다."

"그러면 오늘 법정에서 그 사람을 알아볼 수 있나요?"

"네, 그렇습니다."

"그렇다면 그를 손가락으로 가리킬 수 있습니까?"

"그 사람은 내 앞에서 약간 오른쪽에 앉아 있는, 밤색 넥타이를 매고 정장을 한 저 남자입니다."

이번 재판에서 처음으로, 산자가 기가 죽은 것처럼 보인다. 그의 어깨는 축 늘어져 있고 그는 눈을 떨군다. 뉴욕 경찰과 폼비치 경찰이 함께 그를 공격한다.

그들은 산자가 플로리다에서 징역형을 선고받은 것에 대해서 이야기한다. 그가 1983년 6월 20일에 자신의 유죄를 인정했다고 한다. 그리고 3명의 여성에 대한 성폭력을 이유로 무기징역을 선고받았다. 제프리는 산자가 플로리다에서 받은 무기징역 이야기로 증인 심문을 마감한다. 이번 재판의 결론이 어떻게 나오든지 간에, 산자는 오랫동안 햇빛을 보지는 못할 것이다.

제프리는 큰 소리로 선언했다.

"존경하는 재판관님, 이로써 검찰의 사건 증인 심문을 끝내겠습니다."

판사는 검사측과 변호인들과 대화를 마무리하는 동안에 배심원들더러 대기실로 가 있으라고 한다. 배심원들이 나갔고 하워드가 일어선다.

하워드 재피가 또 무효 재판을 주장한다. 그가 '무효 재판'을 언급할 때마다, 나의 심장은 뛴다. 그는 플로리다 증인들의 증언은 이 사건의 그 어떤 증언과도 비슷하지 않다고 주장한다.

"기각합니다."

판사가 간단하게 말한다. 하워드는 모든 기소를 철회하라는 이의를 제기한다. 일단 채택된 증거를 입증하는 데에 검찰이 실패했기 때문이라는 것이다. 판사는 그 이의를 기각하고 하워드에게 묻는다.

"하워드 재피 변호사, 피고인이 증언할 예정입니까?"

하워드는 잠깐 동안 이 사람, 저 사람 등 증인 몇 명을 부를 수도 있다고 횡설수설하고 있다. 판사는 하워드에게 피고인의 입증 절차를 시행할 예정인지 아니면 기권할 것인지 여부를 다시 묻는다.

"피고인 측은 증언이 끝났습니까?"

판사가 다시 재촉하자 하워드는 산자에게 달려가서 꽤 오랜 시간 동안 서로 귓속말로 대화를 나눈다. 제프리가 카트 옆에서 기다리면서, '산자'라고 빨간색 잉크로 표시된 파일을 뒤적인다. 하워드는 그의 고객 산자와 회의를 끝마치고 판사의 벤치 앞에서 선언한다.

"산자는 그의 증언할 권리를 행사하지 않고자 합니다. 재판관님, 그럼으로써 피고인은 입증 절차를 끝냅니다."

최종 변론, 최종 구형

나는 제프리의 사무실로 돌아와 그에게 물었다.

"왜 그가 증인석에 서지 않은 겁니까? 산자가 무죄를 주장하고 싶다면 증인석에 올라가겠죠. 아닌가요?"

제프리가 대답했다.

"항상 그런 것은 아닙니다. 그는 올라갈 필요가 없어요. 만약 증인석에 올라가면 산자는 스스로를 노출하는 셈이 됩니다. 그걸 그도 잘 알지요. 사실, 나는 그가 올라가기를 바랐습니다. 그가 과거에 말한 것이나 모든 행동에 대해 낱낱이 따질 기회가 되니까요. 플로리다에서뿐만 아니라 캘리포니아와 콜로라도에서 일어난 강간 사건 전부 말입니다. 그에게 물어보고 싶은 것들이 너무 많습니다. 정말 많은 것들. 그가 스스로 증인석에 올라가려면 상황이 더 절박했어야 할 겁니다. 지금은 자기가 무죄 선고 받을 가능성이 꽤 높다고 생각했나 봅니다."

그리고 제프리는 재킷을 벗어 의자에 둘리면서 농담조로 중얼거렸다.

"오케. 그러면 역사적인 최종 진술을 어떻게 하지?"

어니가 사무실로 들어왔다. 제프리가 그에게 "우리가 범행 조작 이론이나 논점 일탈 중에 뭘 주장해야 할까요?"라고 묻는다.

어니가 답한다. "내 생각엔, 하워드 재피가 어떻게 할 것인지에 달려 있는 것 같은데요."

제프리가 의자 뒤로 기대어 곰곰이 생각하더니 말한다.

"하워드 재피가 언젠가 한 번 '희생양'을 언급한 것 같아요. 아마도 그가 뉴욕 경찰들에게 트집을 잡을지도 모릅니다. 경찰이 산자라는 존재를 발견했을 때 '산자가 전과가 많은 것을 알게 되면서 그에게 죄를 씌우고 수사를 중단했다'라고 주장할지 모릅니다. 범행을 조작했다는 설이지요."

"아, 범행 조작, 그거 좋아요. 내가 제일 좋아하는 이론인데."

"그런데 하워드가 그걸 활용할 것 같지는 않아요. 서운하게도. 하워드 재피가 그런 식으로 나가면 우리가 쉽게 해결할 수 있는데."

"하워드가 모두 변론한 거 보면 진짜 짧았어요. 우리한테 말할 만한 빌미를 안 줬잖아요."

제프리가 말한다.

"논점 일탈과 진짜 논점을 대조하는 방법이 좋겠습니다."

어니가 조용히 고개를 끄덕인다.

나는 이 두 검사의 대화를 이해할 수 없다. 나는 제프리와 어니

에게 논점 일탈, 진짜 논점이 무엇인지 물어보고 싶지만 그들의
대화를 방해하고 싶지 않았다.

다음날은 가랑비가 내렸다.

맨해튼 길가는 춤추는 우산으로 가득 찼다. 우산들은 샌프란시
스코 만의 파도처럼 리듬 없이 몰려다닌다. 어머니는 성 앤드류
성당에 들어가고 싶어 한다. 그래서 우리는 길가의 빗줄기와 아
수라장으로부터 벗어나 그 침묵의 공간으로 들어간다.

우리는 비에 젖은 채로 고딕 성당의 침묵 소리를 듣는다. 접혀
진 우산에선 물방울이 떨어진다. 어머니, 엘리자베스, 버나데트
는 성 테레사의 조각 밑에 촛불을 켜고 성녀 앞에서 움직임 없이
서 있다. 촛농이 떨어져 유리 컵 안으로 흐르고 촛불이 고대 공간
안에서 춤을 춘다. 도심으로부터 격리된 이 평화로운 피난처는
다른 세상이다.

밖으로 다시 나와 형사 법원에 도착했다. 우리는 로비의 대혼
란 속으로 들어간다. 난 로비에 그렇게 사람이 많은 것을 본 적이
없다. 지하철 안처럼 사람들이 꽉 차 있다. 우리가 엘리베이터를
향해 가는 동안에 그 안은 사방에서 뭔가 불만스러운 듯 웅웅거
리는 소리, 메아리, 담배 연기로 자욱하다. 엘리베이터에 도착하
니 기다리는 사람들이 너무 많다. 엘리베이터를 기다리는 것보다
차라리 커피를 마시는 게 낫겠다.

우리는 커피와 도넛을 사려고 카페테리아에 줄을 선다. 커피는 맛이 없겠지만 추워서 덜덜 떠는 거보단 낫겠다는 생각이다. 우리는 버려진 신문, 플라스틱 용기로 가득 찬 재떨이, 빈 우유곽, 사용된 커피스틱들이 놓인 카운터 앞에 팔꿈치를 맞대고 서서, 스티로폼 컵에 담긴 커피를 마신다. 재판이 열리는 아침 9시가 다 되어서야 엘리베이터를 탈 수 있었다. 엘리베이터는 만원이다. 간신히 밀고 들어가 11층에서 내려 서둘러서 법정으로 간다. 도착하니 얼굴이 바뀐 집행관이 법정 문 앞에 서서 안으로 들어가는 사람들의 소지품을 일일이 검사한다. 나는 그들에게 피해자 가족이라고 말한다. 법정 안에 들어서니 더 많은 집행관들이 서 있다. 못 보던 사람들이다. 아, 그렇지, 오늘이 최종 변론하는 날이다. 우리는 왼쪽 좌석 두 번째 줄에 앉는다. 제프리의 카트가 내 뒤로 달그락거리며 들어온다. 제프리, 어니, 마티가 우리가 있는 쪽으로 걸어온다. 폴은 문서 정리를 하느라 사무실에 가 있다고 마티가 말했다. 판사가 들어왔다. 그는 자리에 앉으면서 "준비되었습니까?" 하고 검사 제프리와 변호사 하워드에게 묻는다.

"그렇습니다, 재판관님."

"배심원들 들어오라고 하세요."

판사가 집행관에게 명령하자 마법처럼 법정이 갑자기 조용해진다. 배심원들이 들어와서 자신의 자리에 앉는다. 그들은 그 어느 때보다도 표정이 엄숙하다. 그들도 제프리와 하워드의 마지막

결전을 앞두고 법정에 가득 찬 긴장감을 느끼는 게 분명하다. 판사가 진행을 빠르게 한다. 하워드 재피가 먼저 일어서서 그의 최종 변론을 시작한다.

"제프리 슈랭어 검사와 나는 경연대회를 하는 것이 아닙니다……. 물론 나는 슈랭어 검사의 천둥 같고 감정적이며 극적인 최종 변론을 기대하고 있습니다. 그가 여러분들께 우리를 이곳에 있게 한 잔혹하고 비인간적인 살인과 강간에 대해서 다시 말씀드릴 것입니다. 그러나 여기에서 중요한 논점은 그것이 아닙니다……. 여기에서 정말로 논점이 되는 것은 검찰이 피고인의 유죄 여부를 합리적인 의심 이상으로 입증을 하였느냐에 관한 것입니다. 그것이 진정한 쟁점이 되는 것입니다. 검사가 말했던 모든 것들은 피고인에게 해당되지 않습니다."

진정한 쟁점. 드디어 진정한 쟁점 이야기가 나왔다. 제프리가 어제 말했던 바로 그것이다. 귀를 기울이고 있는 배심원들을 향해 하워드는 제프리의 모두진술을 언급하며 그것을 공격하기 시작한다.

"슈랭어 검사가 모두진술에서 했던 말들을 다시 떠올려 보십시오……. 그가 입증할 것에 대해서만 여러분들께 말할 수 있도록 법에 규정되어 있습니다. 피고인의 변호사로서 나는 아무것도 입증해야 할 의무가 없습니다. 검사는 피고인이 그녀를 지하로 끌고 간 것에 대해서 입증할 것이라고 여러분들께 말했습니다……. 산자 씨가 지하가 어디인지 알고 있었다고 할 만한 어떤 증거가 있습니까. 그를 지하에서 본 사람이 한 명이라도 있습니까? 아니오, 아무도 없습니다."

나는 마티를 쳐다본다. 그는 무표정하게 눈을 감고 있다.

하워드는 계속해서 이야기한다.

"슈랭어 검사는 여기 이 남자가 테레사 차의 사체를 끌고 와서 지푸라기와 먼지들로 가득 찬 밴에 실었다고 여러분들께 말했습니다……. 그러나 그것들, 지푸라기와 먼지는 주차장과 그녀의 몸에서 발견된 것과 일치하지 않았습니다……."

하워드는 잃어버린 조각들에 대해서 이야기를 하면서 자신감을 얻고 있다. 산자를 밴과 연결시키기 위한 잃어버린 조각들이 있었다. 그의 부츠와 모자 위의 혈흔으로 피해자를 추적할 수는 없었다. 어떤 배심원들은 고개를 끄덕이는 것처럼 보인다. 내 심장 박동수가 빨라진다. 하워드는 테레사 산자의 증언으로 넘어가고 있다. 그는 그녀가 "그녀의 생일을 48시간 동안 축하했고, 사망자의 반지가 아닌 다른 반지의 사진을 봤다."고 주장한다.

산자가 플로리다로 간 것에 대해서는, 산자가 도망간 것이 아니라고 주장한다.

"그는 남쪽으로 이사를 가는 표류자였습니다. 나는 여러분들께 정액이 이 남성과 일치하지 않는다고 했습니다. 이 말이 정확합니다. 나는 여러분들께 부츠 위에 묻은 혈흔이 사건보다 몇 달 이전에 묻었을 것이라고 했습니다. 그것도 정확한 사실입니다······."

하워드는 계속 말하고 있다.

"나는 그 당시 여러분들께 말했습니다. 그리고 이제 배심원 여러분들께 부탁드립니다. 내가 여러분들께 부탁드리는 것은 우리 변호인은 산자의 무죄를 입증하지 않아도 된다는 점을 기억하고 마음을 열어 두라는 것입니다. 검사는 여러분들께 모두진술에서 말했던 모든 것에 대해 입증했어야 합니다. 그리고 이 사건의 말미에 나는 여러분께 무죄 평결을 내려 주실 것을 부탁드리겠습니다. 나는 검사가 이미 말했던 것에 대해 아무것도 증명하지 못했다는 것을 말씀드리며 또한 나는 내가 말했던 모든 것에 대해 입증했음을 알려 드립니다. 다음으로, 여러분들께서 만약 산자가 비열한 인간인지에 대해 합리적인 의심을 넘어선 결정을 하려고 한다면, 그것은 쉽습니다. 꽤 쉽게 그러한 결정을 할 수 있습니다. 그리고 그것은 입증된 사실입니다. ······네, 그는 비열한 인간입니다. 그는 플로리다에서 다수의 여성을 괴롭혔습니다. 그것은 여러분들께 입증된 것입니다. 그렇습니다. 그는 비열한 인간입니다. 그러나 여러분들께서 답해야 하는 질문은 그 내용이 아니라 바로 이것입니다. 미국 연방 헌법과 뉴욕 주의 헌법, 뉴욕 주의 법령이 어떤 사람이 비열하다고 해서 그 사람을 유죄로 판단합니까? 그 사건이 끔찍하다고 하여 그 사람을 유죄로 판단합니까? 당연히 그렇지 않습니다. 나는 진심으로 그러한 일이 발생하지 않기를 바랍니다."

하워드가 반복해서 산자를 '비열한' 인간이라고 언급하자 산자도 혼란스러워 한다. 산자는 눈을 갑자기 뜨고 옆을 째려본다. 그리고 하워드가 '비열한despicable'이라는 단어를 내뱉을 때마다 그를 째려본다. 산자는 그 말이 무슨 뜻인지 안다. 아니, 그가 그 단어의 의미를 몰라도 하워드의 발언에는 충분한 의도가 들어 있다. 그리고 산자는 그것을 느낀다. 왜냐하면 산자는 주먹을 꽉 쥐고 팔꿈치를 탁자 위에 수직으로 올려 두었으며 표정이 심하게 구겨지고 있었기 때문이다. 어쩌면 산자가 비열한 사람들도 권리가 있다는 하워드의 논점을 놓쳤을 수 있다. 그러니 산자가 화를 낼 만하다.

똥이나 처먹어, 산자.

하워드가 다른 증인으로 넘어가자, 체리 색깔로 얼굴이 붉으락 푸르락하던 산자의 얼굴이 조금 누그러진다. 하워드는 발레리 스미스가 가장 중요한 증인이라고 했다. 왜냐하면 그녀가 '테레사 차와 오후 5시 경에 회의를 했다'고 증언했고, 그 증언은 어두워지기 조금 전이나 그 즈음에 회의를 했다고 한 켄지 후지타의 말에 의해서도 입증되었기 때문이다. 하워드는 "빛이 있다가 갑자기 해가 사라진 후 순식간에 어두움이 찼다는 것을 의미하나요? 상식적으로 생각해 보십시오. 테레사 차는 오후 5시에 퍽 빌딩에 없었습니다. 그녀가 퍽 빌딩에 들어가는 것을 보았다고 증언한 사람은 아무도 없었습니다."라고 소리친다.

그 다음 그는 퍽 빌딩에서 산자가 했던 행동을 설명한다.

"그는 그냥 그의 가방을 두고 왔을 뿐입니다. 그래서 가방을 가지러 다시 들어간 것입니다. 그게 왜 큰일입니까? 다른 경비원 크리츠로우와 맥크레이에게는 그날 밤 아무것도 이상한 점이 없었습니다. 그가 받아야 하는 8백 달러를 받지 않고 떠난 것에 대해서는, 산자는 언제 그 돈을 받을 수 있을지 몰랐고 그저 '손해를 최소화'하고 싶어서 직장을 떠났을 뿐입니다. 그는 더 이상 무급으로 일하고 싶지 않았던 겁니다."

하워드는 계속한다.

"다음으로…… 피고인의 누나인 테레사 마니에리 산자에 대해서 이야기해 보겠습니다. 테레사 마니에리는 그녀의 생일을 축하하고 있었습니다. 그리고 그녀는 이틀 연속으로 생일 축하 파티를 했습니다. 나는 반지에 대한 그녀의 증언이 믿을 수 없습니다. 왜냐하면 그녀는 이틀이나 잠을 자지 않았습니다. 그리고 그녀는 그녀의 남동생에 대해 복수를 하려고 합니다. 그는 그녀의 물건을 훔쳐 갔고, 그녀는 상처를 받았지요. 심한 상처 말입니다."

그는 이어 캐시 필빈의 증언으로 넘어갔다.

"캐시 필빈은 산자가 집에 와서 목욕물에 들어갔다는 검사의 터무니없는 주장을 입증하기 위해 증인석에 올라갔습니다. 피고인은 화장실에 들어가서 여느 날 밤과 다름없이 샤워를 했습니다. 그녀는 산자가 '머리 감았어요……?' 같은 비슷한 말을 하는 것을 들었습니다. 그가 물어본 것은 그녀가 머리를 감았는지에 대한 것뿐이었습니다. 아마도 그는 다른 사람이 욕조를 사용하려고 한 때에 그녀가 욕조를 치워 두지 않은 것에 대해 놀라서 물어본 것인지도 모릅니다."

와인스틴의 증언에 대해서 하워드는 "산자가 금요일 밤에 온전히 정상으로 행동한 것으로 보입니다. 그는 와인스틴을 만나기로 되어 있었습니다. 그날 밤 와인스틴 씨와 약속을 어기고 다른 곳에 갔다고 할지라도, 그것이 그 이상 뭘 의미하는지는 모르겠네요. 그게 범죄의 증거입니까?"라고 말했다.

"다음으로 12월 11일에 피해자 가족들은 충격적인 경험을 했습니다. 이에 대해서 이의를 제기하지는 않겠습니다. 그들이 왜 범죄 현장을 찾아야 했습니까? 왜냐하면 경찰이 이 사건과 관련하여 본분을 다하지 않았기 때문입니다."

나는 숨죽이고 "개똥 같은 소리."라고 중얼거린다. 옆자리의 마티가 그 소리를 듣고 고개를 끄덕이며 웃는다. 하워드 재피는 뉴욕 경찰을 계속해서 공격한다.

"폴 페이스 형사가 여러분들께 혈액형이 맞지 않아 스텀프를 배제한 것에 대해 이야기하였습니다. 그러나 그 근거가 무엇입니까? 그는 스텀프나 다른 사람한테는 관심이 없습니다. 그는 이미 산자를 범인으로 간주하고 더 이상 수사를 진행하지 않았습니다. 다음으로, 페이스 형사와 대빈 형사는 3월에 플로리다에 갔습니다. 왜 그들이 플로리다에 갔습니까? 그들은 플로리다에 피고인과 피고인의 변호사를 속이기 위해 갔습니다. 그리고 그들은 그로부터 자백을 받아 내려고 했습니다. 그들은 실제 증거를 얻어 내고자 했습니다. 그들이 플로리다에 가서 '스텀프를 찾으러 왔다, 혹은 이 사람을 찾으러 왔다'라고 말하며 자백과 같은 사실적인 증거를 얻고자 했지만 그들은 아무것도 얻지 못했습니다. 일전에 그들이 말했던 모든 것들은 여러분들이 신뢰하기에는 증거가 부족합니다. 왜냐하면 그들이 스스로 잘못하여 얻은 조사 결과를 없애기 위해 여기 이 남성을 지목하려는 것이 그들의 의도였기 때문입니다."

하워드는 증인들에 대해 하나하나 말했고 마침내 플로리다 여성들을 언급했다.

"슈랭어 검사는 그의 주장에 대한 근거를 마련하기 위해 플로리다에서 3명의 여성을 모셔 왔습니다. 플로리다 사건은 해당 사건과 유사합니다. 그런데, 이 경우는 어떤 사람이 강간을 하고 보석함을 보았고 그가 그것을 가져간 사건과 다릅니다. 그것은 보통 흔한 행동입니다. 플로리다에서 그가 했던 행동과 테레사 차의 반지에 관한 것과는 어떠한 특별한 관련성도 없습니다. 산자 씨는 이러한 여성들을 폭행하지도 않았고, 그들에 상해를 가하지도 않았습니다. 그는 '당신과 자고 싶어요'라고 말했습니다. 이것은 이 사건에서 일어난 것과는 유사하지 않습니다."

하워드 재피의 피고인 변론이 끝난 후 우리는 법정 밖에 모여 있다. 우리는 기분이 좀 가라앉아 있고 말도 없다. 하워드의 변론이 궤변이지만 효과적인 주장을 전달했다는 생각이다. 배심원들이 믿을지도 모른다. 그런데 마티는 걱정하지 않는다. "우리 제프리가 이 멍청한 변호사에 한 방 먹여 줄 것이오." 하면서 미소를 짓는다.

오랫동안 우리는 빗방울이 떨어지는 창문을 바라본다. 고층 빌딩들은 빗줄기 속에 희미한 회색으로 흩어져 있고 그 아래에 백스터 가 길 위로 자동차들이 빵빵댔고 젖은 길 위에 바퀴가 굴러간다. 그때 누군가가 중얼거린다.

"제프리가 하워드 뒤에 하니까 다행이네요."

우리는 그 말에 동의하며 고개를 끄덕이고 제프리의 최종 진술을 들으러 법정으로 돌아간다.

제프리는 배심원단 앞으로 걸어가면서 말을 시작한다. 그런데 제프리가 손에 들고 있는 것이 뭐지? 테레사 사진인가? 그의 왼손에는 8×10인치 크기의 컬러 사진이 들려 있다. 테레사, 너의 활짝 웃는 얼굴, 옷깃에는 하얀 난을 꽂고 있다. 노엘의 집에서 열린 약혼식 때 찍은 것이다. 제프리의 오른손에는 흑백 8×10인치 크기의 광택 사진이 있었다. 주차장에서 발견된 시체 사진이다.

나는 어머니의 손을 꼭 잡는다. 어머니는 양손으로 내 손을 꽉 잡고는 두 손을 떤다. 나는 어머니를 쳐다본다. 그러나 어머니는 단호한 표정이다. 어머니가 내 손을 너무 세게 잡아서 나는 소리를 지를 뻔했다.

제프리의 말이 이어졌다.

"……모두진술에서 나는 이미 여러분들께 말씀드렸습니다. 우리를 이 자리에 있게 한 계기는 여기 이 여성, 웃음 짓는 테레사 차에게 행해진 무자비하고, 끔찍한 살인과 강간이었습니다……."

제프리가 배심원들에게 오른쪽 사진을 든다. 그리고 계속해서 말한다.

"모든 희망이 사라진 이 생명 없는 시체로 말입니다."

그는 그의 왼손을 들어서 화난 듯이 사진을 흔들면서 계속 말한다.

"그리고 모두진술에서 말씀드렸듯이 퍼즐의 조각을 맞추면, 저 남자의 사진을 볼 수 있습니다. 저기 앉아 있는 피고인 말입니다!"

제프리의 고조되는 비난은 그가 단언함에 따라 한 번 더 법정의 분위기를 차갑게 식힌다.

"여러분 앞에 놓여 있는 증거들은 피고인이 유죄임을 합리적 의심의 여지없이 보여 주고 있습니다."

제프리는 배심원들이 평결함에 있어 사용하는 수단들인 논리와 상식을 활용하여 논리를 전개할 것이라고 말했다. 그는 피고인 변호인이 주장한 바는 배심원들에게 '기록의 사실보다는 상상을 자극하여' 추측을 하도록 한다고 했다. 하워드 재피가 큰 소리로 이의를 제기하지만 판사가 이를 기각했다.

제프리는 계속한다. "나의 최종 진술이 여러분이 진실을 찾는 데에 나침반이 되어 주길 바랍니다. 그러나 무엇보다도 우리는 진정한 쟁점을 허위적 쟁점과 별도로 생각해야만 합니다." 그는 논리적으로 산자의 범죄를 증명해 나갔다.

"먼저 허위적 쟁점들에 대해 말씀드리겠습니다. 뉴욕 경찰과 뉴욕 의학 연구소의 완전성은 허위적 쟁점입니다. 그에 대해서는 여기 본 재판에서는 다루고 있지 않습니다. 여기서 재판의 대상이 되는 사람은 한 명뿐이고 그는 바로 저기 앉아 있는 저 남자입니다. 하워드 재피 변호사는 피고인의 지문이 발견되지 않았기 때문에 그가 무죄라고 주장하며 여러분들을 설득하기를 원합니다. 피고인 측은 시계에서 지문을 채취하지 못했다는 점을 지나치게 강조하였습니다. 배심원 여러분, 시계가 어디에 있었는지 보십시오. 여기 주차장 먼지 위에 표면이 뒤집어져 있었습니다! 지문이 없고, 과학적인 증거가 없을 때, 여러분들은 배심원으로서, 지문과 모발 분석, 그리고 혈액형에 대해서 과학적인 증거보다 더 중요한 것, 즉 사실과 정황증거를 살펴봐야 합니다. 여러분, 여러분의 논리와 상식이 유죄 혹은 무죄를 가늠하는 기준이 되어야 합니다."

제프리가 말하는 것을 듣고 있자니, 그의 논리와 효험의 리듬감에 나는 마음이 편해졌다. 하워드 재피의 약장수 같은 말에 대해 걱정하다니.

"……또 다른 허위적 쟁점이 있습니다. 피고인의 변호인은 어떤 노숙자가 피고인을 포함한 경비원들을 속였다고 주장하고 있습니다. 피고인의 변호인이 주장한 바에 따르면 그 노숙자가 멀리 떨어진 지하까지 내려갔습니다. 노숙자는 그곳까지 내려갔을 뿐만 아니라, 어떤 이유에선지, 강간한 후에 살해의 고의를 가졌습니다. 그런데 이 베일에 싸여진 남자는 그 빌딩에서 나가는 대신에, 무엇을 했습니까? 이 노숙자는 빌딩의 외진 곳으로 시체를 옮겼습니다. 퍽 빌딩과 관련이 있는 사람이 아니라면 그 누가 그곳으로 시체를 옮기려고 했겠습니까? 더 중요한 것은, 피고인의 변호인이 이 베일에 싸인 노숙자가 테레사 차의 손가락에서 반지를 빼 갔다고 여러분들께 주장하고 있다는 것입니다. 그리고 그것을 피고인에게 팔았다는 것입니다. 피고인은 경비원으로 무슨 일이 벌어지고 있는지 살펴보아야 할 사람입니다! 여러분, 이게 말이 되는 소리입니까?"

제프리가 피고인과 변호사를 노려보며 외치고 있다.

"거기에는 베일에 싸인 어떤 노숙자도 없었습니다. 이 모든 것을 했던 사람은 단 한 명의 남자입니다. 극악무도한 범죄를 저지르기 위해 모든 수단, 동기, 기회를 가졌던 사람은 바로 저기에 앉아 있는 저 사람입니다. 다른 허위적 쟁점은…… 시간에 대한 반론입니다. 우리는 테레사 차가 아티스트 스페이스를 오후 4시 48분, 일몰 전에 떠났다는 것을 알고 있습니다. 더 중요한 사실로, 우리는 테레사의 남편 리처드 반스가 오후 5시에 퇴근한다는 것을 알고 있습니다. 만약 그 당시 시간이 오후 5시 이후였다면 테레사 차가 퍽 빌딩에 남편을 만나러 갔을까요? 그 시간이었다면, 그녀는 이미 두 블록 떨어진 집으로 가서 남편을 기다렸을 것입니다."

제프리는 하워드의 최종 변론을 조목조목 따지면서 반론을 펼친다. 그는 전반적으로 허위적 쟁점과 진정한 쟁점을 확실하게 분류한다. 하워드가 주장한 내용들을 모두 무너뜨리고 나서, 제프리는 자신만의 주장을 한다. 신중하고 낮은 목소리로.

"……이러한 성격의 범죄에는 목격자가 없습니다. 대부분 비밀스럽게 벌어집니다. 그렇다면, 우리는 어떻게 피고인이 가해자라는 것을 알 수 있을까요? 우리는 소위 정황증거라는 것을 갖고 있습니다. 정황증거의 법적 의미에 대해서는 판사님께서 잘 설명해 주시겠지만, 그것이 의미하는 바를 설명하겠습니다. 예를 들어, 여러분들이 오늘 여기에 오느라 집을 나와 지하철 역에 갈 때 날씨가 건조하고 햇볕이 쨍쨍했다고 합시다. 지하철을 타고 있을 동안에 사람들이 젖은 우산과 젖은 비옷을 입고 승차하는 것을 보았습니다. 여러분들께서 역에서 내렸고 출구로 나오기 위해서 계단을 올라갔는데 날씨는 좋았습니다. 그러나 자동차뿐만 아니라 길도 축축한 것을 여러분들께서 보았습니다. 그렇다면 거기에는 여러분들께서 실제로 비가 내리는 것을 보지는 않았지만, 지하철 타고 있을 동안에 비가 왔었다고 추측할 수 있는 정황증거가 있는 것입니다.

피고인의 변호인은 비가 오지 않았다고 주장하고 싶어할 것입니다. 왜냐하면 여러분들은 비가 오는 것을 실제로 보지 않았기 때문입니다. 여러분들께서는 정황증거만 갖고 있습니다. 직접증거는 없습니다. 그렇다면 길가의 고인 물, 자동차의 물기, 지하철을 타고 있던 사람들의 젖은 우산들을 어떻게 설명할 수 있겠습니까? 뉴욕에 B-52 폭격기가 물을 뿌리고 날아간 것입니까? 아닙니다. 배심원 여러분, 우리가 상식과 논리를 사용하면, 비가 왔다는 결론에 이를 수 있는 것입니다. 그것이 우리가 합리적인 주장을 지지하는 정황증거라고 말하는 것입니다. 그렇다면, 이 사건에 있어서의 정황증거를 살펴보도록 합시다."

제프리가 물을 한 잔 마시기 위해서 잠시 멈춘다. 기대감으로 팽팽해진 법정 안의 사람들이 그를 쳐다본다. 제프리는 계속해서 목록을 하나씩 다루면서 그 기대감을 감탄할 만큼 충족시킨다.

피고인 산자가 경비 요원이었다. 그는 멀베리 가 쪽 출구에서 경비를 섰다. 밴은 엘리베이터 옆에 주차되었다. 테레사가 멀베리 가 쪽 출구를 통해 들어왔다. 당시 산자는 현재로서는 발견되지 않는 야경봉을 들고 있었다. 그가 이튿날 와인스틴에게 말했던 것처럼 야경봉을 휘둘렀다. 와인스틴이 산자의 상처를 보았다. 산자의 누나와 와인스틴은 그가 반지를 끼고 있는 것을 보았다. 피고인이 반지에 대해서 대빈 형사와 페이스 형사에게 거짓말을 했다는 것 등등.

제프리는 가끔씩 멈춰 서서 배심원들에게 '이것이 우연의 일치인지 아니면 중요한 단서인지'에 대해서 묻는다. 그리고 배심원들이 그의 관점으로 상황을 파악하도록 촉구한다. 배심원들이 제프리의 주장에 동의하는지 그렇지 않은지를 알아차리는 것은 어려운 일이다. 모든 사람들은 하워드 재피 변호사의 말을 경청했듯이, 제프리의 말에 귀를 기울이고 있었다. 제프리의 열정적인 최종 변론이 많이 진행되었지만, 배심원들은 여전히 한 줄기 명백한 빛을 찾기 위해 암중모색하고 있는 것처럼 보였다. 그러나 그들이 실제로 어떤 생각을 하고 있는지 그 누가 알 수 있을 것인가?

"그는 8백 달러의 급여를 받아야 함에도 불구하고 퍽 빌딩에 다시 돌아오지 않았습니다. 피고인의 변호인이 주장하는 바와 같이 그가 이곳저곳을 전전하는 뜨내기이기 때문이었을까요? 그러한 유랑자들이 8백 달러의 월급을 내버려 두고 그 대신 누나 돈을 훔쳐 갑니까? 나는 여러분들께 쫓기고 있는 죄책감을 갖는 사람만이 그렇게 할 것이라고 말하겠습니다. 산자가 플로리다로 간 것이 우연이었을까요? 왜 피고인은 캐시 필빈이 방금 사용한 목욕물로 그렇게 급하게 목욕을 하려 했을까요? 그가 강간을 했고 살인을 했기 때문에 얼른 몸을 씻고 죄책감을 털어 내기 위해서였을까요? 아니면 피고인 변호인이 주장하는 것처럼 내내 일하느라 땀을 흘려서 씻고 싶어서였을까요?"

그는 배심원들에게 질문을 가차없이 던졌다.

제프리가 배심원단 앞에 서서 단어를 하나씩 세게 내뱉는 동안에 산자는 머리를 푹 숙이고 있다. 제프리는 이제 신중하고 낮은 목소리가 아니라 분노를 표출하며, 열정적으로 말하고 있다.

"나는 여러분들께 피고인이 1982년 3월 21일 미시즈 쉘에게 가한 협박에 대해 말하고자 합니다. 그는 총을 꺼내 들고 그녀의 머리 위에 겨누었습니다. 그리고 '널 때려 죽일 거야.'라고 말했습니다. 그 협박은 실행되었습니다. 미시즈 쉘한테 바로 실행된 것은 아니고, 일곱 달이 지난 뒤 플로리다가 아닌 뉴욕의 펔빌딩에서 실행되었습니다. 아마도 테레사는 피고인이 소리를 지르지 말라고 했던 경고를 듣지 않았을 것입니다. 그리고 테레사는 반지를 포기하지 않으려 하였을 것입니다. 또한 피고인은 그녀가 자신을 범인으로 지목할 수 있다는 것을 생각하였을 것입니다."

나는 그의 짐승 같은 면모를 분명하게 힐책했으리란 것을 느끼고 있다. 아마 돼지와 성 차별주의자라고 불렀을 것이다. 더군다나 먹잇감으로밖에 안 보이는 작은 동양 여성이 자신을 모욕했다면 더 참기 힘들었겠지.

"어떤 이유에선지 모르겠지만, 피고인은 야경봉을 들고 테레사의 머리 부분을 그녀의 두개골이 파열될 때까지 가격했습니다……. 그녀의 삶의 흔적은 피고인이 벨트를 조여 그녀의 목 주변에 올가미처럼 매었을 때 그녀로부터 완전히 사라졌습니다. ……여기에 있는 피고인은 무죄를 주장합니다. 그는 뉴욕 검찰이 유죄를 입증해야 한다고 말했습니다. 신사 숙녀 여러분, 피고인은 법원에서 자신의 주장을 펼칠 기회를 얻었습니다. 그리고 여러분들께서는 사회의 대표로서 적절하고 공평한 평결을 내려주셔야 합니다. 해당 사건의 본질에 대해서 말을 해주는 그러한 평결 말입니다. 나는 이제 뉴욕 주 검찰과 주민을 대표하여 피고인의 유죄를 구형합니다. 감사합니다."

그는 배심원석 앞에 놓아 둔 그의 최종 변론 자료를 모아 그의 자리로 돌아온다. 난 제프리를 향해 기립 박수를 치고 싶다. 정면을 바라보면서 나는 오른쪽에 앉은 마티와 악수를 나눈다. 그도 정면을 바라보면서 고개를 끄덕인다. 어머니는 여전히 나의 손을 꽉 쥐고 있다. 엘리자베스가 어머니의 손을 잡았다. 버나데트는 엘리자베스의 손을 잡았다. 리처드, 수잔, 노엘, 가이가 손을 잡았다. 마티와 제임스가 악수를 한다. 비밀스럽게. 어쨌거나 우리는 배심원들의 주의를 끌고 싶지 않다. 배심원들은 각자 자신의 생각에 골몰하고 있었으므로 무언가에 정신이 팔린 것처럼 보인다. 그 중 몇은 제프리를 쳐다보고 몇은 산자를 쳐다본다.

우리는 휴식 시간에 법정 밖으로 나온다. 배심원들이 없는 데서 우리는 떠들기 시작한다. 마티는 제프리의 등을 두드리며 "잘했소, 제프리, 당신의 이야기를 거의 믿을 뻔했소."라고 말하곤 껄껄거리며 웃는다.

"이제 다음 순서는 어떻게 되죠?" 하고 수잔이 묻는다.

제프리가 대답했다.

"우리가 안으로 다시 들어가면, 판사가 배심원들의 의무를 설명합니다. 법률적 관점과 배심원들의 의무, 그리고 다른 기타 공지 사항을 알려 줍니다. 그리고 나서 판사가 배심원들을 평의하라고 배심원 회의실로 보낼 겁니다."

수잔이 얼굴을 찌푸리고 기도하듯 말한다.

"그들이 옳은 판단을 내릴 거라고 믿어요."

"올바른 평결이 날 확률이 얼마나 됩니까?" 내가 묻는다.

제프리가 얼굴을 찡그리더니 답한다. "사실 말하기 좀 어렵습니다. 내 생각에는 80 대 20으로 나뉜 것 같은데, 배심원에 대해서는 어떤 것도 장담할 수가 없습니다."

"피고인 측은 배심원 딱 한 명만 잡으면 되잖아요. 그래서 헝 주리hung jury, 즉 '평결 불성립'을 선포받을 수도 있어요. 그게 피고인이 원하는 바죠." 어니가 설명한다. 나는 놀라서 묻는다.

"그들은 의견이 일치하지 않는 배심원 한 명만 잡으면 된다구요? 그리고 우리는 열두 명 전부 다 필요하고?"

어니가 그렇다고 대답하고는 법정 안으로 다시 들어가자고 말한다.

배심원들이 이미 법정에 가득 찬 긴장감 속으로 한 사람씩 들어온다. 제프리는 늘상 그래왔듯이 배심원들을 향해 서 있다. 배심원들은 걸어 들어오며 정면을 바라본다. 그들의 표정에선 아무것도 알 수 없다. 그들이 생각하고 있는 내용을 알아챌 수 있는 어떤 것도 없다. 열네 명의 절제되고 침울한 얼굴들이 배심원석을 채우고 그들은 모두 정면을 바라보고 있다. 판사가 엄숙하게 말한다.

"여러분들의 증거 추합이 결정적인 요인이 될 것입니다. 그리고 여러분들께서 증거를 평가하는 것이 중요합니다. 배심원 대기실에서 모든 자료를 살펴볼 권리가 있습니다. 증인에 의해 기록된 증언을 들을 권리가 있습니다."

판사는 대배심 평결에서 피고인의 유죄가 입증되지 않은 것에 대해 계속해서 설명한다. 평결에서 배심원들이 유죄로 결정할 때까지 피고인은 무죄로 추정이 된다. 판사의 웅웅거리는 낮은 목소리가 재미없는 연극처럼 나를 지루하게 한다. 그는 무엇보다도 난해한 법적 용어를 사용하고 있다. 코에 안경을 걸친 판사의 모습은 초점에 맞았다가 흐려지며 희미해진다. 나는 그의 말의 몇 대목만을 알아들을 수 있다.

"형사 사건에서는 수학적 정확성을 다루는 것이 아닙니다. 어떤 상상할 수 있는 의심 이상으로 유죄를 입증할 필요는 없습니다."

난 그 말을 들으면서 판사가 수학을 좋아하는 나에게 말하고 있는 것처럼 느껴진다. 나는 재판 내내 산자의 범죄를 완벽하게 입증하는 한 방의 증거를 찾고 있었다. 그러나 그것은 어리석은 갈망이었다. 그런 건 없다.

그러나, 판사는 대부분 수수께끼 같은 만연체의 문장들을 말한다. 그는 계속해서 배심원의 의무와 책임을 늘어놓고, 직접증거와 정황증거의 차이점에 대해 설명한다.

"예를 들어, 증인이 가스의 존재를 입증하기 위해 가스 냄새를 맡았다고 증언할 수 있을 것입니다. 이 경우, 증인은 사건과 조건에 대해서는 직접 지각하였으므로 직접 증언하였습니다. 정황증거는 재판에서 적절한 증거입니다. 상식과 경험에 기반한 것입니다."

다음으로 판사는 플로리다 여성들에 의한 증언에 대해 정리한다. 그는 피고인이 플로리다에서 강간으로 유죄를 선고받았다고 하여 이로부터 어떤 결론을 도출하지는 말 것을 배심원들에게 부탁한다. 그리고 그는 플로리다의 경우와 해당 사건을 비교하여 피고인의 행동에 있는 공통점만을 주목하는 것에 대해 경고를 한다. 그가 말하기를, 만약 그들 간에 충분한 유사점이 없다면, 그들이 증거를 철회해야 할 것이라고 했다. 그 말을 이해하기엔 너무 어렵다. 내 안의 어딘가에서 세 명의 여자의 목소리가 계속해서 들린다. 어떤 경우에서든지 감정, 즉 분노와 고통을 무시하라는 말인데 그게 가능할까? 그 규칙을 만든 사람은 누굴까? 그 사람은 감정이 없는 것일까?

잠시 후 판사가 크고 붉은 법전을 덮고 공소장을 펼친다. 그는 공소 내용에 대해 읽고 공소에 관한 길고 복잡한 규칙들과 그 의미, 죄목을 알려 준다. 나는 무슨 말인지 알 수가 없고 다른 사람들도 이해를 못할 것이다. 판사는 예비 배심원이었던 중년의 남성과 30대 초반의 여성에게 그들의 역할은 종료됐다면서 감사하다고 말한다. 이제 그들은 다른 배심원들과 함께 평의 절차를 거치지 않을 것이고 그들은 누구에게라도 해당 사건에 대해 이야기할 수 있다고 말한다. 두 명은 천천히 일어선다. 그들은 떠나기 싫어한다. 이제까지 같이 지낸 배심원들과 좀더 앉아 있고 싶은 것 같다. 마지못해, 그들은 고개를 끄덕이고 다른 배심원들에게 웃음을 지어 보이며 법정을 나갔다.

배심원단의 평결

배심원들은 2주 전에는 알지도 못했던 한 여성 예술가의 죽음에 대해서 고민한다. 그들이 배심원 대기실로 가는 것을 쳐다보면서, 나는 어떤 주제에 대해서 의견이 하나로 일치하는 것이 인간적으로 가능하기나 한 일인지 궁금해진다. 그들 간 보편적인 공통점은 그들이 맨해튼 시민이라는 것 이외에는 없다. 그들은 각자 다른 인생의 여정을 걸어왔다. 다운타운, 업타운, 이스트사이드, 웨스트사이드. 그들이 법에 대한 지식을 다 합친다 해도 여전히 부족하다. 집행관이 마지막으로 나가는 배심원 뒤를 따라나가서 배심원 대기실의 출입문을 닫는다.

제프리가 우리에게 다가와서 말한다.

"이제 주사위는 던져졌습니다. 최선의 결과를 바랄 뿐입니다."

어머니는 걱정스럽게 제프리에게 묻는다.

"나는 판사가 무슨 말을 했는지 아무것도 모르겠어요. 슈랭어 씨, 배심원들이 자기들 역할에 대해서 이해한 것처럼 보이나요?"

제프리가 힘없이 웃더니 말한다.

"그러길 바라야죠."

어머니는 얼굴을 찌푸리곤 더 이상 아무 말이 없다.

내가 물었다.

"제프리, 그들이 평결하는 데에 시간이 얼마나 걸리죠?"

제프리는 어깨를 으쓱한다.

"그건 말하기 좀 어려워요. 빨리 평결했으면 좋겠는데. 두어 시간 후엔 결과가 나왔으면 좋겠습니다. 만약 그보다 더 지체되면 피고인 측에 유리해집니다."

잠깐 동안 침묵이 찾아온다. 아무도 어떤 말도 하지 않는다. 결국 엘리자베스가 시계를 쳐다보며 말한다.

"그럼 지금 오후 2시 10분이니까요, 오후 4시쯤 끝나겠네요. 우리 다 같이 점심을 먹으러 가죠?"

버나데트가 "그럼 수프를 좀 먹어야겠다."라고 한다.

"그래." 제임스가 동의한다.

"슈랭어 씨는요?" 어머니가 묻는다.

"아닙니다, 우린 여기에 있어야 합니다. 혹시 배심원들이 일찍 나올 수도 있으니까요. 아무튼 고맙습니다."

제프리와 어니는 그들의 자리에 가서 서류를 정리하기 시작한다. 우리는 법정에서 황급히 나온다. 제프리는 만약 우리가 점심을 먹으러 간 사이에 배심원단이 평결을 하면 우리가 되돌아올 때까지 기다리게 하겠다고 말했다. 나는 제프리를 믿는다. 그는 어떤 것이라도 할 수 있어. 우리는 아무 말도 하지 않은 채 서둘러 엘리베이터로 간다.

나는 우리가 어디로 밥 먹으러 갔는지 생각이 안 나지만, 아마도 구운 오리가 창문에 걸려 있는 10번 모트 가에 있는 평범한 식당이었을 거다. 우리는 빠르게 점심을 먹는다. 두부를 곁들인 녹색 겨자 수프 큰 것 하나와 밥을 나눠 먹는다. 우린 아무 말 없이 얼른 밥을 먹고 법정으로 서둘러 돌아온다.

법정에 도착하니 턱수염을 기른 집행관 제리가 우리의 초조한 표정을 읽고 천천히 고개를 저으며 말한다.

"아직 배심원들이 밖으로 나오지 않았습니다. 배심원들은 이제 막 점심 식사를 끝냈습니다."

제리가 우리를 빈 법정으로 안내해 준다. 나무 의자 네 줄이 놓여 있는 작은 곳이다. 뚜껑 없는 형광등이 어두운 적갈색 책상과 좌석들을 회색으로 비춘다.

"여기에서 기다리면 됩니다."

우리는 젖은 우산들을 문 옆에 있는 벽에 나란히 세워 두고, 의자 위에 코트를 걸어 둔다. 그곳은 우리의 방이 되었다. 몇 시간 동안 우리의 방이 될는지는 모르지만 그 안에는 우리만이 고립되어 있다. 어머니, 수잔, 버나데트, 엘리자베스, 리처드, 제임스와 나. 나는 화장실에 있는 종이 수건으로 비에 젖은 머리, 코트, 신발을 닦는다. 아무도 이야기하지 않는다. 누군가 라이프 세이버

민트를 갖고 있다. 우리는 껌을 씹고 포장지를 공처럼 말아서 쓰레기통에 던진다. 나는 창문으로 걸어간다. 창문은 쉽게 열린다. 그리고 맨해튼의 소음이 빗줄기 사이로 들려온다. 나는 열린 창문 사이로 담배를 피운다.

"테레사, 어떻게 될까?"

나는 손목시계를 보며 조용히 묻는다. 내가 마지막으로 시계를 보았던 오후 4시 47분에서 겨우 몇 분이 지나 있었다. 우리는 이 순간을 위해 2년이나 기다렸다. 겨우 몇 시간 더 기다리는 게 뭐 어떤가?

제임스가 시계를 보고는 배심 절차가 언제 시작되었는지 내게 묻는다. 나는 담담하게 말한다.

"점심 식사 때문에 오후 2시 10분에 중단했대. 그러면 식사를 한 시간 정도 했다고 치면, 오후 3시 10분이겠네. 지금은 오후 4시 50분이고. 그렇다면 1시간 40분 정도 논의를 하고 있나 봐."

엘리자베스가 걱정하듯이 말한다.

"거의 2시간이 지났어……."

"그래요……. 마지막 전환점이네요. 제프리가 두 시간 정도 지나면 피고인한테 더 유리해진다고 했어요."

수잔이 힘없이 말한다.

모든 사람들은 동시에 한숨을 내쉬었고, 긴 적막이 흐른다. 노크 소리가 들린다. 순간적으로 모두 문을 쳐다본다. 집행관이 말한다.

"배심원단이 사건에 대한 의견을 판사에게 전했습니다. 판사님께서 모두 법정으로 들어오라고 전합니다."

심장이 뛴다. 우리는 코트와 우산을 들고 자리에서 일어난다. 우리는 법정 안으로 서둘러 들어가 자리에 조용히 앉는다. 배심원단들이 지친 듯했지만 엄숙한 표정으로 천천히 들어온다.

법원 서기가 여자 배심원장에게 질의한다.

"배심원단은 평결에 의견을 일치하셨습니까?"

그녀는 간단히 대답했다.

"아니오."

아니오? 어머니가 나를 쳐다본다. 나는 그녀의 손을 꽉 잡고 귓속말로 말한다.

"질문이 있나 봐요."

어머니는 고개를 끄덕인다. 판사가 배심원단에게 말한다.

"배심원단의 의견을 받았습니다. 내가 여기에 적혀진 요청에 대해서 답하겠습니다."

배심원단의 첫 번째 요청은 혈액형에 관한 쉘러 박사의 증언을 읽는 것이다. 법원 서기는 박사의 증언을 오랫동안 큰 소리로 읽는다. 그 혈액 박사는 혈청학과 관련된 이야기로 또다시 모든 사람들을 헷갈리게 만든다. 그리고 배심원단은 발레리 스미스의 증언을 듣고 싶어한다. 법원 서기는 그것을 큰소리로 읽었고, 배심원단의 요청에 따라 캐시 필빈의 목욕물에 관한 증언도 읽는다.

다음 배심원단의 질문은 "피고인의 11월 5일 퇴근 시간이 언제입니까?"였다. 법원 서기는 오후 5시 14분이라고 답했다. 타임리코더에 쾅하고 퇴근 시간이 찍히는 소리가 들리는 것 같다. 배심원들은 나바로 박사의 부검에 대한 증언을 듣고 싶어 한다. 내 안어딘가에서 쿵하고 무엇인가 떨어지는 소리를 느낀다. 앗, 어머니가 나바로 증언을 들으면 안 돼. 그러나 배심원단은 찢긴 상처에 대해 명확하게 알고 싶어 한다. 결국, 어머니는 그때 타박상, 찰과상, 멍에 대해 듣는다. 나는 어머니가 그것을 듣게 하고 싶지 않았지만 어머니는 다 듣고 만 거다. 오, 이런······.

판사는 말한다.

"이제 배심원단의 모든 청구에 대해 알려 드린 것 같습니다. 이제 돌아가서서 다시 평의에 임해 주십시오. 만약의 경우를 대비하여 알려 드립니다. 언제라도 저녁 식사를 위해 중단을 원하시면 말씀해 주시길 바랍니다. 법원에서 적절한 자리를 마련하겠습니다. 이제 돌아가서 논의를 계속해 주십시오."

배심원들이 나간다. 판사가 자리에서 일어섰다. 우리는 잠깐 동안 법정 밖에 모였다. 나는 제프리에게 그 질문들의 중요성에 대해 물어본다.

제프리가 대답한다.

"그 질문은 다 좋은 질문들이었습니다. 그 질문들은 그들이 모든 것에 대해 매우 열심히 노력하고 있다는 것을 보여 주고 있습니다."

그리고 그는 자신 있게 덧붙인다. 결과가 기대할 만하다고. 제프리가 그의 사무실로 갔고 우리는 복도 끝에 있는 대기실로 돌아간다. 나는 걷기 시작한다. 출입문에서부터 창문까지. 그리고 다시 문까지. 배심원들이 발레리의 실수를 알아차릴까? 알아차려야 할 텐데. 당연히 그들은 알아차릴 것이다. 발레리가 실수했다는 것을…… 왜 그들이 혈액형에 대해 물어봤을까? 그리고 목욕물. 그들은 캐시 필빈을 믿지 않는 것일까? 그녀가 변덕이 심한 성격이긴 하다. 오후 5시 14분에 타임 리코더에 산자의 퇴근 시간이 기록된 것엔 질문이 없었다. 왜 그들이 몸에 난 상처에 대해 알고 싶어했을까? 아마도 그들이 야경봉에 대해서 확신하지 못하는 것일 수도 있다. 그 야경봉에 대한 어떤 적극적인 증명도 없으니까. 태극권으로 막아 내는 그녀의 팔을 사정없이 팼겠지.

오후 7시 30분. 웃음소리가 들렸고 나는 주위를 둘러본다. 엘리자베스, 버나데트 그리고 수잔이 '그 노래 이름을 맞춰 봐' 게임을 하고 있다. 우리가 어릴 적에 하던 게임이다.

"리브 잇 투 비버Leave it to Beaver!"

버나데트가 소리지른다. 모두가 박수를 친다.

"이게 뭐게? 다다다다……."

"마이 쓰리 선스My Three Sons! 아니야, 파더 노즈 베스트Father

Knows Best!"

"이제, 내 차례야."

엘리자베스가 말하고 노래 부른다.

"다 다라 라 라⋯⋯."

"오, 오, 나 그거 알아, 어, 어, 그러니까 도비 길리스 것인데. 그 TV 프로그램이 뭐더라⋯⋯."

"아, 맞다. 생각하는 사람 조각상 있는 거⋯⋯."

"맞아. 생각해 봐, 생각해 봐,"

"엘리자베스, 다시 그 노래 흥얼거려 봐."

"다 다라 라 라⋯⋯ 거의 다 맞췄잖아."

"오, 맞아. 더 어드벤처 오브 도비 길리스The Adventures of Dobie Gillis!"

"아니야, 틀렸어."

"러브 오브 도비 길리스!"

"매니 러브 오브 도비 길리스."

"아니야, 어드벤처 오브 도비 길리스!"

"아니거든!"

그들은 어떤 확실한 해결 방법도 모른 채 그렇게 한참을 실랑이한다. 그들은 다음 노래로 넘어간다. 박수 소리와 웃음소리가 요란하다. 사소한 것에도 모두는 하하호호 소리를 냈고 와자지껄한다. 그렇게 한 시간 정도를 보낸 거 같다. "우리 미쳤나 봐!" 버나데트가 소리치고 우리는 또 웃는다. "그래, 우리 진짜 미친 것 같아." 수잔이 말한다.

모두가 한숨을 내쉬고 누군가가 하소연하듯이 묻는다.

"왜 이렇게 오래 걸리는 거야? 항상 이래?"

내가 대답한다.

"단정짓기 어렵지. 밤을 샐지도 몰라. 배심원들이 가방 싸가지고 들어왔다고 해. 그게 자주 있는 일이라고 들었어."

제임스가 말한다.

"오늘 밤 안에는 끝났으면 좋겠는데. 기다리는 거 정말 힘들어."

"나도 그래, 그런데 우리는 테레사를 너무 잘 알잖아. 어떤 일도 그냥 단순하게 하는 법이 없다니까."

모두들 고개를 끄덕이고 한숨을 내쉰다. 우리들이 모여 있는 곳 가장자리에서 어머니는 코트를 덮고 몸을 동그랗게 움츠리고 있었다. 우리는 깜빡 잠이 든다. 누군가 문을 두드린다. 밤 10시. 집행관 제리가 들어온다. 나는 그를 바라보고 묻는다.

"배심원단에서 온 소식 있어요?"

"네. 배심원단이 쪽지를 보냈습니다."

"평결인가요?"

"그건 모르겠습니다."

심장 박동수가 빨라진다. 우리는 짐을 챙기기 시작한다. 제리가 "물건은 여기 두고 가셔도 됩니다. 문을 잠그겠습니다."라고 말한다. 우리는 짐을 두고 그 방에서 서둘러 나온다. 우리는 법정 앞에서 제프리를 만난다. 제프리가 어머니를 위해 법정 문을 열어 준다.

"평결인가요?"

내가 묻는다.

"아닌 것 같습니다. 공소장에 있는 죄목과 구형에 대해서 궁금한 점이 있는 것 같습니다."

제프리가 대답한다.

법원 서기가 크게 말한다.

"재판을 재개하겠습니다…… 배심원단은 평결에 합의했습니까?"

"아니요."

배심원장 미스 보나벤처가 대답한다.

어머니가 혀를 한 번 가볍게 찬다. 쯧. 나는 그 소리 없는 하소연을 다 들을 수 있다. "아, 정말, 당신들 왜 그래!" 하는 듯한. 판사는 낮고 피곤한 목소리로 배심원들의 청구서를 읽는다. 그리고 판사는 배심원들을 보며 말한다.

"여러분들의 청구서를 읽었고 법원이 세 가지 점에 대해서 알려 드려야 함을 파악했습니다. 질문은 다음과 같습니다. '죄목과 구형에 대한 설명을 들을 수 있습니까?'

레프 판사가 목소리를 가다듬고 계속한다.

"여러분은 공소장을 참고할 수 있습니다. 공소장을 보면 여러분들께서는 세 가지 각각의 점에 대해서 평결을 내릴 수 있다는 관점을 견지한 채 평의할 수 있을 것입니다. 공소장은 제2급 살인 사건, 강간치사, 제1급 강간 사건에 대한 세 가지 죄목이 나와 있습니다. 첫번째로, 범죄의 요소들은 합리적인 의심의 수준을 넘어 인정을 받아야 합니다. 즉, 뉴욕 카운티의 피고인이 1982년 11월 5일경에 고의로 테레사 차를 살해했고, 그녀를 목졸라 숨지게 했으며 그녀의 머리를 폭행하였다는 점에 대해서 말입니다. 어떤 사람이 고의로 그 사람의 사망을 야기하였을 때는 제2급 살인 사건에 대해 유죄입니다. 검찰은 피고인에 의한 상해가 사망을 야기할 의도를 가진 것이라는 사실에 대해서 그리고 실제로, 죽음이 그러한 상해에 의해 야기되었다는 점을 입증해야 합니다…….

만약 여러분들이 검찰이 합리적인 의심을 넘어 이러한 범죄 요소들을 입증했다고 판단한다면, 유죄 평결을 내리는 겁니다. 만약 검찰이 이러한 범죄 요소들을 입증한 것이 아니라고 판단하신다면, 무죄 평결을 내리실 것입니다.

제1급 강간 사건이란 뉴욕 카운티의 피고인이 1982년 11월 5일에 테레사 차를 위력으로 강간한 사건임을 의미합니다…….

마지막으로, 두 번째 점이 의미하는 것은…… 어떤 사람이 강간을 하였거나 강간을 하려는 도중과 그러한 죄를 범하는 중, 강간 혹은 강간 미수 이후, 혹은 곧이어 일어날 일들에서 그 사람이 공범이 아닌 다른 사람을 살해한 때에 제2급 살인죄 요건에 해당하여 유죄입니다. 이에 근거하여, 검찰은 피고인이 강간을 했거나 강간을 하려고 했다는 점에 대해서 합리적인 의심을 넘어 범죄 사실을 입증해야 합니다.

다시 말씀드리자면, 피고인이 강간죄 혹은 강간 미수죄를 범하고, 곧이어 일어날 일들에서 타인을 살해하였다면 그는 살인죄로 유죄라는 겁니다."

죄목과 구형에 대해 판사가 설명을 마쳤다. 밤 10시 20분이다. 나는 배심원들이 이전보다 더 혼란스러워하는 모습을 보자 초조해진다. 그러한 혼란스러움이 의심을 불러일으키고 피고인의 편에 서게 할까 봐 걱정이다. 산자가 필요한 것은 의견이 일치하지 않는 딱 한 명의 배심원이다. 게다가, 시간이 흐르면 흐를수록 피고인에게 유리해진다. 뒷목이 다시 뻣뻣하고 아프다. 나는 계속 목을 주무른다.

배심원들은 회의실로 갔고 집행관이 출입문을 닫는다. 문이 닫히자 하워드는 벌떡 일어나서 판사의 설명에 대해 불평을 한다. '강간 미수'와 '강간 미수 중 살해' 같은 개념은 재판 중에는 언급한 적이 없다고 했다.

판사는 간단하게 대답한다.

"공소장에 있습니다."

하워드가 다시 일어서더니 손목시계를 가리키며 말한다.

"존경하는 재판관님, 이제, 나는……."

제프리가 그의 말 사이에 끼어들었다.

"오후 10시 39분입니다."

하워드가 다시 말한다.

"나는 현재 시각이 오후 10시 39분이라는 것을 알려 드리겠습니다. 그리고 여기 배심원단은 아침 9시 30분부터 우리 모두와 함께 일하고 있습니다. 이제 그들을 호텔로 보내 주시기를 요청합니다. 이렇게 피곤한 상태에서는 어떤 결과도 나오지 않을 것이라고 생각합니다. 그리고 물론 그들이 '특정 시간 내에 평결하지 않으면, 호텔에 가게 됩니다'라는 말을 들어야 한다고 주장하는 것은 아닙니다. 나는 지금은 평의 절차를 중단하도록 하고 그들을 호텔에 보내야 한다고 생각합니다."

심장 박동 수가 또 빨라진다. 이것은 좋은 의미인가? 지금 하워드가 안절부절못하고 있는 것인가? 제프리, 무슨 일이 일어나고 있죠? 제프리는 차분하게 웃고 있다.

판사는 큰 목소리로 말했다.

"나는 배심원단이 피곤하다는 어떤 조짐도 보지 못했습니다. 그들이 더 많은 설명을 요구해 왔습니다. 그리고 밤 10시 40분밖에 안 되었는데 이런 말로 그들의 평의 절차에 끼어드는 것이 더 강제적인 것 같습니다. 30분 정도 지나서 그들이 만약 피곤하면,

평의 절차를 언제든지 중단할 수 있다고 내가 알려 드리겠습니다. 지금 당장 배심원들에게 말하고 싶진 않습니다."

그러나 하워드는 계속 주장한다.

"나는 배심원단들이 호텔에 갈 수 있다는 것을 들은 바 없는 걸로 압니다. 해당 사건에서 그 사안에 대해 배심원들에게 언급한 바 없고, 그들이 그렇게 할 수 있다는 점을 그들이 아는지 장담할 수 없습니다."

판사는 배심원들이 이미 옷가지와 세면 용품을 챙겨 오도록 조언을 받았다고 반박한다. 판사가 말을 마치자, 서기가 배심원단이 보낸 쪽지를 가지고 온다. 그가 판사에게 쪽지를 건네자 법정 안의 사람들이 서기를 쳐다본다. 판사는 쪽지를 들여다본다. 그는 무표정한 얼굴이다. 그는 서기에게 배심원단을 법정 안으로 들어오게 하라고 말한다. 제프리가 주변을 돌아보고 우리를 쳐다보더니 고개를 끄덕인다. 드디어 평결이 나왔다.

"배심원들이 평결을 내렸대요."

나는 흥분한 목소리로 어머니에게 귓속말을 한다. 어머니는 나의 팔을 꽉 잡는다.

밤 10시 45분, 배심원단이 법정 안으로 들어온다.

법원 서기가 말했다.

"재판을 재개하겠습니다, 검찰 측이 기소한 산자 사건입니다. 검찰 측과 변호인들은 기립하고 피고인도 일어나십시오. 그리고 배심원단은 평결에 합의했습니까?"

"네, 그렇습니다."

미스 보나벤처가 신중하게 대답한다.

나는 어머니의 손을 꽉 잡는다. 그녀의 손은 흔들렸고 나는 그럴수록 더 세게 어머니의 손을 잡는다. 그녀는 나보다 더 손을 세게 잡고 숨을 꾹 참고 있다. 엘리자베스는 어머니의 반대편에 앉아 어머니의 어깨를 팔로 감싼다. 버나데트는 수잔과 리처드의 손을 잡는다. 제임스는 머리를 두 손 위에 올려둔 채 있다.

법원 서기가 배심원장에게 묻는다.

"첫 번째 범죄, 테레사 차의 사망을 고의를 가지고 야기한 제2급 살인죄에 대해, 유죄 혹은 무죄로 판단하십니까?"

"유죄입니다."

그녀는 활기차게 답한다. 유죄.

그때 어머니는 헉 하며 내 무릎 위로 쓰러진다. 재판에서 처음으로 어머니가 무너졌고 공개 법정에서 흐느낀다. 이제야 울 수 있게 된 것이다. 어머니의 멈칫거리는 흐느낌으로 어깨가 들썩였고 나는 어머니를 꼭 안는다.

"어머니, 이제 끝났어요, 정말 끝났어요."

나는 귓속말을 하고 다른 평결이 무엇인지 들으려고 귀를 기울인다. 서기의 모습은 내 눈물 때문에 흐릿해 보였지만, 그가 배심원장에게 질문하는 목소리는 크고 분명하게 들렸다.

"두 번째 범죄, 제1급 강간을 범하였거나 제1급 강간을 범하려는 중에 일어난 제2급 살인에 대해서 유죄 혹은 무죄를 어떻게 판단했습니까?"

"무죄입니다."

무죄라고? 그래도 상관없다. 첫 번째 점에서 이미 유죄를 얻었으니까.

"그리고 세 번째 범죄, 제1급 강간에 대해서, 유죄 혹은 무죄를 어떻게 판단했습니까?"

"유죄입니다."

그 어떤 말로 그때 내가 느꼈던 환희를 설명할 수 없을 것이다. 지하굴 속에서 무지개로 갑자기 뛰어올라 느낀, 완전하고 절대적인 희열. 법정 바깥에서 어머니는 들뜬 모습으로 주위 사람들을 적어도 세 번씩이나 포옹한다. 1984년 10월 23일 밤 11시가 훨씬 지난 시각이다.

제프리가 어머니에게 작은 소리로 말한다.

"이것은 작은 위로일 뿐입니다, 다만 이렇게 결과가 나와서 기쁩니다."

어머니가 제프리에게 대답한다.

"테레사를 위해 해주신 모든 것에 감사드려요."

우리는 법정에서의 짧은 축하를 뒤로 한 채 센트럴 가로 나왔다. 밤의 보슬비는 상쾌하다. 음침한 회색은 이제 증발하고 있다.

밤 하늘 아래 내리는 비는 붉어진 뺨을 부드럽게 두드린다. 우산이 길바닥에서 구른다. 우산은 우리의 공간을 제한한다. 우리는 춤을 추고 서로 하이파이브와 로우파이브, 아래 위로 손바닥을 치며 풀쩍풀쩍 뛴다.

"하이파이브 해줘!"

"테레사, 참 잘됐다!"

지나가는 사람들이 우산을 꽉 잡고 우리에게 걱정스러운 눈빛을 보냈지만 난 신경 쓰지 않는다.

나는 다시 뉴욕을 사랑한다.

4

gninrom txen gnidnif

drah saw dloc saw   otni etib

We openend our mouths onebyone

snowflakes

awake

was

no one

—Theresa Hak Kyung Cha

역전 — 파기 환송

산자에게 유죄 선고 후 2년이 지난 1986년 12월 9일, 뉴욕 주 법원 항소심 지부는 제프리가 담당한 사건 중에는 첫 번째로 파기 환송하는 결정을 하였다. 12월 17일 그 판결은 뉴욕《로 저널Law Journal》에 실렸다. 친구가 그것을 보고 내게 복사본을 보내 주었다. 나는 몇 번이고 그것을 읽었고, 읽을 때마다 실망감이 커졌다. 항소심의 결정은 플로리다 세 명의 여인들에 의한 증거 때문에 산자의 권리가 침해되었다는 것이었다. 산자의 강간과 살인 사건은 세 건의 플로리다 사건의 절차와 어떤 관련성도 없다고 판결문에 씌어 있었다.

그것이 골자였다. 파기 환송 판결문은, 한 명의 플로리다 여성은 그에게 그녀의 결혼 반지를 빼앗기지 않았고 그는 강제로 반지를 가져가지 않았다는 점을 들었다. 세 명의 플로리다 강간 사건은 피해자의 아파트에서 일어난 반면, 뉴욕 강간과 살인 사건은 사무실 건물에서 일어났다는 점 등에 대해 장황하게 늘어놓고 있었다. 《로 저널》에는 '플로리다 강간범은 상대적으로 예의 바른polite……'이라는 기사가 실려 있었다.

오, 예의 바르다니.

그 배웠다고 하는 법원의 판사들이 '예의바른 강간'이라는 개념을 받아들인 것처럼 보였다. 판결문은 계속해서 "세 건의 플로리다 강간 사건에서의 증거는 피고인이 유죄를 선고받은 강간범이라는 것의 확고한 증거가 될 수 없다고 했다. 그가 피해자를 강간했고 살해한 동일 인물이라는 것을 입증할 어떠한 일반 원칙도 찾아볼 수 없다. 그러므로, 그러한 증거는 배제되어야 할 것이다. 왜냐하면 강간죄를 범하는 성향이 있다는 것을 내포하는 고도의 편견에 기반한 것이기 때문이다. 이 사건에서 그것은 어떤 것도 증명하지 아니한다. 총기 난사 사고와 절도, 혹은 귀금속을 절도하려는 행위는 강간 사건에서는 거의 '드문' 경우이거나 '상식적이지 않은' 것이다."라는 내용을 담고 있었다.

제프리가 전화로 내게 그 소식을 전해 주었다. 그는 뉴욕에서, 나는 캘리포니아에서, 우리는 잠시 동안 서로를 위로했다. 그는 마티와 폴이 그 파기 환송 결정을 잘 감당하지 못하고 있다고 말한다. 그들은 그들이 어딜 가든지 "제도가 거지 같아!"라고 외치며 화가 나 있다는 것이다. 제프리는 그들을 진정시키기 위해 최선을 다했지만 별로 성과가 없다고 했다. 그래도 제프리는 자신만만하게 말한다.

"곧 괜찮아질 겁니다. 새로운 재판 날짜가 잡히면요."

제프리는 산자가 플로리다에서 가석방 자격을 갖추기 전에 새로운 재판 일정을 잡으려고 했고 그가 할 수 있는 한 가장 빠르게 움직였다.

"나는 이번 두 번째 재판에 모든 것을 걸었습니다. 우리가 끝까지 힘이 되어 드리겠습니다."

내가 말한다.

"그래도 이렇게 된 데에는 무슨 이유가 있는 것 같군요."

제프리가 한숨을 쉬고 말한다.

"네, 그런 것 같습니다. 무슨 이유가 있는데 그게 무엇인지 알았으면 좋겠네요."

"모르겠어요. 첫 번째 재판에 뭔가가 분명히 있었어요. 미완의 무엇인가가 있었어요. 뭔지는 모르겠지만."

"그러면, 우리 다음에 직접 보고 이야기해 봅시다."

"제프리, 그게 언제쯤 될 것 같은가요?"

"빠르게 재판 날짜를 잡도록 요청해 볼 겁니다. 내 생각엔, 아마도 3월. 산자가 여기 올 때쯤일 겁니다. 우리가 모든 서류를 제출하고 나면 날짜가 잡힐 겁니다."

"3월이요? 그러면 3개월이나 남았는데, 왜 그렇게 오래 기다려야 하나요?"

"산자는 변호사를 바꿔야 합니다. 하워드 재피가 변호를 안 하겠다고 했습니다. 새로운 변호인이 선임되면 사건 검토하는 데에 시간을 요구하겠죠. 그 경우, 어쩌면 6월이 될 수도 있어요."

"6월이요? 하워드가 산자 사건에 질렸나 봅니다."

"네, 그런 것 같습니다."

"리처드한테 전화했나요, 제프리?"

"아뇨. 아직이요. 존이 리처드에게 전화하는 게 좋을 거라고 생각했습니다."

"아니, 제프리. 제프리가 전화하는 게 낫겠습니다. 리처드는 재판 지체되는 것을 싫다고 화낼 거예요. 이미 첫 번째 재판에도 지쳐 있는데. 제프리가 전화해서 두 번째 재판을 시작할 것이라고 먼저 말해 주세요. 그가 좋아하든지 좋아하지 않든지."

"알겠습니다."

"아, 그리고 제프리. 날짜 정해서 말해 주면 우리가 뉴욕으로 가겠습니다."

나는 어머니와 아버지에게 두 번째 재판에 대해서 이야기해야만 했다. 내가 그것에 대해서 어떤 방식으로 접근해야 하는지에 대해서도 생각해 보아야 했다. 그리고 어떤 방식을 취하든지 간에 쉬운 건 없었다. 아버지의 심장에 이 소식은 좋지 않을 게 뻔했다. 어머니도 별로 좋은 상태는 아니었다. 나는 무언가 쉬운 방식이 있을 것이라고 생각을 하면서 샌프란시스코행 비행기에 올랐다.

우리는 과일과 토스트를 아침으로 먹고, 함께 차이나 비치로 아침 산책을 나갔다. 날씨가 좋았지만 평소처럼 바람이 불었다. 우리는 바닷바람이 거세게 불어오는 것을 피하면서 해변가로 걸어 내려갔다. 빨간 벽돌집 아래에 있는 절벽 옆 소나무에서 우리는 잠시 쉬었다. 바람은 불었지만 햇살이 우리를 따뜻하게 비추어 주었다. 어머니와 아버지는 기대감에 나를 쳐다보았다. 나는 어떤 말도 그들에게 하지 않았지만 그들은 내가 전해 줄 소식이 있다는 것을 짐작하고 있었다.

어머니는 내가 제프리와 연락을 했느냐고 물었다. 나는 조용히 고개를 끄덕였다. 절벽 아래에 부딪치는 파도를 따라 자갈이 밀려왔다가 다시 떠내려갔다. 자갈과 바위들은 서로 부딪쳤다.

"음……나도 그렇게 생각했다."

아버지가 말했다.

어머니는 고개를 끄덕이고 한숨을 쉬었다.

"그래서……."

나는 미안한 듯이 말했다.

"우리는 처음으로 돌아가야 해요……."

누구도 아무 말을 하지 않았다. 우리들은 고개를 숙이고 땅바닥을 보고 있었다. 나는 조약돌을 하나 주워서 던졌고 그것은 절벽 아래로 굴러갔다. 그 시간 동안에는 바람이 불지 않았고, 파도도 밀려오지 않았다. 햇살도 비추지 않았다. 결국, 아버지는 힘없이 물었다.

"언제냐?"

"3월이나 6월이래요. 죄송합니다, 아버지……."

"미안해하지 말아라. 무슨 이유가 있겠지……."

어머니가 말했다.

"너도 알잖니, 재판 이후로, 뭔가가 끝나지 않은 것처럼 느껴졌다. 그래서 나는 계속 찜찜했어. 차라리 잘된 것 같다. 제프리한테 우리가 그곳으로 갈 거라고 말해라."

그 소식은 그들을 전혀 놀라게 하지 않았다. 그들은 그러한 가능성을 염두에 두고 있었다는 듯했다. 오히려 비보를 전달하러 온 나를 위로하는 데에 바빴다. 우리는 해변가를 거닐었다. 다만 그들은 나에게 항소심 결정과 그들의 파기 환송 이유에 대해서 물었을 뿐이었다.

나는 1987년 1월 3일, 어머니와 아버지의 이야기를 전하려 제프리에게 전화를 했다. 나는 제프리에게 두 사람은 이미 새로운 재판에 대해 준비되어 있다고 말했다. 3월 13일, 제프리는 내게 전화를 해서 새로운 재판이 6월 중으로 예정되었다고 알려 줬다. 6월 3일, 나는 제프리에게 전화해서 재판 일정이 어떻게 되어 가느냐고 물었다. 제프리는 새로 바뀐 피고인 변호인이 아직도 사건을 검토하고 있다고 했다.

"아마 7월이나 8월쯤 되겠습니다. 내가 다음 주에 다시 전화하겠습니다. 마티와 폴은 산자를 데리러 플로리다에 가 있습니다."

6월 10일, 제프리의 전화가 왔다.

"우리가 산자를 뉴욕의 라이커스 섬Riker's Island 교도소로 데려왔습니다. 그런데 그의 새로운 변호인이 산자 사건과 관련해서 시간을 더 달랍니다."

"누군가요?"

"마틴 머피란 남자예요. 법률구조공단에서 일하는 사람."

"능력 있는 사람인가요?"

"법률구조공단 형사부장입니다."

"꽤 잘나가는 남자네요, 그렇죠?"

"흠, 키가 크고 체격이 좋긴 합니다."

"재판 일정은 잡혔나요?"

"7월은 안 될 것 같습니다. 아마도 8월이나 9월이 될 것 같군요."

제프리는 다시 6월 30일에 전화했다.

"재판 일정이 잡혔습니다. 9월 1일입니다. 마티가 여기 있어요. 안부 전하겠습니까?"

"그래요? 잘 됐군요."

마티가 전화를 바꾸더니 반갑게 말했다.

"여보슈, 존."

"마티, 잘 지냈나요?"

"별일 없었소이다. 나는 직장, 교회, 집밖에 모르니까."

"한 판 더 하실 준비는 됐어요?"

"사법 제도란 게 참 별로요. 존 어머니께서 이런 일들 또다시 겪으셔야 해서 유감이오. 이건 진짜 괴롭소."

나는 어떤 말도 하지 않았다.

마티가 계속했다.

"폴과 내가 플로리다로 가서 산자를 데리고 왔소. 그런데 그가 계속 '이겨야만 한다. 이겨야만 한다.'라고 말하더라구. 그렇지 않으면 다시는 햇빛을 못 볼 거라는 걸 그는 알고 있소. 나는 그에게 그곳에 영원히 갇혀 있을 거라고 말했소. 하하하."

"당신이 이번에도 그의 가방을 들어 줬나요?"

"아니. 이번에는 스스로 가방을 들라고 했소. 그러니 수갑 때문에 못 든다면서 수갑을 풀어 달라고 했소. 웃기는 녀석, 내가 왜 개 가방에 신경 쓰겠나. 그리고 도망칠 생각은 하지 말라고 그랬소. 만약 그가 도주하면 내가 총을 쏠 수 있고 그가 지금 수감 중이니까 총 쏘는 것은 합법적이라고 그에게 말했소이다. 그렇게 하면, 우리는 재판을 처음부터 다시 할 필요도 없소. 어쨌거나, 결국엔 스스로 자기 가방을 질질 끌었소."

8월 7일, 제프리는 재판 날짜가 9월 1일로 정해졌다고 전화로 알려 주었다.

나는 그에게 물었다.

"내가 언제쯤 가야 하나요?"

"전화 연락을 하지요. 아직 비행기 티켓 예약은 하지 마십시오.

변동 사항이 있을 수도 있으니."

"알겠어요, 제프리. 우리는 대기하고 있을게요. 이번 재판 작전은 어떻게 되어 가죠?"

"우리는 처음처럼 할 겁니다. 플로리다 여성 부분만 빼고요. 마티와 폴이 증인들에게 다 연락 취할 거고. 그리고…… 오, 그 나바로 박사 말입니다. 부검 담당한 사람 기억납니까?"

"네. 무슨 일이 생겼어요?"

"죽었습니다."

"맙소사."

그런데 제프리가 8월 27일에 다시 전화했다.

"재판이 9월 8일로 연기됐어요."

"어쩌다가요?"

"피고인 측에서 재판 연기 청구를 했습니다."

9월 4일, 나는 제프리에게 전화해서 물었다.

"아직도 9월 8일 맞죠? 9월 6일, 라구아디아 공항에 도착할 예정입니다."

"좀 더 기다리는 게 나을 것 같습니다. 다시 전화하겠습니다. 리처드에게서 반지를 아직 못 받았어요."

"뭐라구요? 이런!"

"리처드가 이탈리아에 갈 계획이 있다고 했습니다. 재판 시작 전에 이탈리아에 먼저 갔다 오고 싶은가 봅니다."

"얼마나 간다고 하는가요?"

"2주요."

"그때쯤이면 재판 도중일 텐데요."

"나도 그 말을 리처드에게 했습니다."

9월 18일, 제프리는 전화로 9월 21일에 재판이 열린다고 말했다.

두 번째 재판

1987년 9월 21일 오전 8시 30분. 나는 호건 플레이스Hogan Place 법원 청사 7층에 있는 제프리의 새로운 사무실로 걸어 들어갔다. 그는 래키츠 뷰로(Rackets Bureau, 범죄 단체 수사국)로 자리를 옮겼다. 당시에 그는 FBI 연방 수사관이 주도하는 웨스티스 갱Westies Gang 사건에 대한 리코RICO 재판을 담당하는 중이었다. 웨스티스 갱은 맨해튼 웨스트사이드에 있는 헬스 키친Hells Kitchen의 악명 높은 마약거래상들이었다. 제프리는 그의 새로운 사무실에서, 피고인 제임스 쿠난과 미키 페더스톤의 수사에 깊이 관여하는 한편 산자에 대한 재심을 준비하고 있었다. 나는 대중의 관심이 쏟아지는 웨스티스 사건이 우리의 재판을 방해할 것 같아 걱정했다. 제프리는 그렇지 않을 거라고 나를 안심시켰다. 하지만 나는 걱정이 되었다.

내가 9월 21일 아침, 제프리의 사무실에 들어갔을 때, 제프리, 마티, 폴은 여전히 산더미 같은 서류와 보고서들에 파묻혀 있었다. 나는 "아니, 아직 집에들 안 간 건가요?"라고 농담을 던졌다.

그들은 나를 보더니 깜짝 놀라면서 "우리는 지금 우리 집에 와 있소." 하고 응수했다.

내가 말했다.

"거의 2년이 다 되어 갑니다. 저번에 봤을 때도, 의자에 앉아 일에 파묻혀 있었잖아요. 역시 변한 건 없네요."

제프리가 웃었다.

"그러게요. 이제 막 도착한 겁니까?"

"네. 라구아디아 공항에서 들어오는 길입니다. 새로운 사무실이 마음에 드는군요."

"고마워요. 어머니는 좀 어떠신가요?"

"잘 지내고 있습니다. 하루나 이틀 지나면 어머니도 올 거예요."

우리는 오래간만에 만나는 오랜 친구처럼 이야기했다. 마티는 여전히 재판 제도에 뿔이 나서는, 산자 같은 쓰레기 인간에게 시간과 돈을 낭비했다는 것을 거듭 불평하고 있었다. 그는 나를 보더니 이야기를 들어줄 사람이 생겼다는 듯이, 재판 제도에 대한 불평을 길게 늘어놓았다.

제프리가 끼어들어 말했다. "마티, 그냥 다 쏴 버려요. 그게 맞지요?" 하고 껄껄거리며 웃었다. 마티가 씨익 웃었다. 그는 "그놈들은 하느님이 알아서 정리 하시도록 냅두자구!"라고 말했다.

다음은 폴이 산자 이야기를 했다. "그놈은 화장실을 자주 갔어요. 마티, 잭슨빌Jacksonville에서 기억나지요? 적어도 열두 번은 넘게 화장실을 들락날락 하더라니까. 내가 내 손목에서 수갑을 풀어 주고, 화장실에 따라 들어가고, 끝나면 내 손에 다시 수갑을 채우고."

"화장실에서도 그냥 수갑 채워 두지 그랬어요?"

제프리가 장난꾸러기처럼 웃으며 말했다. 폴이 그건 안 된다고 했다.

"그럼, 내 손 위에 오줌 싸게 내버려 두라는 말입니까?"

모두가 웃었다.

나는 순진하게 물었다.

"왜 폴이 수갑을 풀어 줘야 해요? 녀석 두 손목에다 수갑을 채우는 줄 알았는데."

마티가 펄쩍 뛰더니 말했다.

"그게 바로 내가 폴한테 얘기한 거요. 그런데 폴이 듣지 않소."

폴이 웃더니 말했다. "마티, 당신은 손목을 뒤로 하고 수갑을 채우라고 했잖아요. 그래서 바지에 오줌 싸게! 내가 그렇게 했어야 했는데."

"그래, 이 착해빠진 폴, 걔한테 맥도날드 햄버거랑 감자튀김도 사 줬잖아!"

"배고프다고 하니 그랬지요. 나는 걔가 경찰이 악랄하다는 말을 외치게 하고 싶지 않았습니다. 그래도 수갑은 계속 채워 뒀잖아요. 진짜 웃겼는데. 옆 테이블에 어린 애가 수갑 차고 햄버거 먹는 산자를 계속 쳐다봤습니다."

"그래요, 그때 산자가 폴한테 수갑을 풀어 달라고 했소. 폴이 거절하니까 미친 듯이 욕을 하는 거요. 그래서 내가 차를 타고 뉴욕으로 갈 거라고 그에게 말했어요. 트렁크에 태워서 국도를 타고 갈 거라고 하니까 조용해졌소."

마티가 계속 이야기했다.

"그런데 내가 산자에게 사건이 벌어진 금요일에 다른 사람과 함께 있었는지에 대해 이야기를 해보려고 했소. 그가 언젠가 이야기 전모를 말해 주겠다고 내게 말했었지요. 근데 아직까지는, 뉴욕의 두 번째 재판을 이겨야만 한다는 말만 하고 아무 말이 없소. 나는 산자에게 '너는 12번이나 강간을 저질렀으니 남은 생애 동안 햇빛을 보기는 글렀다'고 말해 줬소. 그러니까 그가 뭐라고 한 줄 아시오? 그가 12번 강간을 다 한 게 아닌데 플로리다 재판은 엉망인 재판이라고 투덜거렸소. 그래서 내가 산자에게 또 다른 40건의 강간은 안 들켰다고 했소."

잠시 동안 어느 누구도 아무 말도 하지 않았다. 마티가 그의 수사 자료 목록을 살펴보다가 갑자기 생각난 듯이 물었다.

"제프리, 우리 리처드 반스 씨한테서 반지 받았소?"

제프리가 그의 컴퓨터를 쳐다보며 답했다.

"아뇨, 아직이요. 오늘 등기로 보내 준다고 했습니다."

폴이 불평했다.

"이런. 우리가 석 달 전부터 보내 달라고 했는데."

마티가 한숨을 쉬며 말했다.

제프리가 대답했다.

"반지는 곧 올 겁니다. 반스 씨가 재판에 오는지 여부가 더 걱정입니다."

"무슨 뜻이지요, 제프리?"

내가 물었다. 모두가 제프리를 보았다.

"그러니까, 그가 유럽에 2주 정도 갈 예정이었잖아요."

"언제요, 지금요?"

"네. 곧일걸요. 이번 주."

"그가 재판에 대해 알고 있나요?"

"네."

"그런데도 유럽에 가고 싶어 해요?"

"네."

"테레사의 재판이 최우선 순위가 되어야지요. 내가 이야기할 게요. 유럽 가는 거 취소해야 해요."

내가 말했다.

"그가 뭐라고 하는지 알려 주십시오."

제프리가 말하고는 컴퓨터 앞으로 갔다. 마티가 두 손을 벌리며 말했다.

"그의 증언이 언제로 되어 있소? 다른 나머지 증인들 출석하게 하는 것도 엄청 힘든데 말이오."

폴이 말했다.

"그러게 말이에요. 이해가 안 가네요……."

1987년 9월 28일

수잔이 산자의 새로운 변호사인 마틴 머피를 처음 보았을 때, 그녀는 그를 사탄에 비유했다. 키가 2미터나 되어서 머피는 다른 사람보다 단번에 눈길을 끌었다. 짙은 턱수염과 찌를 듯한 파란 눈을 가진 그의 커다란 얼굴은 그가 말할 때마다 붉어졌다. 나도 역시 그의 겉모습뿐만 아니라 그가 법정에서 사용하는 전략 때문에 수잔의 평가에 고개를 끄덕거렸다. 머피는 산자가 무죄 선고를 받는 데에만 열정적으로 집착하는 남자였다.

머피의 변호인단은 계속해서 제프리에 대해 이의를 제기했다. 제프리는 첫 번째 재판에서보다는 자신감이 덜한 상태 같았다. 제프리의 목소리에는 더 이상 울림이 없었다. 그의 목소리는 흔들렸고, 발언을 할 때에도 멈칫거렸다.

재판 첫째 날, 제프리는 새로운 판사 앞에서 재판이 예정된 대로 진행되어야 한다고 주장했다. 그런데 그는 법정에서 밀리는 것처럼 보였다. 네 명의 산자 변호 팀, 머피의 팬 무리들, 그의 동료들이 법정 피고인 측에 잔뜩 앉아 있었다. 그리고 판사는 제프리를 도와주지 않았다. 그는 머피의 연기 신청을 받아들여 일주일이나 더 재판을 연기하는 결정을 내렸다. 제프리는 그전에 그 판사와의 세 건의 형사재판에서 모두 유죄 선고를 받아 냈다.

재판이 연기되어서 우리는 일주일을 기다려야만 했다. 나는 샌프란시스코에 전화해서 어머니에게 비행기 일정을 바꾸라고 전했다. 폴과 마티는 증인들에게 전화를 해서 일주일만 더 기다려 달라고 말했다.

나는 기다리는 동안 제프리가 담당하고 있던 웨스티스 리코 사건 재판을 보며 대부분의 시간을 보냈다. 일주일 동안 캘리포니아 집에 갔다가 다시 돌아올 수도 있었겠지만, 나는 이미 흥분된 상태였다. 나는 내가 집으로 돌아갔다면 또다시 열정을 재연할 수 있을지 확신이 없었다. 또 내 마음 한편에는, 뉴욕을 충분히 살펴보고 싶었다. 소호에 있는 새로운 갤러리들을 찾아가고, 주변의 새로운 전시회나 행사들도 보고 싶었다. 나는 '드레퓌스 사건Dreyfus Affair' 전시회를 아직 보지 못했다. 그 전시회를 꼭 보고 싶었다. 나는 조각가 빌 툴과 함께 소호 갤러리들을 둘러보았다. 그는 전화로 테레사 너와, 노엘, 그리고 그가 평소에 자주 가던 장소들을 보여 주고 싶다고 내게 말했다. 그는 나에게 그의 조각 작품들 몇 점을 보여 줬고 나는 나무로 된 그의 작품을 가장 좋아했다. 빌은 아티스트 스페이스, 언타이틀드Untitled 책방 등 나에게 여러 곳들을 보여 줬다.

빌과 나는 10번 모트 가에 가서 수프를 먹고 헤어졌다. 나는 폴리 스퀘어에 있는 연방 법원으로 돌아가서 제프리가 맡고 있는 웨스티스 갱 사건에 대한 빌리 비티의 증언을 구경했다. 그와 그의 변호사는 살인과 사체를 훼손한 것을 마치 고장난 자동차 머플러에 대해 이야기하는 것처럼 말했다. 나는 밖으로 나가고 싶어졌다. 그러나 나는 나가지 않았다. 무엇인가가 나를 그 소름끼치는 법정에 계속 있도록 했다. 값비싼 나무로 실내장식이 된 거대한 법정에서 나는 왜 의자에 딱 붙어 앉아 있었는지 이유를 알 수가 없었다. 끔찍스러운 증언 때문일까. 피고들이 패디 두간이라는 사람의 머리를 잘라서 냉장고 안에 보관했다는 증언 때문일까. 그의 성기를 알코올이 담긴 병에 넣어 헬스 키친의 술집 바에 올려놓았다는 것 때문일까. 그리고 피고인들이 그 병을 지나갈 때마다 "패디야, 잘 있니?" 하면서 낄낄 웃는 장면 때문일까. 그들이 보여 주는 죽음에 대한 무신경한 관점 때문일까. 나는 거기에 매혹된 이유가 무엇인지 몰랐다. 그러나 나는 그 재판 절차에 멈출 수 없이 끌려 가고 있었다. 그것은 현실이지만 동시에 믿을 수 없었다.

일주일이 드디어 지났다. 1987년 9월 28일 오전 9시 30분. 법원 서기가 개정을 선언했다. 슐레싱어 판사가 검찰과 변호인들을 호명했고 그들에게 재판을 시작하는 데에 준비가 되었는지 물었다.

"존경하는 재판관님, 검찰은 시작할 준비가 되었습니다."

제프리가 대답했고 이어서 말했다.

"사실, 검찰은 줄곧 시작할 준비가 되어 있었습니다……."

판사가 제프리의 말을 자르고 재촉했다.

"됐습니다, 슈랭어 검사. 머피 변호사, 준비되었습니까?"

"아니요, 판사님. 피고인은 아직……."

슐레싱어 판사가 머피의 말을 자르고 딱딱하게 물었다.

"이의사항 있습니까?"

"네, 판사님. 세 가지 점에 대해 이의하는 바입니다."

그는 손가락 세 개를 폈다. 판사가 천장을 바라보더니 한숨을 쉬고 말했다.

"그렇다면 하나씩 들어봅시다."

머피가 계속 말했다. 그의 첫 번째 이의는 검찰이 피고인에게 보여 주어야 하는 유죄를 입증하는 증거들을 보여 주거나 검찰 측 증언의 신뢰성에 보다 효과적으로 반박할 수 있는 여지를 제공해야 하는데 그러한 바 없기 때문에 '브레디 자료 원칙Brady material'에 따라 기소가 무효라는 점이었다. 판사는 그 이의는 이전에 다루어진 것이라고 머피에게 대답했다. 판사는 이전의 이의에 의하여 모든 서류들을 검찰이 제공한 바 있는지 제프리를 보며 물었다.

"네."

제프리가 대답하며 머피를 쩨려보았다.

판사가 머피를 바라보며 말했다.

"이의를 기각합니다. 그러나 나는 검찰이 피고인 변호인이 제공한 목록을 살펴보고 모든 자료가 피고인에게 제공될 수 있도록 확실히 해줄 것을 권고합니다. 다음 이의!"

머피가 기침을 했고 이전 재판에서 사전에 기록된 증인의 증언은 피고인에게 제공되어야 한다는 '로사리아 자료 원칙Rosario material'에 근거하여 이의를 제기했다. 판사는 이에 대해 대답했다.

"머피 씨, 이것 역시 이미 전에 다루어진 것입니다. 피고인은 해당 사건을 준비하기 위한 충분한 시간을 가졌습니다. 피고인은 더 많은 시간을 원하는 것으로 판단되지만, 그러나 나는 오늘 왜 배심원단을 소집할 수 없는지에 대한 법적 근거를 말씀해 주시기를 바라는 것입니다."

머피가 판사석으로 두어 걸음 다가가 "말씀드린 이의는 새로운 근거……."라고 말하기 시작했다.

그때, 슐레싱어 판사는 크게 소리쳤다.

"머피 씨, 법원의 허가를 얻지 않는 한, 판사석으로 가까이 오지 마십시오! 본인의 자리에 계십시오!"

법정의 네 벽면이 판사의 날카로운 눈빛에 얼어붙었다. 어두운 색의 머리카락을 꼼꼼하게 빗었고 흰머리가 듬성듬성 난 60대의 깐깐한 남자가 그의 검지로 머피를 가리켰다. 머피는 힘없이 그의 의자에 털썩 앉았다. 판사는 손목을 우아하게 까닥이면서, 검지를 접었다. 판사의 행동은 누가 이 법정에서 가장 권위 있는 사람인지를 단박에 알아차리게 했다.

"다음 진행하겠습니다. 배심원들 들어오라고 하세요."

그가 다시 손목을 까닥였고 서기가 종종걸음으로 대기실로 갔다. 대기실 문이 열렸고, 사람들이 우르르 들어왔다. 어머니와 수잔, 나는 일어서서 예비 배심원들이 앉을 공간을 마련해 주기 위하여 법정의 뒷자리로 갔다. 배심원들이 착석하였을 때, 판사는 일어서서 밝은 미소를 지었다. 그는 매력 있는 달변가의 느낌을 물씬 풍겼다. 방금 전에 변호사를 호되게 호통쳐 두렵게 하던 그 사람과 동일 인물이 맞나 싶을 정도였다.

배심제도의 장점에 대해 판사는 이야기하기 시작했고, 대기실에서 기다려야 했던 예비 배심원들에게 장황한 감사의 말을 늘어놓았다. 판사가 공소장을 읽자 몇몇은 몸을 움직였고 더러 신음소리를 냈다. 제프리와 머피는 예비 배심원들에게 질의하는 예비 심문 절차를 시작했다. 처음 질문들은 식상한 것처럼 보였지만 점점 양측은 깊이 있는 질문을 하기 시작했다.

머피는 간호사인 여자에게 물었다.

"평결을 내리실 때에 공정하며 어느 한쪽으로 치우치지 않을 것이라고 서약하실 수 있으십니까?"

"네."

그녀는 자신 있게 답했다.

"여성 피해자 혹은 가족에 동정심을 느끼지 않아야 합니다."

"네."

"과학적 증거가 조금이라도 없다면 유죄라는 평결을 내릴 것입니까?"

머피가 그녀의 대답을 재촉했다.

"이의 있습니다!"

제프리가 벌떡 일어서서 말했다.

판사가 짜증난 듯이 말했다.

"아직 재판 단계 아닙니다. 다음 질문이요."

머피가 멋쩍게 웃더니 다음 질문으로 넘어갔다.

"유죄가 입증되기 전까지는 어떤 사람이 무죄라는 점을 믿고 계십니까?"

"네."

"절대적인 의심을 넘어서는 유죄가 입증되어야 유죄입니다."

여자가 답하기 전에, 제프리가 끼어들었다.

"이의 있습니다. 합리적인 의심이라고 해야 합니다. 합리적인!"

"아, 변호인이 말하려던 것은 합리적인 의심이었습니다. 합리적인 의심을 넘어서는 수준으로 유죄가 입증되기 전까지 어떤 사람은 무죄라는 것을 믿고 있습니까?"

"네."

머피가 앉았고 제프리가 바로 그 간호사에게 물었다.

"상식을 사용할 수 있다고 생각하십니까? 그러니까 이 재판에서 증거들을 받아들이는 데에 있어서 귀하가 매일 사용하는 그런 상식을 의미합니다."

"네."

머피가 다른 예비 배심원에게 물었다.

"정황증거를 믿으십니까? 내가 말하려는 것은, 목격자에 대하여 정황증거로 결정을 할 수 있습니까?"

머피는 '정황'이 아무것도 아니라는 듯이 말했다. 제프리가 법정 안에 큰 소리로 이의를 제기하며 벌떡 일어났다. 판사는 중재에 나섰다. 그는 배심원들에게 적절한 때에 정황증거의 알맞은 적용에 대해서 설명할 것이라고 했다. 검사와 변호인 간의 적대감이 확연하게 드러났다. 배심원 선정 절차는 오후 5시까지 계속되었다. 그날, 결국 그들은 세 명의 배심원을 선택하였다.

우리는 제프리의 사무실로 갔다. 마티와 폴이 제프리의 사무실에서 기다리고 있었다.

"오늘 어땠소?"

마티가 목소리를 높여 물었다.

"좋았습니다. 우리는 배심원을 세 명 선택했어요. 여자 한 명이랑 남자 두 명이요. 괜찮은 사람들 같습니다. 우리는 사회복지사, 간호사, 사업가를 뽑았습니다."

제프리가 덧붙였다.

"사회복지사요? 제프리, 사회복지사요?"

마티가 믿을 수 없다는 듯이 물었다.

"나한테는 그 사람 괜찮은 것처럼 보였습니다. 존은 어떻게 생각합니까?"

제프리가 내게 물었다.

내가 고개를 끄덕이고 말했다.

"합리적이고, 괜찮은 사람처럼 보였어요."

"당신네 둘 다 틀렸어요. 거기에 동정심 많은 한 사람만 앉혀 놓아도, 다 망칠 수 있소이다."

마티가 주장했다.

제프리가 어깨를 으쓱하고 말했다.

"오, 그럴 수도 있지요. 지켜봅시다. 어쨌거나, 존, 판사는 당신이 증언하기 전에 법정 안에 있지 않기를 원합니다."

나는 판사의 갑작스러운 폭탄 세례에 전혀 준비가 되어 있지 않았다. 나는 완전히 제외된 것처럼 느꼈고 판사에게 달려가 "이의 있습니다!"라고 면전에 외치고 싶었다. 그러나 판사의 말은 확정적이었다. 나는 마티 옆에 있는 주황색 소파에 푹 주저앉았다.

"머피가 한 짓이죠, 맞죠?"

제프리가 답했다.

"맞습니다. 그가 판사한테 당신을 지목했어요. 그래서 판사는 어떤 증인도 증언하기 전에 법정에 들어오지 말라고 했습니다.

그러나 제가 당신이 일찍 증언할 수 있도록 해서 재판 대부분을 볼 수 있도록 하겠습니다. 못 보는 건 얼마 없을 겁니다."

그 이후 며칠을 나로서는 견딜 수 없었다. 내가 앉아 있어야 할 법정이 아닌 복도에서 나는 기다리며 복도를 걸어 다녀야 했다.

법정 입구 바깥에서 나는 열고 닫히는 문틈 사이로 안을 엿보았다. 그리고 모든 것이 잘 되어 가고 있다며 나 스스로를 안심시켰다. 문틈 사이 햇빛 한 줄기를 한쪽 눈으로 보았고 어머니와 수잔이 그들의 자리에 움직임 없이 앉아 있는 것을 보았다. 판사와 제프리는 무성 영화에서처럼 그들의 일을 하고 있었다. 나는 평소와 다를 바가 없다는 것에 만족했다. 그리고 머피의 등장을 지켜보았다. 나는 다른 한쪽 눈으로 그것을 보았고, 움직이는 목표물을 더 자세히 보려고 애를 썼다.

머피가 몸짓을 하며 움직이고 말을 하자 분노가 치밀어 올랐다. 나는 역겨워서 뒤돌아서 버렸고 담배에 불을 지펴 한두 모금 피우다가 던져 버렸다. 그리고 문틈 사이로 돌아와서, 머피가 앉아 있는 것을 보았다. 나는 문에서부터 멀리 걸어가 또 담배를 한 대 피웠고 복도를 왔다 갔다 하며 걸었다. 화장실도 갔다가 돌아왔다. 그리고 풍선껌 한 팩과 담배, 커피, 탄산음료를 사기 위해 로비에 갔다 왔다.

점심 식사 시간에, 어머니와 수잔이 어떤 일이 있었는지 알려 줬다. 그들은 대부분 머피의 우스꽝스러움, 그의 교묘한 행동에 대해서 이야기했다. 수잔은 머피의 조수 중 한 명에 대해서 계속 이야기했다. 그 여자의 이름은 미스 피츠제럴드로 끊임없이 산자의 팔꿈치를 꽉 붙잡고 있었고 절차가 진행되는 중 내내 산자에게 귓속말을 했다. 미스 피츠제럴드는 거북 무늬 안경, 창백한 피부와 뾰죽한 턱, 그리고 짙은 색깔의 긴 머리를 갖고 있었고, 납작하고 끈이 없는 가죽 구두를 신고 홀리 호비Holly Hobby 인형에 어울리는 치마를 입고 있었다. 수잔은 그녀를 '헝겊 인형Ragdoll'이라고 별명을 지었다.

"그녀는 그의 팔꿈치에 내내 딱 붙어서 무슨 말인지 끊임없이 속삭였어. 믿을 수 없을 정도로 헝겊 인형은 산자에게 딱 붙어 있었어."

마티가 헝겊 인형의 이상한 행동에 대해 설명을 해줬다.

"그들은 배심원들에게 산자가 피해를 주지 않는 부류의 남자라는 것을 보여 주고 싶었던 거요. 깔끔하게 생긴 여자가 계속 그한테 매달려 있을 정도로."

내가 바깥에서 법정 안을 쳐다보고 복도를 왔다 갔다 하는 동안 재판은 후끈 달아올랐다.

도깨비 상자와의 싸움

법정에서 제프리가 모두진술을 하는 날이었다. 법정은 3년 전 첫 번째 재판에서와 같이 무거운 기운이 감돌았다. 흰색 셔츠에 다 까만색 바지를 입은 무장 집행관들 두 명이 법정 입구를 지키고 있었다. 나는 법정 안으로 들어가는 사람들을 보며 문 바깥에서 있었다. 대부분의 사람들은 낯선 사람들이었다. 그들은 정장을 말끔하게 차려입고, 비싼 서류 가방을 들고 있었다. 나는 그들이 변호사일 것이라고 생각했다. 몇몇은 서둘렀고 어떤 사람들은 노련하고 차분하게 움직였다. 그들이 머피의 모두진술을 듣고자 거기에 모였다는 것을 뒤에 알게 되었다. 그들 대부분은 제프리가 모두진술을 할 때에는 자리를 떴고 2시간 30분 후 머피가 모두진술을 하는 중에 돌아왔다.

문틈 사이로 나는 제프리가 모두진술하는 모습을 먼발치에서 볼 수 있었다. 나는 그가 말하고 있는 내용이 무엇인지 들으려고 했지만 그의 몸짓만을 보고 있다는 것에 만족해야 했다. 사람들이 법정을 드나들 때마다 새어 나오는 몇 마디를 들을 수 있었다.

"갈색 재킷을 입은 저 남자입니다!"라는 말을 제프리가 했고, 머피는 소리 높여 이의를 제기했다. 그리고 판사가 조용하게 꾸짖었다.

"슈랭어 씨, 이것은 최종 변론이 아닙니다."

그 판사는, 배심원들이 옆에 있으면 항상 매력적으로 말했다. 문을 드나드는 사람들 덕분에 나는 안에서 무슨 일이 일어나는지에 대해 약간이나마 가늠해 볼 수 있었다. 문이 열리고 닫히는 것은 성가신 것이기는 했다. 몇 번이나 나는 문에 얼굴을 부딪칠 뻔했다. 2시간 30분 후에, 제프리는 그의 모두진술을 마쳤고 사람들이 법정에서 우르르 빠져나왔다. 어머니, 수잔과 샌디가 나왔다. 나는 그들을 포옹했다. 그들은 화장실에 갔다.

제프리가 서둘러 나왔고 내가 그에게 물었다.

"어땠어요?"

"좋았습니다. 별 문제 없이 끝났어요. 피고인 변호인이 모두진술을 하기 전에 증인 대기실에 가 보겠습니다."

"머피의 모두진술은 얼마나 걸릴 것 같아요?"

"아마 한 시간 정도 걸릴 겁니다. 가능한 한 빨리 당신이 증인석에 설 수 있도록 하겠습니다. 첫 번째가 도시 토목기사이고, 그 다음이 당시 경찰관 브레넌입니다. 그리고 나서 존 당신이 합니다."

"알았어요, 제프리."

제프리는 증인 대기실로 서둘러 갔고, 어머니와 수잔, 샌디가 화장실에서 나왔다. 그들은 "머피가 시종일관 이의를 제기했어. 모든 단어 하나하나."라며 머피에게 화가 나 있었다. 샌디가 덧붙였다.

"그는 커다란 도깨비 상자에서 계속 튀어나오는 것 같았어요."

우리가 이야기하는 동안 더 많은 어두운 색 정장을 입은 변호사들이 법정 안으로 들어갔다.

"저 사람들 누구예요?"

수잔이 물었다.

"머피 팬들인 것 같아요."

내가 비꼬는 듯이 답했다.

한 시간쯤 지났을까, 사람들이 법정에서 쏟아져 나왔다. 변호사들은 웃으며 서로에게 고개를 끄덕였다. 나는 그들이 웃는 모습이 좋은 현상이 아니라고 생각했다. 제프리, 어머니, 수잔과 샌디가 밖으로 나왔고 나는 머피가 어떻게 했냐고 물었다. 어머니는 신 레몬을 씹은 것 같은 표정을 지었다. 그녀는 수잔을 쳐다보며 말했다.

"수잔, 네 말이 맞다. 그는 악마 그 자체더구나."

우리는 빙그레 웃었다. 제프리가 기분이 좋은 듯이 말했다. "머피가 잘했습니다. 야경봉을 찾았다고 말했어요."

"그가 그렇게 거짓말해도 되는 거예요?"

내가 놀라서 물었다.

"꼼수를 쓰는 거죠……. 판사한테 그 이야기를 해봐야겠어요. 그리고 존, 증인 순서에 변동이 생겼습니다. 존은 메트로폴리탄 미술관 넬 굿트만과 아티스트 스페이스의 발레리 스미스 다음입니다."

나는 나의 산책 일정으로 돌아갔다. 복도 끝까지 쭉 걸어갔다. 그리고 나는 7층에 있는 제프리의 사무실로 가서 마티와 폴을 만났다. 평소처럼 폴은 서류 더미에 묻혀 있었고 마티는 전화를 하고 있었다. 나는 자리에 앉아 그들에게 법정에서 일어나는 일을 전했다. 점심시간에 제프리, 보조 검사 셰릴 스패츠, 그리고 퇴직한 브레넌 경감이 제프리의 사무실로 왔다. 브레넌은 역겹다는 듯이 혼잣말을 했다.

"맙소사, 이 미친놈은 뭘 하려는 겁니까? 어찌나 이의제기를 해대던지! 아마 기네스북에 기록을 갱신하려던 모양이에요! 원래대로였으면 지금쯤 엘리자베스 가 주차장과 관련해서 증언을 다 마치고 집에 갔을 거요. 제프리, 그놈 자식이 나에게서 원하는 게 뭡니까?"

제프리가 한숨을 쉬고 말했다.

"뭐라 말해야 할지 모르겠군요."

마티가 비꼬아 말했다.

"브레넌, 당신이 표적이 아니야. 바로 제프리야. 그 판사는 검찰을 좋아하지 않아요, 특히 제프리! 맞지 않소, 폴?"

폴이 말했다. "제길, 안 좋은 현상이에요. 만약 이 머피라는 작자가 브레넌을 구워삶을 작정이었다면, 나한테는 어떻게 하겠어요? 아마 며칠 동안 증인석에 앉아 있을 거 같군요."

"오, 폴. 걱정할 것 없소. 그는 당신을 물지 않아. 제프리한테 다 맡겨 두면 돼요."

폴이 마티를 쳐다보고 반박했다.

"이봐요, 마티. 당신이 증인석에 나가면 좋은데?"

마티가 대답하려고 하자 제프리가 말했다.

"마티, 마티도 증언해야 될 것 같습니다."

마티가 놀라서 물었다.

"아니, 어째서 말이오?"

제프리가 한숨을 쉬더니 답했다.

"진행되는 과정을 보니까, 우리 수사 팀이 전부 다 증인석에 올라갈지도 모릅니다. 피니, 칼가노, 퍼기, 아담스, 모두 다요. 판사가 주차장 사진을 제출하는 것에 대해서 나와 다투는 중입니다. 우리가 어떻게 해서든지 모든 사진을 증거로 제출해야 합니다."

폴이 말했다.

"아담스는…… 유명 가수인 빌리 조엘과 크리스티 브링클리 Christy Brinkley를 경호하느라 너무 바빠요. 피니와 퍼기는 가능할 테고. 칼가노는 다른 곳에서 일하고 있습니다. 마이어릭스는 내일

온다고 했습니다."

제프리가 단호하게 말했다.

"피니와 퍼기한테 전화해서 이틀 내로 증인 일정을 잡으세요. 그리고 주차장 실제 사진을 찍은 사람이 누구지요?"

폴이 대답했다.

"범죄현장수사대CSU, Crime Scene Unit에서 나온 사람이요. 범죄현장 팀 사람들은 누가 누군지를 모르겠어요. 야간에 부업으로 하는 사람일 수도 있구요. 내가 사진 담당 연구소로 전화해서 알아보겠습니다."

1987년 9월 29일. 혼란 속에 새로운 날이 시작되었다. 브레넌의 증언은 예상보다 훨씬 더 오래 진행되었다. 그러니 증인 스케줄이 확 꼬여 버렸다. 마티와 폴이 하루는 모든 사람에게 돌아가라고 했고, 그들 중 대부분은 직장 때문에 새로운 소환장이 필요하다고 했다. 메트로폴리탄 미술관의 넬 굿트만은 화를 냈다.

"이런, 나는 우리 애 베이비시터 일정과 고객들과의 회의 시간을 재조정해야 합니다. 아 모르겠어요, 그냥 모르겠네요. 다시 전화 드릴게요."

아티스트 스페이스의 발레리 스미스는 처음에는 주저하였지만 증인석에 서기 위해 학교 강의를 빠지기로 결정하였다. 퍽 빌딩의 프로젝트 매니저인 마이클 블랙은 마티를 놀렸다.

"그나저나, 내가 왜 다시 증언을 하게 되었지요?"

마티가 전화기를 확 끊어 버렸다. 폴 역시 마찬가지였다. 픽 빌딩 정문의 주간 경비원인 알버트 크리츠로우는 폴에게 바쁘다는 핑계를 댔다. 그러나 야간 경비원인 허버트 맥크레이는 정중하게 증언을 받아들였고 미술관의 로즈 화이트는 우울해했다. 나는 무기력했다. 내가 할 수 있는 전부는 거기에 앉아서 그들이 맞닥뜨린 문제점들로 고뇌하는 모습을 바라볼 뿐이었다.

제프리가 물었다.

"증인들은 다들 시간이 어떻게 됩니까?"

마티가 한숨을 쉬고 말했다.

"넬 굿트만이 오늘 증언해야만 한다고 말했소. 발레리 스미스는 오늘 하고 싶어했지만 내일도 괜찮고. 후지타는 연락이 안 돼요. 찾을 수 없소이다. 마이클 블랙은…… 음……. 우리가 그와 이야기 좀 해야 할 것 같고."

제프리가 증인들의 준비 상황을 확인하다가 나를 가리키며 말했다.

"그래서…… 오늘 우리가 넬, 발레리와 존의 증인 심문을 할 수 있군요. 오후에는 블랙과 크리츠로우를 증인 심문하는 게 어떻습니까?"

"알겠습니다."

마티와 폴이 말했다.

제프리가 나를 증인 대기실로 데려갔다. 나는 그곳에서 기다렸다. 잠시 후 집행관이 증인 대기실에 와서 나를 법정으로 불렀다.

"미스터 차, 당신 차례입니다."

나는 침을 꿀꺽 삼키고 일어섰다. 집행관을 따라 법정으로 가면서 나는 저번처럼 경외감에 압도된 느낌을 받았다. 새로운 사람들이 나에 대해서 살펴볼 것이다. 그리고 지하에서 있었던 나의 악몽에 대해 듣고 나서 결정을 내릴 것이다. 나는 산자의 자리를 지나갔고, 그의 얼굴과 일그러진 머리가 내 안에 불 같은 싸늘함을 불러일으켰다. 3년 전과 같은 느낌이었다.

제프리가 직접 심문을 시작했다.

"나이는 어떻게 됩니까?"

머피가 의무적으로 이의를 제기했다.

"이의 있습니다. 관련이 없습니다."

슐레싱어 판사가 중얼거렸다.

"기각합니다."

난 생각했다. 머피, 관련이 없는 것은 당신입니다.

그러나 나는 말했다.

"41세입니다."

첫번째 질문에서부터, 머피는 틈만 나면 계속해서 이의를 제기해서 샌디가 별명을 지어 준 '도깨비 상자jack in the box'와 꼭 들어맞는 듯이 보였다. 머피는 나를 너무 짜증나게 해서 나는 산자에 대해서는 거의 잊어버렸다. 나는 진정하자고 스스로에게 여러 번

되뇌었다. 제프리는 내가 지하 범죄 현장에서의 증거품을 발견하는 순간을 증언하도록 이끌어 주었다.

"그렇다면 그 고철 문을 열었을 때 증인은 무엇을 보았습니까?"

나는 침을 삼키고 머뭇거리며 말했다.

"그녀의 모자를 보았습니다. 베레모…… 피…….

머피가 끼어들었다.

"이의 있습니다, 존경하는 재판관님. 그는 그것이 피라는 것을 모르고 있습니다."

판사가 나를 보더니 말했다.

"피처럼 보이는."

나는 슐레싱어 판사를 쳐다보았고 그의 단어를 천천히 반복했다.

"피처럼 보이는".

그리고 "그녀의 장갑, 그녀의 부츠가 한쪽에 내팽개쳐 있었습니다……"라고 계속해서 말했다.

그 순간, 머피가 공중에 손을 번쩍 들더니 누구나 들을 수 있는 소리로 중얼거렸다.

"한쪽에 내팽개쳐…….

분명한 것은 나의 단어 선택에 그가 기분이 언짢았다는 점이었다.

나는 계속했다.

"장갑……. 코트 단추."

그녀의 장갑은 살아 있는 것 같았습니다, 나는 그렇게 생각했지만 그것을 말로 하지는 않았다.

제프리가 증거물을 보여 주었다. 퍽 빌딩의 구조도와 사진들이었다. 너무나도 많은 이의와 별도의 증거 심리를 거쳐 결국 그것들은 증거로 인정되었다.

제프리가 리처드의 결혼 반지를 가지고 왔다. 나는 그것이 리처드의 결혼 반지라는 것을 알고 있다고 말했다.

"똑같이 생긴 반지가 하나 더 있는데 그것들은 테레사와 리처드 반스가 디자인했고 보석 디자이너에게 주문 제작한 것입니다."

제프리가 반지를 증거로 제출하였을 때, 머피가 이의를 제기했고 판사가 이의를 받아들였다. 반지는 증거로 인정되지 않았다. 반대 심문에서, 머피는 지하와 그 밑에 있는 공간의 물리적 배치에 대해서 나를 바짝 추궁했다. 예를 들면 얼마나 높은지, 얼마나 넓은지, 얼마나 긴지 그런 것들이었다. 그런데 나의 기억은 또렷했고, 구체적이었다. 그러나, 머피한테 한 번은 넘어갈 뻔했다. 그는 리처드가 우리를 퍽 빌딩에 데려간 것에 대해서 소란을 떨었다.

"그가 당신들을 거기에 데려갔죠, 맞습니까?"

내가 답했다.

"우리는 함께 그곳에 갔습니다."

머피가 반복적으로 주장했다.

"그렇다면, 리처드 반스가 증인을 그곳에 데려간 것입니다. 그가 당신을 그곳에 데려갔죠, 맞습니까?"

나도 역시 완강하게 말했다.

"아니오. 우리는 그곳에 함께 갔습니다."

그날 저녁 늦게, 우리가 머무르던 수잔의 아파트로 돌아오는 길에, 우리는 96번 가 바로 위에 있는 매디슨 가의 식료품점에 들러서 훈제 닭고기, 호박, 커피를 샀다.

어머니가 "걔들은 결혼식에 그 반지를 갖고 있지 않았다."라고 말했을 때 우리는 5번 가를 향해 걸어가고 있었다. 나는 무슨 말을 해야 할지 몰랐다. 머릿속이 새하얗게 되었다. 아무 생각이 들지 않았다. 나는 길가 중간에 멈췄다.

"무슨 소리예요……. 어머니, 걔들은 반지를 갖고 있었어요. 결혼 사진 봐요. 결혼 사진에서 테레사가 반지를 보여 주려고 주먹을 쥐었잖아요."

어머니가 희미하게 웃으며 말했다.

"결혼 사진에 있는 그 반지? 그건 테레사가 빌려 온 심플한 반지였어. 주문 제작한 반지는 제때 오지 않았단다. 그 디자이너가 시간을 안 지켰거든. 테레사가 많이 화냈어."

"오, 이런……."

그 말이 내가 말할 수 있는 전부의 단어였다.

어머니는 계속해서 말했다.

"네가 증언을 하는 그 법정에서 나는 속말을 했단다, '쟤가 이야기하고 있는 게 뭐지?'라고."

우리는 아무 말도 하지 않은 채 5번 가로 걸어 올라갔다. 걸을 때마다 장바구니는 자꾸 무거워졌다. 우리가 수잔의 아파트에 도착했을 때에는 저녁 7시 30분이었다. 나는 제프리의 사무실에 전화했다.

제프리가 물었다.

"우린 아직 여기 있습니다. 무슨 일이 있습니까?"

나는 어머니가 말해 준 것과 나의 낙담을 그에게 말했다. 내가 위증을 한 것이고 재판을 망쳐 버린 것인지 염려되었다. 제프리가 나의 고민을 듣더니 안심시켰다.

"큰 문제가 아닙니다. 아침에 다시 증인석에 세워서 바로 잡도록 합시다. 그게 최선입니다."

나는 그날 밤 내내 잠을 잘 수 없었다.

다음날, 제프리는 판사에게 말했다.

"존경하는 재판관님, 다음 증인을 세우기 전에, 검찰은 존 차 씨를 다시 증인으로 세우겠습니다. 이는 이전의 증언의 내용을 명확하게 하기 위함입니다."

판사가 나를 쳐다보고는 고개를 끄덕이며 "진행하세요."라고 말했다.

하는 데까지 해보자. 나는 모든 시선이 나에게 쏠려 있음을 느끼며 일어났다. 나는 어떻게 이것이 진행될지 상상도 할 수 없었다. 나는 증인석에 앉았고 제프리에게 집중했다. 제프리의 첫 번째 질문은 쉬운 것이었다.

"미스터 차, 어젯밤 나에게 전화했습니까?"

"네."

내가 답했다.

"대략 시간을 말해 주겠습니까?"

"저녁 7시 30분경이었습니다."

"실제로, 그 시간에 나와 대화를 했습니까?"

"네."

"그 대화에 대해 말씀해 주십시오."

"나는 반지와 관련된 증언에 대해 생각했던 점에 대해서 말씀드렸습니다. 사실, 디자이너가 제작한 반지는 결혼식에는 실제로 있지 않았습니다."

판사가 그의 자리에서 부스럭거렸고 머피의 아랫입술이 기쁨으로 삐죽거렸다.

변호사의 방해 작전

증거 철회라는 건 다시는 할 짓이 아니다. 내가 재판을 망친 게 아닌가. 나는 증언대에서 방청석의 자리로 돌아왔고, 펙 빌딩의 사람들이 증언에 나서 재판이 재개되었다. 그러나 나는 그들의 증언에 집중할 수 없었다. 나는 법정 바깥에 있는 것이 나았다.

내가 제프리에게 물었다.

"내가 잘못한 거죠? 그러니까 그 반지와 관련해서요."

제프리가 밝게 답했다.

"아닙니다. 나라면 그런 것은 걱정 안 할 겁니다. 모든 것이 괜찮습니다. 내일은 또 다른 날이니까."

제프리가 나를 위로해 주는 말은 고마웠지만 기분은 편하지 않았다. 다행히 나는 그날 밤 잠을 잘 잤고 아침에 일어나자 기분이 훨씬 나아졌다. 우리는 일찍 법원에 가기 위해 나왔고 문을 열기도 전에 법정 앞에 도착했다. 나는 어머니, 수잔, 엘리자베스와 함께 밖에서 기다렸다.

이어 샌디가 왔다. 그녀는 그날 강의가 얼마 없기 때문에 재판에 빨리 왔다고 말했다. 그리고 나서 그녀는 그 전날 밤 그녀와 그녀의 남편이 보았던 텔레비전 프로그램에 대해 흥분해서 이야기하기 시작했다. 그 프로그램은 〈나이트 히트〉라는 제목을 가진 형사 추리물이었다. 산자라는 이름의 남자가 살인 혐의로 잘못 기소된 내용이었다. 샌디가 말하면서 더 열을 내며 말했다.

"내 눈과 귀를 믿을 수 없었어요. 나는 천천히 자막이 올라가는 것을 보았고 거기에 산자의 이름이 떡하니 있었어요. 조이 산자. 철자도 같았어요. S, A, N, Z, A. 그 철자 맞죠? 게다가 배우도 비슷하게 생겼더라고요. 피해자 중 한 명은 남편이 있었는데 그 남편의 이름이 뭐였는지 아세요?"

"리처드?"

수잔은 의문형으로 대답했다.

"네, 맞아요. 리처드도 비슷하게 생겼더라고요. 놀랍죠?"

"어떻게 그런 일이! 그리고 결국 무죄를 선고받았나요?"

"네! 나는 전부 다 봤고 제일 마지막에 자막을 보려고 기다렸어요. 어젯밤 11시 30분에 방영됐어요. 섬뜩했어요."

나는 어이없이 웃으며 말했다.

"우리가 제프리한테 이야기해 줘야겠어요. 제프리가 정말 깜짝 놀랄 거니까."

그때 제프리의 카트가 복도를 지나는 소리가 났다. 나는 샌디를 제프리와 셰릴에게 소개해 주었다.

"여기는 샌디 플리터먼입니다. 테레사의 버클리 친구예요. 지금 럿거스Rutgers 대학에서 교수로 있습니다. 흥미로운 이야기가 있으니 들어보세요."

제프리와 셰릴은 샌디의 나이트 히트 이야기에 귀를 기울였다.

"정말 이상하군요……. 대단한 우연의 일치입니다."

제프리는 웃어 넘기려고 하면서도 여전히 의아한 표정이었다. 우리는 커피를 한 모금 마셨고 TV 프로그램에 대한 이야기를 계속했다.

"이름 몇 개 바꾸는 것은 작가한테 쉬운 일일 텐데요."

극작가인 샌디가 말했다. 수잔이 덧붙였다.

"이건 머피가 한 짓이에요. 그 사람은 이기려면 뭐라도 할걸요. 만약 친구를 동원해서 산 자 이름을 쓰게 했다고 할지라도 나는 별로 놀랍지도 않아요."

엘리자베스가 말했다.

"당연하죠, 그래서 무죄로 만든 거예요."

수잔이 말했다.

"내가 CBS에서 일하는 친구한테 전화해서 알아볼 수 있어요."

나는 제프리에게 물었다.

"제프리, 머피가 이것과 관련이 있다고 생각합니까?"

제프리는 아무 말도 하지 않다가 결국 한 마디 했다.

"머피에게 이 사건과 〈나이트 히트〉가 관련 있는지 물어보겠습니다. 설마 그러지는 않았겠지만. 그나저나, 놀라운 우연입니다."

제프리는 배심원단이 없는 법정 판사 앞에서 그 질문을 꺼냈다.

"텔레비전 프로그램을 본 배심원이 있다면, 그에 대해 어떻게 해야 할까요?"

머피는 그 텔레비전 프로그램은 피고인에 대해 부당한 편견을 형성할 수 있으며 따라서 무효 심리의 근거가 되는 것이라고 했다. 판사는 무관심한 것처럼 보였다. 그는 머피의 주장에 대해 동의하지 않는다고 말했다. 판사는 "어쨌든 그 텔레비전 프로그램은 다른 '산자'가 살인 혐의에 대해 무죄라고 판결한 것으로 의뢰인에게 도움이 될 수 있고, 검찰 쪽에는 해가 될 수 있다."고 설명했다. 그리고 그는 제프리에게 말했다.

"슈랭어 검사, 이후로는 그 프로그램을 방영하지 못하도록 하세요."

이어 재판은 계속되었고, 제프리가 다음 증인으로 로버트 쉘러 박사를 세웠다.

그 이름이 등장하자마자 나는 혼란에 빠졌다. 그리고 어머니에게 귓속말을 했다.

"어머니, 이번 건 별로 좋지 않을 거예요. 그가 끝낼 때까지 커피 드시고 오세요?"

"아니다."

"어머니……."

"아니다. 난 법정에 있을 거다. 난 이곳에 있어야만 한다."

어머니는 꼼짝하지 않았다. 그 사이 나는 증인석에 앉는 쉘러 박사를 보았다. 나는 또 면봉 샘플에 대한 끝없는 이야기를 들어야만 했다. 몇 년 동안 면봉 이야기는 나를 따라다녔다. 약국에서 면봉을 보게 되면 나는 두려움마저 느꼈다. 법정에 면봉 이야기가 화제로 등장하는 데에는 시간이 오래 걸리지 않았다. 박사의 말에 따르면, 혈액형을 알아보는 루이스Lewis 검사를 하기 위해 구강 표본이 있어야 하는데 타액이 충분하지 않아서 혈액형을 알아볼 수 없었다고 했다. 제프리는 질문을 했다.

"박사님, 테레사가 분비자인지 비분비자인지에 대해 소견이 있으십니까?"

"네······. 전문가 소견으로 그녀는 분비자(A, B, O 등의 혈액형 항원이 타액, 정액 등에도 분비되는 사람)입니다. 왜냐하면 질과 항문의 표본이 A-1, PGM 유형 1, 1 플러스, 1 마이너스라는 같은 혈액형을 나타냈기 때문입니다. 모두 피해자에게서 채취되었습니다."

머피는 혈액 박사에게 물었다.

"박사님, 증인은 루이스 검사를 했고 혈액형을 발견하지 못했습니다, 맞습니까?"

"네."

"그렇다면 테레사가 비분비자라고 결론지을 수도 있을 것입니다, 맞습니까?"

"가능합니다. 그러나 증거가 없습니다."

"구강 표본이 충분하지 않았기 때문입니까?"

"네."

"박사님, 만약 검시관이 피해자의 침 분비선을 보낸다면, 그녀의 분비자 해당 여부에 대해 확정적인 결론을 내리실 수 있습니까?"

혈액 박사가 대답했다.

"그렇습니다."

미친놈 아냐, 저 머피 자식. 테레사의 침 분비선을 보낼 것을 제안하다니!

제프리가 벌떡 일어서서 소리쳤다.

"이의 있습니다!"

"기각합니다."

머피는 붉어진 커다란 얼굴로 휘몰아치듯이 증인 심문을 진행했다. 그는 천둥 같은 목소리로, "증인은 결론을 내릴 수도 있었습니다. 그리고 만약 그녀가 비분비자라면 확실히 피고인을 범죄인 명단에서 제외할 수 있었습니까?"라고 물었다.

혈액 박사가 "네." 하고 대답했다. 법정 전체가 숨을 죽였고 제프리가 목청을 높여 이의를 제기했지만 판사는 이를 기각했다.

배심원들 둘이 확연하게 웃음을 지으며 장난감 개처럼 고개를 끄덕이고 있었다. 사회복지사와 간호사였다.

제프리가 머피의 질문에 따른 피해를 줄이기 위해 박사에게 물었다.

"박사님. 증인은 스텀프, 와인스타인, 쿠식이 정자의 제공자에 해당하는 것으로부터 제외되지 아니했음을 머피 변호사에게 말했습니다, 맞습니까?"

"네."

"피고인이 제외되었습니까?"

"아니오."

"사실, 증인은 누구도 제외할 수 없습니다, 맞습니까?"

"맞습니다."

"정자의 제공자는 뉴욕에 거주하는 어떤 사람이라도 될 수 있습니다. 맞습니까?"

판사가 끼어들었다.

"슈랭어 검사, 정말……."

"쉘러 박사님. 수년 간 수천 개의 표본들을 검사하였던 경험에 비추어 보면, 정자 제공자를 분명히 알아챌 수 있었던 경우가 있었습니까?"

"네."

"증인이 분명하게 판단할 수 있던 경우에 해당할 확률이 얼마나 됩니까?"

"1퍼센트입니다."

무효 재판

폴은 두 번째로 증인석에 나서길 엄청 꺼렸다. 첫 재판이 끝나고 3년이 지난 뒤, 그는 증인석에 다시 가는 것에 대해 땀을 뻘뻘 흘리며 안절부절못했다.

살인이 벌어진 날 밤부터 수사의 긴 절차를 되풀이하는 건 쉽지 않은 일이다. 그가 증인석에 다시 섰을 때, 변호사 머피는 폴이 생각했던 것보다 더 악질적인 미치광이였다. 잦은 사이드바, 별도 심리 절차에 실제 심문보다 더 많은 시간이 소요됐다. 머피는 제프리가 증인을 유도심문하고 있다고 주장했다. 판사는 대부분의 경우 머피의 의견에 동조했다. 그것이 제프리로 하여금 같은 질문을 다른 말로 바꾸어 하도록 강요했다. 결국 그의 증인 심문은 순조롭지 못했다. 제프리는 머뭇거리고 허둥지둥하는 것처럼 보였고, 배심원들은 제프리가 오랫동안 질문을 멈추는 것에 끈기를 갖지 못한 채 술렁거렸다. 마침내 사이드바 회의에서 제프리는 머피와 판사에게 분통을 터트리고야 말았다.

"해당 증인은 유도가 되어야만 합니다! 그는 책임 수사관입니다! 그는 해당 사건의 모든 것에 대해서 알고 있습니다. 나는 그가 배심원들이 들어서는 안 되는 것에 대해 이야기해서 증거 심리 절차가 무효로 결정되는 것을 원하지 않습니다."

판사가 물었다.

"예를 들면?"

"예를 들면 그의 사물함에서 발견된 총, 포르노 잡지 커버를 인용한 산자의 사진, 산자가 플로리다에서 어떻게 체포되었는 지와 강간죄 유죄 선고 등을 말입니다……. 그가 그러한 점에 대해 증언하는 것을 원하십니까?"

"알겠습니다. 슈랭어 검사, 진정하고 진행하시오."

제프리는 증인을 '유도'할 수 있도록 판사로부터 허가를 받고 나서 심문을 계속하였지만 그렇게 오래 걸리지는 않았다. 다시 머피가 붉어진 얼굴, 이글이글한 눈빛을 한 채 이의를 제기하며 벌떡 일어섰다. 제프리는 증인이 책임 수사관이라는 점을 강력하게 주장했다. 제프리는 폴에게 물었다.

"폴 페이스 형사, 수사 과정 중에, 특정 혈액 검사를 하도록 지시했습니까?"

"네."

"그러한 검사를 지시한 증인의 의도는 무엇이었습니까?"

"이의 있습니다."

"인정합니다."

"혈액 검사에 참여한 사람은 누구입니까?"

"리처드 스텀프, 마이클 와인스틴, 폴 쿠식, 리처드 반스와 피고인입니다."

"그리고 용의자를 좁혀 나가기 위해서, 당신은……."

"이의 있습니다."

"인정합니다."

"리처드 스텀프가 범죄와 관련이 있는지 여부를 확인하셨습니까?"

"네, 리처드 스텀프는 그의 혈액형이 O형이기 때문에 검사 당시 제외되었습니다."

"이의 있습니다."

"기각합니다."

"페이스 형사, 피고인 외에, 리처드 스텀프, 마이클 와인스틴, 폴 쿠식, 리처드 반스와 같은 사람들이 거짓말 탐지기 검사를 자발적으로 받았습니까?"

"네."

폴은 답했다.

바로 이때 머피가 주저하며 일어섰다. 그는 조용히 중얼거렸다. "이의 있습니다, 판사님." 그리고 그는 계속 서 있었다. 판사가 큰 소리로 대답했다.

"인정합니다. 배심원단은 증인의 마지막 발언을 무시하십시오!"

머피는 똑바로 서서 제프리를 뚫어져라 쳐다보았다.

"판사님."

머피가 말했다. 그의 목소리는 아무런 특징이 없는 낮은 목소리였다,

"거짓말 탐지기 검사는 받아들일 수 없기 때문에 피고인 측은 이 재판의 무효를 주장합니다. 거짓말 탐지기 검사에 대해 검찰 측에서 발언한 것은 피고인에 대해 지나친 편견을 조장하는 것입니다."

이때 판사는 머피의 말에 끼어들어 말했다.

"착석하십시오. 머피 씨."

그리고 제프리를 연필로 위협하듯 가리키며 꾸짖었다.

"슈랭어 검사, 나는 검찰의 거짓말 탐지기 검사 발언에 대해 충격을 받았습니다……."

제프리가 항의하듯 말했다.

"존경하는 재판관님. 검찰은 거짓말 탐지기 검사에 대해 발언한 것이 아닙니다. 그것은 분명하게 용인되지 않는 것입니다. 검찰의 의도는 거짓말 탐지기 검사에 어떤 사람들이 자발적으로 참여하였는지를 보여 주고 누가 불참하였는지를 알려 드리는 것이었습니다. 그것이 전부였습니다. 당시 수사를 진행하고 용의자를 추려 나갔던 해당 증인의 심리 상태를 보여 드리기 위함이었습니다. 검찰은 결단코 검사 결과를 드러내고자 한 바 없습니다."

판사가 제프리의 발언을 자르고 그에게 착석하라고 하였다. 슐레싱어 판사는 엄숙한 목소리로 말했다.

"본 법정은 피고인 측이 강력하게 주장한 이의 요청에 직면하고 있습니다. 이는 재판의 무효를 주장하는 것으로 검찰이 거짓말 탐지기 검사를 소개하였다는 이유에서 주장된 것입니다. 그처럼 용인할 수 없는 것을 개입시킨 것에 대해 법원은 충격을 금하지 못하는 바입니다. 해당 법원은 지금 무거운 부담감에 맞닥뜨렸습니다. 어떤 적당한 해결 수단이 있을지……. 법원은 이의에 대해 결정을 해야만 합니다."

나는 판사의 눈에서 긍정적인 의미를 찾으려고 했지만 그 어떤 것도 분명한 것은 없었다. 그의 얼굴에는 핏줄이 불거진 것처럼 보였고, 입 모양은 굳어 있었고 각이 져 있었다. 그는 주먹을 꽉 쥐고 있어서 마치 어떤 보이지 않는 힘에 의해 그 주먹들이 묶여 있는 것처럼 보였다. 나는 배 안의 창자가 꼬이는 듯한 느낌을 받았다. 그리고 나는 판사의 목소리를 들었다,

"무효 재판을 선언합니다!"

머피가 산자를 바라보았고, 그는 환한 웃음을 지으며 신이 나서 산자의 어깨를 툭툭 쳤다. 어머니는 극도로 흥분해서 나를 쳐다보았다. 나는 그녀의 손을 내 손으로 꽉 잡았고 천천히 고개를 흔들었다. 판사는 빠르게 말하고 있었고 어머니는 나와 판사를

번갈아 쳐다보았다. 나는 뭔가 나쁜 일이 일어나고 있다는 것은 알았지만 왜 그런지는 정확히 알지 못했다. 나는 견딜 수 없어서 법정 밖으로 나왔다.

나는 쾅 하고 문을 밀었고 복도에서 물건을 던졌고 주먹으로 테라조 벽을 쳤다. 어머니가 수잔, 엘리자베스, 샌디와 함께 법정에서 나왔다. 어머니는 별말을 하지 않았다. 그녀는 그저 슬픈 패배자였다. 배심원들이 배심원실에서 나와 복도에 삼삼오오 무리를 지었다. 그들은 어리둥절해했다. 어떤 배심원들은 심각하게 걱정을 했고 다른 배심원들은 안도하고 있었다.

그들 무리 속에서 어떤 사람이 "정의가 구현되었다. 정의가 구현되었다."라고 외치는 소리가 들렸다. 소리 나는 쪽으로 돌아보니까 머피의 조수인 미스 피츠제럴드, 헝겊 인형이 그녀의 명함을 배심원들에게 주며 배심원들과 이야기를 하는 것을 보았다. 이런 자리에서 명함을 나눠 주다니!

"우리가 도와 드릴 것이 있으면 언제든지 전화 주세요."

그렇게 말하는 그녀가 너무 싫었다. 주먹을 꽉 쥐었다. 나는 그녀가 명함을 주고 있는 그곳에 달려가서 배심원들을 바라보며 웃었다. 믿을 수 없겠지만, 나는 웃었다. 더 믿을 수 없는 것은, 내가 그녀의 어깨를 둘러 안고 "부디, 여러분, 이 여성이 하는 말은 하나도 믿으시면 안 됩니다. 이 사람은 아무것도 몰라요."라고 말했다는 것이다. 그리고 나는 인형 쪽으로 돌아서서 미소를 지었다.

배심원들이 내 옆에 서서 물었다.

"어쩌다가, 어쩌다가 그들이 재판을 중단한 겁니까?"

나는 답했다.

"나도 잘 모르겠어요. 거짓말 탐지기 검사와 관련된 건가 봐요."

"거짓말 탐지기요? 어떤 거짓말 탐지기요?"

"판사 말에 따르면, 검찰이 거짓말 탐지기를 소개한 것이 잘못되었다네요."

"오, 그거요……. 그런데……."

"나도 잘 모르겠어요, 변호사가 아니니까. 그런데 이것 하나만큼은 알려 드릴게요. 여러분들께서는 이 이야기의 절반도 듣지 못했습니다."

"그가 유죄입니까?"

그들은 알고 싶어했다.

"그럼요. 그의 친누나가 그가 손가락에 테레사의 반지를 끼고 있는 것을 보았습니다. 그의 친구들도 보았지요. 플로리다에서 그는 열두 번이나 강간죄로 유죄 선고를 받았어요. 정의는 구현되지 않았습니다. 나는 미스 피츠제랄드가 어떻게 그런 생각을 하게 되었는지 모르겠습니다."

다른 배심원이 물었다.

"지난 5년 간 그가 어디에 있었나요?"

"플로리다 교도소입니다."

배심원들은 해당 사건에 대해서 계속 이야기하고 싶어했다. 나는 그들이 원한다면 내가 전화를 하겠다고 말하고 이제 막 법정에서 나오고 있는 제프리 쪽으로 달려갔다. 제프리는 제정신이 아니었다. 그의 어깨는 딱딱하게 굳어 있었다. 그는 너무 고통스러워 보였다. 그가 무슨 말을 했지만, 나는 많은 사람들이 떠드는 소리 때문에 그의 말을 알아듣지 못했다. 어머니를 보자, 제프리의 어깨는 축 처졌고 떨리는 목소리로 그는 말했다.

"정말 죄송합니다……. 무효 재판이라니…… 믿을 수 없습니다."

어머니는 어떤 말도 하지 않았다.

나는 제프리에게 물었다.

"이제 어떻게 되는 거죠?"

제프리가 대답했다.

"판사와 함께 세 번째 재판에 대해서 이야기했습니다. 아니면, 우리는 산자가 보다 가벼운 죄를 인정하도록 의사를 물어볼 수 있습니다. 이것이 판사의 제안이었어요. 우리는 제2급 살인 대신에 과실치사 책임을 물을 수 있습니다. 그렇게 되면 그는 8년 4개월에서 15년 형기 정도로 단축돼요. 원래대로라면 15년에서 무기징역입니다. 모든 것은 여러분들께 달려 있습니다."

제프리가 우리들을 쳐다보며 말했다.

"만약 세 번째 재판을 원하신다면, 우리는 그렇게 하겠습니다."

모든 사람들이 잠시 동안 조용해졌다.

나는 제프리에게 물었다.

"만약 그가 과실치사 혐의를 인정하면, 그는 그날 밤 있었던 일에 대해서 자백해야 합니다, 맞나요?"

"네, 우리가 만족할 때까지 그를 심문할 겁니다."

"우리가 세 번째 재판을 한다면, 이길 가능성은 얼마나 됩니까?"

"말씀드리기 어렵지만 7 대 3 정도인 것 같아요. 불일치 배심에 대해서는 어떤 단언도 할 수 없으니까요."

"그렇다면?"

"다음 재판에서 불일치 배심이 있으면, 이길 가능성은 별로 높지 않습니다."

"제프리, 어떤 방식을 추천하나요?"

"이것은 여러분들께 달려 있습니다."

제프리가 대답했다.

우리는 어떤 말이나 생각을 해야 할지 몰랐다. 나는 어머니를 쳐다보았고 그녀는 거의 감지할 수 없을 정도로 약간만 고개를 끄덕였다. 그리고 나는 어머니가 무슨 생각을 하고 있는지 알 수 있었다. 무엇보다도 어머니는 모든 것을 정확하게 알고 싶어했다. 어머니에게는 모르는 게 병이었다. 사건에 대한 모든 사실을 알아야만 했다.

"우리는 그가 하는 말을 듣고 싶습니다. 판사가 말한 것처럼 형량을 줄여 주는 제안을 해봅시다. 그가 말을 할는지 아닌지 여부를 지켜봅시다."

나는 결국 말했고 모든 사람들은 조용히 고개를 끄덕였다. 제프리는 판사실로 다시 들어갔고 우리는 텅 빈 법정에서 그를 기다렸다.

이윽고, 마티가 법정에 들어왔고 힘이 빠진 채로 앉더니 내게 말했다. 화가 난 목소리였다.

"나는 판사 양반을 이해할 수가 없소. 그가 무슨 짓을 하고 있는지 이해가 안 돼."

그리고 그는 제프리가 어디 있는지 물었고 나는 그에게 판사실에서 감형에 대해 논의하고 있다고 알려 주었다. 마티는 단호하게 반대했다.

"여러분들, 겁났구먼. 이런, 우리는 그를 완전히 손에 쥐고 있소. 우리는 재판을 재개하는 것뿐이오. 산자의 여자 친구 루가 할 말이 많을 것이라고 장담할 수 있소."

"루? 루를 찾으셨어요?"

"그렇소. 그리고 그녀는 다 털어놓고 싶어 하는 심정이오. 수년의 시간이 흘러간 후에야 비로소……."

"정말 흥미롭군요. 언제 그녀를 만나기로 했지요?"

"오늘 밤이오. 내가 제프리와 함께 그녀와 그녀의 남편을 만나기로 했소.”

“그녀가 중요한 말을 했으면 하네요.”

“나도 그렇소. 루는 산자에 대해 많이 알고 있으니까.”

판사실의 문이 갑자기 열렸고 제프리가 나와서 우리 쪽으로 서둘러 왔다. 그는 머피가 산자와 감형 제안에 대해 이야기하기 위해 아래층에 있는 구금실에 갔다고 알려 주었다. 뭔가 벌어질 것이었다. 다만 시간의 문제였다. 최악의 경우에도 우리는 진실을 더 낱낱이 알게 될 수도 있었다. 퍽 빌딩 지하에서의 최후의 순간들을 알 수도 있었다.

마티가 목을 가다듬으면서 침묵을 깨고 말했다.

“나는 그가 그 감형 제안을 받아들일 것이라는 데에 5달러를 걸겠소.”

그런 말을 하고 웃을 수 있는 사람은 마티밖에 없을 것이다.

제프리가 목소리를 높여 말했다.

“그래요? 마티, 나도 걸었습니다.”

나는 눈을 치켜뜨고 웅얼거렸다.

“저 비열한 놈은 받아들이지 않을 겁니다. 아주 신이 났을 거예요. 무효 재판이 선언되고, 아마 아예 무죄가 되는 것에만 혈안이 되어 있겠죠.”

마티가 웃으며 말했다.

“나도 당신이 맞았으면 좋겠소. 산자가 제안을 받아들이지 않았으면 좋겠는데, 내 돈은 제안을 받아들일 것이라고 말하고 있소."

나는 제프리에게 말했다.

"내가 무슨 생각을 하고 있는지 알아요? 무효 재판이 일어난 이유가 있는 것 같다고 생각합니다. 그런데 그 이유를 우린 아직 모르고 있습니다."

제프리가 말했다.

"신기하네요. 나도 똑같은 생각을 하고 있었어요. 이 모든 것에는 이유가 있습니다. 많은 사람들은 내가 거짓말 탐지기 검사의 자발적인 측면에 대한 이야기를 꺼낸 것이 문제가 되지 않는다고 말했습니다. 물론, 검사 결과는 문제가 되겠지요. 그래도 무효 재판을 선언할 근거는 되지 않습니다. 그럼에도 불구하고 거짓말 탐지기 검사라는 그 단어가 갑자기 내게서 튀어나온 것은 이상한 일입니다. 나는 그때 거짓말 탐지기 검사에 대해서는 아예 생각조차 안 하고 있었지요. 내가 왜 그랬는지 모르겠습니다. 그냥 갑자기 튀어나왔지요."

집행관이 제프리를 불렀다. 제프리가 웃더니 일어서서 판사실로 빨리 걸어갔다. 그는 곧 바로 돌아왔고 머리를 좌우로 재빠르게 흔들었다. 우리는 제프리가 전하려고 하는 말을 바로 이해할 수 있었다. 산자가 우리의 제안을 받아들이지 않았다. 우리는 모두 동시에 일어서서 법정에서 나왔다. 텅 빈 복도에는 공허한 울림, 발자국 소리, 카트 소리만 들렸다. 그리고 다시 시간은 멈췄다. 그날은 1987년 10월 2일, 비참한 금요일이었다.

어머니에게는 이번 금요일이 5년 전 그날의 금요일과 같았다. 백스터 가 쪽에 있는 후문을 통해 법원에서 나와 우리는 캐세이 광장 공원을 가로질러 걸어서 카날 가로 갔다. 따스한 가을 오후라서 차이나타운과 리틀이탈리아의 골목골목은 사람들로 가득했다. 우리는 특별한 의도 없이 그들 사이를 지그재그로 빠져나갔다. 노엘이 어머니를 부축하면서 어머니에게 보낸 편지를 회상하며 자신이 꾼 황금 사슴 꿈에 대해서 다시 이야기했다.

"테레사는 괜찮아요……. 테레사가 날 보고 어머니한테 그 메시지를 전달해 주길 원했어요."

어머니는 어딘가에 앉고 싶다고 말했다. 노엘이 우리를 카페로 데려가서 말했다.

"테레사와 나는 이곳에 몇 시간 동안이나 앉아 있곤 했어요."

우리는 두 개의 탁자를 붙여서 길가를 마주하고 있는 창 옆에 앉았다. 노엘은 테레사와 함께 냅킨 위에 시를 썼으며 함께 그림을 그리고 웃었던 일들에 대해 말했다. 그녀는 "우리는 정말 함께 재밌는 시간을 보냈어요."라는 말을 되풀이했다. 그들이 수다를 떠는 동안에 나는 비몽사몽 한 상태에 빠져들었다. 우리가 앉아 있는 카페에서 한 모퉁이만 돌면 그 주차장이 있다는 것을 알고 있었기 때문이었다. 나는 산자가 감옥에서 빨리 나오는 게 그렇게 나쁘지 않다고 생각했다. 그가 뉴욕 재판을 그렇게 이기고 싶어 했으니. 그가 플로리다 감옥에서 나오면, 내가 바로 거기서 기다리고 있을 것이다. 이제 나와라. 이제 나와서 산자, 너는 '천 개의 죽음'을 감당해라. 고대 시대에, 살인자들에게 벌하였던 그 방식 말이다.

그날 저녁 늦게, 버나데트, 수잔과 나는 99번 가 근처 메디슨 가에 있는 레스토랑 핸래티스에 햄버거를 먹으러 갔다. 어머니는 노엘과 함께 오이스터 베이Oyster Bay 마을에 갔다. 나는 아무것도 못 먹을 거라고 생각했지만 햄버거는 맛있었다. 우리는 오랜 시간 동안 저녁 식사를 했다. 우리는 재판에 대해서 이야기했고, 어느 순간에 나는 산자의 여자 친구인 루에 대해 말했다.

수잔이 놀란 얼굴로 날 쳐다보면서 묻는다.

"누구라고?"

나는 그 이름을 반복한다.

"루."

수잔이 포크를 내려놓더니 그녀의 머리를 천천히 저으며 중얼거린다.

"믿을 수 없어. 내가 미쳤는지도 몰라. 그런데 최근에, 나 두통이 엄청 심했거든. 그리고 항상 나는 내 자신에게 묻는 거야, '루, 너 어디 있니? 어디 있는 거야, 루' 루는 아주 오래전 내 인형 이름이었어. 정말 이상했어. 처음엔, 엄청난 두통이 시작되는 거야, 어떤 진통제도 효과가 없었어. 그 다음엔 계속해서 '루, 어디 있니? 어디 있는 거야, 루'라는 소리만 타악기의 느린 박자처럼 울려 퍼지는 거야. 나는 어떤 것에도 집중할 수가 없었어. 논문도 미뤄 뒀고 책도 읽지 못했어. 나는 아예 집중을 할 수 없었어. 그리고 이제 산자의 전 여자 친구인 루 이야기를 듣는구나."

버나데트가 못 믿겠다는 듯이 수잔에게 물었다.

"언니, 정말이야? 언제부터 그랬는데?"

"한 달 정도 됐어, 아마 더 됐을 수도 있고."

"왜 그동안 아무 말 안 했어?"

"말할 이유가 없잖아. 그러니까, 루는 그냥 내 인형이었으니까."

내가 말했다.

"루를 찾았어. 제프리와 마티가 그녀와 그녀의 남편을 지금 만나고 있어. 그녀는 우리의 등잔 밑인 브루클린에서 나타났어. 마티는 몇 년 동안이나 그녀를 찾지 못했는데 결국 찾은 거지. 마티는 그녀가 산자에 대해 많이 알고 있다고 믿고 있어."

"그녀가 뭘 알고 있는지 궁금하네."

"바로 그거야."

"언제 그녀가 산자의 여자 친구였어?"

"온갖 여자들을 강간하고 다닐 때였어. 그들은 그가 뉴욕에 오기 전 5월부터 9월 초까지 동거를 했어."

"그렇다면, 한밤중에 그녀를 집에 두고 나와 다른 여자들을 강간하고 다녔다는 거야?"

"응."

"믿을 수 없네. 그런데도 그녀는 그걸 견디고 살았다니. 그가 무슨 짓을 하고 다녔는지 그녀는 몰랐다는 거야?"

"알았을 확률이 높지."

"오, 루……."

우리는 탁자 중간에서 타고 있는 초를 말없이 바라보았다. 손에 포크를 돌리고 있던 버나데트가 침묵을 깼다.

"도대체 무슨 일이 벌어지고 있는 거지?"

수잔과 나는 그녀를 쳐다보았다. 버나데트가 주저하면서 말했다.

"내가 3개의 7자를 봤잖아. 범죄 현장에서 본 7자 말이야. 그리고 샌디가 〈나이트 히트〉라는 텔레비전 프로그램을 봤고 산자라는 똑같은 이름을 가진 남자가 무죄를 선고받았지. 마치 이건 무효 재판을 알려 주는 암시 같아."

"무슨 말을 하려는 거야?"

수잔이 물었다. 버나데트가 답했다.

"나도 잘 모르겠어. 그냥 무슨 일들이 일어났는지 정리해 보는 거야. 그리고 수잔이 루에 사로잡혀 두통을 겪는 것도……."

수잔이 애처롭게 말했다.

"나는 노엘의 꿈이 제일 좋아. 아주 멀리 떨어진 곳에서 테레사가 그녀를 만나러 왔잖아. 너무 생생해. 나는 노엘의 꿈과 루를 맞바꾸고 싶어."

나는 수잔에게 어머니가 꾼 이모에 대한 꿈 이야기를 말해 주었다. 이모가 2년 전 어느 날 밤 어머니에게 왔고 어머니는 이모의 얼굴이 흐릿해져 사라질 때까지 하얀색 소복을 입고 가만히 있는 이모를 멀리 떨어져서 보았다. 잠에서 깨어났을 때 어머니는 이모가 세상을 떠났다는 것을 알고 울었다. 3일 후에 이모가 죽었다는 전화를 받았지만, 어머니는 그 전화를 기다릴 필요가 없었다. 외할머니가 죽었을 때도 똑같은 일이 벌어졌다.

"그래서, 무슨 말을 하려는 건데? 무슨 말을 우리는 하고 싶은 걸까?"

버나데트가 물었다. 수잔과 나는 서로 멍하게 쳐다보았고, 이 대화가 어떤 식으로 흘러가는지에 대해 확신할 수 없었다. 우리는 먹다 남은 햄버거가 흔들리는 촛불 옆에서 식어 가는 것을 바라만 보고 있었다. 햄버거 대신 우리는 가게 문을 닫을 시간이 될 때까지 레드 와인을 마시고 얼음물을 들이켰다. 다음날 아침 나는 수잔의 거실 천장을 손질하기 위해 페인트와 도구들을 사러 나갔다. 나는 뭔가를 했어야 했다. 내가 사다리 위에 서서 2시간 정도 거실의 천장을 긁어 내고 있을 때였다. '눈에는 눈 이에는 이'와 같은 함무라비식 복수법에 대해 골똘히 생각하는 동안 나의 머리는 페인트 부스러기와 하얀 먼지로 수북이 덮여 있었다.

그때 제프리가 전화했다.

제프리의 목소리는 밝았다.

나는 전화기에 대고 소리쳤다.

"제프리, 루가 뭐래요?"

"어젯밤에 전화했어야 했는데, 우리가 돌아오니까 밤 12시였습니다."

"그녀가 무슨 말을 했어요?"

"그녀가 많은 것을 말해 줬습니다. 산자는 이제 완전히 죽었습니다. 그녀는 산자와 길게 이야기했었다고 말했어요. 사건이 일어난 그 다음날 토요일, 그가 포트 오토리티Port Authority 버스 터미널에 있는 공중전화에서 그녀한테 전화를 했답니다. 그가 잔돈이 없어서, 그녀가 그녀의 아버지 집에서 공중전화로 다시 전화를 걸었대요. 그게 행운의 징조입니다. 왜냐하면 우리에게는 이제 그녀가 포트 오토리티 버스 터미널 공중전화로 한 전화 기록이 있으니까요. 그녀는 경찰이 두려워 이제서야 정보를 알려 주는 거라고 합디다. 그녀는 자신이 뭔가 잘못했다고 생각했답니다. 사실, 그녀는 거짓말을 해서 산자를 플로리다 경찰로부터 숨겨 주었지요. 그녀는 산자가 속이고 있는 몇몇에 대해서는 이미 알고 있었어요. 마약류 관리에 관한 죄, 절도죄, 혹은 그것과 비슷한 거요. 하지만 그녀는 산자를 좋아하고 있었기 때문에 증언하기를 꺼려하고 있었습니다."

내가 말했다.

"아, 제프리, 그게 말이 돼요? 그들이 동거할 때 그 남자는 다른 여자들을 강간하고 돌아다녔잖아요."

"맞습니다. 그녀는 알고 있어요. 그러나 그럼에도 불구하고 그녀는 그를 사랑했답니다. 그런데 살인에 대해서 말하고 나서는 더 이상 아니라고 합니다. 그는 그녀가 그와 함께 달아나기를 원했지만, 그녀는 싫다고 말했답니다. 그녀는 그와 어떤 것이라도 함께 하는 것을 원하지 않았어요. 어쨌거나, 그녀는 자신이 불기소 처분되기를 원했어요. 나도 그렇게 하겠다고 했습니다. 물론 기소 혐의도 없었지만요. 내가 그녀와 그녀의 남편에게 그렇게 말했는데도 계속 불기소 처분을 원했습니다. 당연히 내가 그렇게 해주겠다고 말했지요."

"그러고 나서요?"

"그녀가 이렇게 몇 년이 지나긴 했지만 비로소 어깨에서 짐을 덜 수 있어 기쁘다고 말했습니다. 그녀가 이걸 다른 두 명의 친구한테만 말했다고 합니다. 새롭게 결혼하면서 찜찜한 것을 덜고 싶었대요. 그녀의 남편은 존경받는 건축가인데 그녀가 과거를 청산하고 새롭게 시작하기를 바랐던 것 같습니다."

"그 남자가 용감한 사람이군요."

제프리가 계속해서 말했다.

"이 모든 인터뷰에 나는 매우 조심스럽게 다가갔습니다. 그녀가 매우 불안해했고 그녀가 말하려는 것이 폭탄과 같은 것이라는 예감이 들었으니까요. 그녀가 평범한 것에 대해서라면 불기소 처분 이야기는 하지 않을 테니까요."

"불기소 처분 이야길 하다니, 그녀는 아주 현명하군요."

"얼굴도 굉장히 미인입니다. 마릴린 먼로처럼 생겼어요. 어떤 경우든지, 그녀가 나를 믿는 것은 중요합니다. 그리고 그녀가 편안함을 느낄 수 있도록 노력했습니다."

"신뢰는 아주 중요하죠……."

"그리고 내가 그녀에게 물었습니다. 그녀가 나를 믿는 순간 나는 비로소 그녀가 우리한테 말해 주고 싶었던 것이 무엇인지 물어볼 수 있었습니다."

"그러고 나서요?"

"그녀는 오랫동안 주저했습니다. 그녀가 옳은 일을 하고 있다고 그녀의 남편이 그녀를 안심시켜 줬어요. 그리고 결국 그녀는 그것을 말했습니다. 그녀가 무슨 말을 했는지 들을 준비가 되었습니까?"

"네."

나는 대답하면서 바짝 긴장했다.

"산자가 그녀한테 말했던 정확한 문장이 있었어요. '나 이번엔 일 저질렀어. 내가 누굴 죽였어'라고."

나는 숨을 안 쉬고 있었다.

제프리가 물었다.

"존, 내 말 들었습니까?"

"제프리……. 어제. 우리가 무효 재판이 일어난 이유가 있다고 말했습니다. 그리고 우리는 이유를 몰랐지요. 이제 우리는 이유를 알겠네요."

"네, 나도 기억합니다. 이제 우리는 알았습니다."

나는 전화를 끊고 거의 미칠 지경이었다. 어제는 비참한 금요일이었고, 세상의 끝이었다. 그리고 갑자기 지금 그 비운의 감정은 완전히 증발되어 사라졌다. 그 대비는 정말 견딜 수 없는 것이었다. 나는 감정을 완전히 주체하지 못했다. 나는 화장실로 가서 터져나오는 울음 소리보다 더 세게 수도꼭지를 틀었다. 그리고 타는 듯한 얼굴에 묻은 더러운 먼지를 세차게 씻어 냈다. 물줄기가 세면대에 확 뿌려져 사방으로 튀었다. 그러나 내 귓가에 울리는 산자의 목소리를 물소리가 없애지는 못했다.

—나 이번엔 일 저질렀어. 내가 누굴 죽였어.

5

gninrom txen gnidnif

drah saw dloc saw   otni etib

We openend our mouths onebyone

snowflakes

awake was no one

—Theresa Hak Kyung Cha

루의 이야기

폴과 마티는 루를 찾으려고 몇 번이나 애를 썼지만 그녀가 어디에 있는지를 5년 동안 알 수 없었다. 그런데 루의 거처를 알아내는 일은 마티와 폴이 생각했던 것보다 쉬웠다. 그녀의 아버지와 전화 한 통으로 간단히 해결이 되었던 것이다. 그녀의 아버지는 마티에게 단숨에 루의 소식을 알려 주었다. 그녀는 얼마 전에 건축가랑 결혼해서 남편과 함께 브루클린에 살고 있다고 했다. 마티와 폴은 그 말에 정말 놀랐다. 브루클린이라니? 그곳이 바로 등잔 밑이었다. 그러나 그녀를 찾는 것은 시작에 불과했다. 그녀가 이야기를 하도록 입을 열게 하는 것은 또 다른 문제였다. 제프리가 "산자에 대해서 어떤 말이라도 해주면 고맙겠다."라고 한 정중한 표현이 루가 5년 동안 닫았던 말문을 틔웠고, 그녀는 산자와 함께했던 날들에 대해 이야기하기 시작했다.

그녀 남편 조 카르돈은 루의 딜레마를 다루는 데에 이해도가 높았다. 그는 부부 간의 새로운 삶을 위하여 "과거의 실수를 잊고 새 출발을 하자."며 루를 격려해 주었다. 그는 루가 극도로 불안해하는 것을 보고 그녀에게 죄책감을 가질 필요가 없다고 말했다. 그래서 루의 집에서 그 금요일 밤에 제프리의 주도 하에 인터뷰는 계속되었다. 그녀는 이야기를 다 마치자 눈물을 흘렸고, 그녀의 악몽은 비로소 끝이 났다.

제프리가 머피에게 전화를 해 루의 인터뷰 진행 상황에 대해 알려 줬다.

"머피, 루와 함께 한 인터뷰는 훌륭했습니다. 그런데, 그녀의 폭탄 선언은 당신이 좋아하지 않을 겁니다. 그리고 양형거래 이야기는 없는 걸로 합시다. 어쨌거나, 다음 재판에서도 야경봉과 관련해서 이야기할 겁니까? 안 할 거지요? 잘됐어요……. 그건 너무 유치한 수법이었습니다. 야경봉을 찾았다고 한 것 말입니다. 야경봉을 실제로 보여 주기를 배심원들이 기다리고 있었다는 걸 알고 있었습니까? 알았다고 했습니까? 루는 언제 만날 거예요? 다음 주요? 알겠습니다……."

루 덕분에 제프리는 세 번째 재판을 준비했다. 반면에 머피와 그의 군단들은 세 번째 재판을 방해하는 전략에 몰두했다. 머피가 슐레싱어 판사에게 이중기소 금지 원칙을 주장했고 기소 철회를 신청했다. 판사는 머피의 신청을 기각했고, 해당 사안에서는 이중기소 금지 원칙을 적용할 수 없다고 결정했다. 그러자 머피는 즉각 항소부에 이의를 신청했지만 항소부는 슐레싱어 판사의 의견과 일치해서 머피의 신청을 기각했다.

1987년 11월 12일에 세 번째 재판 날짜가 정해졌다. 무효 재판 선언부터 한 달 열흘이 지난 시점이었다. 새로운 재판 일자를 마련하는 것은 길고 긴 여정이었지만, 결국 그 일자를 정한 기쁨은 솜사탕처럼 달콤했고 롤러코스터를 타고 내려왔을 때의 마지막처럼 행복했다. 끝없는 심문 절차에서 우리가 믿고 싶었던 것은 새로운 재판은 이미 결론이 나 있었다는 것이었지만 우리는 머피의 꿍꿍이가 무엇인지에 대해서 단언할 수가 없었다. 슐레싱어 판사는 머피의 계획에 속아 넘어갈 정도로 너무 유순한 것 같았다. 머피가 말을 지껄일 때마다 판사는 그 말에 귀를 기울였다. 새로운 배심 절차, 제프리의 모두진술, 루의 증언이 진행되는 동안에 내가 밖에 앉아 있어야 한다는 건 너무 괴로웠다. 나는 제프리가 모두진술을 새로 작성했다는 것을 알고 있었다. 루라는 이름의 거대한 퍼즐 한 조각이 새롭게 등장하자, 그의 모두진술은 그가 승소할 것이라는 확신에 가득 차 있었다. 나는 열렸다가 닫히는 법정 문 바깥에 서서 기다리고 기다렸다. 나는 이번에는 시간 문제일 뿐이라고, 그저 시간 문제에 불과하다고 나 자신에게 거듭 말하며 나를 진정시킬 수 있었다.

모두진술 후, 제프리가 날 보고 루가 증인석에 올라가기 전에 먼저 올라가고 싶으냐고 물었다. 그러면 내가 그녀의 증언을 들을 수 있으니까 말이다. 그러나 나는 그녀보다 앞서 내가 증언해야 할 이유가 하나도 없었다. 또한 재판의 전체적인 분위기를 장악하기 위하여 제프리가 루를 가능한 한 빨리 증인석에 세우고 싶어한다는 것을 나는 알고 있었다.

1987년 11월 18일, 나는 법정의 복도에서 귀에 익숙한 덜커덩거리는 카트 소리를 들었다. 제프리 옆에 남녀 한 쌍이 걸어오고 있었다. 키 큰 남자는 정장을 입고 있었고 창백한 얼굴의 날씬한 여자는 중간 정도의 키였다. 마티는 그들 뒤에 따라왔다. 마티가 나를 보았을 때 그는 고개를 끄덕이며 미소를 지었다. 나는 그녀가 루라는 사실을 곧바로 알 수 있었다.

그날 오후 내내 루가 증언하는 동안에는 드나드느라 법정 문을 여닫는 사람들은 거의 없었다. 나는 제프리와 머피가 걸어다닐 때마다 그들을 볼 수 있었지만 그들의 말을 들을 수는 없었다. 나는 기다리면서 담배를 피웠다. 휴식 시간에 그 안에서 무슨 일이 일어나고 있는지를 물어볼 필요도 없었다. 셰릴이 나를 보자마자 이야기를 먼저 시작했다,

"루는 잘했습니다. 그녀는 놀라운 사람입니다……. 그녀가 먼로 스타일로 웃으면서 꼼지락대는 그런 것 모두요. 그녀가 라이커스 섬의 교도소에 있는 산자를 만나러 가서 증언을 하겠다고 말하고 그의 동의를 바란 것도 놀라워요. 그런 게 그녀와 어울려요. 그녀와 산자가 한때는 죽이 참 잘 맞았을 것이라는 걸 상상할 수 있어요. 만약 그녀가 마릴린 먼로가 아니라 캐서린 헵번이었다면, 배심원들은 오히려 그녀를 믿기 어려워했을 겁니다."

수잔이 고개를 흔들며 말했다,

"산자와 사랑에 빠지다니, 그녀는 어떤 여자일까. 나는 그것이 항상 궁금했어. 나는 그녀를 도무지 이해할 수 없지만 그녀가 테레사를 도와주려고 이곳에 있는 것이 기뻐."

버나데트가 루의 외모에 넋이 나간 집행관들을 놀려 댔다.

"그들은 욕망을 감추려고 하지도 않았다니까."

그리고 그녀는 법정에 있었던 남자들을 연기해 냈다. 버나데트의 연기 실력은 루의 증언 중 여러 장면을 재연하는 데에 도움이 됐다.

"그 집행관 남자 봤어?"

버나데트가 엘리자베스에게 물었다.

"그는 입을 벌린 채로 계속 바보같이 헤벌레 웃었어. 그는 루가 증언하면서 자신을 바라보며 웃고 있다고 생각했어. 그는 자신의 뒤에 루의 남편이 앉아 있다는 것도 몰랐지. 그녀는 그녀의 남편을 보고 웃은 거였지 이 집행관 남자를 보고 웃은 게 아니었어."

엘리자베스가 시원스럽게 웃었고 어머니도 그렇게 웃었다.

머피는 반대 심문에서 루의 신뢰성을 떨어뜨리려고 했다. 그는 루와 그녀의 남편과 함께 그의 사무실에서 진행하였던 인터뷰를 화제에 올렸다. 머피는 반대 심문에서 루가 그와 진행한 인터뷰에서는 다른 이야기를 그에게 했다고 주장했다.

"나 이번에 망했어. 내 생각에 내가 어떤 사람을 죽인 것 같아."

라고 했다고. 그때에 루는 완강하게, "그것은 내가 기억하는 바와 다릅니다."라고 답했다. 이제 머피는 잠재적인 피고인 증인이 되었으므로 판사가 '끔찍하고, 비윤리적인 문제'라고 부를 만한 상황을 만든 것이었다. 나는 재판 기록을 볼 수 있을 때까지는, 그 당시 무슨 일이 벌어지고 있는지 알 수 없었다. 기록에서 판사는 머피에 대한 그의 분노를 반복적으로 다음과 같이 표현했다.

"……그것은 변호인이 증인이 되어야 한다는 것을 의미합니다. 그 경우 해당 사건을 계속 진행하는 데에 소송 대리인 적격 요건을 충족하는지에 대한 문제를 야기할 것입니다."

머피가 그 스스로를 증인이라고 지칭할 수 있다고 주장하자, 판사는 제프리가 무효 재판을 신청하는 이의를 제기할 것을 요청하였다. 그러나 제프리는 그렇게 하지 않았다.

"존경하는 판사님, 나는 그렇게 하지 않을 것입니다……. 만약 머피 씨가 스스로를 증인으로 세우고 싶어 한다면, 우리는 그를 반대 심문할 준비가 되어 있습니다. 우리는 해당 사건의 결론에 도달할 수 있도록 하는 데에 필요한 어떤 것이라도 할 준비가 되어 있습니다. 법원이 무효 재판의 결정을 내리는 것은 통탄할 만한 오류를 범하는 것입니다."

제프리는 무효 재판이 선언되면 산자에 대한 재판을 할 수 없게 된다고 주장했다. 그는 재판을 종료하는 대신에, 머피를 대신하여 미스 피츠제랄드가 이후의 소송 대리를 할 것을 제안했다.

슐레싱어 판사가 탄식하듯 말했다.

"오늘 오후 여기에서 일어나고 있는 일들은 극도로 불행한 것입니다. 머피 씨의 소송 대리인 적격 요건을 박탈하는 이의를 검찰이 신청했다면, 나는 이 점을 받아들여 무효 재판을 결정했을 것입니다. 그러나 검찰이 이의를 제기하지 않는 바, 법원의 직권에 따라 무효 재판 결정을 하지 않을 것입니다."

머피는 스스로를 참고인으로 소환할 것이라고 주장했지만 그렇게 하지는 않았다. 제프리가 루를 빨리 증언대에 세운 것은 정확한 판단이었다.

두 번째 재판에서 배심원들의 신뢰를 받는 데에 어려움이 있었던 나의 증언은, 세 번째 배심원단에 의해서는 '단호한 노력'이라며 칭찬받았다. (두 번째 재판에서의 배심원단은 내가 캘리포니아에서 곧바로 비행기를 타고 와서 몇 주 동안에 걸쳐 수많은 경찰들이 찾지 못했던 것을 찾았다는 것에 강한 의심을 했다. 그러나 그보다 더한 것은, 간호사 배심원은 그녀의 전문적인 견해에 의해 강간을 성립하는 충분한 과학적 증거가 없다고 생각했다.)

그날 밤, 나는 캘리포니아에 있는 아내 캐시에게 긴 편지를 썼다. 그녀는 뉴스레터 출판 사업과 아이들 문제로 매우 바빴기에, 뉴욕에서 무슨 일이 벌어지고 있는지 알지 못했다. 나는 재판이 제대로 진행되고 있고 우리는 잘 견디어 내고 있다고 알려 주었다.

용서의 얼굴

나는 재판이 끝나려면 아직 멀었다는 것을 캐시에게 말해 줄 용기가 없었다. 머피가 두 번째 재판에서 너무나 효과적으로 활용하였던 과학 전문가 군단이 아직 남아 있었다. 그러나 과학적 측면에 주목하려고 했던 머피의 시도는 혼란스럽게 되었다. 머리카락, 먼지, 페인트, 혈액, 타액, 정액에 대한 표본과 분석은 루의 증언에 비하면 하찮은 것들이었다.

머피는 남아 있는 증인들에 대해 점점 열세에 놓여 있었다. 그래서 머피는 산자 누나가 아무것도 볼 수 없는 술고래라며 공격했다. 그녀는 머피의 압박에 무너지지 않았다. 차분하고 냉정하게 그녀는 그녀의 남동생이 새끼손가락에 끼고 있었던 반지에 대해서 설명을 했다. 와인스틴 역시 산자가 끼고 있던 반지에 대해서 증언했다.

최종 변론 후반부에, 머피는 와인스틴을 협박에 의해 나사렛 예수를 부인하게 된 '성 베드로'에 비유하였다. 머피는 목소리를 높였다.

"……우리는 모두 최후의 만찬에서 있었던 성 베드로와 예수의 이야기를 알고 있습니다. 예수는 성 베드로를 돌아보고 말했습니다, '베드로야, 너는 수탉이 울기 전에 나를 세 번 거역할 것이다.' 베드로가 대답했습니다. '오, 아닙니다, 예수님. 저는 그렇게 하지 않을 것입니다. 저는 당신을 사랑합니다.' 우리는 성 베드로에게 일어난 일을 모두 알고 있습니다. 어떤 사람들이 베드로에게 말을 걸었습니다. '이봐요, 예수라는 작자를 압니까?' '아니오, 저는 그를 본 적이 없습니다. 저는 그를 모릅니다.' 어떤 고위층 인사들이 그를 나사렛의 친구라고 했습니다. 베드로는 '오, 아닙니다, 저는 그를 본 적이 없습니다. 저는 그를 본 적이 없습니다.' 그리고 로마의 병사들이 그에게 다가와 말했습니다. '우리는 당신이 기독교 신자라는 것을 알고 있소.' 그런데 그는 그것을 부인하였습니다. 그가 걸어가자, 수탉이 울었습니다. 그래서 나는 여러분께 이렇게 말씀드리겠습니다. 마이클 와인스틴이 저 의자에 앉아 있을 때, 그 수탉이 울었습니다!"

제프리는 머피가 와인스틴을 성 베드로에 비유하는 것을 반박하려고 애쓰지 않았다. 그는 산자의 거짓말을 공격했다.

"신사 숙녀 여러분, 최고의 거짓말은 때때로 진실을 부분적으로 담고 있다고 말합니다. 그의 마음속에 처음으로 튀어나온 것이 무엇이었을까요? 그것은 '내가 야경봉을 가져갔고 그것을 어떤 사람에게 휘둘렀다', 그리고 '그리고 그들이 그 사람을 앰뷸런스에 태워 갔다'였습니다."

리처드는 35명의 증인들 중에 가장 마지막 순서였다. 산자의 혐의를 벗겨 주기 위해서 머피는 리처드를 맹렬하게 공격했다. 머피는 리처드가 금요일에 그의 지하 사무실에 있었는지 등 리처드의 발언에 몇 가지 일관되지 않는 부분을 지적했다. 제프리의 직접 심문에서, 리처드는 1시간 30분 동안 지하 사무실에서 일하고 있었다고 말했다. 반대 심문에서, 머피는 1982년 11월 12일 존 오닐 형사와 리처드의 대화를 기록한 경찰의 조사 보고서를 꺼내 들고 물었다.

"오닐 형사에게 지하 사무실에서 일하지 않았다고 말한 적이 있습니까?"

"그에게 그렇게 말했던 것 같습니다."

그에 대한 논박으로, 제프리는 리처드에게 "증인은 오닐 형사와 이야기할 때 증인의 정신 상태를 묘사할 수 있습니까?"라고 물었다.

리처드가 정확한 단어를 모색했다. 나는 리처드가 슬펐다거나 우울하거나 혼란스러웠다는 것을 말하라고 가르쳐 주고 싶었다. 리처드는 "당황한 상태였습니다."라고 대답했다.

그리고 머피는 리처드가 2층 사무실에서 기다리고 있었다는 것을 말했다. 이는 제프리가 신경 쓰지 못했던 점이었다. 재판 내

내 제프리는 리처드가 퍽 빌딩에서 나올 때까지 그가 지하 사무실에서 기다리고 있었다고 믿고 있었다. 이러한 비일관성이 배심원단의 눈에는 좋지 않게 보였을 것이다. 머피는 그의 이론을 확실하게 하기 위한 노력으로 그 사실을 불독처럼 물어뜯었다. 판사의 사무실에서 머피는 "판사님, 이 모든 것들에 대해 꽤 솔직하게 말씀드리는 것인데, 이 모든 상황에 대한 한 가지 관점은 그것을 판사님께서 믿으시는지 혹은 개연성이 있는지 여부와 관계없이, 이 남자가 그의 부인을 죽였고 빌딩을 고소하여 많은 돈을 얻으려고 한다는 것입니다."라고 소리쳤다.

머피는 법정에서 "반스 씨, 당신은 퍽 빌딩에 대한 민사 사건에서 1백만 달러의 손해배상을 받았습니까?"라는 질문을 해서 배심원단을 충격에 빠뜨렸고, 법정의 모든 사람들은 리처드를 의구심에 가득 찬 시선으로 바라보았다.

리처드가 주저하며 겨우 "네."라고 대답했다. 제프리는 "네."가 의미하는 바에 대해서 어떤 설명을 해야만 했다.

제프리가 리처드에게 물었다.

"반스 씨, 손해배상을 받게 된 판결은 퍽 빌딩이 어떤 피고용인을 고용하면서 의무를 태만한 데에 따른 것입니까?"

"네."

"그리고 그 배상금이 증인의 손해를 배상하였습니까?"

그러나 머피가 빠르게 이의를 제기했다. 그리고 판사가 지체

없이 이의를 인정했다.

최종 변론에서 머피는 또 리처드를 물고 늘어졌다.

"……이제 나는 반스 씨에 대해 말씀드리겠습니다. 나는 반스 씨가 그의 부인을 죽였다고 여러분들께 말씀드리는 것이 아닙니다. 나는 여러분들께 반스 씨와 어떤 동기, 수단과 기회를 둘러싼 정황증거에 대해서 살펴보자고 말하는 것입니다. 반스 씨가 그의 부인으로부터 전화를 받았고 그녀와 만나기로 약속을 잡았습니다. 그리고 그가 그의 부인과 오후 5시에서 5시 30분 사이에 만나기로 되어 있었다면, 왜 그는 오후 5시 혹은 5시 15분에 퇴근을 했을까요? 그는 친구와 함께 바를 갑니다……. 그가 그의 친구와 퍽 빌딩을 나왔을 때, 그가 1층이나 후문에 있는 사람들에게 '안녕하세요, 혹시 와이프 보셨어요? 오늘 나를 만나러 오기로 했거든요' 라고 말했습니까? 그렇지 않습니다. 그는 그 누구에게도 물어보지 않았습니다. 그가 '혹시 와이프 오면, 브룸 가 바에 갔다고 말해 주시겠어요?'라고 말했습니까? 그가 아티스트 스페이스에 전화해서 '여보, 나는 이제 나가려고 해'라고 말했습니까? 그가 두 블록 떨어져 있는 그의 집에 가서 그의 부인이 거기에 있는지 보려고 했습니까? 아닙니다. 그들은 각자 자신의 일을 했습니다. 그가 집에 돌아온 저녁 7시에, 그는 혼자 저녁을 만들어 먹습니다……. 밤 10시에, 그는 아내를 찾으러 아티스트 스페이스에 갔습니다. 그가 아티스트 스페이스에 전화했습니까? 그는 라파예트 가 공공극장에 갔습니다……. 그런 밤 시간 대에는 문은 모두 닫혀 있습니다. 그는 걱정을 했습니다. 검찰은 여러분들께 모두 발언에서 반스 씨가 정신없이 돌아다니다가 집으로 와서 잠을 자려고 했다고 했습니다. 새벽 3시에, 암튼 2시와 3시 사이 경찰서에 도착했고, 그의 부인에 대해 실종 신고를 했습니다. 그리고 경찰은 그에게 '당신의 부인은 사망했습니다'라고 말했습니다. 내가 여러분들께 그가 그의 부인을 살해했다고 말씀드리는 것입니까? 아닙니다. 내가 의심이 가는 정황증거가 있다고 여러분들께 말씀드리는 것입니까? 그렇습니다!"

머피가 커다란 주먹을 쥐며 "그렇습니다."를 강조해서 말했다.

"범죄 현장은 픽 빌딩 지하에서 한 달하고 며칠이 지난 후 발견되었습니다. 죄를 뒤집어씌운 것은 아닐까요? 나는 여러분들께 꼭 그렇다고 말씀드리는 것은 아닙니다. 내가 죄를 뒤집어씌웠던 사실을 입증하였나요? 그렇지 않았습니다. 그렇다면 가능한 것인가요?"

아니다, 머피. 테레사만 지하실의 그 장갑을 움직이게 할 수 있다. 다른 사람은 절대 그렇게 못해. 리처드도 아니고, 제임스도 아니고, 나도 아니고, 아무도 아니다. 그녀가 손 없는 장갑을 움직이게 했다. 그녀가 죽음 직전, 그 순간에. 그녀는 오직 우리가 그 장갑을 찾기를 원했던 거야. 경찰도 아니다. 만약, 그들이 찾았더라면 장갑들을 보여 주고 싶은 그대로 보존하지 못했을 거다. 그것들은 범죄 현장의 장갑에 불과한 것이 아니다. 그녀의 삶을 말해 주는 손이었다.

　그러나 이런 것에 대해서는 조금도 가늠하지 못하겠지. 당신은 신경도 쓰지 않겠지. 우리가 장갑을 본 날은 토요일이었다. 손을 주제로 한 전시회가 허드슨 가에 있는 아티스트 스페이스에서 열린 바로 그날이었다. 테레사는 그 누구도 보기 전에 그 장갑을 내가 볼 수 있도록 자리를 마련해 두었을까? 아니. 나는 당신에게 그 말을 하려는 게 아니다. 내가 증명할 수 있냐고? 아니. 그것이 가능한가? 나는 캘리포니아와 뉴욕의 연극 극장에서 관중들을 놀라게 했던 행위예술 방식으로 테레사가 그녀의 마지막 예술 작품을 만드는 것을 산자가 보았다고 말하고 있는 것인가? 아니, 아니다. 손과 관련된 그녀의 행위예술은 산자가 이해하는 범주와 그의 모든 세상을 초월한 것이었다.

　당신은 우리가 범죄 현장에서 죄를 산자에게 뒤집어씌웠다고 말하는 것이 아니라고 말하고 있지만 당신은 그 말을 하고 있다. 우리가 산자에게 죄를 뒤집어씌웠다고 배심원단에게 말하는 것은 아니지만 우리가 그렇게 했다고 배심원단이 믿기를 당신은 바라고 있다. 그렇게 말하고 있는 것이 아니라면, 왜 당신은 그것을 언급하는가? 법정에서 그것을 언급하는 당신의 행위는 나를 너무나 두렵게 하고 있다. 그런 쓰레기 같은 것이 가끔은 효과가 있으니 그게 당신이 그런 행동을 하는 이유겠지. 오, 집어치워라,

머피!

그러나 머피는 계속해서 말하고 있었다.

"……그날 반스 씨는 오후 4시 45분에 건물로 다시 돌아갔습니다. 이 모든 일이 발생한 시간 즈음일 겁니다. 맞죠? 그는 자동차를 가지고 있었습니다. 그들이 이런 증거물을 지하에서 찾기 전에……, 그는 12월 8일에 이미 그녀의 재산 양수인이 될 준비를 마쳤습니다. 1백만 달러를 청구하는 소가 제기되어 있었습니다.

……여기에 해당 범죄를 저질렀다는 정황증거, 동기, 수단, 기회가 있습니까? 나는 그가 범죄를 저질렀다고 말씀드리는 것이 아닙니다. 내가 입증했습니까? 분명히 아닙니다."

이러한 각도에서 주장을 하는 것은 머피에게 해볼 만한 도전이었다. 머피가 필요한 것은 두 번째 재판에서의 혼란스러운 간호사 배심원처럼 의견이 일치하지 않는 단 한 명의 배심원이었다. 모든 추측을 뒤로 한 채, 리처드가 '유죄'인 죄목은 그가 그의 카메라 도구와 자동차를 아파트에 두고 퍽 빌딩에 '오후 4시 45분쯤' 돌아온 것뿐이었다.

테레사가 퍽 빌딩에 도착하기 몇 분 전에 그가 거기에 있었다. 테레사가 퍽에 도착한 시간과 겨우 몇 분 차이가 날 뿐이었다. 말할 필요도 없이, 비운의 그 몇 분이 리처드를 일생 동안 따라다닐 것이라고 나는 느꼈다. 그리고 우리는 그 잃어버린 몇 분의 구멍을 메우기 위해 추측하고 궁금해할 수밖에 없었다.

버나데트, 엘리자베스와 나는 리처드의 증언이 있었던 날 밤에 34번 가에 있는 한식 레스토랑에서 밥을 먹었다. 어머니와 수잔은 피곤해서 외식을 하고 싶지 않다고 했다. 노엘은 기차를 타고 집에 갔고, 리처드는 친구를 만나러 갔다.

우리는 두부찌개와 고등어구이를 시켰다. 요리사가 끓고 있는 뚝배기에 고춧가루를 아주 많이 뿌려서 내어 왔다. 우리가 끓고 있는 찌개에 숟가락을 집어 넣었고, 숟가락에서 열이 바로 올라오는 것을 느꼈다.

우리는 리처드의 증언과, 머피의 맹렬한 공격과 리처드가 그러한 공격을 견뎌 내는 방식에 대해 이야기했다.

내가 말했다.

"그는 잘했어. 배심원단이 머피의 의중을 간파했을 거다."

엘리자베스가 고개를 끄덕였다. 버나데트도 고개를 끄덕이며, "나는 테레사가 자신의 자동차를 사용하고 싶어했을 것이라고 생각해."라고 말했다.

"리처드의 차 말이야. 테레사가 리처드한테 1천 달러에 자기 차를 팔았어."

"폭스바겐 차?"

"응."

"그건 아버지가 테레사에게 사 준 거잖아. 그걸 테레사가 리처드한테 팔았다고?"

버나데트는 위를 쳐다보며 알 수 없다는 듯이 물었다.

엘리자베스가 말했다.

"테레사가 프로젝트 때문에 돈이 필요했나 봐. 아마도 '손' 프로젝트겠지."

내가 말했다.

"무슨 말인지 모르겠다, 부부지간에 왜 자동차를 사고팔고 하는 거지?"

아무도 대답하지 않았다. 나도 대답을 바라고 말한 것은 아니었다. 우리는 생선, 김치, 익힌 채소를 젓가락으로 집어 먹는 데에 바빴다. 나는 결국 말했다.

"그들의 방식인가 보네. 은행 계좌도 각각 따로 있었으니까."

버나데트가 말했다.

"테레사가 그의 꿈에 나타나서 그를 용서해 줬대."

엘리자베스가 물었다.

"무슨 꿈?"

"리처드가, 테레사가 자기 꿈에 나타났다고 나한테 얘기해 줬어."

버나데트가 대답했다.

"어떤 꿈이었는데?"

내가 물었다.

"테레사는 살아 있는 사람 같았고, 조용히 바라보는 얼굴이었대. 어머니가 그러는데 그 꿈은 용서의 꿈이래. 어머니 말이 그 꿈은 잘 나타나지 않는 거래. 테레사가 리처드를 용서해 주었어."

그때쯤, 우리는 저녁 식사를 마쳤다. 우리는 차례대로 묵묵히 찻잔을 채웠다.

잠시 후에, 우리 중 한 명이 물었다.

"뭘 용서해 줬을까?"

"그게 의문이지."

"테레사가 아무 이유도 없이 나타나지는 않았을 거 아냐. 테레사는 그런 한가한 소일거리를 할 사람이 아냐. 그녀가 전달해 준 용서의 실낱보다는 더 중요한 무엇이었을 거야."

"그런데, 이런 이야기는 다 쓸모없는 거야. 그게 메시지이든 아니든지 간에, 무슨 일이 벌어진 건지 메시지를 받은 사람이 이해할 수 있어야만 하잖아. 리처드는 테레사가 왜 나타났는지 모르잖아."

"나도 그래. 그는 너무 무서웠고 황당했대. 그렇게 나한테 말했어."

"어머니가 리처드에게 말했어."

"뭘 말해?"

"그에게, 테레사가 그를 용서했다고 말했어."

"반응이 어땠는데?"

"아무런 반응도 없었어."

"뭔지 알겠다. 그는 뭘 느끼는 것보다 그냥 보는 것 같아."

"그는 퍽 빌딩에서 테레사와 엇갈린 것에 대해 엄청나게 안타
깝게 느껴. 단 몇 분이었으니까."

"뭔가를 느끼고 있는지도 몰라."

그리고 긴 침묵.

"그건 죄책감이야, 무슨 말인지 알겠지?"

"만약 그가 죄책감을 느끼면, 뭔가 말을 했어야지."

"그는 할 수 없어."

"왜 못해?"

"그가 사건에 대한 감정 조절을 더 이상 못하게 되니까."

"수잔한테는 말했잖아."

"그가 뭐라고 했니? 자세하게 생각해 보자. 그는 수잔에게 말했
어. '그 모든 끔찍한 사건이 재연되고 있어. 무서워'라고. 그는 보
는 자로서 온 길을 다시 돌아가는 거야. 그는 제5구역 경찰서에서
자신이 거기에 있는 것을 보는 거야. 그는 그가 영안실에 서 있는
자신의 모습을, 테레사의 시체를 확인하고 있는 자신의 모습을
보고 장례식에 서 있는 자신을 봐. 그래서 무서운 거야."

"그는 수잔에게 미안하다고 말했어."

"그랬어?"

"응, 수잔이 나한테 말해 주었어."

"왜 수잔한테 말했지?"

"그는 수잔이 이해심이 많고 들어줄 수 있을 것이라고 생각했지."

"노엘도 이야기를 들어줄 수 있었잖아. 테레사 찾으러 다녔던 날 밤에 노엘한테는 전화도 안 했어."

"친구 세 명한테 전화했어."

"그게 누군데?"

"우린 잘 모르지. 세 명한테 전화했는데 아무도 집에 없었대."

"노엘은 금요일 밤에 집에 있었다고 했어."

"그럼 왜 노엘한테 전화 안 했지?"

"그러게, 알 수가 없네."

"그는 그가 말하고 있는 것보다 더 많은 것을 알고 있어."

침묵.

"미치겠네, 왜 말을 안 하지?"

"내가 말했잖아, 말할 수가 없어. 만약 하면……."

"알았어, 만약 하면 그가 더 이상 상황을 통제할 수 없을 거라고."

"그가 테레사를 지하 사무실에 기다렸다고 제프리가 내내 믿게 했잖아. 그런데 그가 2층 사무실에 있었던 걸로 밝혀졌고."

"제프리한테는 얼마나 황당한 일이었겠어."

"그러게 말야."

"이게 의미하는 게 뭐지?"

"그가 뭔가 숨기고 있어."

"뭐 같은데?"

"내 생각엔, 그가 테레사를 봤던 것 같아."

"거기에 대해서 말 좀 해봐."

"테레사를 그가 마지막으로 본 게 아침이었잖아. 아침에 출근할 때. 그가 그녀가 살아 있는 것을 본 마지막은 아침 8시였다고 증언했어."

한숨.

"그는 증인석에서 고의로 거짓말할 사람은 아냐."

"나도 그렇게 생각해. 그는 오히려 뭔가를 빼먹을 사람이지. 지하에 있었다고 말하면서 사실은 2층에 있었던 것처럼."

내가 말했다.

"그래서⋯⋯ 단 몇 분 간격으로 서로 엇갈린 게 순수한 우연의 일치였다고 하자. 그래도, 우연은 저절로 일어나는 게 아니야."

"무슨 뜻이야?"

"그러니까⋯⋯ 아무것도 없는 데에서 어떤 것을 만들어 낼 수는 없어. 순수한 우연이란 순수한 창조만큼이나 말이 안 되는 소리야. 그런 건 없어."

"뭐라고 하는 거야?"

"그래, 이걸 한 번 생각해 봐. 테레사는 차를 수리하고 있다는 것을 알았어. 테레사가 왜 차를 사용할 수 없느냐고 묻자, 리처드는 그녀에게 그렇게 말해 줬기 때문이야. 그래서 테레사는 저지가 골목을 걸어서 퍽 빌딩에 오후 4시 40분이나 4시 45분쯤에 들어갔어. 그리고 차가 사라진 것을 본 거야. 그녀는 차 수리가 끝난 것과 리처드가 집에 차를 운전하고 갔다는 것을 알아챘지. 그녀는 집에 갔고 차를 봤지만 리처드는 보지 못했고 빌딩에 전화를 했어."

"그리고 그녀는 그녀가 집에 있다는 긴급 메시지를 남기고 집으로 그가 전화를 하도록 했지."

"글쎄, 머피가 그 점을 이야기하긴 했지만 아무 내용도 없었잖아."

"나는 항상 머피가 그 점에 대해서 할 말이 있는 것처럼 느꼈어."

"법정에서 그들이 언급했던 전화 통화는 테레사가 메트로폴리탄 미술관에서 걸었던 통화뿐이야. 그 통화에서 그녀는 먼저 아티스트 스페이스에 갈 것이고 이후에 퍽 빌딩에 들를 수도 있을 거라고 했지. 그런데 사실 들르는 것보다는 머피가 말했듯이 '데이트'에 가까웠어. 왜냐하면 테레사가 차를 타고 다른 곳으로 무척이나 가고 싶어 했으니까."

"어디?"

"우린 모르지. 그런데 그렇게 생각해야 발레리 스미스 앞에서 왜 '불안한 것처럼' 보였는지를 설명할 수 있어. 아마 그들은 그때 당시 차 문제를 가지고 싸우고 있었을 수 있어. 싸워서 불안했을 수도 있지. 어쨌거나, 리처드는 보지 못하고 차만 보았을 때, 그녀가 퍽 빌딩에 전화해서 메시지를 남겼어. '집에 왔으니, 리처드 보고 전화 달라고 하세요'라고. 그리고 그녀는 그의 전화를 기다렸어. 그런데 기다리고 그러는 게 테레사 적성에는 안 맞는 거 알잖아."

"왜 그가 전화하지 않았을까?"

"그가 메시지를 받지 못했든지 아니면 메시지를 받았는데 무시한 거겠지."

"왜?"

"그는 삐져 있었던 거야. 그는 테레사가 차를 사용하고 싶어하는 것을 알았지만, 이제 그의 차니깐 그녀가 사용하도록 내버려두지 않을 생각이었겠지."

"잘 모르겠다…… 그렇게 소심해?"

"소유에 있어서는 그래."

"그러면, 어쩌다가 그가 삐졌는지 감이 잡히네."

"그리고 요한과 함께 소호에 있는 바에 감으로써 상황을 회피하고 싶었던 거야. 그는 바에 절대 가지 않기 때문에 꽤나 특이한 일이었지. 자동차에 대한 말싸움에서 그가 이긴 거야."

"정말 흥미롭네. 계속 말해 봐."

"그동안, 테레사는 그의 전화를 기다리며 초조해했고 그를 찾으러 빌딩으로 돌아가기로 결심했지. 그녀는 전화 교환원이 그가 안에 있다고 말했기 때문에 그가 거기에 있는 줄 알았어. 교환원 이름이 뭐더라, 도르소인가?"

"그 부분이 약간 헷갈리는 부분이야. 그런데 그럴 수는 있지. 리처드가 요한과 멀베리 출구로 나오자마자 테레사가 빌딩으로 들어갔어."

"산 자는 당연히 리처드가 나가는 것을 보았구나."

"그렇지. 이 시나리오에 대해 어떻게 생각해?"

"리처드를 난 아니까, 이 모든 게 들어맞는 것 같아. 그 자동차 관련한 것들이나 테레사가 두 번 전화한 거. 두 번째 전화를 무시하고 신경 쓰지 않았든지 혹은 전화 교환원으로부터 메시지를 아예 받지 못하였든지 간에 바를 가리려고 나온 거. 어느 쪽이든지 간에 그녀가 오후 5시에는 집에 있을 것이라고 생각하며 빌딩을 나왔을 거야."

"이제 우리는 테레사가 리처드를 왜 용서했는지 알겠네. 그저 그런 용서의 실낱이 아니라 분명히 중요한 것과 관련이 되어 있을 거야."

"그럴듯하지? 그렇지. 우리도 다른 사람들처럼 제반 사정을 잘 추리해 낼 수 있어. 그게 바로 지금까지 우리가 입증하려고 했던 거야."

"다만, 우리는 증거 법칙을 너무 벗어났네."

나는 농담조로 중얼거렸다. 그리고 우리는 그것에 대해 모두 웃었다. 우리가 자동차에 대한 말싸움과 같은 평범한 하루의 일들을 삶과 죽음에 관련된 것으로 너무 쉽게 전환시키고 말았다. 놀라운 일이었다.

실크 스크린

　리처드는 검찰 측의 마지막 증인이었다. 제프리는 "뉴욕 검찰은 여기서 이 사건의 증인 심문을 마감합니다."라고 선언했다.

　다음은 머피의 차례였다. 그는 첫 번째 증인으로 수사견 보호소에 근무하며 맨드레이크라는 개를 키우는 서포크 씨를 소환하였다. 나는 왜 그 개가 범죄 현장을 발견하지 못했는지 항상 알고 싶었다. 증인석에서 50대 중반의 키 큰 남자인 서포크 씨는 부드러운 목소리로 천천히 말을 시작했다,

　"나는 원래 살던 아이다호 주에서 개를 불러 왔습니다. 정문 쪽으로 개를 데리고 들어갔습니다. 그리고 나는 냄새를 가진 물건들을 받았습니다. 그 물건들은 사람의 체취를 지닌 뉴욕 경찰서의 경찰관이 준 옷가지와 같은 것입니다. 나는 개가 탐색을 하도록 풀어 줬습니다. 그 개는 주위에 익숙해지기 위해 그 구역을 둘러보았습니다. 우리의 우측에서부터 시작해서…… 개는 계단의 맨 꼭대기에 있는 문 쪽으로 갔습니다. 그리고 개는 그 계단을 따라서 아래에 있는 복도로 갔고, 내 생각에는 그곳을 돌아다닌 것

같습니다. 상당히 긴 복도였습니다. 나 또한 움직이고 있었는데 나의 좌측에 그 복도의 끝이 보였고 거기에 문이 하나 있었습니다. 내 생각에 그 문은 실크 스크린 실로 가는 것이었습니다. 그 개가 문 주변에서 관심을 보이더니 복도 끝으로 다시 온 길을 따라 돌아갔습니다. 그 복도 끝 어딘가에, 다른 문이 하나 있었습니다. 이 문을 통해서 그 개는 아래로 내려갔고, 거기에는 또 다른 일련의 계단이 있었습니다. 그 계단은 금속으로 된 것으로 커다란 기계가 비치된 큰 공간으로 이어져 있었습니다. 제 생각으로 그 기계는 압축기처럼 보였습니다. 그 공간에서, 그 개는 공간 구석구석을 살피더니 금속 레일이 놓여진 기계 주변 어딘가에서 유난히 관심을 보였습니다."

맨드레이크가 펌프실에서 테레사를 인식한 것이다!

"······그 후엔 별로 관심을 보이지 않았습니다."

머피는 자신감에 차서 물었다.

"지하로 가는 계단이나 엘리베이터에 대해 당신의 개가 관심을 보인 적이 있습니까?"

"관심을 보이지 않았습니다."

그 질문과 함께, 머피가 그와 논쟁을 시작하였다. 만약 거기에 뭔가가 있었더라면, 그 개가 이미 그것을 알아차렸을 것이다. 그러나 제프리의 반대 심문이 머피의 노력을 바람 빠지게 해 버렸다.

제프리의 심문에서, 서포크 씨는 맨드레이크의 실수에 대해 방어적이었고 죄책감을 갖고 있는 것처럼 보였다. 제프리가 물었다.

"맨드레이크가 실패한 경우가 또 있었습니까?"

서포크 씨가 "네." 하면서 한숨을 내쉬었다.

서포크 씨는 뉴욕 경찰의 베리 형사에게 범죄 현장을 발견할 가능성은 매우 희박하지만 불가능한 것은 아니라고 말했다고 했다.

"수색견이 탐색을 해야 하는 상황 등에 대해서 나는 많은 질문을 해야만 했습니다. 나는 빌딩의 상태를 알 수 없었습니다. 나는 그때 그에게 그곳이 빌딩이고 모든 창문이 깨져서 공기가 통하는 곳인지에 대해서는 물어보지 않았습니다. 수많은 변수가 있습니다. 그래서 범죄 현장을 발견할 가능성을 100퍼센트 보장할 수는 없습니다."

나는 이제 왜 그 개가 더 이상 탐색을 하지 않았는지 이해했다. 그곳은 공기가 통하지 않는 축축한 지하였다. 그리고 개가 어떤 냄새도 감지하지 못했다는 것에 대해 의심할 나위가 없었다. 또한 맨드레이크는 계단 아래로 가는 것을 좋아하지 않았다. 지하로 가는 작은 계단들에 대해서는 아무도 알지 못했을 가능성도 높았다. 만약 형사들이 그 계단에 대해서 알았더라면, 도넬리 형사가 펌프실로 가는 계단을 내려갔을 때처럼 그 계단으로 개를 안고 내려갔을 것이다. 제프리가 수색견이 계단을 싫어했다는 것을 지적할 때, 서포크 씨는 마지못해 그 사실을 인정했다.

지하에서 우리가 범죄 현장을 찾아낸 것을 맨드레이크를 내세워 평가절하 하려던 머피의 노력은 수포로 돌아갔다. 그는 두 번째 재판에서 한 배심원이 가졌던 것과 같은 의심을 세 번째 재판의 배심원들이 마음속에 갖게 하도록 했다. 어떻게 피해자의 가족이 캘리포니아에서 뉴욕으로 와서 맨드레이크가 찾지 못하였던 범죄 현장을 찾을 수가 있었을까. 머피는 맨드레이크의 실패를 통해 11월 14일, 그때에는 그 증거물들이 없었다고 주장했다. 이어서 그는 범죄 현장에서 수집된 증거물들은 그 이후 시점에 그곳에 놓여졌고 1982년 12월 11일에 발견되었다고 주장했다. 누군가가 테레사의 베레모, 장갑, 부츠를 일부러 가져다 두었다는 말인가? 말도 안 되는 변호 전략이었다.

머피는 마티 대빈을 증인으로 불렀다. 왜 그가 마티에게 전화해서 피고인 측 증인이 되어 달라고 했는지, 나는 감을 잡을 수 없었다. 그러니까 마티는 5년 간 매일 이 사건과 함께 살아왔고 산자를 영원히 감옥에 가두려고 노력해 온 형사였다.

처음 머피가 마티를 피고인 측 증인으로 세우려 한다는 것을 들었을 때, 마티는 공중에 두 팔을 올리며 "미친놈이야?" 하고 소리를 질렀다. 그리고 못 믿겠다는 듯이 웃었다.

그는 제프리에게 물었다.

"나한테 뭘 물어보겠다고? 그가 원하는 게 대체 뭔지 모르겠소."

제프리가 어깨를 으쓱하고 대답했다.

"나도 도무지 모르겠습니다."

마티는 날 쳐다보고 한숨을 쉬었다.

"아, 정신이 나간 놈이군. 이거 믿을 수 있소?"

마티는 피고인 측 증인석에서 조금도 편안해 보이지 않았다. 그는 경찰 공무원증을 제시한 후 자리에 앉았다.

머피가 다정하게 마티에게 물었다.

"증인은 몇 년 동안 형사 겸 경찰관으로 일하고 있습니까?"

"32년, 거의 33년이요."

마티가 더 어려운 질문에 대비하여 건조하게 그러나 사실에 대해서만 답했다.

머피는 곧바로 본론에 들어갔다. 그는 플로리다 교도소에서 산 자와의 인터뷰, 반지, 그리고 와인스틴과의 인터뷰 등에 대해 물었다. 그런 질문은 제프리가 증인을 반대 심문할 때 마티에게 더 많은 증언을 할 수 있는 기회를 줬다. 제프리가 일어나서 마티에게 물었다. 제프리의 목소리는 크게 울렸다. 마티의 목소리도 그랬다. 그들은 그렇게 끊임없이 말을 주고받았고 나는 숨을 제대로 쉴 수 없었다.

심지어 판사도 그에게 "슈랭어 검사, 목소리 크기 좀 줄이시오."라고 주의시켰다.

제프리가 판사를 올려다보고 "죄송합니다."라고 말하고는 이어 질문했다. 증언이 끝나고 마티는 증인석 계단에서 내려서면서 처음에는 귀가 입에 걸린 듯 웃었고 재빠르게 무표정이 되었다.

끝없는 듯 보였던 증인 심문이 1987년 12월 4일, 금요일 퍽 빌딩 현장 소장 마이클 블랙을 끝으로 마무리되었다. 블랙의 증언은 머피에게 별 도움이 되지 못했다. 블랙은 카리브 해에 있는 세인트 바츠 섬에서 휴가를 보내고 있었고 슐레싱어 판사는 머피가 그의 행방을 추적하는 것을 제프리가 도울 것을 명령했다. 제프리는 지방 치안판사를 통해서 블랙을 찾았고 블랙을 뉴욕행 비행기에 태웠다. 블랙은 판사, 변호사들, 경찰들, 특히 머피를 엄청나게 욕했을 것이다.

머피는 블랙을 통해서 창녀들, 매춘업자들, 알코올 중독자들과 노숙자들로 가득 찬 멀베리 가의 해로운 모습에 대해서 알려 주고 싶었을 것이다. 그러나 블랙은 그렇게 대답하지 않았다.

"1982년 11월은 그렇게 나쁘지 않았습니다. 이미 깨끗해져 있었어요. 1년 전이 나빴죠."

머피는 블랙이 다른 식으로 말하게 하려고 노력했지만 전반적으로, 블랙의 증언은 그의 휴가 중간에 카리브 해에서부터 그를 데리고 와야 할 만큼의 역할은 하지 못했다.

재판 절차가 진행되는 내내, 머피는 그 스스로가 루에 대한 참고인이라고 부르며 그가 그녀와 했던 사전 인터뷰에서 그녀가 "이번에 일 저질렀어. 내가 누군가를 죽였어."가 아니라 "이번에 나 일 저지른 거 같아. 내가 누군가를 죽였을 수도 있어."라고 말했다고 주장하는 성가신 존재였다. 그는 테이프 녹음기가 고장이 나지 않았더라면, 그녀의 진술을 녹음했을 것이라고 말했다.

머피의 가식은 거기에서 멈추지 않았다. 재판 내내 그는 스모릭 씨에 대해 중요하게 말했고, 폴란드에 있던 그를 소환하여 피고인 측 증인으로 세웠다. 스모릭 씨는 1982년에 퍽 빌딩에서 근로자로 일했고 테레사와 빌딩주, 또 다른 여성을 오후 5시 경에 본 것 같다는 진술을 경찰서에서 했다. 처음에 나는 오랫동안 잃어버린 고양이를 찾았다는 소식을 들은 것처럼 흥분했다. 그러나 스모릭 씨가 본 사람이 누구인지 혹은 언제 본 것인지 아무도 확신할 수 없었다. 결국 빌딩주 옆에 있었던 두 여자는 빌딩의 공간을 임차하기 위해 보러 온 이탈리아 사람들이라는 것이 밝혀졌다.

그리고 1982년 스모릭 씨의 진술은 많은 '아마도'를 포함했다. 나의 희망은 순식간에 사그러들었다. 그러나 머피는 스모릭 씨를 자꾸 언급하면서, 그가 없으면 피고인의 헌법상 권리가 심각하게 침해될 것이라며, 그가 중요한 증인이라며 그를 증인 신청했다.

그러나 피고인 측 변호인단은 스모릭 씨의 거처를 알지 못했고, 판사는 제프리를 '무효 재판의 가능성'으로 위협하며 제프리가 머피를 돕도록 명령하였다. 마티 대빈이 참여했고 그래서 전화번호를 하나 찾아냈다. 그 번호로 스모릭 씨와 연락이 닿을 수 있었다. 폴란드어를 하는 법원 통역가의 도움으로, 마을 전화 교환원을 통해 스모릭 씨의 집에 연락을 취할 수 있었던 것이다. 스모릭 씨의 방문 일정, 여권, 비행기 티켓 등에 대해 판사는 머피가 매일 진행 경과 보고서를 제출하도록 했다. 판사가 국무부와 주바르샤바 미국 대사관에 연락을 취했고, 스모릭 씨의 방문을 위한 비자를 발급해 주도록 했다.

슐레싱어 판사는 스모릭 씨에 대해 신경을 많이 썼다. 왜냐하면 그 증인을 소환할 만큼 피고인 측이 충분한 기회를 갖기를 원했기 때문이다. 그는 스모릭 씨와 관련된 것들이 나중에 문제가되는 것을 원하지 않았다는 것을 나는 알아챘다. 사실, 이 모든 것에 판사가 개입하게 된 것에 대해 판사는 머피를 한 번 꾸짖은 적이 있었다. 판사는 머피가 법정에서 증인을 세우는 것보다 스모릭 씨의 출석 문제로 항소 법원에 문제를 일으키는 것에 더 관심이 많다고 말했다. 머피는 스모릭 씨를 증인석에 매우 세우고 싶은 것이라고 격렬하게 반박하면서 자신이 노력한 사실을 구체적으로 설명했다.

결과적으로 스모릭 씨가 출석하지 않았기 때문에, 머피가 또 다른 무효 재판을 주장하자 판사는 그 이의를 기각했다. 머피는 전날 스모릭 씨와의 통화 내용을 인용하면서 그의 증언이 밀접한 관련성이 있다고 거듭 반박했다. 머피는, 스모릭 씨는 테레사가 살아 있을 때 마지막으로 본 사람이고 테레사의 곁에 산자가 아닌 두 명의 남자가 있었다는 터무니없는 주장을 했다.

제프리가 일어서서 웃으며 머피의 주장을 하나씩 반박했다.

"1987년 10월 6일 머피 씨가 스모릭 씨와 나눈 통화 내용에 관하여, 내가 기억하는 통화 내용과 머피 씨가 기억하는 통화 내용 간에 어떤 엄청난 불일치가 있는 것이라고 생각하는 바입니다……."

나는 머피가 제프리에게 알려 준 그 똑같은 대화 내용을 머피가 완전히 다르게 생각하는 것에 대해서 놀라지도 않았다. 통역가가 있고 그 통역가가 기록을 남겨서 다행이었다. 제프리가 그 기록을 제출했다. 판사는 그것을 증거물로 받아들였고 제프리는 머피의 주장을 무효로 하는 데 성공했다.

"스모릭 씨는 그날 피터 지 씨로 알려진 빌딩주 옆에 두 명의 여자만 봤다고 진술했습니다. 그는 또한 그 두 여자 중 한 명은 어두운 피부였으며 그 사람이 사진 속 인물일 수도 있지만 확신할 수는 없다고 진술했습니다. 그는 또한 어두운 피부의 여자가 빌딩 공간들을 살펴보느라 빌딩주와 함께 있는 것을 그 전날 본 적이 있었다고 진술했습니다. 스모릭 씨는 빌딩주와 있는 두 여자를 언제 보았는지에 대해서는 기억하지 못한다고 진술했습니다."

판사가 머피에게 물었다.

"실질적으로 변호인의 기억이 저 내용과 다릅니까?"

머피가 답했다.

"그가 그와 비슷한 내용을 말했지만 전화 통역가를 통해 알게 되었습니다."

그것이 스모릭 씨와 관련된 일의 끝이었다. 머피가 뻔뻔한 시나리오를 최대한 밀어붙이려고 했는데도 아무 일도 일어나지 않은 채로 이 재판이 진행되었다는 것이 놀라운 일이었다.

머피의 전술에 대한 나의 의구심과 별개로, 그는 산자의 첫 번째 변호사보다는 훨씬 유능했다. 그리고 나는 머피의 그 허튼소리가 배심원단에게 어떤 인상을 주었는지 신경이 쓰였다. 머피는 자신을 증인석에 세우지는 않았다. 더 이상 소환할 증인이 없자, 그는 "피고인 측 더 이상 없습니다, 존경하는 재판관님."이라며 주장을 마쳤다.

그러고는 바로, 최종 변론이 있었다. 머피와 제프리 순서였고 각자의 주장과 확신과 지지 논거들을 요약하여 말했다. 두 개의 상반된 가설과 결론이 배심원들에게 주어졌고 그들이 어떤 것을 믿을 것인지 결정할 것이었다.

머피가 배심원들에게 그 금요일에는 살인, 강간 등 자신의 의뢰인과 관련하여 어떤 일도 일어나지 않았다고 주장했다. 루에 대해서는 아무 말도 하지 않았다. 그리고 산자의 누나는 남동생 손가락에 끼워진 반지를 알아차리기에는 만취한 상태였고, 와인스틴이 그의 친구를 배신하려고 작정을 하고 덤볐으며, 뉴욕 경찰은 모든 것을 망쳤다고 했다. 그는 검찰은 어떤 증거도 없다고 주장했다.

제프리는 배심원들에게 다른 방식으로 말했다. 머피는 거듭 이의를 제기했다. 제프리가 22개의 증거물, 22개의 퍼즐 조각을 나열하여 큰 그림을 그렸고 각각의 증거물에 대해 논의했다. 그리고 제프리가 머피의 잘못된 쟁점, 산자의 거짓말, 금요일 저녁의 어두운 시간 동안 일어난 불길한 일들에 대해서 공격을 했다.

"여기에 재판 중인 대상은 단 한 명입니다. 그리고 그 사람이 바로 피고인입니다. 피고인은 피해자 테레사 차의 강간죄와 살인죄 혐의로 재판을 받고 있습니다. 범죄 현장을 발견하지 못한 것에 대해 경찰이 재판을 받고 있는 것이 아닙니다. 맨드레이크가 범죄 현장을 발견하지 못했다고 재판을 받고 있는 것이 아닙니다. 퍽 빌딩 공사 현장 사무소가 재판을 받고 있는 것이 아닙니다……. 넬 굿트만이 테레사 차가 바지를 입었는지 A자 치마를 입었는지를 기억하지 못한다고 해서 재판을 받고 있는 것이 아닙니다……. 마이클 와인스틴이 산자의 상처가 팔에 있었는지 얼굴에 있었는지를 기억하지 못한다고 하여 재판을 받고 있는 것이 아닙니다……. 리처드 반스 씨에 대한 머피 씨의 발언은 적절치 못한 것이었고 여러분들께서 이를 거부해야 합니다."

배심원단은 제프리의 말에 주의를 기울이고 있었다. 그들은 머피의 사이비 삼단논법과 제프리의 논리와 상식에 대한 반복된 언급 사이에서 완전히 혼란스러울 것이 분명했다.

"그리고 우리는 피고인 측 변호인이 다른 사람이 범죄를 저질 렀을 수 있다는 주장에 대해 논의해 보도록 하겠습니다. 피고인 측 변호인은 여러분들께 증거를 넘어서서 사안을 살펴보고 여러 분의 상상력을 사용할 것을 요구하고 있습니다. 그리고 머피 씨 가 여러분들께 요청하는 것은 여러분들의 서약 범위를 벗어난 것 입니다. 해당 사안을 살펴보고, 폴란드 근로자 중 한 명이나 리처 드 반스, 마이클 와인스틴 혹은 리처드 스텀프와 같이 길에서 마 주치는 사람들 중 어느 한 사람이 해당 범죄를 저질렀을지도 모 른다는 환상에 빠지게 하는 것입니다. 머피 씨가 상식과 논리를 들먹이며 했던 주장 내용에 대해 한 번 생각해 보십시오. 픽 빌딩 후문을 관리했어야 하는 사람은 피고인이었습니다."

제프리가 멈춰 서서 배심원과 한 사람씩 눈을 마주쳤다. 그러 나 그들은 무표정으로 일관하였다. 그는 손을 들어 산자를 가리 키고 소리쳤다,

"바로 그 논리와 상식이 여러분들께 말해 주는 것은 바로 저기 에 있는 저 남자가 테레사 차를 살해하고, 강간하였으며, 사체를 유기하였다는 것입니다!"

법정 안의 분위기가 한순간 흔들렸고 나는 움찔했다. 나는 배 심원단의 모습을 빠르게 살폈다. 그들의 얼굴엔 아무 반응도 없

었다. 그들이 기력이 다 빠진 것은 아닌지 걱정이 되었다. 제프리가 그의 최종 변론을 마치고 앉았을 때 그들은 한숨을 내쉬었고 서로 지친 눈빛을 교환했다.

황금 사슴의 숨결

배심원단들은 한 시간도 채 되지 않아, 빠르게 평결을 냈다.

판사가 평결이 났으니 법정으로 돌아오라고 연락이 왔을 때 나는 제프리의 사무실에 있었다. 우리는 법정으로 뛰어갔다. 어머니와 나, 엘리자베스, 수잔, 가이, 리처드, 버나데트, 용순, 노엘, 레나, 조지와 빌이 방청석에 앉았다.

배심원들은 천천히 법정 안으로 들어왔다. 제프리와 세릴이 배심원단을 맞이하기 위해 일어섰다. 머피는 일어서지 않았다. 그는 탁자에 팔꿈치를 대고 의자 가장자리에 앉아서 의도적으로 배심원의 표정을 찬찬히 살펴보고 있었다. 우리는 12명의 남녀 배심원들을 빤히 쳐다봤다. 배심원 가운데 은색 머리카락의 키가 큰 여자는 법정 정면을 마주하고 똑바로 서 있었다. 잠깐 동안 나는 아주 조용한 가운데, 그녀가 우리를 보고 웃었다고 생각했다. 내가 상상했던 걸까? 그녀가 고개를 끄덕였는지도 모르겠다.

나는 어머니의 손을 꽉 잡았고 급하게 속삭였다,

"이번에 괜찮은 것 같아요."

어머니는 아무 말도 하지 않았다. 그 배심 평결이 좋은 것이든지 나쁜 것이든지 받아들일 준비가 되었다는 듯이 손을 꼭 쥐고 있었다. 모든 배심원들은 지팡이를 짚은 노신사 한 명을 빼고 모두 자리에 앉아 있었다. 그의 오른손이 지팡이의 손잡이를 아래로 쥐고 누르고 있고 왼손은 팔걸이에 둔 채로 있었다. 노신사는 큰 소리는 아니지만 끙끙거리는 소리를 내면서 앉았다. 법정에 있는 모든 사람의 시선이 앞쪽에 있는 노신사에게로 향했다.

"평결이 나왔습니까?"

법원 서기가 배심원을 향해서 큰 소리로 물었고, 배심원장인 라일리 부인이 일어서서 "네, 그렇습니다."라고 대답했다.

법원 서기가 "피고인, 일어나세요."라고 말했다.

산자는 엉덩이가 무거운 듯이 매우 느리게 일어섰다.

서기가 배심원장에게 물었다.

"첫 번째, 제2급 살인죄 혐의에 대해 유죄 혹은 유죄가 아닌 것 중 어느 쪽으로 판단했습니까?"

심장이 멈췄다. 세상에 아무 소리도 들리지 않았다.

"유죄입니다."

나는 내 앞에 아무것도 보이지 않았다. 바로 눈을 감았다. 어머니는 내 무릎 위로 기댔고 처음에 숨을 쉬지 않더니 소리 없이 흐느꼈다. 어머니의 어깨가 흔들렸다.

어머니, 이제 더 이상 참지 않으셔도 돼요. 그러나 어머니는 참았다. 배심원단과 우리 뒤에 앉아 있던 사람들은 우리를 바라보았다. 눈물이 모든 흉악한 말들과 장면들을 씻어 냈고 좋은 기억들이 다시 물밀듯이 찾아왔다.

"두 번째, 제1급 강간죄 혐의에 대해서는 유죄 혹은 유죄가 아닌 것 중 어느 쪽으로 판단하셨습니까?"

"유죄입니다."

그러자 어머니는 더 심하게 흔들렸다. 내 무릎 위에 조금 더해진 무거움이 느껴졌고, 나는 엘리자베스가 어머니 쪽으로 몸을 푹 숙이는 모습을 눈물 너머로 보았다. 나는 목 위로 나의 머리가 통제할 수 없이 흔들리는 것을 느꼈다. 나는 어깨 위에서 단단하고 친절한 손길을 느꼈다. 그것은 마티였다. 환히 웃으면서, 그는 나를 몇 번 토닥여 주었다. 나는 그가 무슨 생각을 하고 있는지 알았다. 그는 할 말이 아무것도 없었다. 나는 약간 큰 소리로 속삭였다.

"고마워요, 마티."

그는 윙크를 했고 다시 몸을 뒤로 기댔다.

나는 법원 서기가 배심원단의 의견을 개별적으로 물어보는 것을 마치는 것을 보았다.

"제12배심원, 그것이 당신의 평결입니까?"

"네, 그렇습니다."

마지막 배심원이 답했다. 그것을 끝으로 평결 기록이 완료되었다. 제프리와 셰릴이 일어섰다. 그리고 배심원들이 한 명씩 배심원석에서 빠져 나와 집행관을 아무 말 없이 따라갔다. 그들은 바로 앞에 있는 사람이 아니면 다른 사람을 쳐다보지도 않았다. 피고인 측 탁자를 지나가면서 배심원들은 그 탁자로부터 멀리 떨어져 걸어갔다. 제일 마지막 배심원이 지팡이를 든 노신사였다. 그는 항상 들어올 때나 나갈 때는 마지막이었다. 그는 다른 배심원들처럼 피고인 측 탁자를 그냥 지나가지 않았다. 그는 바로 피고인 측 탁자로 가서 산자 앞에 섰다. 그리고 아무 말도 하지 않은 채, 30초 정도 몸을 떨었다. 긴장되는 순간이었다. 노신사는 두려워하지 않았고, 산자의 눈을 똑바로 쳐다봤다. 나는 그의 행동에 감명을 받았다. 산자는 창백해진 채로 기가 꺾인 것처럼 보였다. 배심원 대기실 문은 닫혔고 판사가 법원 서기에게 절차를 진행하도록 요청했다. 서기가 "산자 씨, 생년월일이 언제입니까?"라고 물었다.

"1958년 3월 16일입니다."

"주소를 말해 주십시오."

"플로리다 주 교도소입니다."

슐레싱어 판사가 툭, 말을 내뱉었다.

"1월 4일 선고합니다."

미스 피츠제랄드, 누더기 인형이 울었다. 슐레싱어 판사가 마지막으로 손목을 한 번 털고는 검은 법복 소매를 흔들었다.

산자는 감옥으로 돌아갔다.

에필로그

gninrom txen gnidnif
drah saw dloc saw ... otni etib

We openend our mouths onebyone
snowflakes

awake

was

no one

—Theresa Hak Kyung Cha

테레사, 너의 얼굴

　나는 집에 갔다가 확정 판결이 선고될 때 돌아오기로 했다. 제프리와 그의 부인은 휴가를 받아 세인트 토마스에 갔고, 마티는 그의 가족과 시간을 보내러 뉴저지에 갔다. 그리고 폴은 제5구역에서의 일상생활로 완전히 돌아왔다. 엘리자베스와 버나데트는 날더러 쉬어야 한다고 했고, 나는 이 모든 재판 절차를 접어 두어야 할 필요성을 느꼈다. 그것은 나뿐만 아니라 모든 사람들에게 해당하는 말이었다. 게다가 나는 입을 옷이 없었기 때문에 집으로 갔다. 공항에서 캐시에게 나를 데리러 오라고 전화를 했다.

　머리 위에는 해안가의 안개가 자욱했다. 올더스 헉슬리가 묘사한 '빛, 모든 곳의 빛, 영원의 빛'이라고 한 캘리포니아의 하늘은 거짓말처럼 어둡고 불길했다. 흐릿한 하늘은 울 재킷과 셔츠를 입고 있는 나를 덥다고 느끼게 했다. 나는 넥타이를 풀었다. 메트로폴리탄 미술관에서 샀던 넥타이였다. 그 넥타이를 접어서 재킷 주머니에 집어넣고 재킷을 벗었다.

　꽃무늬 민소매 블라우스와 카키색 반바지를 입은 옅은 색 머리를 한 30대 여성이 지나가면서 나에게 동정어린 미소를 지었다. 아마 그녀는 내가 추운 지방에서 트렌치코트와 무거운 울 재킷을 입고 누군가를 만나러 와서 캘리포니아 햇살에 굴복한 사람이라고 생각했을 것이다.

나는 드디어 집에 왔다는 사실이 기뻤지만, 마음 한켠에는 뉴욕 일이 신경 쓰였다. 집으로 돌아오는 중간에, 텅 빈 공허감이 들었다. 나는 그 감정을 산자의 선고를 기다리는 데서 연유한 불안감 탓으로 돌렸다.

그러나 그런 문제는 아니었다. 내 마음 깊은 곳에서는 형의 선고는 뉴욕 주와 산자 간의 일이라는 것을 느꼈다. 그것은 산자가 미래에 어떻게 살아갈지 결정짓는 형식에 불과한 것이었다. 그리고 산자가 앞으로의 여생을 어떻게 보낼지에 대해서 왜 내가 그렇게나 신경 쓰는 것일까? 내가 그에 대해서 더 빨리 잊을수록, 더 좋은 일이었다.

그런데도, 그렇게 간단하지만은 않았다. 나는 가능한 한 빨리 산자를 내 마음 속에서 지우고 싶었지만 그는 사라지지 않았다. 산자에 대해서 생각할 때마다 낯선 차가움이 스멀스멀 올라왔다. 그것은 아주 느리고 의도적인 침입이었다. 그 차가움은 나만 아는 곳, 나만 알고 다른 사람은 아무도 모르는 침묵의 어두운 공간으로 나를 데려갔다. 그 차가운 감각이 다가왔다가는 사라졌다. 처음에는 자주 그랬고 시간이 지나면서 점점 옅어졌다. 매 순간 나는 그의 목을 조르는 상상을 했고 14까지 숫자를 세었다. 그리고 놓아 줬다. 하지만 나는 상상일지라도, 그의 목을 계속 조를 수는 없었다. 그러나 나는 이런 생각을 했던 것이 내 마음을 진정시켜 주는 효과가 있었다고 인정해야만 할 것이다. 내가 균형감을 회복하기 위해서 자기 스스로 해독제를 처방했다고 말할 수 있겠다.

그러나, 그 차가운 감각은 판결의 선고가 있던 날로부터 천천히 사라졌다. 법정에서 나는 기록에 남을 발언을 하지는 못했다. 판사가 피해자 유족의 발언을 허락해 주지 않았다. 나는 며칠 동안 맹렬히 비난하는 말들을 연습했다. 나의 여동생, 나의 가족, 사회와 인류에 대해 산자가 했던 잔혹한 행위들. 그 모든 이야기를 그 남자가 똑똑히, 전부 다 듣게 하려고 했지만 판사가 허락해 주지 않았다. 그는 피해자 가족이 감정이 격해져서 분출하는 경우를 너무 많이 봐 왔고 그러한 감정 배출을 위해서 법정은 적당한 장소가 아니라고 했던 것이다.

나는 실망했다. 판사의 거절이 산자가 더 가벼운 형기를 선고받게 되는 전조일 것 같아 걱정이 되었다. 그러나 그것은 쓸데 없는 걱정이었다. 판사는 산자가 플로리다 형기를 마친 이후 뉴욕 교도소에서의 25년 징역에서 무기징역을 선고했다. 그게 다였다. 그는 다시는 감옥 밖으로 나오지 못한다.

차가운 감각은 사라졌다. 나는 그 감각이 점차 사라졌다고 그 누구한테도 말하지 않았다. 그것은 그저 나의 조용한 용서였다. 그리고 그 자리에 새로운 것이 자리를 잡았다. 그 새로운 것은 어떤 종류의 우울감과 동정심이라고도 할 수 있는 그런 것이라고밖에는 설명하지 못하겠다. 패배에서 연유한 것이 아니라 새로운 의식 때문에 생긴 것이었다. 테레사, 너의 장갑처럼.

나는 지하에서의 네 장갑을 떠올렸다. 나는 내 의지대로, 그 의지에 근거해서 장갑을 떠올릴 수 있었다. 그리고 나는 더 이상 맹목적인 분노를 느끼지 않았다. 너의 장갑이 나를 우울한 상태에 자리잡은 이해의 또 다른 차원으로 데려갔다. 그곳에서 나는 너의 예술 작품을 보았다. 나는 그 손 안에서 숭고함을 보았다. 나는 네가 사라지기 직전에도, 슬픔의 인생 동안에도 그리고 생의 마지막에도 예술을 위해 살았던 너의 의지에 박수를 치며 그것을 부러워한다.

네가 그리울 때, 나는 노스 비치 카페에서 너를 찾아본다. 그리고 시티라이트 서점에 들러서 책꽂이에 있는 수많은 훌륭한 책들 가운데 너의 책 『딕테』에 안부를 전한다. 네가 여전히 여기에 있다는 것을 더 잘 느낀다.

몇 년 전, 나는 너의 전시회에 갔었다. 스페인 북동부 바르셀로나에 있는 안토니 타피에스Antoni Tapies 미술관에서 했던 전시회.

그 미술관은 정말 보석 같았다!

그 도시도.

바르셀로나에서 나는 꿈을 꾸고 있는 것 같았다. 나는 그렇게 아름다운 도시를 만들고 유지하는 것이 사람이 할 수 있는 것이라고 생각하지 않았다. 길이 넓고 길가에는 카페들이 있었다. 윤이 나는 타일들과 야자수로 가득 찬 지중해의 산들바람이 불어오는 곳. 고대 골목마다 숨겨진 맛있는 먹거리들. 길이 교차하는 곳의 건물들이 지닌 둥근 모서리들. 그 도시의 모든 조각들은 어떤 지향점이 있는 것처럼 보였다. 어떤 곳도 쓸모없는 공간이 아니었다. 내가 안토니 타피에스 미술관을 바르셀로나 대학 북쪽에서 몇 블록 떨어진 까레 다라고Carrer d'Arago 거리에서 보았을 때, 네 작품이 그곳에 전시되어 있을 거라는 걸 알았기에 나의 심장은 기대감에 쿵쾅거렸다.

그리고 너는, 너의 작품은 그곳에 있었다.

타피에스는 구름 모양으로 반짝거리는 은색 동상의 왕관을 쓴 4층으로 된 건물이었다. 구름과 의자Nuvol i cadira라는 어울리는 이름을 갖고 있었다. 나는 지붕 위 조각을 한참 동안 놀라서 바라보았고, 스테인리스 강철 덩어리로 보이는 조각이 거의 최면에 빠졌다. 그 조각의 움직임은 살아 움직여 생동감이 있었지만 평온했다. 나는 하늘을 날았고 속삭이는 구름 안으로 빠져 들어갔다. 펑 빌딩이나 산자로부터 멀리, 멀리 떨어져서. 그리고 나는 순수한 축복 안에 있었다.

나는 미술관 전시실로 들어가서 너의 예술 작품들에 둘러싸였다. 너의 조판, 비디오, 오디오, 우편 예술, 행위예술의 사진 이미지들이 있었다. 많은 사람들이 너의 예술 작품과 글에 대해 책을 쓰고 논문을 썼지만 중요한 것은 그 미술관 안에서 내가 너의 존재를 느꼈다는 거다.

나는 말했다.

안녕, 테레사.

네가 대답했다. 예전 언젠가 네가 나에게 보냈던 너의 엽서 이미지와 함께, 침묵의 이야기가 들렸다.

오늘 아침 나는 일어나 거울 속에서 오빠의 얼굴을 보았어.

된장찌개 뚝배기가 가스 위에서 끓는다 너는 소리를 지르더니 부엌으로 달려간다. 찌개가 넘쳐 흐른다. 치식치식…….

너의 발이 체크무늬로 된 부엌 바닥 위로 재빨리 달려간다. 너는 가스레인지 손잡이 앞에서 미끄러지면서 멈춘다. 네가 급하게 불을 끈다. 된장찌개는 계속 넘치고 달콤하고 톡 쏘는 김이 피어오른다. 네가 한숨을 쉬면서 찌개가 식는 것을 바라본다. 네가 몸을 숙여서 찌개의 향을 맡고 눈을 감는다.

된장은 천국의 맛이야.

네가 나무 수저를 들고 찌개를 한 번 휘저어 맛을 보려고 숟가락을 찌개 안에 넣는다. 후후, 국물을 가볍게 두 번 불어 식히고는 삼킨다.

아, 넌 환하게 웃는다.

너의 입 오른쪽이던가 왼쪽이던가 송곳니가 보일 정도로 이빨을 모두 내보여 주는 그런 웃음. 너는 다시 몸을 숙여서 숟가락으로 한 번 더 찌개를 뜬다. 너의 얼굴 위로 떨어지는 긴 머리를 한쪽으로 밀어내고 고춧가루가 뿌려진 하얀 두부 덩어리를 건드린다. 너의 눈빛은 두부를 먹어 보고 싶다고 말하는데, 그 두부는 당연하게도 아주 뜨겁다.

너는 두부를 떠서 몇 번이나 그것을 식히려고 입을 조그맣게 모아서 후후 분다. 이제 충분히 식었어, 이제 충분히 식었어. 너는 용기 있는 표정을 지어 보이더니 입속에 두부를 집어넣는다.

뜨거워, 뜨거워, 너는 소리를 지른다. 너무 뜨거우면 두부를 뱉어야 하니까 입 가까이에 한쪽 손을 대고 다른 손으로는 부채질을 빠르게 한다.

나는 웃는다. 나는 급하게 웃으며 의자에 기대어 앉는다.

너는 나를 째려본다.

나는 그 표정을 보고는 더 웃는다.

드디어 두부는 충분히 식어서 마음껏 씹을 수 있다. 이제 견딜 수 있을 만큼의 온도니까. 너는 "이거 맛있어, 이거 진짜 맛있어."라고 야단이다. 너는 두 번째 두부 덩어리를 겨냥하고 나는 찬장에서 숟가락을 꺼내 뚝배기에 집어넣는다. 나는 진해진 찌개를 한 번 휘젓고는 식혀서 맛을 본다.

너는 날 보고 있다. 너는 이미 그 찌개가 얼마나 뜨거운지 알고 있기에 온 얼굴에 미소를 짓는다. 내가 그랬던 것처럼 너도 폭풍처럼 웃을 준비가 되어 있지.

나는 국물을 떠서 꿀꺽 삼킨다. 국은 뜨겁고 맛이 있다. 나는 그 국물이 내 안으로 타고 들어오자 몸을 떨었다. 나는 좀더 기다렸어야 했다고 스스로에게 말한다. 물을 마시려고 했지만 실제로 마시지는 않는다.

너는 고개를 새침하게 돌리곤 자꾸 웃는다.

나는 그게 그렇게나 뜨거울 줄 몰랐던 거다. 너는 웃더니 나한테 묻는다. 그냥 뜨거워hot-hot? 아니면 많이 매워HOT-hot?

아니, 아니. 그 질문은 네가 아니라 네 언니 엘리자베스가 했던 건가?

중복된 이미지들. 나는 단어들을 듣고, 너의 목소리를 듣는다. 그런데 그 말을 하는 너의 얼굴은 보지 못한다. 나는 너의 얼굴을 본다. 네가 웃자 긴 검은 머리카락과 높이 있는 것처럼 보이는 너의 조금 튀어나온 광대뼈가 흔들린다. 나는 숨을 참고 얼굴을 찡그린다. 그리고 숨을 내쉬고 '무지 뜨거워'라고 말한다. 나는 내 말을 수정한다, 뜨겁고 동시에 매워서.

너는 얼굴을 찡그린다. 난 너의 얼굴이 나의 고통스러운 모습을 반사한다고 상상한다. 그리고 동시에 너는 웃는다.

잠깐만, 잠깐만…… 오른손으로 배를 잡고 왼손으로 나를 가리키며 정신없이 웃는 애가 누구지? 또 다른 중첩적인 이미지……. 그건 버나데트야, 막내 여동생. 웃음의 저쪽에서 막내는 웃을 때마다 볼에 보조개가 생긴다.

너도 웃을 때 보조개가 생기니?

네가 있는 그곳에서는 된장찌개를 먹을 수 있니? 된장은 이따금씩 뒤섞인 채로 찾아와 향수를 불러일으킨다. 그러나 때때로 나는 연기, 웃음, 냄새 없이 고동색 국으로 무미건조하게 식어 버릴 때까지 된장찌개를 바라만 본다. 나는 그 고동색 된장찌개를 바라보며 숟가락을 들지 않고 하트 크레인Hart Crane의 시에서 '어둠 속에서 투명함을 본다'라는 구절을 생각한다. 나는 식욕이 없고, 나에게 기억을 불러일으키지 않는 식욕이란 존재하지 않는 것인지 궁금해진다.

작년에 나는 퇴역 군인과 점심 식사를 했다. 그 퇴역 군인은 종양이 자라나고 있어 뇌 수술을 받았다. 수술은 잘 되었지만 후각을 잃었다. 그는 어떤 것도 냄새를 맡을 수 없다고 말했고 그의 미각 촉수는 더욱 예민해졌다. 그는 우리가 함께 먹고 있던 된장찌개에 어떤 맛이 들어있는지 하나하나 설명했다. 톡 쏘고 뜨겁지만 신선한 국물, 단단하지만 부드럽고 신선하고 달콤한 두부 덩어리, 달콤하고 약간은 쓴 작은 굴. 약간 시큼하지만 달콤한 작은 조개들. 짜지만 너무 짜지는 않은 주사위 모양의 감자. 같은 모양으로 썬 양파. 쫄깃쫄깃하지만 부드럽고 달콤한 오징어, 그리고 고수. 내 생각에 그는 나에게 진실을 말해 준 것 같다. 그러나 나는 알아듣지 못했다.

된장찌개가 나를 춤추게 하고, 또 어느 순간엔 우울하게 만드는 것이 우습다. 내가 식욕을 잃었을 때, 나는 바르셀로나의 '구름과 의자' 조각 주변을 돌아다니도록 내 마음을 내버려 둔다. 나는 삶처럼 시작과 끝이 뚜렷하지 않는 강철 끈들의 집합을 좇아가 본다. 그리고 네가 생의 저쪽으로 간 이유는 이승에서 네가 할 일을 완성했기 때문이라는 생각에 위안을 얻는다. 그리고 나는 나의 일을 완성하지 않았기 때문에 이곳에 아직 있다.

나는 바르셀로나로 너를 만나러 갈 것이다. 조만간이기를 바란다. 그동안, 때로는 내 꿈에 찾아와 차를 마시고, 너의 황금 숨결을 가진 황금 사슴과 깃털 펜으로 글을 쓰는 사람들에 대해 말해 주려무나.

크레이티브 논픽션creative nonfiction 형식으로 씌어진 『안녕, 테레사』의 작가, 존 차와 그의 가족들, 그리고 그의 누이동생인 테레사 차, 차학경(1951~1982)에 대해서 이 책의 첫 문장처럼 '새겨진', 또는 '선발된' 몇 개의 기억들이 내게 있다.

10여 년 전 나는 작가 존 차의 어머니와 막내 여동생 차학은(버나데트)을 로스앤젤레스에서 만난 적이 있었다. 당시 아흔이 넘은 작가의 어머니는 단아하면서도 쓸쓸해 보였고, 차학은은 명민하면서도 간결하고 스산한 느낌을 주는 얼굴이었다. 나는 그들의 얼굴에서 그리움을 공유한 이를 갑자기 잃게 된 이후 얼마나 더 견고하고 깊어질 수 있는지를 볼 수 있었다. 후덕한 마음을 가진 존 차의 부인 캐시는 영국 시인 존 던을 전공했는데, 그 이유 하나만으로도 나는 무척 반가웠다.

그리고……, 예술가 차학경에 대한 기억은 전시회에서 만난 그의 작품들에서 비롯된다. 지금 내게 아직도 남아 있는 당시의 느낌은 어떤 형언하기 어려운 안도감 같은 것들이었다. 그 안도감은 '아, 이렇게도 언어와 언어 행위에 대한 고민을 하고 있었구나' 하는 것이었고, 동시에 그녀의 작품들은 나에게 위로와 용기를 주었다. 내가 아파하고 힘들어하던 문제들을 차학경도 무수하게 고뇌하며 투명하게 싸우고 있었던 것을 작품을 통해 느꼈던 것이다. 그 무렵 나는 이성적인 차원과 무관한 근원적인 어떤 언어와 행위, 시선의 문제에 대해 혼자서만 애쓰고 힘들어하는지도 모른다는 두려움이 있었는데, 그런 문제들에 대해 망명자처럼 고뇌해 온 그녀의 작품들을 보며 나 혼자만 고민하는 문제가 아니라는 것을 테레사가 알려 주었다. 그녀는 자신의 작품에 대해 "이제까지의 나의 작품은 어떤 면에서 언제나 상상 속에 머물러 있던 잃어버린 시간과 공간으로의 회귀에 대한 일련의 은유였다. 그 내용은 떠남의 경험으로부터 새겨진 흔적과 각인의 실현이었다." 고 했다.

차학경은 1969~1978년에 비교문학, 미술사, 미술, 영화 이론 등 네 개의 학위를 받았으며, 1982년 미완으로 끝난 '미술사 속의 손'을 주제로 한 일련의 작업을 통해 미술사나 거대한 이론적 담론이 결국은 인종과 민족, 표현의 차이를 무시하고 억압하는 이념적 구축이라는 점을 놀랍게도 드러낸다.

차학경은 5남매 중 셋째로, 1951년 부산에서 태어나 1963년 미국으로 가족과 함께 이민을 간 1.5세대 한국계 미국인이다. 하와이에 1년 간 체류한 뒤 그녀의 가족들은 샌프란시스코로 이주했다. 그녀는 사립 가톨릭계 학교를 졸업하고 샌프란시스코 대학을 한 학기 다닌 후 1969년 버클리 대학에 들어갔다. 미술 공부와 동시에 비교문학을 공부했고 특히 스테판 말라르메의 시와 사뮈엘 베케트의 희곡을 좋아했으며 안드레이 타르코프스키, 앤디 워홀, 마이클 스노우의 작품에 관심을 가졌다.

1976년 버클리 대학의 장학금을 받아 파리의 미국 영화 교육 센터에서 영상 이론을 공부했다. 한국어와 영어, 불어에 능숙했던 그녀는 자신의 비디오 작품에서 언어를 실제로 해체해 파편적으로, 그리고 소리와 의미로 연관된 단어들을 복합적으로 변형시킨다. 그녀의 퍼포먼스는 부드럽고 날카로우면서도 주술적인 운율이 반복되는 특징을 지녔다.

1980년 그녀는 뉴욕으로 이주해 작품 활동을 계속했으며 살해되기 직전 『딕테DICTEE』를 뉴욕의 태넘 출판사에서 출간했다. 『딕테』는 불어와 영어, 그리스어, 중국어, 한국어로 된 탈장르의 작품들로 구성되어 있다. 시간과 기억, 언어를 다루면서 동시에 한국의 일제 강점기 시대와 개인사를 교차시켜 그것을 예술적 과정으로 고양시킨다.

『딕테』는 차학경의 가족사와 한국 근대사, 민족 의식, 자서전적 이미지, 여성 순교자들의 이야기를 독창적이면서도 아주 낯설고 시적인 이미지 방식으로 구성해 디아스포라적 존재의 근원을 드러내는 감동을 주고 있다. 짧은 기간이지만 그녀가 예술가로서

활동한 8년 간의 주제는 기억과 언어였고, 동시에 기억의 덧없음, 모든 그리움의 덧없음을 간결하면서도 울림이 있는 목소리로 증언한다. 『딕테』는 1997년 국내에 번역 출간되었다. 차학경은 우리에게 '보이는 다른 것, 들리는 다른 것'을 주술 같은 언어 구조와 사진, 비디오 퍼포먼스로 드러내고자 했다. 그녀의 작품이 뉴욕에서 새로운 시선으로 인정을 받기 시작하던 1982년, 돌연 그녀는 자신의 생애를 거두게 되었다.

예술가로서 차학경의 생애는 너무 짧지만 그녀의 예술 작품은 진보적이고 실험적이었으며, 그녀는 인식과 지식, 논리적 이해의 구조를 뛰어넘는 탁월한 언어와 행위예술의 순례자였다. 그녀의 모든 작품은 버클리 대학 미술관에 소장되어 있다.

『안녕, 테레사』는 차학경의 사후, 그녀를 살해한 범인에 대한 재판 기록과 남은 가족들의 고통과 그리움을 다루고 있다. 나는 번역 과정에서 보다 더 간결하고 정확하게 한국 독자에서 전달하자는 뜻을 작가와 서로 조율할 수 있는 행운을 가지게 되었다. 저자가 누이동생을 그리워하고, 그 무수한 기억을 다루는 많은 문장들을 다 이해하고 다 알 수는 없었지만, 그 심정을 나 또한 충분히 나의 기억을 통해 '환유적으로' 느낄 수 있어서 그 어떤 작업보다 힘이 들었다. 작가가 그의 아버지와 함께 차학경이 남긴 모든 기억들을 떠나보내는 한 장면에 이르러 나는 오래 숨을 멈추었다. 그것은 비무장지대 가까운 곳에 있는 할머니 산소 앞에서 차학경의 실크 블라우스를 태우는 장면이었다.

'……법정 재판이 진행되기 두 달 전, 아버지와 나는 할머니 산소를 찾아갔었다. 서울의 북쪽에 있었고, 차로 한 시간 반 정도 가야 했으며, DMZ에서 얼마 떨어져 있지 않았다. 할머니 산소를 찾는 데에 두어 시간이 걸렸다. 내가 저번에 간 이후 24년이나 흘러 있었다. 도랑 옆에 펼쳐져 있던 오래된 초원은 이제 흔적도 없이 사라져 버렸다. 우리는 마침내 할머니 묘비에 갔다. 반짝거리는 화강암으로 만든 묘비는 가슴 높이만큼 되었다. 비석에는 우리 모두의 이름이 적혀 있었다. 나는 안도의 한숨을 내쉬었다. 아버지와 나는 소나무 아래에 앉았다. 우리가 어렸을 적에 심었던 나무인데 알아보지도 못할 정도로 커져 있었다. 아버지는 손수건을 꺼내어서는 땀으로 젖은 얼굴을 닦았다.

나는 가방을 열어서 네 블라우스를 꺼냈다. 긴 리본이 달린 검은 실크 블라우스, 바로 네것이었다. 샌프란시스코 레이크 가 집에서 어머니가 골라준 네 블라우스. 그리고 어머니가 말했다.

"여기 있다. 이거 가져가서 할머니 산소 앞에서 태우렴. 오래된 관습이야…… 영혼을 달래 주는 거다."

조용히 무릎을 꿇고 앉아서 나는 블라우스를 펼쳐 놓고 손으로 만져 보았다. 아버지는 아무 말씀 없이 내 옆에 서 있었다. 옛날에 산소를 찾아갈 때는 항상 할머니에게 말을 했다. 큰 아버지와 아버지가 제일 먼저 할머니의 안부를 묻고, 저번에 왔을 때 이래로 벌어진 갖가지 이야기들을 풀어놓았다. 대부분의 경우엔 즐거운 이야기들이었다. 누가 어떤 학교에 붙었다더라, 누가 졸업했다더라, 누가 상을 받았다더라, 그런 것들이었다. 이번에는 아버지는 어떤 말도 하지 않았다. 나는 성냥을 그어 블라우스에 불을 붙였다. 천천히 블라우스가 탔다. 파란 하늘에 연기가 피어올랐다. 그것을 다 태우고 나서 나는 땅에 구덩이를 파서 재를 묻었다.

아버지는 울었다.'

기억은 어떤 것일까? 죽음의 형식은 살아 있는 이들에게 어떻게 구성될까? 이 책은 살인자에 대한 재판 기록을 담고 있지만 그 안에는 일상적 사태와 느닷없이 닥쳐온 일상적이지 않은 고통의 현실을 기록하고 있다. 무지막지한 비이성적 폭력과 이성적 폭력까지 그대로 드러낸다.

젊은 나이에 삶을 거두어야 했던 차학경은 사후 10년이 지난 1992년 뉴욕의 휘트니 미술관에서 열린 비디오와 영상 작업 전시를 통해 비로소 뉴욕은 물론 전 세계에 이름이 알려지기 시작했다. 최근의 후기 식민주의 사회에서 대중들이 주도적으로 의식하고 있는 이산과 망명 등은 이미 그녀의 작품을 통해서 소수 민족의 역사와 불행한 기억을 밝히는 것뿐만 아니라 세계의 디아스포라, 존재의 디아스포라에 대한 상실과 꿈을 밝혀 낸다.

허무한 가정이겠지만 차학경이 살아 있다면 그는 시인이자 탁월한 비디오 아티스트, 영화 감독이 되었을 것 같다. 우리가 전혀 상상할 수도 없고 말할 수도 없는 것을 우리의 현실 앞에 밝혀 주는 등대 같은 아티스트이자 감독 말이다. 빨간 벽돌집 아래 절벽 옆 소나무처럼.

올해 준 차 선생과 만난 지 딱 20년이 되었다. 그동안 그는 나의 장편소설 『바다로 가는 자전거』를 번역했고, 나는 그가 쓴 안수산 여사의 전기 『버드나무 그늘 아래』를 번역해 문학세계사에서 출판한 적이 있었다. 이번에 또 넉넉히 출간을 맡아 준 문학세계사에 깊은 고마움을 드린다. 늦봄부터 가을까지 이 작업을 하느라 많은 일들이 밀리고 말았지만 역자 후기를 쓰면서 문득 다행스러우면서도 쓸쓸하고 기쁘다.

덧없는 우리의 생애와 빛나는 기억을 독자와 함께 공유하자는 마음에서 테레사의 막냇동생 차학은이 그녀에게 보내는 시 한 부분을 덧붙인다.

나는 떠올려요 그녀의 무릎 위에 앉아 있었던 것을 태양은 저기 높은 곳에서 빛나고 있었어요 그녀는 무언가를 가리켰어요 그녀는 말했어요, "저것 봐, 저것 봐!" 나도 가리켰어요

나는 떠올려요 하얗고 반투명한 커튼 위로 던져진 우리의 그림

자들 그녀가, 둥글게 잡고 있는 내 팔에서 잡아당긴 실을 감아 커다란 실뭉치를 만들 때 나는 지켜보았어요 그 마지막 조각이 내 손에서 떨어져 마룻바닥을 가로질러서 그리고 그녀의 무릎 위에서 그녀의 손으로 사라지는 것을

안녕, 테레사

초판 1쇄 발행 2016년 3월 28일
초판 2쇄 발행 2016년 12월 15일

지은이 · 존 차
옮긴이 · 문형렬
펴낸이 · 김종해

펴낸곳 · 문학세계사
주소 · 서울시 마포구 신수로 59-1(04087)
대표전화 · 02-702-1800   팩시밀리 · 02-702-0084
이메일 · mail@msp21.co.kr
홈페이지 · www.msp21.co.kr
페이스북 · www.facebook.com/munsebooks
출판등록 · 제21-108호.(1979.5.16)

ISBN 978- 89-7075-814-5 03840

이 도서의 국립중앙도서관 출판예정도서목록(CIP)은 서지정보유통지원시스템 홈페이지
(http://seoji.nl.go.kr)와 자료공동목록시스템(http://www.nl.go.kr/kolisnet)에서 이용하실 수
있습니다.(CIP제어번호: CIP2016007235)